Jean-Marie Brohm
Marc Perelman

Le football, une peste émotionnelle

La barbarie des stades

Gallimard

Cet ouvrage est la refonte et remise à jour de deux ouvrages
précédemment parus aux Éditions de la Passion :
Marc Perelman, *Les intellectuels et le football*
et Jean-Marie Brohm et Marc Perelman,
Le football, une peste émotionnelle.

Jean-Marie Brohm, professeur de sociologie à l'université Paul-Valéry, Montpellier III, est membre de l'Institut d'esthétique des arts contemporains (université Paris I/CNRS). Il est directeur de publication de la revue *Prétentaine* et directeur de la collection « Prétentaine » aux Éditions Beauchesne.

Marc Perelman est architecte DPLG de formation. Il est professeur en esthétique à l'université Paris X-Nanterre et membre du CRÉART-Phi (Centre de recherche sur les arts, Philosophie). Il est également directeur de la « collection Art et architecture » aux Éditions Verdier.

« La Peste (puisqu'il faut l'appeler par son nom),
Capable d'enrichir en un jour l'Achéron,
Faisait aux animaux la guerre.
Ils ne mouraient pas tous, mais tous étaient frappés... »

Jean DE LA FONTAINE

LA FOOTBALLISATION DU MONDE :
L'AVENIR D'UN CAUCHEMAR

Cet essai, le lecteur l'a déjà deviné, n'est pas un énième ouvrage sur la « merveilleuse histoire du football », la « légende de la Coupe du monde » ou les « grands joueurs » — passés ou présents. La littérature apologétique sur le football regorge assez en effet de ces innombrables publireportages béats d'admiration : épopées lyriques, toutes plus idéologiques ou anecdotiques les unes que les autres, documentaires romancés qui retracent les « moments forts » du football, livres-témoignages dictés par les stars du moment à des journalistes pressés, almanachs recensant les célébrités du ballon rond. Ces ouvrages, en général aussi vite oubliés que hâtivement publiés, participent à leur manière de cette *narcotisation des consciences* provoquée par la « folie foot », la « passion foot », la « planète foot ». Ils constituent surtout les récits ordinaires de promotion, de légitimation et de distraction à l'usage des consommateurs de football, du moins pour ceux qui savent encore ouvrir un livre ou lire un magazine ! La banalité et la stéréotypie de leur contenu en font des publications de pure propagande marketing ou de simples produits dérivés[1].

Nous n'avons pas non plus voulu faire une étude exhaustive du football en lui conférant des quartiers de noblesse académique, à l'instar de ces universitaires — historiens, sociologues, économistes, ethnologues, etc. — qui ont pris le football pour « objet de recherches approfondies », en instituant une sorte de « footballogie » officielle, comme certains se sont spécialisés dans l'histoire du cyclisme, du rugby, du tennis, de l'alpinisme, de la boxe, de la gymnastique ou de l'athlétisme. L'histoire du sport est certes un bon analyseur des sociétés contemporaines, encore faut-il ne pas la réduire à l'évolution des techniques sportives, à la chronologie des records ou à la chronique des champions. Les études sur le développement des schémas tactiques, l'arbitrage et les règlements, l'archivage des rencontres internationales, les monographies consacrées aux « équipes mythiques[2] », les biographies des « grands joueurs » ou les enquêtes dites empiriques (nombre de licenciés, composition des comités directeurs des fédérations, nombre de spectateurs dominicaux, prix des billets, évolution des catégories socio-professionnelles, etc.)[3] ont sans doute une utilité pour les managers qui gèrent le football business comme une entreprise capitaliste, mais elles ne permettent nullement de comprendre la nature belliqueuse originaire du football, sa logique mercantile et ses fonctions politiques réactionnaires. Aux nombreux thuriféraires qui passent leur temps à aligner les poncifs sur la « religion athlétique », à défendre en rangs serrés le « culte de la performance » et à distiller l'opium sportif, nous avons voulu rappeler la réalité des faits qui, comme chacun le sait, sont têtus. À tous les rêveurs impénitents qui distillent à longueur d'années la mélasse populiste

— et en cela consiste leur travail de mystification, de manipulation et d'instrumentalisation de l'opinion publique — nous avons donc mis le nez dans la boue des stades, où pataugent de nombreux acteurs pas toujours très propres.

LE FOOTBALL,
UN MIRAGE MYSTIFICATEUR

Ces réalités donnent évidemment du football un autre visage que les inusables images d'Épinal[4] véhiculées par la cohorte des intellectuels footballeurs et des footballeurs intellectuels. C'est pourquoi notre propos est explicitement critique dans la lignée du freudo-marxisme et de la Théorie dialectique de l'école de Francfort. « La théorie qu'élabore la pensée critique ne travaille pas au service d'une réalité déjà donnée, écrit Max Horkheimer, elle en dévoile seulement la face cachée[5]. » Dans le cas du football cette face cachée est double. Elle concerne tout d'abord une série de réalités censurées, occultées, refoulées qui constituent l'ordinaire de l'institution football : corruptions, affairismes, arrangements, magouilles, tricheries, mais aussi violences multiformes, dopages, xénophobies, racismes et complicités avec les régimes totalitaires ou les États policiers. Ces réalités, loin d'être de simples « déviations », « dénaturations » ou « dérives », comme se l'imaginent naïvement les idéologues sportifs, constituent au contraire la *substance* même du football spectacle. Or ces réalités sont systématiquement minimisées, banalisées, euphémisées et quand elles finissent par

devenir un grave « problème d'ordre public » (exactions des hooligans, racisme et antisémitisme dans
les stades, endettement des clubs, délinquance financière), on tente de les noyer dans l'euphorie unanimiste des slogans de foule : « Et un et deux et trois
zéros », « on a gagné », « on est les champions », « la
victoire est en nous ». L'idolâtrie du football joue là
le rôle d'un *mirage mystificateur* ou d'un écran de
fumée opaque derrière lequel se dissimulent les secrets honteux d'une honorable société, au même titre
que la façade alléchante de l'amour tarifé recouvre
le commerce sordide de la prostitution et du proxé-
nétisme. « Derrière l'invisible mesure des valeurs, le
dur argent est là qui guette[6] », écrit Marx. Derrière le
matraquage footballistique de l'espace public se
profilent toujours la guerre en crampons, les haines
identitaires et les nationalismes xénophobes. Et derrière les gains, transferts et avantages mirobolants
des stars des pelouses, promues « exemples pour la
jeunesse », se cachent les salaires de misère, le chômage, l'exclusion, la précarité et l'aliénation culturelle de larges fractions de la population invitées à
applaudir ces *golden boys* et ces mercenaires des
stades comme naguère les foules romaines étaient
conviées par les tyrans aux combats de gladiateurs.
Et bien que la mise à mort des adversaires ne soit
pas l'objectif premier de ces nouveaux jeux du cir-
que télévisés, les issues sanglantes ne sont pas rares
dans cet univers qui attire les casseurs comme la
charogne attire les vautours. Les massacres du Heysel (1985) et de Sheffield (1989), les catastrophes
meurtrières (paniques, effondrements des tribunes,
affrontements violents entre supporters) dans des
enceintes sportives transformées en souricières fata-

les ne sont pas de simples épiphénomènes « regrettables », mais la conséquence même de la concentration des foules dans des stades entonnoirs[7]. Le football spectacle n'est donc pas simplement un « jeu collectif », mais une politique d'encadrement pulsionnel des foules, un moyen de contrôle social, une intoxication idéologique qui sature tout l'espace public. La fonction de l'exaltation collective des « masses populaires » par le football est toujours l'évasion onirique, la *diversion sociale* ou ce qu'Erich Fromm a appelé la « soupape d'échappement » qui permet la résorption de l'individu dans la masse anonyme, c'est-à-dire le « conformisme des automates ». « Ce phénomène est comparable au mimétisme de certains animaux dans la nature. Ils deviennent tellement semblables au milieu qui les environne qu'on peut à peine les distinguer. L'homme qui abdique sa personnalité et devient un automate reçoit en récompense la même faculté de se rendre invisible parmi d'autres millions d'automates[8]. » Rien ne ressemble plus en effet à un supporter qu'un autre supporter, lui aussi mimétiquement identifié au troupeau dans la chaleur duquel il aime à se plonger, lui aussi porteur d'un ballon à la place du crâne ! Les « fêtes populaires » et les « rencontres amicales » ne sont donc pas d'innocents « jeux de balle », mais l'expression même des trois principales formes de la fausse conscience qui empêchent de percer à jour la véritable nature du football : *dissimulation* (scotomisation des dessous de table, pots-de-vin, tractations occultes, évasions fiscales, fraudes diverses) ; *idéalisation* (héroïsation des champions, esthétisation des « buts fabuleux », surestimation des « vertus éducatives » du football) ; *illusion* (croyance en la possibilité de « redresser » le foot système, de le mettre au service de l'intégration, d'en faire le ciment de la cohésion sociale ou de la concorde nationale).

Contrairement aux spécialistes de la division du travail idéologique qui cloisonnent les divers aspects du football en prétendant soigneusement séparer le sport et l'argent, le football et la politique, les « vrais supporters » et les hooligans, autrement dit distinguer les « bons » et les « mauvais » côtés du football, nous avons respecté le principe majeur de la dialectique matérialiste : la restitution de la *totalité concrète*. « Le ressort de toute dialectique, écrit Sartre, c'est l'idée de totalité : les phénomènes n'y sont jamais des apparitions isolées ; lorsqu'ils se produisent ensemble, c'est toujours dans l'unité supérieure d'un tout et ils sont liés entre eux par des rapports internes, c'est-à-dire que la présence de l'un modifie l'autre dans sa nature profonde[9]. » Le football est en effet un « fait social total[10] » soumis à une double dialectique de totalisation[11]. Totalisation interne, parce que toutes les composantes institutionnelles, économiques, politiques, psychosociales, pulsionnelles, etc., du football interagissent entre elles. Totalisation externe, parce que le football ne peut être réellement compris qu'en étant replacé dans son cadre global : le capitalisme mondialisé dont il est le parfait miroir. Ce sont ces deux thèses centrales de la Théorie critique du sport qui ont évidemment fait l'objet d'une attaque en règle de la part des zélateurs de la macro-secte du ballon rond.

Le consensus postmoderne autour du football — de la « gauche durable » à la droite libérale carnassière — a trouvé son terrain d'élection dans la Coupe du monde de football en 1998 qui fut un bon révélateur de la crétinisation des intellectuels, des « leaders d'opinion », particulièrement des journalistes de « gauche », et bien sûr des légions de la pensée unique sportive où se sont croisés vedettes du showbiz, starlettes multimédias, « grands penseurs de notre temps », publicitaires affairistes et présentateurs serviles du prêt-à-penser. Tous supporters enragés, fous de foot, fétichistes des terrains, fanatiques du cuir et du gazon. Aujourd'hui encore, ces affiliés à la « grande famille » du foot ferment soigneusement les yeux — par mauvaise foi, hypocrisie ou mauvaise conscience — sur les ravages du dopage, les corruptions mercantiles, l'affairisme mafieux, les explosions de violence, le racisme et la haine de l'autre qui gangrènent le spectacle multinational du football. Ou alors, avec une candeur touchante qui confine à l'obnubilation mentale, ils dissocient le sport « pur » de ses « excès », « dénaturations », « bavures ». Les plus naïfs ou les plus idéalistes pensent même qu'il est encore possible de « sauver » l'âme damnée du football, de restaurer son « authenticité » première, de le « rendre à lui-même ». Ces autruches préfèrent évidemment garder la tête au ras du gazon pour ne pas regarder en face la monstrucuse pompe à fric et la machine à décerveler les consciences qu'est devenu en quelques décennies l'empire football. Il faut bien, n'est-ce pas ?, que le *miroir aux alouettes* du football attire les gogos et leur fasse oublier les misères du quotidien, avec ses ennuis et son ennui. L'essentiel c'est le rêve, la magie, l'émotion, assènent en chœur les officines de publicité, les agences de propagande, les lobbies asservis au football. Qu'importent les scandales, les exactions criminelles des supporters, les manipulations politiques, la fanatisation des masses, les morts et les blessés des stades, pourvu qu'on ait le bonheur, l'euphorie, l'exaltation chavirante. Qu'importe le flacon, pourvu qu'on ait l'ivresse !

Cette ivresse — ou, selon l'expression des idéologues du foot, cette « passion » ou cette « ferveur » — est aujourd'hui fallacieusement présentée comme un élément de « culture », un « facteur d'intégration » et même un « art ». Sans doute l'art des coups de pied, des tacles et des fauchages ! Notre propos a donc aussi été de dénoncer l'autre face cachée du football, celle qui depuis la « victoire historique » de l'équipe de France « multiethnique » des Blacks-Blancs-Beurs à la Coupe du monde de football à Paris en 1998 recouvre sous une phraséologie ethnologique, sociologique et même « philosophique » l'aveuglement, la complaisance et la flagornerie de tant d'intellectuels, journalistes et « amateurs de football », tous unis dans la même « ola » populiste, tous supporters des « passions sportives », tous chiens de garde[12] des « effervescences populaires » — les uns chiens de meute qui vibrent à l'unisson des « vibrations populaires », les autres molosses enchaînés aux « débridements virils des émotions » et à la « rage de paraître ». Ces « passionnés », « mordus », « aficionados », « tifosi », « fanas », « accros » sont tous hypnotisés par les scénarios stéréotypés des matches qui ressemblent de plus en plus aux *video games* qu'affectionnent particulièrement les adolescents : tirages au sort, mises en jeu, coups francs à profusion, tirs au but ratés, dégagements du gardien, touches, corners, hors-jeu « indiscutables », cartons jaunes ou rouges, annonces publicitaires, sonorisations d'ambiance,

jets de fumigènes, vociférations partisanes, quadrilla-
ges par les forces de l'ordre et affrontements entre
supporters. Derrière ce misérable décor folklorique
qui intéresse tant les « ethnologues urbains » se
nouent pourtant d'autres enjeux, invisibles ou opaques, qui concernent la massification régressive des
émotions — que Wilhelm Reich a appelée la « peste
émotionnelle » —, la chloroformisation des esprits
et la colonisation des conduites par le conformisme
du « troupeau dont chacun fait partie et auquel
chacun est assujetti[13] ». Ce collectivisme archaïque
de la « passion foot » où chacun imite l'autre, s'iden-
tifie à l'autre et se soumet mimétiquement à la masse
vibrante des passionnés en hurlant les mêmes injures, en se grimant le visage avec les mêmes signes
d'appartenance tribale, en endossant le même maillot
et en brandissant les mêmes calicots, drapeaux et
panneaux, est très exactement l'expression de « cet
état de soumission à la masse anonyme » qu'a très
justement analysé Erich Fromm : « Chacun est tenu
de faire ce que font les autres, donc [...] ne pas se
montrer différent, ne pas trancher sur la masse. Il
doit être prêt à changer selon les modifications de
l'ensemble, sans se demander s'il a tort ou raison ;
son souci doit être de s'adapter, de ne pas se conduire
de façon particulière[14]. »

INFANTILISATION
ET RÉGRESSION CULTURELLE

La démission des intellectuels — toutes tendances politiques confondues — devant cette fausse

conscience est sans doute l'un des faits marquants du paysage idéologique français depuis la « divine surprise » de 1998. Adeptes, adhérents, pratiquants, membres ou supporters, tous ont renoncé à critiquer *l'opium sportif*[15] et se sont de surcroît transformés en militants de la « cause du football », comme certains avaient naguère soutenu la « cause du peuple ». Il est même devenu de bon ton dans les milieux bobos de la « gauche citoyenne » de s'avouer « amoureux du ballon » et de se reconnaître dans le lectorat de *L'Équipe*. Pire même, depuis 1998, le très sérieux « journal de référence » *Le Monde*, imitant la tendance *people* de *Libération*, s'est progressivement transformé en une gazette sportive avec numéros spéciaux sur les Coupes du monde et les championnats d'Europe, dossiers complets sur les équipes, résultats dominicaux et interviews. Une *Équipe mondaine*, en somme !

Or l'amour du ballon rond n'autorise sûrement pas l'absence de pensée ou, pire, la pensée unique des shootés du stade. À tous les toxicos du foot, il est bon par conséquent de rappeler ce qu'Umberto Eco a souligné avec un humour décapant : « Ces foules de fanatiques terrassées par l'infarctus sur les gradins, ces arbitres qui paient un dimanche de célébrité en exposant leur personne à de graves injures, ces spectateurs qui descendent ensanglantés de leur car, blessés par les vitres cassées à coups de pierre [...], ces athlètes détruits psychiquement par de douloureuses abstinences sexuelles, ces familles ruinées économiquement par l'achat de places [...] me remplissent le cœur de joie. Je suis favorable à la passion pour le football comme je suis pour les compétitions à moto au bord des précipices, le parachutisme forcené, l'alpinisme mystique, la traversée des océans sur des canots pneumatiques, la roulette russe, l'utilisation de la drogue[16]. »

Les spectacles de football sont profondément régressifs parce qu'ils constituent une *infantilisation* permanente pour toutes les classes d'âge, toutes les générations, toutes les catégories sociales. Les seniors qui regardent les matches à la télé peuvent ainsi se souvenir avec émotion des jeux de ballon de leur enfance où ils s'identifiaient dans les cours d'école aux idoles de leur époque : Kopa, Fontaine, Piantoni dans les années 1950 ; Pelé, Best, Charlton dans les années 1960 ; Cruyff et Beckenbauer dans les années 1970 ; Platini et Maradona dans les années 1980. Les juniors et cadets, eux, déjà précocement matraqués par l'interminable cohorte publicitaire des noms de joueurs, bricolent inlassablement — comme une rumination obsessionnelle — la composition de « l'équipe idéale » qu'ils ne manquent évidemment pas de comparer à d'autres « équipes idéales ». Les journalistes sportifs, eux aussi fascinés par la compulsion de répétition de l'onomastique sportive, désignent sans cesse le meilleur joueur de l'année, le meilleur buteur, le meilleur gardien, le meilleur passeur. À l'image de ces gamins qui discutent sans fin sur les mérites respectifs des voitures de leur « papa » ou de leurs mobylettes, ou de ces lolitas qui comparent les chansons de leurs stars préférées, les « footeux » se délectent des commentaires répétitifs — d'une affligeante banalité — sur les exploits « magiques », « mythiques », « extraordinaires », « géniaux », « fabuleux » de leurs héros. Le football aide ainsi à rester en enfance ou à y revenir. Comme pour renforcer cette nostalgie des

« jeux d'enfance », la mise en scène protocolaire des matches tend de plus en plus à associer les joueurs professionnels aux footballeurs en herbe, permettant à ceux-ci de toucher de près leurs « glorieux aînés ». On voit ainsi les « grands » se disposer en ligne sur le terrain, tenant par la main de jeunes joueurs, ou poser pour la photo en mettant paternellement la main sur les épaules des « poussins ». Cette cure de jouvence idéologique permet aussi, plus prosaïquement, de renforcer le recrutement auprès des nouvelles générations. En effet, alors que les maquignons du foot ne se sont jamais privés d'enrôler de très jeunes joueurs, en particulier sur les « marchés » africains, on n'hésite plus maintenant à aller les chercher au berceau. « Il aura 10 ans le 5 décembre, mesure à peine 1,40 m et déjà les plus grands clubs se l'arrachent. Jean Carlos Chera est brésilien. Au pays du football roi, les médias le présentent comme le nouveau Pelé. Des émissions de télévision lui sont consacrées. Depuis que ses prouesses techniques (buts en rafales, coups francs en pleine lucarne, reprises de volée, passements de jambe, ailes de pigeon, dribbles, feintes, lobs...) circulent sur Internet, les clubs européens se le disputent. Manchester United a essayé de lui faire signer un contrat, l'Inter Milan y travaille dur, le FC Porto a des visées sur lui et Valencia aimerait bien jeter le grappin sur lui [...]. Jean Carlos, qui a fait ses premiers pas de footballeur au Parana Sports Athletics Association (ADAP), ne cache pas, lui, ses préférences. "Jouer au Barça serait un rêve." Surtout que le club barcelonais est celui où évolue son idole : Ronaldinho. Mais le club catalan a un autre petit génie du ballon rond dans le collimateur : Panos Armenakas, un Australien

d'origine grecque âgé seulement de… 7 ans. Ce footballeur en herbe a déjà son agent. Son père, John, a
réalisé un DVD montrant les exploits du fiston qu'il
a envoyé aux dirigeants de grands clubs européens
[…]. Chelsea et Manchester United, deux des clubs
les plus riches du monde, sont sur les rangs pour
jeter leur dévolu sur l'Australien » (*Le Monde*, 25 novembre 2005).

La transformation de l'enfance et des enfants en
marchandises et la fétichisation des jeunes « pro-
diges » (en sport comme dans les chansons de variété)
contribuent ainsi à cette infantilisation généralisée
qui gagne aujourd'hui toute la culture de masse,
cette « camelote » produite « pour les besoins supposés ou réels des masses[17] ». Ce qu'Adorno a pointé
dans la culture de masse « populaire », et particulièrement dans la musique publicitaire ou commerciale distillée à longueur d'année par tous les réseaux
de diffusion, à savoir l'abêtissement, la dépolitisation
et la régression à une « culture faite de peluches »
(*ibid.*, p. 72), se vérifie dans ce que l'on pourrait appeler le *spectacle régressif* qui ne fait que redoubler
et renforcer « l'écoute régressive » — aussi bien dans
les fêtes technos, les rassemblements pop ou les
concerts rock que dans les « folles ambiances » des
matches de foot et de rugby. La musique de masse,
comme le sport de masse, « en contribuant à faire
le ménage dans la tête de ses victimes […] ne dé-
tourne pas seulement les masses de choses plus essentielles, [mais] les confirme aussi dans leur bêtise
névrotique » (*ibid.*, p. 51). En présentant les paran-
gons du foot, du showbiz et de la variété comme des
types parfaitement interchangeables, la régression
culturelle de masse accentue la chloroformisation

des consciences, le nivellement des goûts et l'aliénation politique de la foule solitaire vouée à applaudir
à sa propre servitude volontaire. « La musique de
masse et la nouvelle écoute contribuent avec le sport
et le cinéma à rendre impossible tout arrachement
à l'infantilisation générale des mentalités. Cette
maladie a un sens contagieux » (*ibid.*, p. 52). Ce
constat critique que fit Adorno il y a un demi-siècle
déjà prend aujourd'hui valeur de mise en garde, avec
la généralisation des vidéoclips, DVD, BD et *movies*
pour demeurés, qui correspondent parfaitement aux
dérisoires passions des décérébrés des stades abrutis
par la narcose football[18].

La contagion de la peste football qui se répand
dans tous les milieux — y compris dans ceux qui
avaient été épargnés jusque-là par les slogans débili-
tants de la « culture foot » et de ses produits dérivés
(magazines, anthologies illustrées des champions,
gadgets de supporters, etc.) — est aujourd'hui un
inquiétant indice de la régression culturelle généralisée. Dans le climat du populisme ambiant, avec
son idéologie anti-intellectualiste et sa haine de la
pensée, il n'est pas anodin que la conquête des âmes
par l'opium football soit promue par certains passionnés des passions sportives comme une véritable
cause nationale. En pointant les effets de masse de
la drogue sociale qu'est devenu le football mondio-
télévisé, nous avons donc voulu souligner les ravages
confusionnistes de ce nouvel « opium des intellectuels », pour paraphraser un célèbre texte de Raymond Aron[19]. Nous avons ainsi épinglé les spécimens
les plus bruyants ou les plus voyants des « footolâtres » au sein du vaste club des dévots de la pelouse
verte. Et le résultat est tout à fait instructif. Il appa-

raît en effet que le football est non seulement une peste émotionnelle qui tétanise les masses populaires, mais aussi une forme de *lobotomisation* qui frappe indistinctement les intellectuels, à droite comme à gauche, au centre comme aux extrêmes. Devant le Veau d'or football, l'esprit critique tend à disparaître et du coup on est bien obligé de constater que le désert s'avance chaque fois que se profile la « grande fête mondiale du ballon rond[20] ». La Coupe du monde 2006 en Allemagne ne devrait pas déroger à la règle. Une fois encore, on assistera à la grande kermesse des « buts litigieux », des « arbitrages douteux » et des « matches à haut risque ». Une fois encore — au nom de la lutte contre le terrorisme et les exactions des hooligans —, l'espace public sera quadrillé par un dispositif sécuritaire digne d'un état de siège. Et dans une Allemagne ravagée par le chômage de masse, le football servira à nouveau d'exutoire. L'ordinaire de l'opium du peuple, en somme.

Déjà, pour ne pas déroger à une règle bien établie, les scandales ont commencé à miner les stades allemands comme les taupes aiment à labourer les terrains gras. « Une sombre ambiance règne depuis le mardi 9 mars sur les préparatifs de la prochaine Coupe du monde de football en Allemagne. Le président du club de football Munich TSV 1860, Karl-Heinz Wildmoser, 64 ans, a en effet été interpellé et a passé la nuit dans les locaux de la police judiciaire bavaroise. Il a été interrogé sur une affaire de corruption présumée dans la construction d'un stade de 66 000 places où doit se jouer le match d'ouverture de la Coupe du monde de football 2006 [...]. L'enquête du parquet de Munich porte sur l'éventuel

versement d'un pot-de-vin de 2,8 millions d'euros,
soit 1 % du coût de la construction du futur stade,
à la famille Wildmoser dans le cadre de l'attribution
du marché à l'entreprise de construction autri-
chienne Alpine Bau [...]. Son fils, âgé de 40 ans et
qui porte le même nom et le même prénom que lui,
a également été arrêté et interrogé. Il dirige le dépar-
tement football du club et la société Allianz Arena
München Stadion chargée de la construction du
stade. L'entourage de Karl-Heinz Wildmoser Junior
a assuré de son côté que le président du TSV 1860
n'était pas au courant de versements suspects. Son
fils aurait indiqué avoir reçu de l'argent afin de
combler les pertes d'une société immobilière familiale, à Dresde. "Il a expliqué qu'il a reçu des fonds
et que son père n'en savait rien", a déclaré Ulrich
Ziegert, l'avocat de Karl-Heinz Wildmoser Junior, à
la Deutsche Presse Agentur. Un ami de Wildmoser
Junior et le cadre d'une société immobilière familiale
ont également été interpellés et interrogés, ce dernier
ayant été relâché après avoir fait, selon la presse
allemande, des aveux complets. Le monde du sport
et les responsables politiques redoutent que l'image
de la Coupe du monde allemande ne soit ternie par
ce scandale. Le ministre de l'Intérieur, Otto Schilly,
a ainsi demandé une enquête approfondie afin "d'éviter qu'une ombre ne tombe sur l'organisation de la
Coupe du monde 2006". Le responsable du Comité
d'organisation, Franz Beckenbauer, s'est déclaré de
son côté "totalement choqué et consterné" » (« Allemagne : une affaire de corruption empoisonne le
monde du football », *Le Monde*, 12 mars 2004).
Comme les scandales se suivent et se ressemblent

dans le football, on devait également apprendre que les matches de football truqués n'étaient pas une spécialité des républiques bananières. « Depuis que, jeudi 27 janvier, un arbitre de la Fédération allemande de football, Robert Hoyzer, a avoué avoir arrangé, de mèche avec une "mafia croate", quatre matches, l'Allemagne ne parle plus que football. Invités à donner leur avis, les dirigeants politiques, qui connaissent leur électorat et sa passion pour le ballon rond, stigmatisent et s'indignent ; les journaux multiplient reportages, éditoriaux et caricatures. À moins de dix-huit mois de la Coupe du monde de football, événement dont l'Allemagne espère tirer gloire et profit, tous supputent les conséquences de l'affaire sur la réputation du pays. Celui par qui le scandale est arrivé, Robert Hoyzer, a publiquement avoué avoir reçu de l'argent pour faire gagner au moins quatre improbables équipes, permettant ainsi à des parieurs bien informés — dont lui-même — de toucher des gains importants. Mais, apparemment, l'arbitre marron en a dit un peu plus aux enquêteurs. Vendredi 28 janvier, la police de Berlin a effectué des perquisitions dans deux appartements, un bureau et un café du centre de Berlin fréquenté par le milieu footballistique. Un mandat de dépôt a été émis, samedi, à l'encontre de trois des quatre personnes interpellées à cette occasion. Depuis, les stades bruissent de folles rumeurs. Lundi, le quotidien *Süddeutsche Zeitung* croyait savoir que Robert Hoyzer aurait mis en cause huit autres joueurs et trois arbitres. Veillant à limiter les risques, la Fédération allemande de football, à la dernière minute, a réassigné vers d'autres matches tous les arbitres qui de-

vaient officier samedi. "Des mesures de précaution",
annonce-t-elle, mais qui confortent le sentiment que,
décidément, le milieu du football est bien malade »
(« Deux scandales ébranlent l'Allemagne du sport et
de la politique », *Le Monde*, 1er février 2005).

Malade — et avec lui ses médecins imaginaires —
de la peste émotionnelle.

CHAPITRE 1

LA PASSION FOOT :
UN OPIUM DU PEUPLE

En qualifiant le football de *peste émotionnelle*, nous avons voulu insister sur ses effets psychologiques de masse. Les « passions sportives » ne sont pas en effet d'anodines émotions collectives — « identitaires » ou « égalitaires » —, comme le soutiennent avec un bel élan unanimiste les amateurs des supposées « vibrations festives », mais bel et bien l'expression d'une pathologie sociale pandémique. Le football est la manifestation la plus insidieuse et la plus universelle d'une forme d'aliénation sociale qu'on pourrait qualifier avec Erich Fromm de « passion de détruire ». « Le fait est, écrit-il, que les sports de compétition stimulent une forte dose d'agressivité. On peut se rendre compte du degré d'intensité qu'elle peut atteindre si on évoque ce match international de football qui, récemment, a abouti à une petite guerre en Amérique latine[1]. » Cette destructivité manifeste et violente — les affrontements entre supporters — ou latente et subliminale — la haine de l'adversaire — est à la fois canalisée/refoulée et favorisée/exacerbée par les matches, les rencontres, les défis, les duels qui rythment inlassablement l'actualité du football. Les violences du football ne sont évidemment pas comparables aux carnages, massacres et hécatombes des diverses guerres répertoriées comme telles (guerres classiques, guerres coloniales, guerres civiles, guerres ethniques, terrorismes, etc.) mais, par leur fréquence, leur généralisation et leurs conséquences sur le corps social, elles mettent en condition les opinions en les préparant aux affrontements physiques et elles s'apparentent — par leurs discours, leurs modes opératoires, leurs déclenchements, leurs formes de polarisation — aux autres discours et arts de la guerre[2].

Les batailles du football — « matches décisifs », « matches à hauts risques », « matches intenses », « matches engagés » et autres euphémisations des chocs footballistiques — sont ainsi des « machines désirantes » perverses où se distillent les émotions belliqueuses, les passions mégalomaniaques, les excitations haineuses, la volonté d'écraser, d'humilier, de corriger les équipes concurrentes. Le football avec son culte de la force physique, de la brutalité, de la cogne est une forme d'idolâtrie que génère une société ravagée par la violence. Loin de constituer par conséquent une « contre-société » pacificatrice, animée par la « passion de l'égalité » et la démocratie « méritocratique », *le football est l'école de la guerre* : guerres des quartiers, des cités et des nations, guerres des maillots, des sponsors et des télévisions, guerres ethniques (racistes), guerres des supporters et, pour finir, guerres civiles. Les idéologues qui déplorent périodiquement la « recrudescence » du racisme, de l'antisémitisme et de la xénophobie sont incapables de comprendre que l'exaspération des appartenances identitaires, l'exaltation des différences, les crispations communautaristes, ne peuvent pas ne pas engendrer la haine de l'autre, dès qu'elles sont portées par la fureur de vaincre à tout prix qui est aujourd'hui la logique impitoyable du football business. Comme l'avouait, non sans un brin de parfait cynisme, Michel Platini, en réponse à une question concernant la promotion du fair-play et de l'éthique dans le championnat de France : « C'est démagogique, mais c'est normal d'essayer. Comme il est normal que cela ne marche pas. Le football est un sport de contact, de vice [*sic*], ce n'est pas du tennis. De toute façon, on n'est plus dans une optique de beau jeu. La défaite est devenue un drame financier plus qu'un drame sportif » (*Le Monde*, 5 octobre 2002).

L'IDOLÂTRIE DU BALLON ROND

La folie foot tant adulée par les idéologues post-modernes est un phénomène typique d'idolâtrie, au même titre que les autres passions aliénantes (passion du jeu, passion sadomasochiste, passion tauroma-chique, passion de la chasse, passion de la thésauri-sation, etc.). La passion foot n'échappe pas à cette loi du dérèglement des pulsions. Aduler telle ou telle ve-dette, collectionner les maillots et les autographes, ne manquer aucun match à la télévision, se fondre dans la masse hurlante des supporters, lire avec avidité *L'Équipe*, penser foot, parler foot, être foot, autant de formes de *l'auto-aliénation* dont parle Erich Fromm à propos de l'idolâtrie. L'individu atteint par cette dépossession en vient en effet à « construire une idole, puis il adore cet aboutissement de son

propre effort humain. Ses forces vives se sont écou-
lées dans une "chose", et cette chose étant devenue
une idole, elle a perdu sa nature véritable pour devenir un objet indépendant situé au-dessus de lui et
tourné contre lui ; il l'adore et lui est soumis [...].
Tout acte de soumission adorante est, dans ce sens,
un acte d'aliénation et d'idolâtrie [...]. Il est également légitime de parler d'idolâtrie ou d'aliénation
dans les rapports que l'on peut avoir avec soi-même,
lorsqu'on est en proie à des passions irrationnelles. Celui qui est rongé par la soif du pouvoir ne
s'éprouve pas avec la richesse illimitée de son être
véritable, car il est devenu l'esclave d'une partie de
lui-même, projetée en des buts extérieurs et le "possédant". La personne qui se livre à la passion exclu-
sive de l'argent est possédée par cette poursuite, et
l'argent est devenu l'idole devant laquelle il se
prosterne[3] ». Les mordus de foot — des couches
populaires aux intellectuels en passant par les chômeurs, les présidents-directeurs généraux ou les ca-
dres dynamiques —, tétanisés par la manie des scores,
fascinés par le vide abyssal des commentaires ra-
diotélévisés, rongés par les regrets des « occasions
manquées », obnubilés par la composition de leur
équipe, chavirés de bonheur par la victoire ou dépri-
més par la défaite, appartiennent corps et âme à une
entité mythique qui les possède, guide leurs réactions et leurs conduites, trouble leur esprit et les
entraîne périodiquement dans divers « délires collectifs » (beuveries de groupe, vandalismes, manifestations intempestives, « hystéries collectives »,
affrontements avec les forces de l'ordre). *Le passionné
de foot est un possédé*, et à ce titre il est soumis à
ces entités mythiques qui le hantent et peuplent son

esprit, ses espoirs, ses inquiétudes, ses détestations, ses enthousiasmes : un « joueur d'exception », un « club mythique », un « but d'anthologie », un « match fabuleux ». On peut trouver ici une certaine analogie avec la possession au sens ethnopsychanalytique du terme, telle que la définit Tobie Nathan : « L'occupation de "l'intérieur" d'un sujet par un être culturel[4]. » Cet être culturel, ajoute Tobie Nathan, peut être un être de pensée, un être de théorie, un être de croyance. Nous pourrions ajouter : un personnage mythique, un « héros des stades », un champion ou toute autre entité idéalisée. Tobie Nathan souligne en effet que « chaque peuple possède des êtres de croyance bénéfiques (dieux, esprits, ancêtres) qui tendent à s'incarner en *possédant* les vivants. Ces êtres mythiques, surnaturels, ces êtres "théoriques", se manifestent toujours parmi les vivants par des distorsions et des agitations du corps du possédé. L'on pourrait dire que la *pensée* prend alors *corps*[5] ». « Les dieux du stade » et les stars des pelouses représentent ces personnages susceptibles de « chevaucher » les possédés des gradins, de les agiter et de les mettre en transe, en provoquant « états altérés de la conscience », « hystéries collectives » et bien d'autres manifestations de dépossession et d'aliénation, surtout dans des situations de foule. Or le football est par excellence un *sport de foule*, un sport qui permet les rassemblements de foule, les vibrations de foule, les excitations de foule et bien sûr tous les excès de l'« affoulement ».

Si la sociologie académique française a eu tendance à négliger l'importance des phénomènes de foule, la psychologie sociale freudo-marxiste, l'école de Francfort et d'autres courants théoriques[6] ont au contraire insisté sur le rôle capital de la psychologie de masse, en particulier dans ce qu'Adorno a appelé d'un terme très suggestif « la monstrueuse mécanique du divertissement[7] » censée lutter contre l'ennui et le vide psychologique de la foule solitaire contemporaine. Le football est précisément cette toxicomanie sociale de masse qui s'empare des « foules manifestantes » et des « foules agissantes », pour reprendre la terminologie de Gabriel Tarde[8]. Ces foules enivrées par le football sont essentiellement des meutes guerrières, des meutes de chasse et de lynchage, et parfois même des foules criminelles dont les « débordements » dans et hors les stades constituent l'ordinaire du spectacle. L'enfermement dans des espaces clos — arènes, enceintes sportives, stades, vélodromes, cirques —, ce qu'Elias Canetti appelle aussi « la masse en anneau », est l'occasion de diverses décharges émotionnelles qui font passer les masses stagnantes, assises et expectatives à des masses rythmiques, excitées et bruyantes. « La clameur qu'il était autrefois coutume de pousser lors des exécutions publiques quand le bourreau brandissait la tête du criminel, la clameur que l'on entend de nos jours dans les manifestations sportives, sont la *voix* de la masse[9]. » Ces clameurs — rugissements, hurlements, vociférations, sifflements, broncas, chants — sont des décharges de masse qui s'opposent à d'autres décharges de masse : masse contre masse, clans de supporters contre d'autres clans de supporters, foules victorieuses contre foules vaincues — hordes déchaînées.

Ces « débordements » ne sont pas la conséquence d'inoffensives joutes ludiques ou de « liesses populaires », comme le soutiennent à l'unisson les idéo-

logues postmodernes et les socio-ethnologues des
passions sportives, mais les prodromes de « la peste
émotionnelle » — qui est une altération profonde
de la structure caractérielle des masses du fait de la
frustration sexuelle, de l'aliénation sociale et de la
réaction idéologique. L'individu atteint par la peste
émotionnelle se distingue en effet « par une activité
sociale plus ou moins destructrice. Sa pensée est
troublée par des concepts irrationnels et déterminés
pour l'essentiel par des émotions *irrationnelles*[10] ».
La peste émotionnelle est une biopathie de la structure psychique des individus, une distorsion grave
des valeurs essentielles de la vie, qui revêt la forme
de symptômes endémiques ou la forme d'épidémies
aiguës. Parmi ses formes les plus courantes, Wilhelm
Reich cite : « Le mysticisme dans ce qu'il y a de
plus destructif ; les efforts passifs ou actifs tendant
vers l'autoritarisme ; le moralisme ; les biopathies
de l'autonomisme vital ; la politique partisane ; la
maladie de la famille [...] appelée la "familitis" ; les
systèmes d'éducation sadiques [...] ; la bureaucratie
autoritaire ; l'idéologie belliciste et impérialiste ; le
gangstérisme et les activités antisociales criminelles ;
la pornographie, l'usure, la haine raciale » (*ibid.*,
p. 434-435). En temps normal, la peste émotionnelle
détermine dans une large mesure l'opinion publique
et les préjugés sociaux, et, dans certaines situations
paroxystiques, elle se répand sous formes d'explosions violentes. De temps en temps, écrit Wilhelm
Reich, la peste émotionnelle revêt, à l'instar d'autres
maladies épidémiques comme la peste ou le choléra,
un caractère pandémique, elle se manifeste alors
« par une gigantesque flambée de sadisme et de cri-
minalité, dont l'Inquisition catholique au Moyen Âge

et le fascisme international du XXᵉ siècle nous fournissent d'éloquents exemples » (*ibid.*, p. 431). Par ailleurs, et c'est ce qui fait toute la perversité de la peste émotionnelle, « la grande ignorance de la peste émotionnelle a toujours été sa meilleure sauvegarde » et le fait que ses ravages ont pu passer si longtemps inaperçus est encore un effet provoqué par elle : « cette cécité est un phénomène concomitant de la peste émotionnelle : c'est elle qui assure au mal son succès et son impunité » (*ibid.*, p. 436 et 454). Même si la notion de peste émotionnelle est liée chez Wilhelm Reich à un certain biologisme, ce qu'il a lui-même appelé « l'économie sexuelle », il reste qu'elle permet de comprendre la profonde parenté de nombreux phénomènes sociaux souvent dissociés et donc de faire des rapprochements très instructifs — par exemple entre la frustration sexuelle et la réaction politique, entre l'éducation répressive-autoritaire et les rigidités caractérielles, entre l'endoctrinement religieux et l'irrationalisme idéologique, entre les interdits sexuels et l'inhibition intellectuelle, entre les névroses caractérielles et les préjugés racistes[11].

FÉTICHISMES, SUPERSTITIONS ET ACTES OBSÉDANTS

« Souvenirs congelés au stade de Sydney.

L'Australie, qualifiée aux tirs au but pour le Mondial 2006 contre l'Uruguay après trente-deux ans de disette, a fait arracher le gazon du point de pénalty du stade Telstra de Sydney. La tache historique sera congelée quelques jours puis sera traitée et mise sous verre, en souvenir » (*Libération*, 1er décembre 2005).

Le football représente pour les joueurs, supporters et commentateurs un univers enchanté et enchanteur où tout est prétexte à superstitions, divinations et obsessions. Le stade est bien sûr un lieu d'affrontements physiques tout à fait prosaïques, mais il est aussi un inépuisable débouché pour l'irrationalisme et la pensée magique, cette pensée désirante pour laquelle tout est possible, y compris les « miracles » ou les exploits « impossibles ». Il offre à cet égard un terrain d'investissement aux souhaits les plus fous, à la volonté de puissance la plus échevelée : tirs « fabuleux » qui « assomment » l'adversaire comme Siegfried terrasse le Dragon, exploits « incroyables » du gardien qui « sauve » son équipe, renversements « miraculeux » de situation, innombrables « signes du destin » qui font du ballon le messager d'une volonté occulte, « coups de chance » prodigieux et, par-dessus tout, « coups de pied magiques » qui « libèrent » *in extremis* le public rongé par l'angoisse de l'attente. Le spectacle du football se présente donc déjà en lui-même comme une série de situations « hors du commun », de contes de fées, de faits légendaires, de récits merveilleux amplifiés par les médias toujours à l'affût des « histoires extraordinaires » qui permettent d'alimenter la chronique bariolée de la cour des miracles : rescapés de situations « désespérées », chiens perdus retrouvés, survivants de catastrophes aériennes, guérisons « inexplicables », rencontres et apparitions mystérieuses, maisons hantées, possessions diaboliques…

Dans le registre du merveilleux de pacotille, les coups de pied arrêtés de Michel Platini firent l'effet,

au début des années 1980, de véritables coups de
théâtre mis en scène par un authentique « sorcier ».
Ce qui est aujourd'hui l'apanage technique tout à
fait ordinaire de très nombreux joueurs « doués »
(Zidane, Ronaldinho, Beckham, par exemple) apparaissait à l'époque comme l'expression de pouvoirs
invraisemblables. C'est ainsi que, lors d'un célèbre
« match historique » entre la France et les Pays-Bas,
Platini avait réussi — comme dans les histoires pour
teenagers de Harry Potter — à forcer le sort par un
coup de pied « euphorique » : « Alors, c'est le coup
de pied magique et, cette fois, le ballon s'envole
superbement dans la lucarne sur la gauche de Van
Breukelen, qui le frôle du bout des doigts. Ah ! l'explosion de joie » (*France-Soir*, 19 novembre 1981).
« Ce coup franc magistral, magique, c'était le message d'un artiste dont les pieds travaillaient dans le
présent et l'esprit dans l'avenir. "La balle est, dans
la vie, ce qui échappe le plus aux lois de la vie", a
écrit Jean Giraudoux, qui aurait aimé les trajectoi-
res liftées des ballons de Platini. "Elle a sur la terre
l'extraterritorialité de quelque bolide apprivoisé."
Cette belle définition s'applique bien à ce merveilleux
moment du Parc » (*L'Équipe*, 20 novembre 1981).
    Les « grandes équipes » sont alors bien évidem-
ment celles qui comprennent le plus de sorciers et
de magiciens réunis autour d'un gourou ou d'un
« meneur » : Reims autour de Kopa, Le Real de Madrid autour de Di Stefano, l'équipe du Brésil autour
de Pelé, la *Mannschaft* autour de Beckenbauer, les
Bleus autour de Zidane, et ainsi de suite dans le pan-
théon infantile des idoles, héros et supermen. Et lorsque les magiciens s'affrontent sur les pelouses sacrées
des temples ou « cathédrales » du football, on a droit,

comme dans la saga du *Seigneur des anneaux*, à quelques passes d'armes homériques où s'expriment les puissances magiques et leurs divers pouvoirs, forces, charmes ou maléfices : ballons propulsés comme par enchantement dans les lucarnes, courses solitaires victorieuses, dribbles « invraisemblables », passes « géniales », *baraka* du gardien de but sauvé par sa transversale, etc. Ces « commandos » ou corps en mouvement, qui fonctionnent comme le remarque Marcel Mauss sur « la collaboration magique », représentent des *groupes de croyances collectives* : le magicien est pris au sérieux et on a foi en lui parce qu'on a besoin de lui et de ses pouvoirs. D'où cette volonté de croire, ce besoin de *crédulité obligatoire* qui s'empare du public et des coéquipiers du magicien qui espèrent que le miracle va une fois encore se réaliser et la balle filer dans le but. « C'est tout un milieu social qui est ému, écrit Marcel Mauss, par cela seul que dans une de ses parties se passe un acte magique. Il se forme autour de cet acte un cercle de spectateurs passionnés, que le spectacle immobilise, absorbe et hypnotise [...]. La société tout entière est dans l'état d'attente et de prépossession où nous voyons encore chez nous les chasseurs, pêcheurs, les joueurs dont les superstitions sont légendaires. La réunion de tout un groupe ainsi affecté forme un terrain mental où fleurissent les fausses perceptions, les illusions immédiatement propagées, les constatations de miracles qui en sont la conséquence[12]. »

La pensée magique est encore renforcée par l'utilisation systématique des diverses *reliques sportives* qui constituent de véritables fétiches ou porte-bonheur. Les différents objets qui ont appartenu aux dieux du stade sont l'objet d'une authentique idolâtrie parce qu'ils sont supposés avoir côtoyé ou contenir cette force magique mystérieuse des « joueurs d'exception » : autographes, maillots, fanions, ballons, trophées, coupes et médailles jouent alors le rôle d'amulettes et de mascottes que les fans et les dévots conservent dans une vénération monomaniaque. Dans cet univers dominé par une sorte d'animisme commercial, les icônes, emblèmes et totems (le coq gaulois, les trois bandes d'Adidas, etc.) fleurissent comme autant de signes d'appartenance et de ralliement. Les bandes de supporters grimés qui arborent ou agitent écharpes, tee-shirts, casquettes, fumigènes, banderoles, cornes de brume et ballons constituent à cet égard l'apothéose de ce que certains sociologues postmodernes ont osé célébrer comme « le temps des tribus » : tribus de pantins secoués par les mêmes gesticulations, les mêmes slogans vengeurs, les mêmes superstitions, tribus de croyants fébriles engloutis par ces mouvements de foules incantatoires.

Ce qui se passe dans les gradins n'est d'ailleurs qu'une amplification mimétique de ce qui se passe sur la pelouse dans une sorte d'osmose irrationnelle des pensées désirantes, des éthos et des pathos. Les joueurs sont en effet envahis avant, pendant et après les matches par toute une série de micro-ritualités stéréotypées, d'actes obsédants et de cérémonials obsessionnels qui constituent une véritable *économie psychique de la superstition* ou de l'occultisme routinier. On sait ainsi que certaines équipes africaines ou sud-américaines n'hésitent pas à utiliser les services des marabouts, sorciers, féticheurs et autres envoûteurs pour attirer les forces bénéfiques sur leurs joueurs et jeter de mauvais sorts sur les équipes adverses. Une affaire célèbre opposant les spécialistes du gri-gri africain aux grands prêtres du satanisme péruvien avait ainsi défrayé la chronique en 1982 : guerre des sortilèges, guerre des maléfices et guerre des nerfs. Selon Santos Peredes, l'un des grands maîtres en sorcellerie de Lima : « Nos travaux et nos cantiques ont fait échec aux maléfices des sorciers camerounais qui plongeaient les photos de nos joueurs dans un bain de sang de poule noir. Nous, nous avons tranché, à l'aide d'une épée en acier brut, le haut du crâne des joueurs camerounais dont nous possédions toutes les photos » (*Le Figaro*, 16 février 1982). Il n'est pas rare non plus que les équipes occidentales — à l'image de bien des chefs d'État... — aient recours aux prédictions des voyantes, astrologues et autres devins pour anticiper le cours des événements[13]. Sur les terrains mêmes, on peut observer toute une série de pratiques conjuratoires, d'attitudes animistes et de rituels compulsionnels crypto-religieux. De nombreux joueurs portent des talismans, d'autres, tout aussi nombreux, se signent en foulant la pelouse ou tombent à genoux pour remercier le ciel lorsqu'ils marquent un but, d'autres encore se laissent pousser la barbe ou se rasent pour forcer la chance. Bref, le football est un long catalogue de prescriptions obsessionnelles, de gestes ritualisés, de processus compulsifs. C'est ainsi que les buteurs victorieux viennent saluer la foule, se roulent par terre, lèvent un index ithyphallique, vont boxer les poteaux de corners ou soulèvent leur maillot en l'embrassant amoureusement (Zidane...). Le gardien de but, ultime rempart, confronté à l'épreuve des penaltys, obéit à un cérémonial personnel qui vise à protéger l'inviolabilité de sa « cage » (marmonner une prière, frapper dans les mains, lever les bras, etc.). Et tous se roulent les uns sur les autres dans d'exultantes effusions. Ces « formalités » obligatoires qui constituent une sorte de protocole pulsionnel du cérémonial footballistique (l'ensemble des petits actes symboliques qui accompagnent le jeu proprement dit) ont évidemment une fonction dans la décharge libidinale qui caractérise le football : elles rassurent en tant que mécanismes de défense « à titre de protection contre un malheur attendu[14] » et satisfont le désir superstitieux de maîtrise de la situation. C'est en ce sens que Freud a rapproché les actes obsédants du cérémonial névrotique et les exercices religieux caractérisés, les uns comme les autres, par l'exécution méticuleuse des actes de la vie quotidienne ou des rites sacrés, au point d'ailleurs que « la névrose obsessionnelle semble ici la caricature mi-comique, mi-lamentable d'une religion privée » (*ibid.*, p. 86).

Par ses ritualités grotesques, ses gesticulations hystériques et le ridicule achevé de son pseudo-sacré, le football peut être considéré comme la caricature tragi-comique d'une névrose obsessionnelle de masse, très exactement ce qui caractérise le mimétisme contagieux des actes obsédants et les superstitions des obsédés de la pelouse, très exactement la peste émotionnelle que véhicule l'irrationnel contemporain.

LE FOOTBALL,
UNE INTOXICATION IDÉOLOGIQUE

Les trois caractéristiques principales de la peste émotionnelle sont aisément identifiables dans la passion foot, puisqu'elles l'accompagnent de tout temps et en tout lieu. La première est *l'intoxication idéologique réactionnaire*. La guerre des stades — des affrontements « virils mais corrects » aux bagarres généralisées entre joueurs et heurts sanglants entre supporters — entretient en permanence le poison du racisme et de la xénophobie, la haine de l'adversaire, le *fighting spirit* agressif avec sa volonté de domination, de suprématie et son esprit de vengeance. En ce sens l'agitation des meutes sportives[15], fascinées puis tétanisées par la passion foot, est de même nature psychologique que la *peste fasciste* — brune, noire, rouge ou verte — qui s'empare périodiquement des « masses infestées par la mentalité réactionnaire[16] ». La mobilisation totalitaire des fascistes, l'exaltation sectaire des doctrinaires et prédicateurs, l'intolérance des illuminés religieux, la rage exterminatrice des purificateurs ethniques, l'extrémisme meurtrier des djihadistes islamistes se retrouvent à divers degrés dans l'enthousiasme belliqueux des supporters ou le fanatisme des hooligans. Ils sont de même nature pulsionnelle, même si, bien évidemment, les niveaux de violence et les contenus idéologiques diffèrent. Ils visent tous en effet à « éliminer », « purifier », « dominer », « rectifier », « écraser » l'autre — ostracisé, rejeté, haï, diabolisé. En ce sens, ces pestes émotionnelles sont des formes ouvertes ou déguisées, réelles ou symboliques, de meurtre avec préméditation. C'est aussi en ce sens qu'on peut généraliser avec Wilhelm Reich la portée du concept de fascisme qui ne se réduit pas à un type politique donné (État ou parti), mais doit être considéré comme un phénomène universel porté et accepté par les masses. « Comme le fascisme se

présente toujours comme un mouvement entretenu
par les masses humaines, il porte tous les traits et
toutes les contradictions de la structure caractérielle
de l'homme nivelé dans la foule [...]. Le fascisme est
la somme de toutes les réactions caractérielles *irrationnelles* de l'homme moyen [...]. Le fascisme est
une forme exacerbée du mysticisme religieux, il est
son expression sociale spécifique[17]. » C'est cette caractéristique, notamment, qui permet de comprendre
dre la profonde affinité de tous les mouvements
totalitaires avec le sport de masse, particulièrement
le football.

La deuxième caractéristique centrale de la peste
émotionnelle est son *pouvoir de contamination*. Rien
n'est plus contagieux que la peste. Tous les théoriciens des foules ont en effet noté l'extraordinaire
pouvoir mimétique de la foule[18], ses effets de « contagion mentale », de « suggestibilité », d'« influence »,
d'« impressionnabilité » qui ne manquent pas d'entraîner en général des réactions grégaires de conformisme, de crédulité, de fascination, d'identification,
de servitude volontaire. Le phénomène le plus important de la formation de foule, explique Freud, est
l'exaltation de l'affectivité. « Le fait est, écrit Freud,
que les signes perçus d'un état affectif sont de nature
à susciter automatiquement le même affect chez
celui qui perçoit. Cette compulsion automatique est
d'autant plus forte que le nombre de personnes chez
lesquelles se remarque simultanément cet affect est
plus grand. Alors le sens critique de l'individu isolé
est suspendu et celui-ci s'abandonne au même affect. » Cette intensification des affects qui produit
sur les individus une impression de « puissance illimitée » a aussi des répercussions sur leur économie

libidinale, parce que c'est « une grande jouissance pour les participants que de s'abandonner ainsi sans retenue à leurs passions et alors de se fondre dans la foule, de perdre le sentiment de leurs limites individuelles[19] ».

C'est surtout la *violence mimétique* des foules qui engendre cette subordination des individus à l'esprit de meute ou de horde : le goût de la violence se propage dès lors comme une traînée de poudre. On constate aujourd'hui cette contagion galopante de la violence à tous les niveaux de la compétition. Des foyers centraux de la peste, la pandémie se répand irrésistiblement jusqu'aux échelons inférieurs, n'épargnant aucun club. Pour ne prendre que l'exemple français, le Paris-Saint-Germain (PSG), club phare de la ligue 1 de football professionnelle, est depuis des années l'un des *foyers d'infection* de la peste fasciste, raciste et antisémite. Régulièrement les matches PSG-Olympique de Marseille (OM) dégénèrent en affrontements sévères et tout aussi régulièrement les rencontres du PSG avec d'autres clubs sont l'occasion d'incidents graves : insultes et slogans racistes, guerres des clans de supporters, ratonnades contre les Noirs et les Maghrébins, saluts fascistes, banderoles haineuses, vandalismes divers. Voici un témoignage, parmi des centaines d'autres, qui donne une bonne idée de la peste d'en haut (issue de l'élite du football), à l'issue d'un match entre le PSG et Nantes : « Pendant le match, ils [les supporters du Kop Boulogne] ont hurlé des propos racistes dès qu'un joueur de couleur touchait le ballon. Puis, entre supporters du même Kop Boulogne, ils se sont battus. À la fin du match, quand le Kop Boulogne est sorti du Parc [des Princes], deux hommes d'ori-

gine africaine se sont retrouvés au milieu de la foule.
Des centaines de gens ont poussé des cris de singe
et quelques-uns d'entre eux leur sont tombés dessus.
Mis à terre, ils ont été roués de coups[20]. » Ce climat
de chasse à l'homme s'est retrouvé une semaine plus
tard dans un petit club de l'Oise, comme s'il y avait
eu propagation spontanée de l'infection sur un ter-
reau fertile : « Un tacle trop appuyé, un joueur qui
s'effondre et le match de troisième division du Dis-
trict de l'Oise, joué entre l'équipe de la Nacre-Méru
et son voisin Bornel, a tourné à la bagarre générale.
Mercredi dernier, quatre joueurs de Méru, de 18 à
22 ans, se sont retrouvés en comparution immédiate
devant le tribunal de Beauvais pour coups et blessures volontaires. Deux d'entre eux ont été écroués
en attendant le jugement renvoyé au 19 octobre.
"Le joueur taclé, le numéro 9 de l'équipe de Méru, a
commencé à se battre, explique le lieutenant Jay,
de la brigade de gendarmerie de Méru. Puis des
joueurs ont voulu s'emparer du carnet dans lequel
l'arbitre consigne tous les incidents du match." Pro-
jeté à terre et frappé, l'arbitre, emmené à l'hôpital,
s'est vu prescrire une interruption de temps de travail (ITT) de dix jours. Le quartier de la Nacre est
un site sensible dans l'Oise. Les deux joueurs incar-
cérés avaient déjà fait de la prison [...]. Si les faits
graves n'augmentent pas de façon notable, les cas
de violence se retrouvent chez des joueurs de plus en
plus jeunes. Ainsi, les 13-15 ans ne sont pas épargnés » (*Le Figaro*, 8 et 9 octobre 2005). Ces exemples,
parmi des milliers d'autres, contredisent radicalement la vision idyllique des idéologues postmodernes qui s'imaginent naïvement que le football est un
moyen d'intégration citoyenne, de pacification des

tensions ou de domestication de la violence. Loin de concourir à la concorde civile, le football est au contraire l'un des vecteurs privilégiés de la peste émotionnelle et même son alibi « culturel » par excellence.

PASSION DE DÉTRUIRE
ET PESTE RACISTE

La dernière caractéristique majeure de la peste émotionnelle a trait à la haine de la vie, au *culte de la puissance mortifère*. Erich Fromm a regroupé sous le terme de « nécrophilie » les différentes tendances qui s'expriment dans le sadisme, la domination cruelle, « la délectation éprouvée dans l'asservissement d'autrui[21] ». La nécrophilie, ou l'amour de la mort, comprend non seulement l'attirance pour tout ce qui n'est pas vivant, tout ce qui est mort : les cadavres, les matières fécales, la pourriture, la saleté, la fascination pour l'idéologie fasciste du « Viva la muerte ! », mais aussi toutes les « tendances qui vont à l'encontre de la vie » (*ibid.*, p. 43). Or le football est d'essence nécrophile parce qu'il est littéralement *vampirisé*[22] par cette passion de la domination, cette compulsion mortifère à la destructivité qui consiste à « écraser », « humilier », « atomiser » l'adversaire. De ce point de vue, la passion pour la guerre en crampons n'est pas différente dans sa nature profonde de la passion pour la guerre tout court. « Il faut faire appel à des passions telles que la haine, l'indignation, la destructivité et la peur pour décider des millions de gens à s'exposer à la mort et à devenir des meurtriers[23]. » Il faut faire appel à des passions telles que la haine, l'indignation, l'esprit de revanche, le mépris, l'exaltation mégalomaniaque pour entraîner des centaines de milliers de spectateurs à idolâtrer des clubs, des fanions, des stars du ballon. L'une des caractéristiques les plus marquantes de la nécrophilie est le culte de la force, de l'énergie brutale, de la supériorité virile qui est commun aux divers cultes de la performance et aux différentes variantes du fascisme. Erich Fromm, en opposant la nécrophilie à la biophilie (l'amour de la vie), a insisté sur le fait que la force est la capacité de transformer un homme en cadavre parce que tout acte de violence procède en dernière analyse de l'aptitude à tuer : « L'amant de la mort est nécessairement un admirateur de la force. À ses yeux, le plus bel exploit qu'un homme puisse accomplir n'est pas de donner la vie, mais de la détruire ; quant à l'emploi de la force, loin de représenter un expédient momentané imposé par les circonstances, il constitue un véritable système de vie. Dans ces conditions, il est fort compréhensible que le nécrophile soit sincèrement épris de la force. Pour lui, comme pour l'amant de la vie, l'humanité se divise en deux groupes radicalement opposés ; mais, alors que pour ce dernier la polarité fondamentale est celle du masculin et du féminin, le nécrophile, lui, fait passer la ligne de démarcation entre ceux qui possèdent le pouvoir de tuer et ceux qui en sont dénués. À ses yeux, l'humanité se partage en deux "sexes" : les puissants et les impuissants, les tueurs et les victimes[24]. » Aux yeux des nécrophiles sportifs, l'humanité se partage également en deux genres inégaux : les gagnants (*winners*) et les perdants (*losers*), les

vainqueurs et les battus, les « qualifiés » et les « éli
minés ».

La peste émotionnelle dans le football revêt au
jourd'hui de plus en plus la forme d'une épidémie,
ouverte ou insidieuse, de violence haineuse, de xénophobie, de racisme et d'antisémitisme. Contrairement aux illusions « humanistes » des idéologues
du « football progrès », du « football populaire », du
« football pour tous », du « football citoyenneté »,
etc., qui récitent comme des somnambules le credo
de « l'idéal sportif » (intégration, fraternité, fair-play,
amitié, paix), les stades sont devenus des forteres-
ses de haines racistes, des haut-parleurs de crispations identitaires, des caisses de résonance de
violences destructrices, avec leurs attitudes de re-
jet, de discrimination, d'assujettissement, d'hétéro-
phobie[25] et, pour finir, leurs appels à l'agression, au
meurtre et au pogrom[26]. Nous ne citerons ici qu'un
petit échantillon édifiant de la « pacification » des
passions par le football.

« Un drapeau à croix gammée brandi bien en évidence par un jeune homme, il y a quelques semaines,
au stade Santiago Bernabeu de Madrid à l'occasion
du match entre le Real et l'Atletico : cette image choc
symbolise le mal qui touche le sport le plus populaire de la planète. Mais le racisme, phénomène
présent dans le football depuis plusieurs décennies,
prend aussi d'autres formes : insultes, chants, jets
de bananes, cris de singes... Les joueurs noirs (le
plus souvent) en sont régulièrement victimes. "Le
racisme est en train de renaître dans le football", affirmait récemment Gérard Houllier [...]. Un constat
confirmé par l'attitude de certains "ultras" du Spartak, réputés dans toute la Russie pour leur racisme

envers les joueurs de couleur, y compris ceux portant le maillot de leur club, ce qui est actuellement le cas d'une demi-douzaine d'Africains ou d'Antillais. Les multiples exemples collectés dans les stades européens depuis plusieurs mois prouvent que la situation est devenue alarmante [...]. La grande nouveauté est l'extension du phénomène du racisme dans le football aux stades des pays de l'Est. "L'Europe de la libre circulation est devenue une réalité. Et de plus en plus de joueurs africains viennent trouver du travail dans des clubs de l'Est", explique Jacob Erel, directeur des compétitions de l'UEFA. En Pologne, la situation est particulièrement inquiétante. Le club du Legia Varsovie compte ainsi de nombreux hooligans néonazis. Lors d'un match contre le Widzew Lodz, ils n'ont pas hésité à brandir une immense banderole sur laquelle était inscrit un vieux slogan nazi : "Arbeit macht frei" (le travail rend libre) » (*Le Monde*, 6 mars 2003)[27].

« Le match opposant ADO La Haye au PSV Eindhoven (qui menait 2-0), dans le cadre du championnat des Pays-Bas, a été arrêté par l'arbitre à la 80e minute en raison de l'attitude injurieuse et raciste d'une partie des supporters de La Haye, qui scandaient notamment : "Hamas, Hamas, tous les Juifs au gaz !" » (*Le Monde*, 19 octobre 2004).

« Les deux clubs [ADO La Haye et l'Ajax d'Amsterdam] entretiennent une vieille rivalité. Ils ne sont pas les seuls aux Pays-Bas, où les supporters les plus acharnés — les "*siders*", comme on les appelle ici — se livrent depuis longtemps une lutte sans merci. En mars 1997, un affrontement opposant des bandes de l'Ajax et du Feyenoord Rotterdam avait ainsi provoqué la mort d'un jeune homme. Mais ces violences sont également verbales. Depuis qu'une partie importante des fans de l'Ajax a adopté un cri de ralliement proclamant leur fierté d'être "juifs", ils font face à de longs sifflements — "*sssssssss*", en référence au bruit du gaz dans les camps d'extermination — suivis d'injures antisémites » (*Le Monde*, 16 février 2005).

« Incidents racistes à Madrid lors d'Espagne-Angleterre. Richard Cabron, le ministre britannique des Sports, a annoncé, mercredi 17 novembre, qu'il allait demander l'intervention de la Fédération internationale de football (FIFA) et de l'Union européenne de football (UEFA) après le comportement injurieux d'une partie du public madrilène, qui a proféré des chants racistes à l'encontre de deux joueurs noirs anglais, Ashley Cole et Shaun Wright-Phillips, au cours de la rencontre amicale [*sic*] Espagne-Angleterre (1-0) [...]. La veille, à Alcala de Henares, le public espagnol avait déjà conspué les joueurs noirs de l'équipe d'Angleterre des moins de 21 ans. La Fédération anglaise avait envoyé des lettres de protestation à l'UEFA et à la FIFA. Le 6 octobre, un micro indiscret avait enregistré des propos racistes du sélectionneur espagnol, Luis Aragones, à l'endroit du Français Thierry Henry » (*Le Monde*, 19 novembre 2004).

« Il ne faisait pas bon être japonais samedi soir à Pékin. La finale de la Coupe d'Asie de foot, opposant, au stade des Ouvriers de la capitale, la Chine au Japon, était vécue par avance comme une revanche de la guerre sino-japonaise et des massacres des années 30 par une partie du public chinois. La victoire du Japon, 3-1, à l'issue d'un match entaché par un arbitrage contestable, n'a pas arrangé les choses.

Les unités antiémeutes de la police ont dû disperser une foule survoltée qui brûlait des drapeaux de l'"ennemi" et voulait s'en prendre à un bus de supporters japonais. Tant parmi les 60 000 spectateurs du stade plein à craquer que dans les bars pékinois qui avaient installé des écrans géants, les insultes ont fusé en direction de l'empire du Soleil levant. "Sha Bi, Sha Bi" (connards) était le slogan de la soirée pour de nombreux supporters chinois, drapeau rouge aux cinq étoiles jaunes peint sur le visage ou brandi fièrement en l'air » (*Libération*, 9 août 2004).

« "Turin, 13 avril 2005 : ouverture de la chasse à l'Anglais." Plusieurs sites Internet, sur lesquels les franges extrêmes des supporters de la Juventus Turin ont l'habitude de communiquer, débordent de messages agressifs de ce genre, avant le quart de finale retour qui doit opposer le club italien à l'équipe de Liverpool, vainqueur à l'aller (2-1). Des fanatiques déversent leur haine envers les supporters britanniques, héritiers, à leurs yeux, de ceux présents lors de la tragédie du Heysel, survenue à Bruxelles le 29 mai 1985 lors de la finale de la Coupe des champions, Juventus-Liverpool (1-0). Deux décennies n'ont pas suffi à effacer l'image du drame, des 39 morts, dont 32 Italiens, des 400 blessés, des corps martyrisés alignés devant le "secteur Z", dont le mur de séparation avec le terrain s'était écroulé sous la pression des tifosi, qui cherchaient à fuir les attaques des hooligans [...]. La police italienne pense que la rencontre est vraiment à "haut risque" pour l'ordre public. Sollicitée par le ministre de l'Intérieur, Giuseppe Pisanu, la préfecture de Turin a mobilisé plus de 2 000 agents de police et carabiniers. Les autorités turinoises prennent très au sérieux le danger et craignent que, dans les heures précédant la rencontre, des guets-apens ne soient tendus en centre-ville aux supporteurs britanniques » (*Le Monde*, 13 avril 2005).

« Samedi, le SEC Bastia recevait le FC Istres. Après s'en être pris à l'Istréen Moussa N'Diaye (insultes, cris de singe), une partie du public bastiais a pris à partie le défenseur corse Pascal Chimbonda qui, écœuré, a demandé à sortir avant de se raviser : un nouvel élément à porter au débit du déjà lourd dossier bastiais puisque, en novembre, le même Chimbonda (et son coéquipier Matingou) avait été victime d'insultes racistes et molesté à la sortie d'un match perdu dans le stade de Furiani » (*Libération*, 11 mai 2005).

« En raison du contexte d'extrême tension entre les différents groupes de supporteurs parisiens, le match face à Auxerre, qui terminait la 13e journée du championnat de France de football de ligue 1, dimanche 30 octobre, avait été classé à risques. Un dispositif de sécurité renforcé avait été mis en place. Trois compagnies de CRS ainsi qu'un escadron de gendarmes mobiles avaient été dépêchés en Bourgogne. Mais cela n'a pas suffi. Quelques minutes avant la fin de la première période de la rencontre, une centaine de supporteurs du PSG dits "indépendants" ont semé le trouble dans les tribunes du stade de l'Abbé-Deschamps [...]. Pendant plusieurs minutes, divers objets ont été jetés entre les deux espaces réservés aux supporteurs parisiens, placés l'un au-dessus de l'autre. Les stewards du club sont alors intervenus pour tenter de ramener le calme. Des Auxerrois, placés à côté de la tribune, ont également profité de la confusion pour se mêler à la rixe. Avant le coup d'envoi, d'autres heurts avaient déjà nécessité l'intervention des forces de l'ordre » (*Le Monde*, 1er novembre 2005).

Ces exemples de contagion de la peste émotionnelle, qui se reproduisent à longueur d'année sur tous les stades de la planète, devraient inciter les amateurs des « passions sportives » à se poser les quatre questions suivantes.

Pourquoi les prétendues « fêtes » du ballon rond nécessitent-elles la présence de plus en plus lourde des forces de l'ordre ? Le quadrillage policier de l'espace sportif et périsportif est-il un simple détail dans le scénario idyllique du « fair-play », du « respect de l'adversaire », de « l'effervescence ludique » et autres fadaises inventées par les idéologues de la « paix des stades » ?

Pourquoi la prétendue « culture populaire du football » a-t-elle tant d'affinités électives avec la violence verbale et physique ? Comment expliquer que les « sentiments et passions populaires » célébrés avec une touchante candeur par Jean-Claude Michéa[28] soient stimulés, encouragés et valorisés dans le football par l'affrontement physique, la rixe, la bagarre, le baston ? Faut-il en conclure que les « monstrueuses dérives du football contemporain » (*ibid.*, p. 19) auraient perverti « ce sport populaire par excellence » (*ibid.*, p. 14) et privé le bon peuple d'une saine distraction originellement authentique et pure avant d'être pervertie par le capitalisme ?

Compte tenu de l'aggravation des violences dans et par le football, peut-on encore affirmer qu'elles donnent à « découvrir la beauté spécifique du football et l'émouvante humanité de nombre de ses héros » (*ibid.*, p. 12) ? En d'autres termes, la culture foot serait-elle une esthétisation populaire de la violence fasciste ou quasi fasciste qui se développe dans les stades ?

Est-il possible d'admettre, comme le soutient Michéa, que « c'est toujours et seulement du point de vue de l'aficionado qu'il est possible de comprendre et de dénoncer *dans la totalité de ses effets* la violence de l'expropriation capitaliste dont un sport peut être l'objet » (*ibid.*, p. 22.) ? Autrement dit, les supporters, mordus, tifosi et autres hooligans du « peuple » football, tous passionnés de foot culture, seraient-ils seuls capables de comprendre la captation du football par le capitalisme et, en conséquence, de lutter contre les effets délétères de la peste footballistique ? Question subsidiaire : est-il imaginable que les turfistes, autres passionnés populaires, puissent dénoncer le business des courses de chevaux ?

La situation est telle aujourd'hui sur les terrains de football que le ministère de l'Intérieur et la Licra se sont sentis obligés de réagir publiquement. Dans une grande enquête sur les incidents racistes les plus graves de l'année 2004-2005, *Le Parisien* constatait de manière très lucide que « l'effet Coupe du monde 1998 semble être déjà loin. Oubliée cette France black-blanc-beur de Zidane qui s'offrait un message de tolérance grâce à son équipe nationale multi-culturelle. Aujourd'hui, les stades de football hexagonaux et européens sont le terrain d'une montée inquiétante des actes de racisme. Latent depuis des années, le phénomène est aujourd'hui une vraie préoccupation politique et sportive [...]. Ces derniers mois, une vingtaine d'incidents "remarquables à caractère raciste ou antisémite ayant donné lieu à

des enquêtes de police" ont été recensés. Ces agis·
sements vont des tags aux agressions physiques de
joueurs en passant par les saluts nazis. Et les cris
de singe hurlés dans certains stades lorsqu'un joueur
de couleur touche le ballon ne sont pas répertoriés
car impossibles à prouver » (« Football : le racisme
s'installe dans les stades », *Le Parisien*, 19 mai 2005).
L'enquête de la Licra soulignait, elle aussi, trois tendances inquiétantes : « 1. La confirmation du développement du racisme dans une dizaine de stades
de l'élite. 2. Le développement du communautarisme
(pour éviter de se faire insulter, une communauté
se regroupe au sein de sa propre équipe). 3. L'infil-
tration du foot amateur par des fondamentalistes
islamiques » (*Le Parisien*, 19 mai 2005)[29].

CULTURE FOOT
ET ALIÉNATION POPULISTE

Le football est non seulement une *peste émotionnelle*, mais un véritable *opium du peuple* distillé à
longueur d'année par toutes les officines de propagande du football : télévision, presse, agences de
publicité, de consulting et de marketing, sponsors et
annonceurs, entreprises publiques et privées, muni-
cipalités (de gauche comme de droite), associations
diverses, organismes sociaux et, pour finir, formations politiques quasi unanimes. La dictature du
foot, la tyrannie du ballon rond ont à ce point envahi
l'espace public et intoxiqué les consciences depuis
1998 que même les intellectuels supposés être attentifs aux « faits de société » se sont laissé étourdir

par les fumées opiacées et les langoureux vertiges de l'allégeance à l'ainsi dite « culture foot ». Cette prétendue « culture populaire[30] » est en fait une sinistre farce populiste où se côtoient mystification, aliénation, régression et manipulation, d'un côté, dépolitisation, crétinisation, frustration et agression, de l'autre. Il n'est donc pas étonnant que la meute des mordus du foot s'acharne avec un bel unanimisme à critiquer la thèse du sport opium du peuple, qui est la thèse centrale de la théorie critique. Il n'y a pas pire aliénation, en effet, que l'absence de conscience de l'aliénation. Aussi voudrions-nous rappeler quelques faits qui permettent de comprendre — et donc de critiquer — l'opium football.

« Tous ensemble, tous ensemble », évadons-nous dans les paradis artificiels : « Que représente le football au Portugal ? » Carneiro Jacinto, porte-parole de l'ambassade du Portugal : « Beaucoup trop. Il peut parfois être anesthésiant et cacher les vrais problèmes. Les personnes ne sont pas concernées par la politique. Quand il y a du foot, la politique s'arrête. Tout le monde va assister aux matches, toutes tendances confondues » (*France-Soir*, 23 juin 2004).

De beaux exemples pour la jeunesse : la spirale déchaînée de l'argent facile dans le football anglais « a renforcé le pouvoir de joueurs adulés comme des dieux. Résultat, pour tenir leurs stars, bon nombre d'entraîneurs ferment les yeux sur les entorses à la discipline comme les retards aux entraînements, les soirées trop arrosées la veille de matches ou l'étalage d'une richesse trop vite acquise. Adulés par les supporteurs, les gladiateurs à crampons, la plupart du temps très jeunes, mal dégrossis, naïfs qui ont quitté l'école à 16 ans, s'estiment autorisés à trans-

gresser tous les interdits. La pratique des "tournan-
tes" impliquant une fille et plusieurs footballeurs,
les beuveries ou les excès de vitesse sont monnaie
courante [...]. Amitié virile, virées au pub, misogy-
nie ouverte — au nom des "valeurs" de la classe
ouvrière — conduisent certains à l'irresponsabilité
et à la violence » (« Le football anglais fait naufrage »,
Le Monde, 12 et 13 octobre 2003).

Quand Zidane entend des voix qui lui dictent son
retour en équipe de France : « Ce qui m'arrive, en
réalité, est assez mystique et m'échappe un peu. C'est
même irrationnel et c'est pour cette raison qu'il n'y
a que moi qui puisse le ressentir véritablement. Une
nuit, à 3 heures du matin, je me suis soudain réveillé, et là, j'ai parlé avec quelqu'un. Mais ça personne ne le sait [...]. C'est une énigme, oui, mais ne
cherchez pas, vous ne trouverez pas. C'est quelqu'un
que vous ne rencontrerez probablement jamais. Moi-
même je ne m'explique pas cette rencontre. Cette
personne existe, mais ça vient de tellement loin. Et
là, durant les heures qui ont suivi, j'étais tout seul
avec elle et, chez moi, j'ai pris la vraie décision de
revenir [...]. Je n'avais jamais connu ça, j'étais
comme interdit devant cette force qui dictait ma
conduite, et j'ai eu comme une révélation [...] et
c'est cette force irrépressible qui s'est emparée de
moi à ce moment-là. Je devais obéir à cette voix qui
me conseillait » (*France Football*, 9 août 2005, p. 7).

L'aliénation au quotidien : « Pour une partie de la
population, le football peut aller jusqu'à vivre pour
le club. Le foot peut être une passion totalement
dévorante, la principale raison de vivre. Un certain
nombre d'individus vivent par et pour le Standard,
Anderlecht ou Bruges. Ils suivent les joueurs en dé-

placement, ils prennent même leurs vacances là où les équipes font leurs stages d'entraînement ! [...]. J'ai des collègues qui sont au Standard de Liège, derrière le goal, et pour qui le résultat du match influence en bien ou en mal le début de la semaine » (Jean-Michel Dewaele, professeur de sciences politiques à l'Université libre de Bruxelles, supporter du club de Bruges, *La Libre Belgique*, 5 août 2005).

« L'Iran bat la Syrie au son des armes. D'intenses tirs d'armes automatiques ont salué samedi soir à Bagdad la victoire (aux tirs au but 4-3) de l'équipe d'Irak contre la Syrie en finale du tournoi des Jeux de l'Ouest asiatique à Doha (Qatar). Les tirs ont résonné pendant vingt minutes dans une capitale plongée dans le noir en raison des coupures d'électricité et du couvre-feu. Les tirs ont salué chaque but irakien et chaque penalty transformé à la fin du temps réglementaire » (*Libération*, 12 décembre 2005).

Le sommeil de la raison engendre toujours des monstres...

CHAPITRE 2

L'EMPIRE FOOTBALL :
UNE MULTINATIONALE
DU BALLON ROND

Le football spectacle planétaire — avec ses coupes, ses championnats, ses rencontres télévisées, ses *golden stars*, ses « fêtes » et son matraquage publicitaire omniprésent — n'est que la face visible de l'Empire football[1]. Pour comprendre ce « milieu », ses règles opaques, ses trafics, ses magouilles et tripatouillages, sa corruption endémique, ses « affaires[2] », il faut évidemment l'inscrire dans son environnement réel, presque toujours occulté par les zélateurs du ballon rond : *l'affairisme capitaliste*. Le football est en effet l'un des dispositifs les plus puissants et les plus universels de la logique du profit. La marchandisation et la monétarisation qui ont transformé le football en une immense machine à sous avec ses parrains, ses intermédiaires, ses sponsors, ses opérations financières douteuses, ses salaires mirobolants ne sont pas, comme se l'imaginent encore certains « humanistes[3] », les déplorables effets de l'argent, mais la finalité même du capitalisme sportif contemporain. Le but unique du football est bien de brasser de l'argent comme le destin du prunier est de produire des prunes. Le « jeu » sur la pelouse verte n'est que le prétexte visible pour d'autres jeux,

autrement plus sérieux, qui stimulent en coulisses
toutes les opérations effectives de la corporation —
de « l'honorable société » — football : les investissements bancaires, les droits de retransmission télévisée, les recettes, les contrats de sponsoring,
les chiffres d'affaires, les bénéfices d'exploitation,
les produits dérivés, les budgets, les subventions, les
transferts, sans compter les « primes[4] », les dessous
de table, les doubles billetteries, les caisses noires,
les détournements divers qui accompagnent depuis
toujours le football professionnel, voué à baigner
dans l'oseille comme les requins croisent en eau
trouble.

De nombreux journalistes, sociologues et ethnologues s'extasient aujourd'hui sur l'universalité et la
popularité — transnationale, transculturelle, transi-
déologique, voire transhistorique — du football et
en font quasiment un invariant anthropologique,
une structure élémentaire de la socialité, un fait de
civilisation ou un jeu originaire caractéristique de
l'humanité en tant qu'humanité — les heideggériens
amateurs de football pourraient même dire une détermination existentiale du *Dasein*[5]. « Le football
n'est pas une mode, un engouement passager, écrit
ainsi François Thébaud. Il est né en Angleterre il y
a plus d'un siècle. Il s'est implanté peu à peu dans
tous les pays, sur tous les continents. Et comme tout
organisme vivant [*sic*] il a subi l'empreinte des conditions climatiques, géographiques, économiques,
historiques, sociales particulières aux milieux divers
dans lequel s'est effectué son développement[6]. »
Plus lyrique encore, Walter Umminger renvoie le
football à la nature humaine et à son immémoriale
fascination pour les jeux de balle, souvent liés à des

sacrifices humains. « Tous les peuples, toutes les races, écrit-il, ont demandé à la balle des forces mystérieuses. Nous sommes-nous élevés au-dessus de ce stade au siècle des Lumières, du bon sens et de la science ? Le règne de la balle continue. La balle a été libérée de ses démons mais elle n'a pas cessé d'être magique. Ce qu'elle a réussi à faire en tout temps et en tout lieu, elle y réussit aujourd'hui encore : elle éveille l'hystérie des foules[7]. »

L'EMPRISE TENTACULAIRE
DE LA FIFA

Le football n'est évidemment pas un élément de la « culture humaine », ni une pratique « aussi vieille que le monde », mais une *institution capitaliste* dont la genèse, la structure et le fonctionnement ne peuvent se comprendre que dans le cadre de l'avènement et de la consolidation du mode de production capitaliste[8]. La naissance, l'extension et l'implantation du football sont en effet totalement déterminées par le développement du capitalisme, puis de l'impérialisme en tant que conquête du marché mondial, et ses cycles d'expansion ont toujours été liés aux grandes périodes d'évolution de l'économie capitaliste ainsi qu'aux rapports de forces politiques sur l'arène diplomatique internationale. De nos jours, c'est bien entendu dans le cadre de la *mondialisation libérale* et de la domination sans partage du capital financier transnational que prospère le football et que prolifèrent ses organisations et ses lobbys : la FIFA, les fédérations nationales et l'UEFA notamment, mais aussi ses clubs, grands ou petits, professionnels ou « amateurs ». L'économie politique du football est donc de part en part une *économie politique capitaliste* — n'en déplaise à ses thuriféraires de « gauche » — parce que la logique du profit en a fait une entreprise comme une autre, avec ses employeurs, ses actionnaires, ses salariés, ses rapports d'exploitation, ses stratégies financières, ses conflits d'intérêts, ses licenciements, ses liquidations et son chômage. L'Empire football est même devenu au fil des ans une vaste multinationale bureaucratique gérant un énorme marché international où circulent des masses considérables d'argent et où s'opposent sans interruption de grandes fédérations dominantes avec leurs championnats réputés (Angleterre, Allemagne, Italie, Espagne, France, Brésil, Argentine), des clubs d'élite (en Europe : Real de Madrid, Juventus de Turin, Manchester, Barcelone, Chelsea, Liverpool, Inter de Milan, Bayern de Munich, Milan AC, Ajax d'Amsterdam, Arsenal, Benfica, Eindhoven, CSKA Moscou) et des groupes capitalistes qui se disputent férocement l'hégémonie sur ce « marché porteur ». Pour comprendre le fonctionnement de cet univers mercantile complexe qui organise une débauche de compétitions, de rencontres et de « fêtes » — championnats nationaux, régionaux et locaux, Coupes du monde, Coupes de l'UEFA, Super Coupes d'Europe, Coupes intercontinentales, Coupes d'Afrique, Jeux olympiques, Jeux méditerranéens —, il ne faut jamais perdre de vue qu'il repose totalement sur une infrastructure capitaliste et que ses modes d'organisation peuvent, suivant les lieux et les époques, combiner plusieurs formes politiques ou idéologiques : le fascisme, le stalinisme, le libéralisme, le travaillisme, la mafia, le poujadisme, le régionalisme, l'islamisme, etc. — ce qui lui donne cette apparence bigarrée de diversité dans l'unité.

Malgré ses manifestations nationales très diverses, le football reste cependant partout traversé par la même logique, car il est institutionnellement subordonné à la maison-mère, la mère pondeuse, la Fédération internationale de football association (FIFA), créée à Paris en 1904. C'est en effet la FIFA qui accrédite les diverses fédérations et ligues nationales de football, qui fixe les règlements et contrôle ses applications, chapeaute les grandes compétitions, en particulier les Coupes du monde, et oriente les grands projets de développement qui visent tous à convertir la planète à la religion profane du ballon rond, à étendre son empire jusque dans les pays les plus réfractaires, bref à piloter la *footballisation du monde*. La pieuvre a donc étendu ses tentacules sur tous les continents, des grandes métropoles aux plus petits villages : après l'Europe, l'Amérique latine, la Russie, l'Afrique, le Proche et le Moyen-Orient, les États-Unis, le Canada, la Chine, l'Australie, le Japon, l'Asie du Sud-Est, l'Océanie. À sa manière, le football est l'expression de la *colonisation capitaliste du monde*, et son exportation aux quatre coins de la planète — à partir de son lieu d'origine, l'Angleterre — traduit l'extension du processus impérialiste, sa pénétration dans des zones encore vierges, son insatiable appétit de conquêtes et de surprofits[9]. Le football, porté par la vague déferlante du libéralisme contemporain, tend également à pénétrer l'ensemble des pays, mais aussi à affirmer son monopole idéologique dans *l'industrie de l'abrutissement* qui caractérise le capitalisme avancé. Le football est, en effet, contrairement aux rêveries idylliques des zélotes qui persistent à y voir un élément de la culture, l'une des principales machineries idéologiques de manipulation, d'endoctrinement et de crétinisation des masses[10]. En cela, le football est bien l'idéologie dominante par excellence parce qu'il correspond exactement aux valeurs préconisées par le capital. Comme le note Ernest Mandel : « La structure et l'idéologie de la société du troisième âge du capitalisme créent des modes de comportement reposant sur la contrainte de performance menant au stress et à la névrose et sur la soumission à l'autorité technologique. De tels modes de comportement limitent systématiquement le développement de la pensée et de la conscience critique, mènent au conformisme et à l'obéissance aveugle[11]. » De ce point de vue le football est bien une forme de *tyrannie* et d'*aliénation* parce qu'il favorise la chloroformisation des esprits, l'obnubilation des médias et la sidération des masses : des matches, des buts, des anecdotes, des olas, des hurlements, des insultes, toute la panoplie de l'infantilisation et de la régression au service d'une entreprise de décervelage ou de lavage de cerveau — pour paraphraser Tchakhotine : le viol des foules par la propagande footballistique[12].

Loin de voir dans le football un « acquis culturel de l'humanité », il faut donc le considérer comme une organisation spécifique du capitalisme avancé — à la fois sa vitrine populaire privilégiée (un fantastique marché de consommateurs spectateurs), son terrain d'expérimentation capitalistique (pour des montages financiers inédits qui flirtent avec la légalité) et l'une de ses plus efficaces agences idéologiques de légitimation (un opium pour le peuple, une publicité permanente pour le culte de la « réussite »). Le football est à cet égard l'un des appareils idéologiques les plus pernicieux du capitalisme parce qu'il semble « apolitique », en dehors des querelles partisanes, au-dessus des classes sociales, des États, des cultures, en un mot œcuménique. C'est pourquoi, en idolâtrant le football et en refusant de dénoncer l'emprise tentaculaire de la FIFA, les intellectuels dits de gauche ont accepté d'être idéologiquement vassalisés par une multinationale « devenue en un quart de siècle la plus importante machine à gros sous de la planète. Sur les 1 200 milliards de francs de chiffre d'affaires généré par le football à travers le monde, la plus grosse part provient des droits de télévision [...]. Pour les deux prochaines éditions de la Coupe du monde, la donne aura complètement changé. C'est le magnat de l'audiovisuel allemand, Leo Kirch, associé à ISL, le premier groupe mondial de marketing sportif, qui a fait main basse sur les droits mondiaux de la compétition, contre la somme mirobolante de 14 milliards de francs. Une affaire en or pour la FIFA » (*Le Monde*, 1er juin 1998).

Une affaire en or aussi pour les grands magnats de l'industrie, de la finance, du commerce et de la presse qui investissent dans le football, le sponsorisent et le contrôlent — les « humanistes » ajoutent : le « dénaturent ». Aujourd'hui en effet, tous les clubs de football dans le monde — professionnels ou amateurs — sont sous la coupe d'intérêts économiques plus ou moins puissants, opaques et « anonymes ». Les petits clubs de province se font « aider » par des commerçants locaux, diverses associations déclarées, des subventions municipales ou des PME, tandis que les clubs de l'élite professionnelle sont aux mains de grands capitaines d'industrie, de dirigeants d'entreprise ou de groupes financiers qui investissent dans ce secteur économique en expansion constante, achètent et vendent joueurs et entraîneurs, spéculent souvent en Bourse et rêvent de conquérir de nouveaux marchés. En France Robert Louis-Dreyfus, patron d'Adidas, à l'Olympique de Marseille, Michel Pastor, l'un des principaux hommes d'affaires de la Principauté (BTP et immobilier), à l'AS Monaco, ou Jean-Michel Aulas, patron de l'éditeur de logiciels Cegid, à l'Olympique lyonnais, et en Italie Silvio Berlusconi, qui possède Mediaset, aux rênes du Milan AC, et Giovanni Agnelli, patron de Fiat, à la tête de la Juventus de Turin sont, parmi tant d'autres, des exemples de cette fusion entre le football et le monde du *big business*. Cette emprise du capital sur le football a de nos jours largement dépassé les frontières nationales et est devenue multinationale, à l'image même des joueurs mercenaires qui passent d'un club à l'autre, d'un pays à l'autre, sans aucun état d'âme et sans la moindre considération — sinon financière — pour le « maillot ». À partir des années 1990 — en 1995, l'arrêt Bosman permet aux joueurs de passer librement les frontières comme n'importe quel autre travailleur —, le football européen élargit en effet son horizon planétaire et laisse circuler capitaux, joueurs, entraîneurs et intermédiaires, tant et si bien que les équipes supposées représenter une ville sont de plus en plus composées d'un conglomérat éphémère et hétéroclite de joueurs étrangers recrutés sur le marché international. « Du coup, quand Chelsea l'emporte sur Southampton (2-1) en décembre 1999, l'équipe ne compte pas un seul Anglais dans ses rangs ! » (« Ballon rond et gros biffetons », *Politis*, 18 juillet 2002). Il n'y a pas que Chelsea cependant qui représente une sorte de tour de Babel du crampon, tous les clubs européens tendent à devenir progressivement des regroupements occasionnels de salariés à durée déterminée, grassement rétribués, ou des commandos de saisonniers de luxe où se côtoient Africains de toutes nationalités, en particulier Ivoiriens, Nigérians et Sénégalais, Allemands, Anglais, Argentins, Brésiliens, Coréens, Croates, Écossais, Espagnols, Français, Grecs, Irlandais, Italiens, Japonais, Maghrébins, Néerlandais, Polonais, Portugais, Russes, Serbes, Suisses, Tchèques, Turcs. La « mobilité professionnelle » des joueurs est telle, tant du point de vue national qu'international, que les supporters ont de plus en plus de mal à identifier la composition de leur équipe « phare » et du même coup à s'identifier à elle.

LE FOOT BUSINESS :
INVESTISSEURS ET SPONSORS

L'intrusion massive du grand capital dans le monde du football a par ailleurs entraîné une spirale inflationniste galopante dans les principales places fortes européennes, particulièrement en Angleterre, en Italie, en Espagne et en France, du fait des ambitions affairistes démesurées des dirigeants de clubs. Outre-Manche par exemple, « les clubs anglais, en majorité cotés en Bourse, brassent bien plus d'argent que les équipes continentales, grâce surtout aux

revenus des contrats de télévision avec BSkyB. Ce
ne sont pas seulement les joueurs et les managers
recrutés à prix d'or qui en profitent. D'un bout à
l'autre, la "chaîne de production" — agents, dirigeants de clubs, équipementiers, avocats et banquiers spécialisés — s'est emballée. Primes de match,
contrats de publicité et sponsoring sont contaminés
par une inflation galopante. Chelsea, racheté par
l'oligarque russe Roman Abramovitch, Manchester
United, contrôlé par deux Irlandais milliardaires,
éleveurs de chevaux, ou Fulham, propriété du patron égyptien du grand magasin Harrods, Moham-
med al-Fayed : les clubs de la L 1 anglaise se vendent
comme des savonnettes à des nababs qui s'en servent comme "danseuse" ou pour améliorer leur image
de marque. Le chiffre d'affaires de l'entreprise-foot-
ball (billetterie, merchandising, droits de télévision,
sponsoring) avoisine le milliard de livres par an, revenus équivalents de ceux d'une compagnie majeure
figurant à l'indice Footsie de la Bourse de Londres »
(*Le Monde*, 12 et 13 octobre 2003).

Les grands clubs, happés par la nécessité de financer leurs faramineuses dépenses (salaires des joueurs,
entraîneurs et managers, investissements immobi-
liers, remboursements de dettes, opérations publicitaires, etc.), cherchent de plus en plus à attirer les
investisseurs et sponsors : pétrodollars, opérateurs
institutionnels, banquiers, holdings, compagnies diverses, milliardaires, prédateurs en tous genres. Et
les initiatives se multiplient ces dernières années à
un rythme accéléré, transformant le football international en une sorte de foire aux OPA, acquisitions,
partenariats, rachats. Toujours en Angleterre, lieu
de naissance du capitalisme et du football, « Emira-

tes, la compagnie aérienne de Dubaï, vient de signer un contrat de sponsoring record avec le célèbre club de football Arsenal, champion d'Angleterre en titre et actuel leader du classement. Le montant de la transaction s'élève à 100 millions de livres, soit près de 150 millions d'euros [...]. Le nom de la compagnie aérienne apparaîtra sur les maillots des Gunners pour huit saisons à partir de la saison 2006-2007. Surtout, il s'inscrira sur le fronton du nouveau stade dont les portes s'ouvriront également en 2006. L'Emirates Stadium, dont le coût est estimé à 400 millions de livres (600 millions d'euros), remplacera le vieux stade de Highbury. La société de Dubaï se substitue ainsi à l'opérateur de téléphonie mobile MMO2, parrain d'Arsenal depuis 2002 » (*Le Monde*, 7 octobre 2004). Toujours en Angleterre, Manchester United, qui engrange des progressions spectaculaires en Bourse, est l'objet de multiples projets d'OPA. L'une de celles-ci « pourrait émaner du magnat du sport américain Malcolm Glazer. Depuis plusieurs mois, ce dernier a augmenté petit à petit, par le biais de sa société d'investissement Malcolm Glazer Family, sa présence dans le capital du club réputé le plus rentable du monde, dont il détient depuis juin 19,17 % du capital [...]. Le *Mail on Sunday* a révélé que Malcolm Glazer, 74 ans, propriétaire de l'équipe de football américain des Tampa Bay Buccaneers, s'apprêtait à formuler une offre de rachat valorisant Manchester United à 650 millions de livres (970 millions d'euros). Pour parvenir à ses fins, le milliardaire se serait attaché les services de la banque d'affaires J.P. Morgan » (*Le Monde*, 6 octobre 2004). Quelques mois plus tard, Malcolm Glazer récidivait : « Le milliardaire américain Malcolm

Glazer, qui détenait jusque-là 28,2 % de Manchester United et rêvait depuis de longs mois d'en prendre les manettes, vient de passer à l'offensive après deux tentatives "informelles" infructueuses. Son offre valorise sa "cible" à 1,15 milliard d'euros. Seul accroc dans cette irrésistible ascension, le raid est toujours jugé hostile par la direction et les associations de supporters. À Londres, l'action Manchester bondissait de plus de 13 % jeudi. Quoi qu'il en soit, Malcolm Glazer (278e fortune mondiale) vient de rafler les 28,7 % possédés conjointement par deux hommes d'affaires irlandais, J.P. McManus et John Magnier. De sorte qu'il contrôle d'ores et déjà 56,9 % du capital de Manchester United avant de s'attaquer au solde » (*L'Expansion*, 12 mai 2005). Cet exemple, comme tant d'autres similaires, atteste que l'idée même d'un « football citoyen », expression d'une supposée « culture populaire », est une pure chimère. Croire en effet, ainsi que se l'imaginent les réformateurs, qu'il serait possible de « rendre le football au peuple » est aussi peu réaliste que l'instauration d'un « capitalisme populaire ». Dans un cas comme dans l'autre, le « peuple » sert uniquement à constituer l'armée de réserve de la volaille à plumer, celle qui alimente la chronique des déboires des « petits porteurs ».

Ces transactions fébriles confirment que Manchester — devenu pur objet de spéculations boursières — est bien le modèle capitalistique qui va dominer à l'avenir le football de haut niveau. Il n'y a pas en effet que les milliardaires irlandais ou américains qui s'intéressent au football business, les oligarques russes se sont eux aussi mis de la partie. « Le football britannique est-il en passe de tomber sous la coupe des richissimes hommes d'affaires russes ? La dernière rumeur qui secoue le monde du ballon rond outre-Manche peut le laisser penser. Selon le *Daily Telegraph* daté d'hier, l'un des fondateurs du géant pétrolier Loukoil, Ralif Safin, regarde de près le club mythique de Manchester United [...]. Les Russes ne sont pas seuls à lorgner sur le football anglais. Bien qu'avant-dernier de la Premier League et au bord de la faillite avec 110 millions d'euros de dettes, le club de Leeds suscite les convoitises. Le Premier ministre thaïlandais en personne aurait regardé le dossier (il aurait aussi approché le club de Fulham, propriété de Mohamed al-Fayed). Et c'est finalement un membre de la famille royale de Bahreïn, cheikh Abdel Rahman ben Moubarak Al-Kahlifa, qui a déposé une offre en bonne et due forme pour le rachat de Leeds » (« Le football britannique suscite les convoitises », *Le Figaro*, 30 décembre 2003).

Dans l'ex-glacis soviétique, le capitalisme fait également le ménage dans le football. Ainsi, en Ukraine, le célèbre Dynamo de Kiev, onze fois champion national, treize fois champion de l'Union soviétique, et demi-finaliste en 1999 de la Ligue européenne des champions, est depuis la « révolution orange » l'objet d'âpres luttes politico-économiques pour son contrôle. « Les turbulences s'expliquent par le fait que le club était, depuis une douzaine d'années, la propriété d'hommes d'affaires liés au président déchu, Leonid Koutchma. Les modalités de la privatisation du club ont été remises en question par le nouveau pouvoir politique [...]. Le Dynamo était devenu, en somme, l'entreprise phare de quelques oligarques que la "révolution orange" a promis de remettre à leur place » (*Le Monde*, 7 avril 2005). Le Dynamo, symbole national dans un pays qui compte des millions d'amateurs, est un exemple parmi tant d'autres de la politisation du football ou, plus exactement, de la *footballisation de la politique* qui gangrène tant de pays. En Russie, par exemple, « une petite révolution est en cours dans le football. Après les accointances mafieuses des années 1990, un nouvel argent arrive, celui des magnats de l'industrie, la poignée d'oligarques qui contrôle de larges pans de l'économie nationale [...]. En mars dernier, dans un luxueux hôtel de Moscou, s'est tenue la signature du contrat liant Sibneft [société contrôlée par Roman Abramovitch] au CSKA [de Moscou], d'un montant de 54 millions de dollars, dont 18 millions pour la saison en cours. En échange, Sibneft obtenait "les droits exclusifs sur l'utilisation en Russie et à l'étranger de la marque et du nom du club, et de l'image de l'équipe dans un usage de publicité et de marketing". Le CSKA a recruté comme entraîneur le Portugais Artur Jorge (ancien entraîneur du Paris-Saint-Germain et du FC Porto, champion d'Europe en 1987), pour un montant de 1,26 million de dollars par an, selon l'agence Reuters. D'autres clubs russes ont suivi cette voie. Le montant des investissements attendus cette année dans le football russe est évalué à 250 millions de dollars [...]. "Vingt pour cent des budgets de nos clubs relèvent de la publicité, des retransmissions par la télévision, de la vente des billets ou d'objets de marketing. Le reste de l'argent vient des propriétaires des clubs", révèle German Tkatchenko, président du club de Samara, financé par la holding du ma-

gnat de l'aluminium russe, le milliardaire Oleg De-
ripaska » (*Le Monde*, 4 août 2004).

En Espagne également, le football commence à être
saisi par la fièvre galopante de la chasse aux fonds,
sponsors et capitaux. Le Real Madrid — qui fut l'une
des vitrines du franquisme et qui est aujourd'hui
l'un des clubs les plus puissants de la planète foot
et surtout l'un des plus titrés : 29 fois champion
d'Espagne et 9 fois champion d'Europe des clubs[13]
— est devenu au fil des ans une véritable machine
économique qui investit, recycle et fait fructifier
des sommes considérables. Bien que profondément
endetté, avec des comptes d'exploitation opaques et
contestés, le Real Madrid continue de jongler avec les
chiffres. Depuis qu'un homme d'affaires, Floren-
tino Pérez, a repris le club en main en juin 2000,
celui-ci a musclé ses méthodes « entrepreneuriales »
en développant une stratégie financière et commerciale qui s'appuie sur l'image d'excellence de ses
stars achetées à prix d'or. À son arrivée, « le club madrilène affichait une dette nette de plus de 46 milliards de pesetas (environ 278 millions d'euros) et
un déficit budgétaire de 42 millions d'euros […]. En
trois ans, M. Pérez s'est attaché à appliquer au club
de foot les recettes qui ont fait de lui, en quelques
années, l'un des hommes d'affaires les plus en vue
d'Espagne. Tandis qu'il vient de fusionner ACS, son
entreprise de construction, avec le groupe espagnol
Dragados, il s'est attaché à faire du club de foot une
affaire de plus dans son portefeuille. Désormais, le
Real Madrid n'est plus seulement une équipe de
football. C'est une "entreprise sportive", comme il
l'affirme, qui a sa propre marque, au même titre
que Coca-Cola ou L'Oréal. Pour réaliser cet objectif,

M. Pérez a tout d'abord misé sur les joueurs [...].
Le premier d'entre eux a été le Portugais Luis Figo,
qui appartenait au principal club concurrent, le FC
Barcelone. Une acquisition qui lui a coûté plus de
60 millions d'euros » (« Le Real Madrid, symbole
du "foot-business" », *Le Monde*, 26 novembre 2003).
D'autres acquisitions devaient suivre, tout aussi
exorbitantes : Zidane, le « Français préféré des Français » (en 2004), qui n'a pas hésité, comme la quasi-
totalité de l'équipe de France « black-blanc-beur »
de 1998, à s'expatrier à l'étranger pour vendre ses
mollets au plus offrant, le Brésilien Ronaldo et l'Anglais David Beckham, support publicitaire de choix,
avec sa femme Victoria Adams, l'une des ex-chan-
teuses du groupe Spice Girls. Dans la foulée, le Real
Madrid réalisait également de juteuses opérations
immobilières, publicitaires et marketing puisque
l'exploitation de la marque et la vente des produits
dérivés (maillots du club, chaussettes, ballons, pyja-
mas, stylos, livres, photographies, verres à liqueur,
cartes à jouer, etc.) généraient 58 millions de recettes en 2002-2003 et devaient avoisiner les 80 millions pour 2003-2004.

D'autres clubs espagnols de renom sont concernés par cette « surcapitalisation » et cette inflation
des coûts et des dépenses. C'est ainsi que le FC Barcelone (« Barça »), que certains rêveurs autonomis-
tes ont identifié à la fierté catalane, s'est lui aussi mis
sur le marché du sponsoring. « Pour la première fois
depuis cent six ans, le FC Barcelone — seul club de
football européen de haut niveau, avec l'Athletic
Bilbao, à arborer un maillot sans publicité — devrait céder un espace sur ses rayures bleu et rouge
à un annonceur chinois [...]. Selon la presse espa-

gnole, l'annonceur serait prêt à verser entre 17 et 19 millions d'euros par saison. Sept millions pourraient être ajoutés en fonction des titres remportés. Des chiffres record qui placeraient le Barça près de la Juventus Turin, à qui la compagnie pétrolière Tamoil verse 22 millions d'euros par an, et loin devant le Real Madrid, qui touche 14 millions de la part de Siemens [...]. La proximité des Jeux olympiques de Pékin en 2008 a alimenté la rumeur d'un logo au nom de la capitale chinoise. Bien que le comité organisateur des jeux se soit empressé de démentir, mardi 10 mai, l'*International Herald Tribune*, dans son édition du 11 mai, persistait à voir derrière ces tractations la main du Catalan Juan Antonio Samaranch, ancien président du Comité international olympique (CIO) » (*Le Monde*, 13 mai 2005). L'objectif de cette recherche de partenariats est évidemment de rentabiliser les finances de ce club « prestigieux » qui, comme la plupart des grosses machines footballistiques européennes, court après l'argent frais comme le chien court après le gibier.

En Italie aussi, la question du financement des grands clubs du Calcio — endettés jusqu'au cou et même menacés pour certains de faillite — est cruciale, compte tenu des dépenses pharaoniques enregistrées ces dernières années et aussi des pertes abyssales liées à de graves difficultés financières. C'est ainsi que, malgré le décret d'urgence pris par le gouvernement de Silvio Berlusconi baptisé « sauve-Calcio » en février 2003 — décret qui permet aux clubs transalpins d'étaler sur dix ans l'amortissement des achats de joueurs et d'afficher des comptes compatibles avec les normes européennes, décret bien sûr contesté par les commissaires européens qui y ont

vu une parade —, la brutale dévaluation du patrimoine « joueurs » des clubs avec l'éclatement de la
bulle boursière a littéralement plombé leurs finances. « En quelques mois, par exemple, la valeur globale des joueurs du Milan AC [club détenu par
Silvio Berlusconi], champion d'Europe en titre, était
passée de 200 millions d'euros à 42 millions. Tous
les grands clubs, à l'exception de la Juventus Turin,
ont utilisé cette facilité [le décret] pour rendre leurs
comptes plus présentables. Bruxelles se demande
aujourd'hui si le décret ne peut pas être assimilé à
une aide cachée permettant aux clubs italiens
d'acheter des joueurs au-dessus de leurs moyens
réels, ce qui créerait une distorsion de concurrence
entre les clubs européens [...]. Sur le dernier exercice, quatre des cinq grands clubs italiens — Milan
AC, Inter, Lazio et AS Rome — sont dans le rouge :
271 millions de perte au total. Mais s'ils n'avaient
pas fait jouer le fameux décret, leurs déficits cumu-
lés dépasseraient le milliard d'euros. Si l'Italie, sous
la pression de Bruxelles, devait renoncer à ce sub-
terfuge, l'onde de choc serait brutale. Massimo Mo-
ratti, le président de l'Inter, a beau se dire "tranquille",
il lui faudrait injecter 287 millions supplémentaires
pour équilibrer son bilan. Et son voisin milanais
devrait demander 217 millions au groupe Mediaset
de la famille Berlusconi. La situation serait encore
pire pour les clubs romains, en mal de recapitalisation, et qui ont des dettes colossales envers le fisc.
Même si le gouvernement italien arrive à un compromis avec Bruxelles, la survie d'un système en quasi-
banqueroute passe par une recapitalisation massive »
(*Le Monde*, 30 novembre et 1er décembre 2003).

Cette recapitalisation est à la fois la solution et le

problème, car les clubs italiens sont empêtrés dans d'inextricables difficultés financières qui les obligent à de nombreux montages, contorsions, dissimulations, irrégularités, faux et usages de faux, à l'image de l'économie politique semi-mafieuse du libéralisme avancé. « Après Parmalat et Cirio, le Calcio ? Le football italien va-t-il s'effondrer d'un coup, comme les deux groupes agroalimentaires aujourd'hui en faillite, après que la justice y a mis son nez ? Les soupçons sont les mêmes : faux bilans, commissions occultes, déclarations insincères et autres acrobaties comptables dans le but de cacher la situation financière réelle d'un sport en quasi-banqueroute. La dette totale des dix-huit clubs de Série A est estimée à 1,9 milliard d'euros » (*Le Monde*, 3 mars 2004). Cette crise économique sans précédent a amené le parquet de Rome à ordonner une importante perquisition aux sièges de la Fédération italienne de football, de la Ligue professionnelle et d'une cinquantaine de clubs des séries A et B accusés de « dopage administratif ». « Cette vaste investigation sur les irrégularités présumées dans la gestion des clubs s'ajoute à une autre enquête ouverte à Rome sur de fausses garanties bancaires fournies l'été dernier aux instances du football par plusieurs clubs, dont l'AS Rome, afin de pouvoir être inscrits en championnat 2003-2004. Le procédé rappelle celui par lequel Parmalat est arrivé : un faux document bancaire censé garantir la présence de fortes liquidités dans une société fictive du groupe aux îles Caïmans [...]. De 1997 à 2002, la perte moyenne des clubs s'est creusée de 45 % par an. Chaque saison, les salaires des joueurs ont augmenté de 33 % alors que les revenus des clubs, malgré le

boom des droits télévisés à cette période, ne pro-
gressaient que de 14 %. Depuis, la fuite en avant n'a
fait que s'accélérer. Les clubs les plus endettés semblent arrivés au bout de leurs artifices de gestion,
tels que la surestimation de la valeur des joueurs figurant à leur patrimoine ou la création de plus-
values artificielles par les ventes croisées de nombreux joueurs au-dessus de leur valeur réelle » (*Le
Monde*, 3 mars 2004).

CLUBS DOMINANTS
ET MONOPOLISATION DES RÉSULTATS

En Italie, où le football — deuxième religion d'État
après le catholicisme — est une cause nationale prio-
ritaire, le gouvernement de Silvio Berlusconi a décidé d'aider les clubs italiens à recapitaliser et à
étaler leurs dettes fiscales. Les deux clubs romains
notamment, la Lazio et l'AS Rome, sont en effet en
état virtuel de liquidation. La Lazio, dont le capital
est quasiment réduit à néant, cherche 120 millions
pour recapitaliser. « Ce serait une nouvelle bouffée
d'oxygène après une augmentation de capital de
110 millions d'euros, déjà réalisée en 2003 face au
spectre de la faillite. À l'époque, la somme avait pu
être rassemblée dans l'urgence grâce aux garanties
apportées par les banques. Aujourd'hui, les dirigeants de la Lazio s'efforcent d'accélérer le processus pour rassurer les autorités boursières, mais les
établissements financiers se font tirer l'oreille, de
même que les investisseurs potentiels. Beaucoup
de zones d'ombre persistent dans les comptes d'un

club mêlé à la faillite frauduleuse de Cirio, le groupe agroalimentaire de son précédent propriétaire, Sergio Cragnotti, aujourd'hui en prison. La situation de l'AS Rome n'est guère meilleure. Le rachat par une société russe n'ayant pas abouti, début mars, le club a aussitôt décidé une augmentation de capital de 150 millions d'euros. Mais la banque Capitalia exige d'importantes garanties sur le patrimoine personnel du président Franco Sensi [...]. Pour les deux clubs, ces recapitalisations, espérées d'ici à la mi-avril, ne suffiront pas à combler les dettes accumulées. Parmi celles-ci, les arriérés fiscaux s'élèvent à 113,9 millions d'euros pour la Lazio, et à 112 millions pour l'AS Rome. Soit près de la moitié des 510 millions d'euros que les clubs professionnels doivent à l'État. Les clubs romains seraient donc les principaux bénéficiaires d'un décret-loi en cours de préparation, visant à autoriser les clubs à étaler sur cinq, voire dix ans, le remboursement de leurs impayés aux services du Trésor » (*Le Monde*, 24 mars 2004).

En France, les grands clubs — notamment le PSG, l'OM, Monaco, Lyon —, confrontés à la puissance financière des concurrents européens, tentent eux aussi de s'adapter à la transnationalisation du marché des joueurs et à la spirale inflationniste des budgets. La plupart des présidents de clubs dénoncent — dans un bel élan poujadiste — la domination des « gros » étrangers sur les « petits » Français, en déplorant les « distorsions de concurrence » dont ils se disent victimes : budgets insuffisants, charges sociales et fiscales trop lourdes — une rengaine des entreprises françaises et du Medef —, existence d'une Direction nationale de contrôle et de gestion (DNCG), impossibilité d'entrer en Bourse, du moins pour l'instant. Or leur volonté affichée de promouvoir « l'équité dans les compétitions » est non seulement dérisoire, compte tenu des rapports de force actuels, mais surtout profondément hypocrite. Comme dans tous les autres pays, en effet, ce sont seulement les clubs les plus riches qui peuvent suivre la valse des salaires et donc acquérir les joueurs essentiels en dominant ainsi les compétitions nationales, par exemple Monaco ou Lyon, ne laissant aux « petits » que le bonheur de ramasser les miettes. Dans le football comme dans le reste de la société, la « fracture sociale » oppose les deux vitesses ou les deux divisions : ceux d'en haut — qui peuvent encore jouer dans la cour des grands et trustent les titres ou les places d'honneur — et ceux d'en bas — qui rament dans les profondeurs des classements et risquent la relégation en division inférieure. Et bien que le football ne soit pas une science exacte et que les « Petit Poucet » puissent de temps à autre jouer les trouble-fête, la logique du capital s'impose inexorablement : les plus riches finissent toujours par imposer leur puissance financière. Ce processus de monopolisation des capitaux, des meilleurs joueurs et donc des succès s'est progressivement affirmé avec l'accélération du foot business. En 2005, pour la Ligue européenne des champions, on pouvait constater que la participation aux phases finales était réservée aux équipes richement dotées en capital constant (infrastructures) et capital variable (salaires). « Si l'argent ne fait pas le bonheur, au football, il peut mettre à l'abri de la glorieuse incertitude du sport. Manchester United, Milan AC, Real Madrid, Juventus Turin, Barcelone, Chelsea, Bayern Munich, Arsenal... Les huitièmes de finale de la Ligue des champions [...] sont plus que jamais réservés aux clubs les plus riches. Les dix équipes les plus fortunées de la planète sont toutes présentes à ce stade d'une compétition très rémunératrice. L'Olympique lyonnais et l'AS Monaco, ainsi que leurs adversaires allemands (Werder Brême) et néerlandais (PSV Eindhoven), sont au nombre des rares clubs n'appartenant pas à ce cercle très fermé [...]. "Cette situation nous préoccupe car nous ne voulons pas que la Ligue des champions soit limitée à une élite, explique William Gaillard, le porte-parole de l'UEFA. Il ne fait aucun doute que l'argent détermine davantage les résultats qu'il y a une dizaine d'années et que le nombre de clubs qui accèdent en haut des compétitions est de plus en plus restreint." L'étude "Football professionnel, finances et prospectives", publiée en novembre 2004 par Ineum Consulting, branche conseil de Deloitte France, souligne également "le renforcement de la position dominante d'un nombre réduit de très grands clubs" sur la scène européenne. "La fracture entre le groupe des dix clubs les plus riches et leurs poursuivants est définitivement marquée et tend à s'agrandir", analyse Vincent Chaudel, d'Ineum Consulting. Lors de la saison 2002-2003, les dix clubs les plus riches ont vu la moyenne de leur chiffre d'affaires (environ 175 millions d'euros) augmenter de 10 % par rapport à l'année précédente, quand les ressources des dix clubs suivants (environ 100 millions de moyenne) stagnaient à 1 % de progression. Une tendance confirmée lors de la saison 2003-2004 et entretenue par la Ligue des champions [...]. William Gaillard craint également que la limitation de la Ligue des champions à une élite n'entraîne "des déséquilibres dans les championnats nationaux, comme en Italie, en Angleterre ou en Espagne, où seulement deux ou trois clubs peuvent espérer remporter le titre". Cette tendance touche aujourd'hui le championnat de France, remporté depuis trois ans par l'Olympique lyonnais. Avec 77 millions d'euros en six ans, l'OL est le club français — et le dixième en Europe — qui a tiré le plus de revenus de la Ligue des champions » (« La Ligue des champions, un cercle très élitiste », *Le Monde*, 22 février 2005).

Les dix clubs les plus riches du monde

Revenu pour la saison 2003-2004, en millions d'euros.
Évolution par rapport à la saison 2002/2003, en millions d'euros.

1er	Manchester United	(Angleterre)	248,5	− 4,93
2e	Real Madrid	(Espagne)	226,5	+ 32,2
3o	Milan AC	(Italie)	213,3	+ 11,45
4e	Chelsea Londres	(Angleterre)	208,2	+ 73,3
5e	Juventus Turin	(Italie)	206,3	− 13,76
6e	Arsenal Londres	(Angleterre)	166,6	+ 15,8
7e	FC Barcelone	(Espagne)	162,3	+ 37,8
8e	Inter Milan	(Italie)	159,8	− 3,90
9e	Bayern Munich	(Allemagne)	159,5	− 4,5
10e	FC Liverpool	(Angleterre)	133,8	− 16,96

Source : *Le Monde*, 22 février 2005.

L'UEFA souhaiterait donc ne pas avoir à gérer la transposition footballistique du célèbre slogan libéral « trop d'impôt tue l'impôt » (trop de football tue le football) et entend préserver cette « glorieuse in-

certitude du sport » qui entretient les surprises sportives sur lesquelles s'extasient les gogos des petits
clubs que l'espoir fait vivre. En face, le lobby « G14 »
— qui regroupe les dix-huit clubs européens les
plus puissants, comme le G8 regroupe les puissances capitalistes dominantes — cherche au contraire
à renforcer la logique de l'élite et entend bien maintenir le monopole des ressources (primes de partici-
pations, de matches et de victoires, droits télévisés,
recettes publicitaires) au sein des poules aux œufs
d'or que sont les compétitions européennes et leurs
dérivés intercontinentaux. Dans cette perspective,
ces clubs cherchent depuis plusieurs années à créer
une Superligue européenne pour contrer l'UEFA et,
surtout, assurer un « juste équilibre » entre les « aléas
sportifs » et la rentabilité financière qui a bien sûr
horreur des « échecs imprévus ». C'est ainsi qu'en
1998 un projet piloté par Media Partners, société
italienne spécialisée dans la gestion commerciale des
droits télévisés, voyait le jour, en concertation avec
plusieurs magnats de l'audiovisuel, Leo Kirch, Ru-
pert Murdoch et Silvio Berlusconi. L'idée était
d'organiser une épreuve privée réunissant 36 clubs
renommés, dont 18 clubs « fondateurs ». L'offre était
alléchante puisqu'il était prévu que chaque partici-
pant bénéficierait de 140 millions de francs (21,5
millions d'euros) et que le vainqueur toucherait au
total 350 millions de francs (53,8 millions d'euros).
Le président de Media Partners, Rodolfo Hecht, précisait les intentions du projet : « La Superligue doit
être basée sur le mérite sportif. Nous tenons à maintenir cela. Mais, d'un autre côté, nous devons également
prendre en compte le problème de stabilité financière
qui se pose dans le football. En Italie, par exemple,

les propriétaires de clubs subissent d'énormes pressions de la part du public et des médias pour acquérir davantage de joueurs et de meilleurs entraîneurs. S'ils ne le font pas, on les critique. S'ils le font, ils se retrouvent avec une masse salariale exorbitante. Il n'est plus possible de vivre dans un tel scénario sans qu'existe une base solide pour les recettes des matches européens. Il faut pouvoir avoir un certain niveau de prédiction sur une saison. Nous sommes conscients que le football est d'abord un sport avant d'être un business [*sic*]. Mais c'est un business aussi. Et quand ce business croît au-delà d'une certaine limite, vous devez faire avec » (*Le Monde*, 11 septembre 1998). La bureaucratie sportive réagissait évidemment pour maintenir son monopole organisationnel, en offrant une compensation aux clubs : 32 participants à la Ligue des champions au lieu de 24 et 50 millions d'euros assurés au vainqueur. Le G14 ne devait pourtant pas désarmer. Décidé à accroître le pouvoir des clubs, il maintenait sa pression sur l'UEFA en brandissant à nouveau la menace d'une ligue privée concurrençant l'actuelle Ligue des champions.

L'objectif déclaré du G14 est non seulement de contrôler les « coûts de production » de l'industrie du spectacle footballistique, mais aussi de réguler les mises à disposition des joueurs des clubs aux sélections nationales, en obtenant des compensations financières pour ce « manque à gagner ». Il s'agit aussi pour lui d'obtenir la réforme financière des compétitions de l'UEFA en arrachant de meilleures conditions pour l'exploitation des droits télévisés et des droits liés aux téléphones mobiles et Internet. Pour qui en douterait encore, le G14 « n'a rien d'une

association de mécènes désintéressés et sa doctrine
se veut totalement libérale. Un lobby, donc, mais tout
particulièrement tourné contre l'Union européenne
de football (UEFA), dont les dirigeants refusent toujours de reconnaître l'existence du G14 [...]. Les
clubs réclament plus d'argent, via une redistribu-
tion plus large des bénéfices de la Ligue des champions. Et, régulièrement, ils agitent la menace de la
création d'un championnat européen de football
"fermé", réservé aux "grands" clubs, calqué sur le projet conçu il y a quatre ans par l'agence de marketing
Media Partners » (*Le Monde*, 5 novembre 2002).
Après plusieurs escarmouches, le G14 est finalement
passé à l'offensive juridique. C'est ainsi que Jean-
Michel Aulas, président de l'Olympique lyonnais, décidait de porter devant la justice son différend avec
la FIFA et cherchait à obtenir « une indemnisation
pour abus de position dominante » après la blessure d'un de ses joueurs. « La démarche judiciaire
du club quadruple champion de France fait suite à
la blessure de son arrière latéral gauche, Éric Abidal, avec l'équipe de France, lors du match amical
contre le Costa Rica, le 9 novembre, à Fort-de-France.
Son absence dans les rangs de l'OL constitue, selon
le club, un préjudice évalué à 1,17 million d'euros
[...]. "Les joueurs sont avant tout des salariés des
clubs", a affirmé Jean-Michel Aulas. "La réglemen-
tation qui concerne les joueurs internationaux nous
a semblé illicite. D'abord parce qu'il y a peu de
concertations entre les clubs et leur fédération au
niveau des dates de matches. Ensuite, car la prise
en charge des joueurs lorsqu'ils se blessent en sélection est assumée par leurs principaux employeurs
[...]. Pour l'OL, où il y a 24 internationaux sur un

effectif de 25, il s'agit de plus de 1 000 journées par an qui sont mises à la disposition des fédérations [...]. Le G14 estime que l'obligation faite aux clubs de mettre leurs joueurs à disposition des fédérations pour les matches internationaux sans pouvoir, de surcroît, exiger de compensation en cas de blessures constitue un abus de position dominante de la FIFA. Le G14 estime à environ 5 000 euros par jour — en équivalent de salaires et de frais d'assurance — le coût moyen de la libération d'un joueur pour un club [...]. "Le cœur du litige est que la FIFA joue en permanence de ses deux casquettes de régulateur sportif et d'entreprise de spectacle", résume Me Jean-Louis Dupont, l'avocat belge du G14. "L'entreprise FIFA dégage 2 500 millions d'euros de chiffre d'affaires avec la Coupe du monde et le régulateur FIFA fixe à zéro le prix des services joueurs qui sont légalement sous le contrôle des clubs : la FIFA viole le droit communautaire de la concurrence » (*Le Monde*, 8 décembre 2005). Et dire que certains nostalgiques de la « culture populaire » — qui estiment toujours possible que le football redevienne un « jeu simple » — n'ont toujours pas compris que la « grande famille » du football n'est en fait qu'une immense *Dallas story* où les joueurs entrent en contradiction avec les clubs et ceux-ci avec l'UEFA ou la FIFA pour se partager un colossal magot. « Les dotations pour la compétition européenne ont été multipliées par huit en dix ans et en 2003, à la Juventus Turin, Alexandre Del Piero gagnait 180 000 euros par semaine. Mai 2003, finale de la Coupe UEFA : les Glasgow Rangers affrontent à Séville le FC Porto. Pour le trophée, mais aussi pour l'argent : les Portugais remportent 3,5 millions

d'euros, les Écossais 2,5 millions. Le foot, commerce
le plus lucratif au monde, est devenu en une décen-
nie l'objet d'une course aux armements qui ne laisse
aucune place aux sentiments ni à la beauté du geste
En 1992, l'UEFA (l'instance officielle du foot européen) crée la Champion's League. Une vaste entreprise de divertissement composée de trente-deux
clubs qui se partagent chaque année près de 500 millions d'euros » (*Libération*, 10 et 11 décembre 2005).
Aux partisans de la « culture du pauvre », il n'est
peut-être pas inutile de rappeler que le foot n'a rien
à voir avec la « passion démocratique », mais exclu-
sivement avec la passion déchaînée du grisbi. Le
football est même aujourd'hui la mise en application
concrète du célèbre slogan libéral « Enrichissez-
vous ! ». Aux amateurs des données empiriques,
voici quelques chiffres qui prennent tout leur relief
si on les met en rapport avec la situation des millions de pauvres, précaires, chômeurs et rmistes de
la France « d'en bas » : « Le business du ballon rond a
explosé depuis dix ans. Les salaires ont augmenté
de 15 à 30 % par an. Les transferts ont suivi une
courbe exponentielle, jusqu'aux 75 millions d'euros
déboursés pour Zinedine Zidane, lors de son passage de la Juventus Turin au Real Madrid, en 2001.
Les droits de diffusion à la télévision du championnat de France sont passés de 450 millions de francs
par an en 1995 à 600 millions d'euros aujourd'hui.
Manchester, le club le plus riche du monde, affiche
un chiffre d'affaires de quelque 250 millions d'euros,
rivalisant ainsi avec les grandes franchises du sport
américain. La tendance est à la concentration des
capitaux et des talents. Selon un rapport d'information du sénateur Yvon Collin, publié en 2004, cinq

championnats européens (Angleterre, Italie, Espagne, Allemagne, France) draînent 80 % du chiffre d'affaires du football européen. Les trois quarts des recettes de la Ligue des champions (415 millions d'euros en 2004-2005) reviennent aux trente-deux clubs participants — concrètement aux grands, en vertu d'un système de pondération lié aux recettes marketing. En 2005, le vainqueur, Liverpool, a touché 30 millions d'euros, la fédération moldave 176 000 euros. Cette concentration financière pèse sur les résultats. Le G14 truste tous les titres de champions d'Europe depuis 1991 [...]. Certains championnats se résument à une lutte entre trois ou quatre grandes écuries » (*Le Monde*, 13 décembre 2005).

La composition du G14

Le G14 regroupe dix-huit clubs européens. Quatorze d'entre eux sont des membres « fondateurs » : Milan AC, Ajax Amsterdam, Borussia Dortmund, FC Barcelone, Bayern Munich, Inter Milan, FC Porto, Juventus Turin, FC Liverpool, Manchester United, Olympique de Marseille, Paris-Saint-Germain, PSV Eindhoven, Real Madrid. En 2002, quatre clubs ont été cooptés comme membres « invités » : FC Arsenal, Bayer Leverkusen, Olympique lyonnais, FC Valence. Le G14 convoque une assemblée générale quatre fois par an. Son budget est de 2,8 millions d'euros.

« Le système des votes, basé sur le nombre de victoires remportées dans les Coupes d'Europe, favorise les clubs "historiques". Sur un total de 137 suffrages possibles, le Real Madrid en compte 18 quand le PSG se contente de 4. Au G14 aussi, l'Europe du football fonctionne à deux vitesses » (*Le Monde*, 5 novembre 2002).

On voit donc comment le football, « ce jeu se jouant à onze contre onze » comme le disent les bréviaires, est en réalité un panier de crabes peu ludique où se déchirent pour le contrôle d'une *cash machine* façon NBA (ligue professionnelle de basket aux États-Unis) la FIFA, l'UEFA, le G14, les clubs, les investisseurs, les banques, les assurances, les organismes financiers, les agences de publicité, les sponsors et, pour finir, les télévisions et les autres médias. Ces boîtes à sous et à images qui saturent à longueur d'année l'actualité ont en effet compris l'intérêt qu'il y avait à fidéliser l'énorme masse des pratiquants licenciés à la FIFA (plus de 200 millions d'individus) et la masse tout aussi considérable (plusieurs dizaines de millions) des amateurs non licenciés — minimes, cadets, juniors, seniors, vétérans — qui jouent occasionnellement ou ont joué au foot et qui constituent les bataillons ordinaires des supporters et des téléspectateurs (entre un et deux milliards rivés aux petits écrans ou écrans géants dans les lieux publics lors des Coupes du monde...). Dans cet eldorado footballistique qui brasse des centaines de millions d'euros et engrange des droits télévisés faramineux, les investissements, budgets, recettes, salaires, revenus et transferts flambent dans une spirale inflationniste où chaque acteur tente de pomper un maximum de « valeur ajoutée ». Les équipementiers, les agences de marketing, les sponsors, les actionnaires, les joueurs, les agents des joueurs, les télévisions, les journaux, chacun, à sa manière, cherche à accaparer la manne miraculeuse du ballon rond.

LE MARCHÉ DES JOUEURS :
DES VALEURS EN OR

Le lieu enchanté de ces trafics monétaires est d'abord le *marché des joueurs* où se font et défont les valeurs marchandes des joueurs, achetés, vendus ou échangés comme des chevaux de course ou des call-girls de luxe. « Depuis l'arrêt Bosman (1995), qui a instauré une libre circulation des footballeurs en Europe, les cours de la "chair à dribbler" et de la "machine à tacler" flambent plus que jamais » (« La fièvre du foot business », *Capital*, n° 79, avril 1998, p. 75). Le football business est à cet égard l'univers impitoyable de la course aux bénéfices, profits, primes, intérêts, gains, valeurs ajoutées, dividendes, retours sur investissement. Contrairement aux naïves illusions des « vrais amateurs de foot » qui croient que le beau jeu gratuit est encore possible et que les professionnels jouent pour l'amour du maillot ou pour le « plaisir de jouer », la compétition acharnée pour acquérir ou conserver les « parts de marché », les « parts d'audience » et les « parts du gâteau » que se livrent les clubs, les intermédiaires, les joueurs, les sponsors, les télévisions a transformé le milieu du football en une vaste foire d'empoigne où les relations sont réduites à de simples rapports d'argent, « pour ne laisser subsister d'autre lien, entre l'homme et l'homme, que le froid intérêt, les dures exigences du paiement au comptant », comme l'écrit Marx. Le football a en effet « noyé les frissons sacrés de l'extase religieuse, de l'enthousiasme chevaleresque, de la sentimentalité petite-bourgeoise dans les eaux glacées du calcul égoïste, [il] a fait de la dignité personnelle une simple valeur d'échange[14] ». Le football a surtout noyé les « passions sportives » et la « ferveur sportive » sur lesquelles s'extasient béatement les intellectuels postmodernes dans un océan de trafics en tout genre — d'influence, d'avantages en nature, de biens, de joueurs, de produits dopants et, pour finir, de capitaux. Les enthousiasmes populaires, les frissons de la victoire et les extases de la gloire que portent aux nues les habituels thuriféraires du football[15] dissimulent bien mal la vénalité, la soif de l'enrichissement, la fascination pour l'odeur fétide de l'argent pour l'argent.

Les « valeurs » des joueurs — que certains voudraient donner « en exemple à la jeunesse » — se mesurent surtout aux montants des salaires, primes et transferts qui ont atteint ces dernières années des sommets inimaginables. L'escalade des records sans cesse battus — que la presse *people* s'empresse de révéler avec gourmandise — a quelque chose d'indécent dans une Europe ravagée par le chômage, la précarité et l'exclusion. Il serait fastidieux à cet égard de tenir à jour les cotations des joueurs qui subissent comme le CAC 40 les fluctuations des cours du marché[16]. Quelques exemples suffiront pourtant à ridiculiser les gémissements réformistes de ceux qui déplorent « l'intrusion de l'argent dans le sport » et souhaitent que le football retrouve son caractère « populaire ». En 1998, le Brésilien Ronaldo avait été au top du hit-parade en gagnant 60 millions de francs, suivi par le Brésilien Rivaldo, 33 millions de francs. Toujours en 1998, avant la victoire de l'équipe de France en Coupe du monde, la feuille de paie des Bleus s'établissait ainsi : Fabien Barthez (5,2 millions de francs par an), Lilian Thuram (6,5 millions), Laurent Blanc (7,9 millions), Zinédine Zidane (9,2 millions), Didier Deschamps (12 millions), Youri Djorkaeff (12 millions), Marcel Desailly (15 millions) (source : *Capital*, n° 79, avril 1998). La victoire historique des Bleus devait évidemment faire exploser ces chiffres, grâce notamment aux primes de matches et aux contrats publicitaires, mais elle devait également disperser ces « héros » des comptes bancaires aux quatre coins de l'Europe à la recherche de très juteux « émoluments ». Ainsi, en 2000, Fabien Barthez « signait à Manchester United, le club le plus riche du monde (875 millions de francs de budget), pour 6 ans, avec un salaire mensuel de 1,4 million de francs net d'impôt et une prime à la signature de 30 à 40 millions. Coût du transfert : 90 MF » (*Politis*, 8 juin 2000). Déjà en 1998 les transferts avaient grimpé en flèche : « En 1995, le transfert de l'Anglais Alan Shearer (120 millions de francs pour passer des Blackburn Rovers à Newcastle) semblait marquer un sommet. Or, l'été dernier, les Brésiliens Ronaldo (Inter de Milan) et Rivaldo (Barcelone) ont fait mieux : des transferts à plus de 150 millions de francs ! Ces records viennent à leur tour d'être pulvérisés par un autre international brésilien, Denilson. Il rejoindra, après la Coupe du monde, le club espagnol du Bétis Séville pour 200 millions de francs. Le prix d'un Boeing 737 ! » (*Capital*, n° 79, avril 1998, p. 75).

Et pendant ce temps-là les salaires, transactions de transferts, primes, dessous de table, avantages en nature gravissent des sommets vertigineux. « Le cours du crampon flambe. 250 millions pour Anelka, 275 pour Vieri : droits télé et sponsors font s'envoler les prix des footballeurs » (*Libération*, 28 juin 1999). « L'escalade des salaires, encouragée par l'augmentation des droits de retransmissions télévisées, met en péril l'équilibre économique des clubs. Au train où vont les choses — certaines rémunérations mensuelles des joueurs dépassent le million de francs après imposition —, seuls les clubs les plus riches pourront survivre » (*Le Monde*, 2 mars 1999). « Figo devient le footballeur le plus cher du monde. Le Real l'achète 405 millions de francs au Barça » (*Le Monde*, 26 juillet 2000).

Aujourd'hui, le marché des footballeurs suit étroitement les tendances géopolitiques de l'économie capitaliste mondialisée. Après les jours fastes de l'Italie, de l'Espagne, de l'Angleterre et de l'Allemagne, c'est au tour de la Russie de devenir le paradis des mercenaires en crampons sous l'impulsion de richissimes dirigeants qui recrutent pour des sommes astronomiques. « La Russie fait flamber le marché des transferts [...]. Depuis deux ans, des footballeurs venus du monde entier y posent massivement leurs crampons. Dernier exemple en date : l'attaquant international turc Nihat vient de signer au CSKA Moscou, récent vainqueur de la Coupe UEFA, pour 19,7 millions d'euros ! Une supercagnotte du Loto pour le joueur de la Real Sociedad, bon joueur, mais dont la notoriété n'atteint pas, par exemple, celle d'un Michael Owen (l'attaquant anglais Ballon d'or 2001)[17], acheté "seulement" 12 millions d'euros par le Real Madrid l'année passée [...]. L'époque où les clubs russes étaient pillés par l'Ouest est donc révolue. On peut même parler d'inversion des rôles. Exemple : le Dynamo Moscou. Alexei Fedorichev, son président, ne cache pas un faible pour le FC Porto, champion d'Europe 2004. Le boss de l'ancien club de la police (propriété de la compagnie pétrolière Ioukos) a débauché trois ex-pensionnaires du club lusitanien. Les deux internationaux portugais Costinha et Maniche et le défenseur grec Yourkas Seitaridis. Coup de l'opération ? 4 millions d'euros pour le premier (ancien joueur de Monaco), 16 pour le second et 10 pour le dernier. Trois recrues qui ne seront pas dépaysées puisque à Moscou ils retrouveront huit Portugais et deux Brésiliens. Une mondialisation qui ne s'arrête pas simplement aux joueurs. Ainsi, l'an passé, l'Italien Nevio Scala (ex-Parme et Dortmund) entraînait le Spartak Moscou, pendant que le CSKA Moscou jetait son dévolu sur le Portugais Artur Jorge (limogé au bout de deux mois) » (*Libération*, 11 juillet 2005).

Plus personne ne s'étonne par conséquent que les « rémunérations » des joueurs atteignent des hauteurs astronomiques, tellement les chiffres annoncés[18] ont été banalisés par la surenchère. Et si quelques bonnes âmes de gauche s'indignent encore que les salaires, stock-options, jetons de présence et primes de départ des chefs d'entreprises ou les profits des actionnaires liés aux licenciements boursiers revêtent une allure de scandale en regard des salaires ouvriers moyens et des minima sociaux, personne ne trouve anormal, en revanche, que des mercenaires et chasseurs de primes soient payés comme des princes. « Les vingt joueurs les mieux payés au monde gagnaient 64 millions d'euros en 1997. Aujourd'hui, ils totalisent 144 millions d'euros ! En 1982, Michel Platini quittait l'AS Saint-Étienne pour les beaux jours de la Juventus de Turin pour 10 millions de francs (payés en quatre fois sur trois ans). En 1984,

Diego Maradona était transféré de Barcelone à Naples pour 79 millions de francs. Une bagatelle. Aujourd'hui Zidane passe du même club [la Juventus] au Real de Madrid pour la somme de 75 millions d'euros. Salaire, 30 % de plus qu'en Italie : 500 000 euros par mois [...]. Transfert de Luis Figo du Barça au Real : 63 millions d'euros ; salaire : 9,4 millions d'euros par an [...]. Cependant que David Beckham (Anglais) émarge à 10,7 millions d'euros par an, Gabriel Batistuta (Argentin) perçoit 8,25 millions d'euros par an à la Roma et Ronaldo (Brésilien) 7 millions dans le même temps » (*Politis*, 18 juillet 2002). Tous ces joueurs « populaires » qu'admirent tant les passionnés des passions sportives sont en outre liés à de substantiels contrats de publicité avec divers groupes. Par exemple « David Beckham est lié à Adidas, Pepsi, Marks and Spencer, les lunettes Police et les cosmétiques Brylcream à hauteur de 7 millions d'euros. Nakata, la star japonaise, double ses revenus (7,7 millions d'euros par an) avec ses contrats Nike, Canon et MasterCards » (*Politis*, 18 juillet 2002).

Cinq ans de transferts au Real Madrid

1999	Nicolas Anelka	33 millions d'euros
2000	Luis Figo	61,7 millions d'euros
2001	Zinédine Zidane	70 millions d'euros
2002	Ronaldo	45 millions d'euros
2003	David Beckham	25 millions d'euros

Source : *Le Figaro entreprises*, 25 août 2005.

MAQUIGNONS DU CRAMPON
ET AGENTS TROUBLES

Les joueurs professionnels qui valsent d'un club à l'autre sont ainsi les enseignes publicitaires ambulantes des grandes marques qui tiennent à valoriser leur image — Adidas, Carrefour, Canal+, Opel, Nike, Puma, etc. —, et leurs stratégies de carrière n'ont rien à voir avec une quelconque liberté de choix et de décision, comme le prétendent naïvement les ethnologues de la « passion égalitaire » et des « valeurs démocratiques ». Les joueurs ont en effet un contrat à durée déterminée avec leur club, et leur destin est toujours déterminé par les options économiques de leurs employeurs qui gèrent le « capital humain » comme n'importe quelle autre fraction du capital ou du patrimoine. À chaque intersaison du championnat (« mercato »), les clubs font ainsi leurs emplettes, achètent et vendent, prêtent ou échangent des joueurs qu'ils espèrent pouvoir revendre à meilleur prix le moment venu. « Dalmat, acheté par Lens à Châteauroux pour 32 millions, revendu à l'OM pour 65, arrive au PSG pour 70 millions. Vite fait, bien fait » (*Politis*, 8 juin 2000). Le marché des joueurs n'est donc guère différent d'une foire aux bestiaux avec ses maquignons, ses fournisseurs et ses intermédiaires. Comme le soulignait lucidement il y a plus de vingt ans le footballeur strasbourgeois Félix Lacuesta, « les professionnels sont des marchandises, simples produits de consommation que l'on vend à droite, à gauche » (*France-Soir*, 3 février 1982). Mais que dire aujourd'hui, quand on sait que

les recrutements se font par « anticipation » dans
les compétitions scolaires, les championnats des divisions inférieures ou dans les centres de formation ? Les jeunes talents sont ainsi « détectés » ou
« dépistés » dans ces différents viviers par des agents
recruteurs qui les rabattent ensuite sur les clubs.
Certains clubs, comme le Red Star dans la banlieue
parisienne ou l'AJ Auxerre, par exemple, forment à
domicile des jeunes joueurs qui s'en vont ensuite tenter leur chance dans les grandes équipes. Et comme
la loi du milieu est la loi du profit, les recruteurs
cherchent du côté des pays pauvres ou en voie de
développement. Les pays africains (Nigeria, Liberia,
Burkina, Sénégal, par exemple), le Brésil et les pays
de l'Est forment aujourd'hui les gros bataillons de
ces migrants, repérés par des filières de négriers ou
de maquignons plus ou moins occultes, qui passent
d'un club à l'autre, d'un pays à l'autre en pour-
voyant les équipes d'une main-d'œuvre fluide et peu
regardante sur ses conditions de travail. Ces trafics[19]
ou ces transactions sont supervisés, voire monopo-
lisés par des agents de joueurs (149 en France en
2004) pour qui l'argent n'a ni odeur ni nationalité.
Intermédiaires obligés des transferts, agents troubles et doubles, ils encaissent une commission légalement plafonnée à 10 %, mais en réalité ils sont au
centre de très nombreuses malversations parce qu'ils
permettent dessous de tables, rémunérations et
commissions occultes, détournements, évasions fiscales, fausses factures, autrement dit toute la panoplie classique de l'économie capitaliste souterraine.
Philippe Piat, président de l'Union nationale des
footballeurs professionnels (UNFP), constatait les
pratiques dominantes : « Tout le monde sait qu'au-

jourd'hui l'agent touche des deux côtés [du côté du joueur et du côté du club] en toute impunité. Les clubs s'adressent aux agents : "Je cherche un grand attaquant qui fait 1,90 m, peut marquer 30 buts et qui a de l'expérience. As-tu cela dans ton écurie ?" Les clubs versent une commission aux agents, ce qui les avantage fiscalement. Ils sont donc totalement dans l'irrégularité » (« Enquête sur des agents troubles », *Libération*, 1er octobre 2004). Les agents ont donc un intérêt professionnel à ce que leurs joueurs changent de club chaque année, nonobstant les déclarations sirupeuses sur « l'amour du maillot ». La véritable face cachée du ballon rond se situe à ce niveau semi-mafieux qui dégage 30 millions d'euros de commissions perçues par les agents français et 50 millions d'euros en Angleterre. Il n'est donc pas étonnant que la justice se soit invitée dans cette corporation d'intermédiaires aux franges de la légalité. Déjà, en avril 2004, le parquet de Paris avait ouvert une enquête préliminaire sur certaines pratiques frauduleuses ayant cours dans les transferts des joueurs : faux agents ne possédant pas la licence de la Fédération française de football (FFF), faux mandats : « Une pratique illégale s'est largement répandue dans le football français. D'après la loi, un agent ne peut être payé — sous forme de commission — que par la partie qui l'a mandaté : soit le joueur qui souhaite changer d'équipe ; soit le club qui a besoin de tel profil de joueur. En aucun cas un agent ne peut être sollicité par les deux parties. Or l'usage démontre que de nombreux agents sont mandatés par des clubs pour des joueurs qui se trouvent être leurs propres clients ! Ce mécanisme n'est rien d'autre qu'un artifice comptable : il permet aux joueurs de faire des économies et aux clubs de payer des commissions avec des charges plus avantageuses » (*Le Monde*, 17 avril 2004). En mars 2005, les juges Renaud Van Ruymbeke et Françoise Desset procédaient à une rafle dans le milieu des agents de joueurs de football. Une dizaine d'entre eux étaient perquisitionnés. « L'information judiciaire, ouverte en janvier, concerne le Paris-Saint-Germain entre 1998 et 2003 […], période durant laquelle le club a englouti 230 millions d'euros dans des transferts toujours plus alambiqués — sociétés *offshore*, commissions baladeuses. Mais, compte tenu de l'entregent et de la personnalité de cette poignée d'agents qui monopolisent l'essentiel des transferts au sein du championnat, c'est tout le foot business français qui risque d'être éclaboussé » (*Libération*, 10 mars 2005).

Un scandale en cachant généralement un autre, d'autres éclaboussures sont venues ternir la belle image du foot : « L'équipementier Nike vient de rejoindre la cohorte d'agents de joueurs, dirigeants de clubs et négociateurs de droits TV dans le casting des dessous du foot business. Mercredi, le parquet de Paris a délivré un réquisitoire supplétif permettant au juge Renaud Van Ruymbeke, déjà en charge des transferts douteux du Paris-SG, d'élargir son enquête aux faits de "travail dissimulé". Ce feu vert vise explicitement Nike, qui aurait permis au club de verser à ses joueurs des rémunérations complémentaires nettes d'impôt et de charges sociales […]. Gruger le fisc, c'est l'obsession des clubs pro […]. On connaissait déjà le rôle des agents, mis au jour dans différentes enquêtes pénales, dont les commissions dopées au franc suisse permettent toutes sortes de rétrocommissions dans les paradis fiscaux. La nouveauté vient de la mise en cause de Nike, lié par contrat d'image et d'équipement au PSG : Nike verserait aux joueurs une soulte dans un pays fiscalement tempéré ; en retour, le club verserait à Nike une compensation au motif que les joueurs ne chausseraient pas toujours des pompes siglées par une virgule. "Une suprême habileté qui peut paraître borderline", admet l'avocat d'un ancien taulier du PSG. "Un système inventé par le Bayern Munich il y a un quart de siècle", tempère un autre. Tout dépend si des fausses factures ont été émises pour que le club et l'équipementier retombent sur leurs pieds. C'est ce que devra démontrer le juge Van Ruymbeke, qui s'y connaît » (*Libération*, 30 septembre 2005).

Une autre face cachée, qui pourrait se révéler être la solution d'avenir pour le football en mal de financement, est le traitement des joueurs comme simples valeurs spéculatives. Après la cotation des clubs en Bourse, voici que de petits malins ont inventé l'intégration des valeurs-joueurs dans des portefeuilles d'actions, des fonds d'investissement ou des placements d'assurances. « Ils croyaient appartenir à la meilleure équipe de football des Pays-Bas, être porteurs à part entière du célèbre maillot rouge et blanc. Quatorze joueurs du PSV Eindhoven viennent de découvrir que, s'ils jouaient bien sous les couleurs du club, ils étaient, à leur insu [de leur plein gré ?], attachés à trois fonds de placement. Confrontée aux révélations de la presse, la direction du club, qui a terminé demi-finaliste de la Ligue des champions en mai, a dû admettre qu'elle s'était livrée à une étrange pratique entre 2000 et 2004. L'affaire

paraît simple dans son principe à une époque où de
nombreux fonds spéculatifs sont à la recherche d'opérations très rentables. Incapables financièrement de
se porter acquéreurs de joueurs de talent nécessai-
res pour briller sur la scène nationale et européenne,
les dirigeants du PSV Eindhoven se sont adressés à
des fonds d'investissement privés, pour qui l'argent
n'est pas un problème. En contrepartie, il était prévu
que, lors de la revente des joueurs dont ils ont financé l'achat, les investisseurs touchent un pourcentage important sur les bénéfices occasionnés par
le transfert. Au total, 30 millions d'euros auraient
été mis à la disposition du club, qui avait délibéré-
ment choisi de ne pas informer les intéressés de ces
pratiques peu habituelles dans le domaine sportif
[...]. Ce sont les investisseurs qui ont été les premiers à remettre en cause une partie de l'opération.
Considérant le rendement trop faible, ils ont demandé au PSV Eindhoven de racheter, pour 17 millions d'euros, une partie des joueurs, jugés selon
eux trop peu rentables. Ils ont conservé les vedettes,
qui paraissaient plus monnayables sur le marché
des transferts. Arjen Robben, dont le passage pour
18 millions d'euros à Chelsea leur a apporté 4,5 millions, faisait partie de cette élite » (*Le Monde*, 28 et
29 août 2005).

LA SPIRALE INFLATIONNISTE
DES DROITS DE RETRANSMISSION

Les droits de retransmission télévisée représentent,
avec le sponsoring et les produits dérivés (fanions,

maillots, écharpes, gadgets, photos, etc.), l'autre
vache à lait — pour l'instant quasi inépuisable —
du foot business. Ces droits, qui opposent les télévisions à péage, les chaînes sportives et les chaînes
généralistes, constituent le véritable nerf de la
guerre en crampons. Entre le foot et la télévision,
c'est en effet un véritable « contrat de confiance » :
toujours plus de football à la télévision, toujours plus
de télévision dans les matches, scrutés sous toutes
les coutures (ralentis, zooms, flash-backs, etc.) par
des caméras omniprésentes (au ras des pelouses, dans
les vestiaires, dans les tribunes, aériennes). Partout
en Europe, la concurrence fait rage pour l'obtention
des droits et la recherche de l'exclusivité, et partout
en Europe explosent les coûts. Pour ne prendre que
l'exemple de la France, « il y a vingt ans, les droits
de retransmission ne dépassaient pas 500 000 francs.
En 1996, ils pesaient 450 millions de francs. Pour
les clubs français, ces droits télé qui représentaient
encore 800 MF en 1999 s'élèvent maintenant à 2,7
milliards de francs (comparable aux chiffres italiens
et anglais). Sur trois ans négociés, cela fait près de
9 milliards de francs ! » (*Politis*, 8 juin 2000). Les
droits de retransmission des Coupes du monde, qui
dépassent ceux des Jeux olympiques, sont dans une
surenchère permanente : Italie 1990 : 62,6 millions
d'euros ; États-Unis 1994 : 72,5 millions d'euros ;
France 1998 : 83,8 millions d'euros ; Corée-Japon
2002 : 853 millions d'euros ; Allemagne 2006 : 991
millions d'euros (source : *Politis*, 18 juillet 2002).

La manne télévisée a fait l'objet en France d'une
bataille acharnée, y compris avec ses prolongements
judiciaires, entre Canal+ et TPS, le bouquet satel-
litaire de TF1 (66 %) et M6 (34 %). En décembre

2004 Canal+ emportait la mise en proposant la somme gigantesque de 600 millions d'euros par saison, pour obtenir l'exclusivité des droits de diffusion du championnat de Ligue 1 de football de 2005 à 2008, doublant ainsi le montant dépensé lors des enchères précédentes. « Le football, lui, était certain de toucher un pactole dont il n'aurait jamais osé rêver. Canal+ a offert 220 millions d'euros pour rafler le match de premier choix de chaque journée de championnat, 210 millions pour les deux autres matches décalés, 60 millions pour le magazine *Jour de foot* et 110 millions d'euros pour les sept rencontres en paiement à la séance. La chaîne cryptée a ainsi misé 1,8 milliard d'euros pour trois ans, auxquels s'ajoutent près de 150 millions d'euros de frais de production des matches. Au total, le coût du football pour le groupe avoisinera les 2 milliards d'euros pour les trois prochaines saisons. Le double de ce qu'il paie aujourd'hui » (*Le Monde*, 12 et 13 décembre 2004). Les clubs français vont ainsi bénéficier d'un réel coup de pouce financier puisque les droits télévisuels devraient représenter environ 60 % des recettes hors transferts de chaque club de L1. En effet, « la somme exemptée des diverses taxes réellement reversée à l'ensemble des clubs de L1, qui bénéficient de 81 % de la manne totale (19 % pour la Ligue 2), atteindrait cette saison 470 millions d'euros. Une somme à répartir entre les 20 formations de l'élite, qui toucheront dès septembre une part fixe identique — un peu plus de 11 millions d'euros —, plus une part variable au terme de la saison, en fonction de plusieurs critères : classement sportif à la fin de la saison, classement sur les cinq dernières saisons, nombre de passages télévisés en 2005-2006

et nombre de passages télévisés sur les cinq dernières saisons » (*Le Monde*, 29 juillet 2005). La Juventus
Turin réalisait de son côté une opération « exemplaire ». Pour 248 millions d'euros, elle cédait au
groupe de Silvio Berlusconi les droits télé de ses
matches de championnat pour deux saisons, avec
une option sur une troisième (*Le Monde*, 3 janvier
2006).

On comprend aisément que, dans cet univers ob-
sédé par l'accumulation des actifs, les augmentations
de trésorerie, la rentabilité financière, la chasse aux
profits et les opérations de plus-values, le mot d'ordre
ultime soit : *to make money*. Investisseurs, joueurs,
entraîneurs, managers, intermédiaires, bureaucra-
tes de la Ligue ou de la Fédération, tous envisagent
le « jeu » selon de purs intérêts économiques, des logiques comptables cyniques, des perspectives mercantiles généralisées : quelle est la valeur d'un attaquant
qui « vaut » 15 buts par saison, combien s'achète un
international brésilien, quel est le montant d'un
contrat de sponsoring, d'un salaire, d'une prime de
match, quel pourcentage pour les commissions des
agents, quels bénéfices à retirer de la participation
à une Coupe de l'UEFA ? Les « eaux glacées du calcul égoïste » deviennent alors rapidement les eaux
troubles des affaires, combines, tripatouillages et
magouilles. Le football professionnel est en effet
depuis fort longtemps une suite de scandales, escro-
queries, caisses noires, dessous de table, salaires et
primes non déclarés, faux en écriture, détournements,
fraudes, truquages, arrangements et autres pratiques
crapuleuses. Ici aussi, les candides admirateurs du
fair-play et des « valeurs éducatives » du football
ferment pudiquement les yeux sur cette *culture de*

la triche qui règne du haut en bas de l'échelle, à tous les niveaux de l'institution : matches arrangés, arbitrages « orientés », paris truqués, pressions mafieuses, dirigeants véreux. La « merveilleuse histoire du football » est aussi la liste des sordides « exploits » de l'économie souterraine, de la délinquance en col blanc et des délits fiscaux. Et si dans ce registre certains pays, l'Italie notamment, ont des titres à faire valoir, aucune nation n'est épargnée par la gangrène de la corruption, voire du crime organisé. Aux amis de l'« équité sportive » nous voudrions par conséquent dessiller les yeux en rappelant quelques réalités qui ont donné du football une image bien peu « démocratique ».

AFFAIRES, SCANDALES ET CORRUPTIONS

Déjà, en 1990, les observateurs les plus attentifs avaient noté l'influence de la mafia sur le football italien, grâce en particulier aux paris clandestins du « Totonero » qui permet le blanchiment d'argent « et rapporte plus d'argent à la Camorra que le Totocalcio à l'État [...]. Il est aussi admis — régulièrement la presse italienne s'en émeut mais toujours en vain — que la Camorra est en mesure d'exercer sur certains footballeurs et dirigeants des pressions pour arranger à sa convenance l'issue de certains matches » (*Le Monde*, 27 juin 1990). Le Calcio — institution nationale pour les millions de tifosi qui se rendent au stade ou regardent les matches à la télé — est non seulement une vaste usine à fric, avec ses débordements de chauvinisme et ses violences meurtrières, mais aussi un véritable terrain de manœuvres pour les *combinazioni*. « Car le Calcio couvre également scandales et magouilles. Scandales, par exemple, du *Totonero* et des matches truqués. En 1980, une première affaire vaut à plusieurs clubs, dont le Milan AC, de sévères sanctions sportives et à certains joueurs, dont l'avant-centre international Paolo Rossi, de longues suspensions. En 1985 et 1986, une seconde affaire met en cause les équipes de Bari, Lecce, Udine et Naples. Plusieurs dizaines de joueurs et de dirigeants peu scrupuleux sont impliqués, le tout étant orchestré par la Camorra, la mafia napolitaine [...]. En juillet 1989, lorsque l'Argentin Diego Maradona menace de céder aux appels de Bernard Tapie pour venir à l'Olympique de Marseille, l'ombre de cette même Camorra, avec laquelle il entretient, selon la rumeur, d'excellentes relations, plane de nouveau sur la vedette sud-américaine et par voie de conséquence sur l'ensemble du Calcio. Finalement, Diego Maradona, sans doute bien "conseillé", est resté au pied du Vésuve » (*Le Monde*, 26 avril 1990).

Tous ceux qui confondent le monde avec un ballon rond et avaient encensé jusqu'à la nausée les « merveilleux exploits » de l'OM de Tapie ont été bien silencieux lorsque « l'idole des jeunes » a été condamnée par la justice en appel à trois ans de prison avec sursis, 300 000 francs d'amende et cinq ans de privation des droits civils et civiques dans l'affaire des comptes troubles de l'OM. Manifestement, là aussi, les fous de foot n'ont pas voulu voir que Tapie, comme Berlusconi et quelques autres personnages troubles, distribuait le bonheur au peuple

comme il distribuait les billets de banque aux intermédiaires affairistes. Voici un extrait édifiant du
jugement : « L'objectif des prévenus, dirigeants de
l'OM, à savoir l'obtention des meilleurs joueurs afin
de conquérir la Coupe d'Europe, ne peut justifier la
fraude institutionnelle mise en place au sein du club
marseillais, même s'il n'est pas le seul en France à
l'avoir instaurée. Certes, ces dirigeants se sont trouvés confrontés à la voracité financière sans cesse
croissante de certains joueurs, à leurs caprices et à
la surenchère de leurs intermédiaires dont la rému-
nération est proportionnelle aux prix du transfert.
Ces mœurs condamnables ne peuvent excuser toutefois l'institutionnalisation de la fraude organisée,
destinée à masquer aux instances nationales dirigeantes du football le montant réel des transferts et
des salaires payés. Les sorties d'argent destinées à
financer des opérations occultes inavouables, au
profit d'intermédiaires officieux et douteux, sont aussi
des éléments à charge à l'encontre des dirigeants de
l'OM » (*Le Monde*, 4 décembre 1997).

Il semble d'ailleurs, à lire attentivement la presse,
que les fraudes, corruptions, tricheries, prévarications
et malversations soient depuis toujours monnaie
courante dans le football. Aux mordus du cuir qui
ne veulent voir dans ces affaires glauques que des
« excès regrettables », des « abus passagers », des
« déviations occasionnelles », et non les conséquences d'une logique de crocodiles, nous voudrions offrir ces quelques informations qui posent la question
suivante : combien faut-il de bavures pour considérer que le football est enragé ?

« Les rencontres truquées du championnat d'Angleterre illustrent la mondialisation de la corruption
dans le football » (*Le Monde*, 13 octobre 1995).

« Le football malaisien est malade de la corruption 85 % des matches de la ligue nationale auraient été truqués en 1994 » (*Le Monde*, 4 mars 1995).

« Le secrétaire d'État grec aux sports, Georges Floridis, ne mâche pas ses mots : "La part de l'arbitrage dans la situation indigne du football est immense, je crois fermement que l'arbitrage est soumis à un gang. La pourriture du monde du football nécessite un profond bouleversement du système" » (*Libération*, 6 novembre 2000).

Socrates, ancienne star de l'équipe brésilienne : « N'importe quel joueur de troisième division doit partager son salaire avec un agent, son entraîneur et les dirigeants du club. C'est la même chose à tous les niveaux. Le football brésilien est devenu un milieu complètement prostitué. Aujourd'hui, une demi-douzaine de personnes à la tête de la fédération pauliste et de la CBF pompent toute la richesse du football brésilien alors que les clubs sont au bord de la faillite » (*Libération*, 24 avril 2001).

« La corruption dans le football brésilien a pris des proportions considérables » (*Le Monde*, 7 décembre 2001).

« Nouvelles rumeurs de corruption en Belgique. L'ancien entraîneur du RC Lens, qui a ensuite dirigé le club wallon de La Louvière lors de la saison 2000-2001, avait déclaré que des rencontres de la division 1 belge étaient "arrangées", notamment quand certaines équipes cherchent à assurer leur maintien. Ce n'est pas la première fois que des rumeurs de corruption planent sur la compétition belge. Plusieurs affaires retentissantes ont éclaté au cours des vingt dernières années. La plus célèbre concerne le Standard de Liège dont une enquête avait démontré qu'il avait acheté une rencontre en 1982, quelques jours avant une finale de Coupe européenne contre Barcelone » (*Le Monde*, 22 décembre 2001).

« Un scandale à rebondissements révèle une corruption généralisée dans le football chinois. Li Shufu, propriétaire du club de Canton, a choisi de révéler les secrets peu ragoûtants du football chinois : "Le foot chinois est sale, a-t-il lancé lors d'une conférence de presse. Il n'y a pas un seul match qui soit honnête. Tous les fans sont trompés. Nous avons dépensé des centaines de milliers de yuans pour acheter les arbitres. Nous l'avons fait et les autres aussi l'ont fait." Seulement les arbitres ? Li Shufu révèle qu'il payait aussi les officiels de la Fédération » (*Le Monde*, 1er janvier 2002).

« Un scandale portant sur des matches truqués ébranle le football turc. "En Turquie tout le monde — y compris les dirigeants de la fédération de football et les présidents des Trois Grands [les clubs de Galatasaray, Fenerbahçe et Besiktas] — intervient auprès des arbitres. Si on trouve quelque chose de criminel dans ce que j'ai fait, alors tout le championnat turc doit être annulé." Ali Fevzi Bir, l'auteur de ces propos, sait de quoi il parle. Depuis un mois, il est l'un des protagonistes d'un roman-feuilleton où se côtoient arbitres véreux, hôtesses de charme et parrains de la mafia » (*Le Monde*, 21 mars 2002).

« Vingt-cinq personnes, dont le président de la Ligue portugaise de football et neuf arbitres, ont été interpellées, mardi 20 avril, dans le cadre d'une enquête menée à travers tout le Portugal sur un trafic d'influence présumé dans le milieu de l'arbitrage » (*Le Monde*, 22 avril 2004).

« Douze clubs italiens, dont quatre de première division (Vérone, Lecce, Sienne et Regina), ont été perquisitionnés, mardi 11 mai, sur ordre du parquet de Naples. Ils sont soupçonnés d'avoir tenté de truquer des matches » (*Le Monde*, 13 mai 2004).

« Gênes-Venise marchandé. Surpris, trois jours après le match Genova-Venezia, avec une valise contenant 250 000 euros en liquide alors qu'il sortait des bureaux de l'équipe génoise, le directeur général du club vénitien Giuseppe Paglaria avait expliqué, le 14 juin, aux policiers italiens qu'il s'agissait d'un acompte pour le transfert d'un joueur. Interrogé six jours plus tard par les magistrats de la cité ligure, qui ont ouvert une enquête pour "association de malfaiteurs et fraude sportive", le président du Genova Enrico Preziosi s'était encore déclaré serein [...]. La publication vendredi dans la presse italienne d'extraits d'écoutes téléphoniques entre les dirigeants des deux équipes vient de jeter définitivement le doute sur la régularité du dernier match de championnat de série B, disputé le 11 juin, et secoue une nouvelle fois le Calcio, abonné aux scandales [...]. L'enquête des procureurs de Gênes avait débuté en avril dans le cadre d'une affaire de paris clandestins. "Le résultat des matches était connu quinze jours à l'avance", a confié un policier » (*Libération*, 25 et 26 juin 2005).

« Le scandale allemand des matches arrangés s'étend. Robert Hoyzer, l'arbitre à l'origine de l'affaire des paris truqués, a assuré aux enquêteurs qu'il avait vu dans les mains d'une "mafia des jeux" une liste très confidentielle d'arbitres, d'assistants et de superviseurs de l'Union européenne de football (UEFA) [...]. Si ces détails s'avèrent fondés, ils devraient sérieusement inquiéter les dirigeants de l'UEFA, qui assurent que les noms des arbitres et officiels engagés dans les matches des Coupes européennes ne sont connus que d'un cercle restreint de responsables et ne sont révélés qu'au dernier moment, en général 48 heures à peine avant les rencontres. Cette procédure avait été mise en place il y a trois ans pour éviter des cas de corruption » (*Le Monde*, 27 et 28 mars 2005).

« Le Brésil n'avait pas connu un tel scandale dans le football depuis plus de quarante ans et les débuts de la Loterie nationale. Le 24 septembre, *Veja* a dénoncé, sous le titre de "Jeu sale", la présence dans le championnat du pays de deux arbitres corrompus [...]. L'opération permettait à des parieurs sur Internet, principalement de São Paulo, de miser de grosses sommes sans risquer de se tromper, emportant ainsi des gains importants (jusqu'à 150 000 euros). Devant la gravité des faits, le Tribunal supérieur de la justice sportive (STJD) a finalement décidé d'annuler les onze matches arbitrés par Edilson Pereira de Carvalho [...]. La puissante Fédération brésilienne de football, d'abord réticente, a fini par admettre l'évidence. Les preuves amassées par la police fédérale paraissent incontestables [...]. Un autre homme en noir, Paulo José Danelon, a reconnu avoir touché de l'argent pour truquer des rencontres de même importance. Après la politique et le scandale d'achats de voix au Parlement, c'est le football qui est frappé de plein fouet par la corruption. Jusque-là, la ferveur que vouent les Brésiliens au ballon rond avait permis à ce sport d'être épargné. Le choc est donc à la mesure de la passion. "C'est terrible pour nous, regrettait Reginaldo Leme, spécia-

liste du football et de la formule 1 pour TV Globo.
C'est une vraie part de rêve qui s'en va pour le peuple" […]. Malgré ces remous, la Fédération brésilienne a tout de suite annoncé que le championnat
ne serait pas paralysé : "Toute la lumière sur ces
choses graves sera faite, a déclaré son président. Des
affaires similaires ont eu lieu dans des pays d'Europe comme l'Italie, l'Espagne et plus récemment
l'Allemagne. Notre compétition nationale n'est pas
la première à souffrir de ce genre de pratique" » (« Le
Brésil face à la corruption de son championnat »,
Le Monde, 4 octobre 2005).

« Deux matches du championnat belge ont fait
l'objet de paris aux mises inhabituellement élevées,
entraînant une suspicion de trucage. 600 000 euros
ont été misés sur Saint-Trond-La Louvière (1-3) et
230 000 euros sur Bruges-Saint-Trond (2-1). En
Belgique, les paris oscillent généralement entre
10 000 et 25 000 euros pour chacun des matches »
(*Libération*, 9 novembre 2005).

« En Grèce, le parquet d'Athènes vient d'ouvrir
une enquête après avoir été alerté par l'organisme
public de paris sportifs, l'OPAP, de ses soupçons
sur la validité de certificats de gains accordés à des
gagnants ces quatre dernières années. Bon nombre
d'entre eux ont, en effet, été accordés à des acteurs
du monde grec du football, dirigeants, joueurs et
arbitres. En mars dernier, le président de l'OPAP
s'était dit convaincu que des matches étaient truqués
avant de démissionner » (*Le Parisien*, 20 novembre
2005).

« Après l'Allemagne, l'Indonésie, la Belgique, le Brésil, l'épidémie de corruption et de matches de foot
truqués, liée aux paris, s'abat sur la Finlande, qui,

avec ses 100 000 licenciés, pensait être à l'abri de telles affaires sulfureuses. Lundi, les révélations d'un joueur de première division, publiées dans les pages du tabloïd *Ilta-Sanomat*, ont provoqué l'émoi. Sous couvert d'anonymat, ce joueur, qualifié de "très connu", raconte comment il a touché 10 000 euros pour arranger les défaites de son équipe, au cours des trois dernières saisons. Apparemment plein de scrupules [*sic*], il n'aurait accepté le marché, proposé par "un gros parieur", que "lorsque l'issue d'un match n'avait pas d'importance" pour le classement de son club [...]. Depuis, plusieurs footballeurs ont reconnu avoir été approchés par des individus promettant de grosses sommes d'argent contre la défaite de leur équipe » (*Libération*, 15 décembre 2005).

« Le vice-président de la Fédération vietnamienne de football (FVF), Le The Tho, a démissionné à la suite du scandale de matches achetés lors des Jeux du Sud-Est asiatique au début du mois de décembre aux Philippines et concernant l'équipe des moins de 23 ans. L'attaquant vedette Pham van Quyen et Le Quoc Vuong, milieu de terrain, avaient été arrêtés la semaine dernière dans le cadre de cette affaire. Quyen et Vuong et certains de leurs coéquipiers sont accusés d'avoir arrangé des scores de rencontres en échange d'importantes sommes d'argent. Ils risquent la suspension à vie » (*Libération*, 28 décembre 2005).

Bien entendu, en France aussi, la corruption y va de son grand galop ravageur. « L'affaire des faux passeports éclabousse l'ensemble du football français. Le Brésil apparaît comme la plaque tournante du trafic » (*Le Monde*, 13 janvier 2001). L'AS Saint-Étienne, l'AS Monaco, le FC Metz notamment étaient dans l'œil du cyclone avant que l'affaire ne soit étouffée. Mais l'affaire des faux passeports montrait que le marché des footballeurs professionnels est de plus en plus infiltré par des réseaux douteux d'intermédiaires, d'agents, d'imprésarios et de recruteurs qui organisent des filières clandestines et la diffusion de faux passeports dans le milieu du football, bien content de pouvoir exploiter les nouveaux esclaves du crampon. Depuis que la justice a commencé à s'intéresser de plus près aux pratiques régnant dans le football, souvent aux marges de la légalité, et même au-delà — intermédiaires illégaux ou liés au milieu, transferts douteux, commissions s'envolant vers les paradis fiscaux, comptes opaques, dessous-de-table, ententes frauduleuses diverses —, on entrevoit un peu mieux les « valeurs » véreuses du football, que certains s'obstinent encore à déclarer « éducatives ». « Dans la plupart des procédures en cours, les enquêteurs ont découvert les mêmes bizarreries : sommes en jeu énormes, circuits financiers alambiqués, sens de la légalité assez relatif » (« Cartons rouges pour les agents troubles et les trafiquants du foot », *Le Canard enchaîné*, 23 mars 2005). Dans une avalanche d'enquêtes, qui ont mis « le foot en accusation » (*L'Équipe*, 16 mars 2005), les principaux acteurs du système ont été mis sur la sellette : ententes illégales, entorses aux règles de la concurrence, commissions douteuses, abus de position dominante, etc. « Le ministère des Finances lance une "opération mains propres" sur le football français. Ce n'est pas moins d'une cinquantaine d'enquêteurs de la Direction générale de la concurrence, de la consommation et de la répression des fraudes (DGCCRF) qui ont mené, jeudi 17 février, dix-neuf perquisitions dans les centres névralgiques du football français. Les envoyés de la DGCCRF se sont invités aux sièges des télévisions (Canal+, Sport+, Eurosport ou encore TPS), dans ceux des clubs (Paris-Saint-Germain, l'Olympique de Marseille, l'Olympique de Lyon, le Racing Club de Lens et les Girondins de Bordeaux), mais aussi dans les instances dirigeantes du football, la Ligue de football professionnelle (LFP), l'Union nationale des footballeurs professionnels (UNFP) et la Fédération française de football (FFF), et aussi dans les sociétés de marketing et de négoces de droits Jean-Claude Darmon Conseil, Pro Football, Foot Communication, Darmon Joseph, Football France Promotion, IMG et la Société sportive » (*Le Monde*, 19 février 2005). « De multiples affaires secouent le football français », titrait *Le Monde* des 20 et 21 février 2005, en soulignant que « le football français semble bien dans le collimateur de la justice. Qu'il s'agisse des agents de joueurs, des transferts, de l'achat des droits de diffusion, du marketing ou de la publicité dans les stades, il est aujourd'hui visé par une demi-douzaine d'enquêtes » : les transferts du PSG (« abus de biens sociaux, complicité et recel[20] ») ; les agents de joueurs (information judiciaire visant plusieurs agents, mise en examen de deux agents non licenciés pour « exercice illégal de la profession ») ; le « club » Europe (le parquet de Paris a ouvert une enquête préliminaire sur le versement par Canal+ de 160 millions d'euros à six grands clubs — PSG, OL, OM, AS Monaco, RC Lens, Girondins de Bordeaux — dans le cadre d'un contrat en vue de diffuser en exclusivité leurs matches) ; les comptes de la Fédération (« des manipulations comptables suspectes auraient été détectées dans les bilans des saisons

2002-2003 et 2003-2004. Ainsi, pour la saison 2002-2003, la FFF présentait un déficit de 62 000 euros, alors qu'il était en fait de 14 millions d'euros ») ; les entorses à la concurrence ; les comptes de l'OM (« plusieurs personnalités sont poursuivies dans ce dossier, dont Rolland Courbis, entraîneur de l'OM entre 1997 et 1999, poursuivi pour "recel et complicité d'abus de biens sociaux", Jean-Michel Roussier et Yves Marchand, anciens présidents délégués, et enfin le mécène du club, Robert Louis-Dreyfus, mis en examen pour "abus de biens sociaux"[21] ») ; la gestion du SC Bastia (« l'enquête du juge Courroye a mis au jour un système de racket. Menacés d'attentats, le Club Méditerranée ou Nouvelles Frontières ont ainsi été contraints de sponsoriser le SC Bastia[22] »).

À la question « pourquoi le football français est-il secoué tous les cinq ans par des affaires ? », Jean-Claude Darmon, ancien président de la société de marketing Sportfive, dont le nom est revenu dans plusieurs affaires financières qui secouent le football français, répondait, non sans un brin d'humour cynique : « Il y aura toujours des affaires dans le foot. Tout comme il y aura toujours des affaires dans l'industrie, dans la politique. C'est un métier d'hommes. Ce sont les hommes qui disjonctent, pas le foot » (*Le Monde*, 29 avril 2005).

Il n'y a manifestement que la justice qui n'a pas encore compris que le football est authentique, désintéressé, gratuit, ludique et même pur, comme l'Immaculée Conception ! Heureusement aussi que les ethnologues sont là pour nous certifier que « le grand match de football, épreuve aujourd'hui la plus populaire à travers le monde, s'offre ainsi comme un événement exemplaire qui condense et théâtralise, à la manière de la fiction ludique et dramatique, les valeurs fondamentales qui façonnent nos sociétés[23] ». Bien évidemment, les valeurs fondamentales de la jungle capitaliste, l'exemplarité de l'économie souterraine et l'ombre menaçante des mafias...

CHAPITRE 3

MERCENAIRES EN CRAMPONS
ET HORDES SAUVAGES

Le football se résume pour les « mordus », « supporters », « tifosi », « aficionados » et autres « accros »
du cuir à la merveilleuse histoire des « soirées extraordinaires », avec leurs « victoires éclatantes »,
leurs « coups de pied magiques », leurs « buts d'anthologie » ou leurs « folles ambiances ». La presse
sportive n'est d'ailleurs pas la dernière à cultiver cet
univers du superlatif où les « marquages impitoya-
bles », les « duels serrés », « l'agressivité au bon sens
du terme », les « tirs canons » et les gardiens « fu-
sillés à bout portant » viennent euphémiser et bana-
liser une réalité bien moins enthousiasmante : la
violence des affrontements dans et hors les stades
qui ne cesse de croître dans tous les pays et à tous
les échelons de la compétition comme une lèpre in-
curable. Même *L'Équipe* avait été obligée de reconnaître, il y a trente ans déjà, que la violence « exerce
ses ravages sur toutes les parties du monde, sous
l'influence du développement de la compétition et
de la volonté de gagner par n'importe quel moyen »
(*L'Équipe*, 15 novembre 1975). La violence colle en
effet au football comme les mouches collent à la
glu. Elle lui est consubstantielle et fait même partie

de son attrait — tant pour les joueurs qui aiment « aller au carton », donner et recevoir des coups de pied et de boule, que pour les spectateurs fascinés par « l'intensité de l'engagement », pour parler comme les « footolâtres ». Il serait fastidieux et même déprimant de recenser la longue liste des agressions, brutalités, coups et blessures, incidents, émeutes, catastrophes qui jalonnent régulièrement « les fêtes du ballon rond » en provoquant tout aussi régulièrement morts et blessés, casses, vandalismes et déprédations. Nous nous contenterons par conséquent de rappeler aux « amateurs de beau jeu » ce qu'est la réalité ordinaire des stades avec ses insultes, ses crachats, ses « tacles assassins », son racisme ouvert ou rampant, ses exactions, ses violences criminelles. Question de point de vue, en effet. On peut certes passer son temps — comme le font à longueur d'année les experts de la « passion football » — à gloser sur les « passes décisives », les « hors-jeu de position », les « coups francs dangereux », les « penaltys indiscutables », les « percées dans l'axe » ou la « défense en ligne », mais on peut tout aussi légitimement s'intéresser aux effets réels de la guerre en crampons qui fait rage toutes les semaines sur tous les terrains du monde. Aux admirateurs zélés du ballon rond et aux pèlerins infatigables — adeptes de Sisyphe — qui prônent depuis tant d'années la lutte pour un sport sans violence, le respect du fair-play et la défense de « l'éthique sportive[1] », nous voudrions également rafraîchir un peu la mémoire. À la légende dorée du football, nous opposerons par conséquent la sinistre chronique de la violence des stades qui fait du football une véritable industrie de la délinquance urbaine et un grave problème de sécurité publique[2]. Cette entreprise thanatique[3], cette machinerie mortifère qui n'a cessé, telle une épidémie galopante, d'envahir l'espace public en distillant son idéologie belliqueuse, sa mentalité prédatrice et ses mœurs de cogneurs et frappeurs, spadassins et équarrisseurs, révèle aujourd'hui sa pernicieuse influence sur les esprits. Il suffit en effet de suivre attentivement les « faits divers », « incidents », « bavures », « affrontements », « agressions », « drames », « émeutes », « paniques », « boucheries » qui accompagnent régulièrement les matches, du haut en bas de l'échelle, pour comprendre que le football est bel et bien une incitation permanente aux violences verbales et physiques, éructations de haine et débordements criminels.

Par ignorance ou mauvaise foi, il a souvent été reproché à la Théorie critique du sport de ne pas tenir compte des « faits », d'« exagérer », de « noircir le tableau », de n'être ni « objective » ni « scientifique », d'être même « extrémiste[4] », bref de ne pas partager l'optimisme bêlant des amis du sport et de « détruire » les candides illusions des admirateurs des « terrains de jeu ». Or c'est au contraire parce que nous nous sommes toujours appuyés sur des données empiriques incontestées, vérifiables par tous, que nous avons pu déconstruire les mensonges, désinformations, propagandes et intoxications de l'institution sportive. C'est pourquoi nous n'avons jamais cherché à l'enjoliver ni même à la « sauver » au nom d'une supposée « idée sportive » et d'un prétendu « idéal sportif ». À l'opposé des idéologues des passions sportives, nous avons par conséquent soigneusement tenu à jour la rubrique souvent sanglante des violences liées au football sans chercher à les dissimu-

ler, les minimiser ou les justifier, mais en les
dénonçant au contraire sans complaisance et en les
replaçant dans le cadre de la logique d'ensemble de
l'empire football. Ces violences ne sont pas en effet,
comme le suggèrent plus ou moins nettement les
shootés de la pelouse verte, de « regrettables excès »
qui « dénaturent l'esprit du football », mais la conséquence inévitable de la compétition elle-même. Après
le massacre de Sheffield (95 morts en 1989), Sylvie
Caster écrivait ainsi très justement : « Depuis que
le foot est devenu le Dieu Foot, sur toute la planète,
il arrive grand premier au hit-parade funèbre des
morts. Le football sacré est le seul sport pour lequel
Le Parisien (17 avril 1989) peut faire les comptes re-
doutables de la folie foot : "755 morts en 25 ans".
Et annoncer : "Le football, un vrai jeu de massacre.
Depuis la catastrophe de Lima en 1964 jusqu'à la bou-
cherie de Sheffield, il y a de quoi avoir peur" [...]. Le
Dieu Foot fait des morts, mais il n'est jamais coupable. Et comme il faut pourtant expliquer tous ces
morts et donc trouver un coupable, à chaque nouvelle
catastrophe, on trouve un coupable variable [...].
Tout, sauf cette folie spéciale qui s'est créée autour
du foot[5] ».

STADES ABATTOIRS
ET FOOTBALL ASSASSIN

À ceux qui pensent que la violence du football n'est
qu'un épiphénomène passager ou un « détail » de sa
fabuleuse légende, il suffit d'opposer la liste interminable des victimes du football, écrasées, étouffées,

piétinées, explosées, matraquées ou poignardées dans les stades et hors les stades. Nous ne retiendrons ici évidemment que les explosions de violence les plus graves, en sachant que celles-ci ne sont que les manifestations les plus visibles de cette sourde violence — omniprésente, endémique, diversifiée — qui accompagne les matches de football, des grandes rencontres internationales aux petits tournois amateurs. Nous n'aborderons pas non plus — car cela excéderait très largement les limites de cet ouvrage — les violences proprement politiques liées à l'instrumentalisation et à la récupération idéologiques du football par les régimes totalitaires, les dictatures bananières et les États militaro-policiers[6]. Mais il ne faut jamais perdre de vue un certain nombre de réalités historiques. C'est ainsi que, lors des Coupes du monde en 1934 et 1938, l'Italie mussolinienne utilisa les victoires de la Squadra à la gloire du Duce et du fascisme. L'Allemagne nazie enrôla également le football dans la croisade aryenne du Grand Reich. Les stades de football servirent de camps de détention et de torture au Chili après le coup d'État du général Pinochet en 1973. L'Argentine de la junte fasciste du général Videla organisa la Coupe du monde en 1978 comme un instrument de propagande pour son régime de gorilles et de tortionnaires (près de 30 000 « disparus » selon Amnesty International)[7]. En Chine, on exécute les condamnés à mort dans les stades et, en Afghanistan et dans d'autres régimes de terreur islamique, les terrains de jeu servent de lieux de lynchage, de lapidation et de pendaison. Partout et toujours, le football a été complice de la barbarie.

En 1964, le match Pérou-Argentine qui avait dégé-
néré en une grave émeute devenait l'archétype des
rencontres « à haut risque » se terminant par un
« drame » : « Quarante mille spectateurs assistaient
à la rencontre, très importante pour le classement
préolympique des deux équipes. Il restait six minutes à jouer et l'Argentine menait par un but à zéro,
lorsque le joueur péruvien Lobaton marqua le but
qui égalisait. Mais l'arbitre, un Uruguayen, l'annula.
Successivement deux fanatiques sautaient sur le
terrain pour tenter d'assommer l'arbitre, mais les
policiers parvenaient à les maîtriser. C'est alors que
l'arbitre arrêta le match et, suivi par les joueurs argentins, se dirigea rapidement vers les vestiaires.
Aussitôt ce fut l'émeute dans les tribunes, où des in-
cendies étaient allumés, tandis que des groupes ten-
taient d'envahir le terrain, jetant pierres et bouteilles.
Les policiers repoussaient ces derniers, tiraient des
coups de feu en l'air et lançaient des grenades lacrymogènes. La panique rejetait alors les spectateurs vers les sorties, mais, inexplicablement, les
grandes portes donnant sur l'avenue de la République [à Lima] étaient fermées. Avant qu'elles puissent
être enfoncées, on assistait à d'horribles scènes : des
enfants piétinés, des femmes projetées des tribunes
sur le sol en ciment, des personnes étouffées devant
les portes. La colère de la foule se manifesta à la
sortie : des bandes déchaînées parcouraient les rues
jusqu'au centre de la ville, lapidant les vitrines des
magasins, incendiant les automobiles et l'usine de
pneus Goodyear. Bientôt morts et blessés remplis-
saient les centres hospitaliers de la ville. Les jardins
de l'hôpital du secours ouvrier étaient remplis de
corps inanimés » (*Le Monde*, 26 mai 1964). Le gou-

vernement péruvien, débordé, décidait de suspendre les garanties constitutionnelles « à la suite de la tragédie du stade national qui aurait fait, selon un premier bilan officiel, 276 morts et plus de 500 blessés. Le nombre des morts, cependant, atteindrait 328 d'après une source proche de la police » (*Le Monde*, 27 mai 1964). Si une étincelle (un but refusé) peut mettre le feu à toute la plaine, c'est bien parce que le football est une conjonction perverse de multiples déclencheurs de violences, une accumulation de frustrations, d'agressivités, d'abrutissements, de brutalités et de sauvageries qui finissent par éclater à la moindre occasion. C'est la raison pour laquelle la séparation entre le football (le jeu) et ses « excès » ou « déviations » (la violence) est une dissociation proprement schizophrénique, puisque le football est la violence du jeu ou le jeu de la violence. À la suite de cette tragédie, l'*Osservatore Romano* développait une argumentation jésuitique qui devait devenir le modèle idéologique pour disculper le football et diluer ses responsabilités. Responsable, mais pas coupable ! Dans un article intitulé « Une folie collective », le journal relevait que les événements du stade de Lima venaient « de la passion sportive poussée jusqu'aux violences les plus aveugles [...]. Les événements dramatiques de Lima évoquent en plein vingtième siècle [...] les excès sanglants des cirques de l'Antiquité. "À l'horreur, à la compassion pour les victimes, conclut le journal, doit s'ajouter la condamnation ferme de tels excès qui dégradent la condition humaine. Naturellement [*sic*], le sport en tant que confrontation loyale et directe de saines énergies n'est pas en discussion ; ce que l'on ne saurait admettre, c'est l'explosion fac-

tieuse des passions qui, au-delà de toute limite sportive, aveugle les spectateurs et les pousse à la folie" »
(*Le Monde*, 27 mai 1964). Le football que les idéologues considéraient comme un facteur de « rapprochement entre les peuples » avait trouvé à Lima sa
consécration criminelle dans un scénario type qui
devait se reproduire maintes et maintes fois par une
sorte de compulsion de répétition mortifère et meurtrière. La lecture de la presse donne à cet égard une
écœurante impression de « fatalité programmée »
ou de massacres sur ordonnance rythmant le calen-
drier des rencontres.

« Les Soviétiques n'ont pas attendu les supporters
de Liverpool pour connaître les méfaits du hooliganisme. C'est ce qu'a confirmé mardi 18 avril le quotidien *Sovietski Sport* en révélant, près de sept ans
plus tard, qu'une centaine de spectateurs soviétiques étaient morts piétinés lors d'un match pour la
coupe de l'UEFA opposant le Spartak de Moscou au
Haarlem néerlandais au stade Loujniki de Moscou,
le 1er octobre 1982. "Des cris d'horreur ont retenti
lorsque des dizaines de gens sont morts sous les pieds
de milliers d'autres", écrit le journal » (*Le Monde*, 20
avril 1989). Le véritable révélateur de la barbarie du
football fut cependant le carnage du Heysel à Bruxelles, en 1985, qui fit comprendre à de nombreux idéologues des « passions ordinaires » que le « jeu » des
pelouses était de plus en plus une roulette russe
carnassière. Déjà l'incendie, le 11 mai 1985, du stade
de Bradford en Angleterre (71 victimes...) avait été
un signe prémonitoire que les catastrophes provoquées par les stades n'étaient pas réservées aux seuls
pays sous-développés.

« La télévision a exercé une nouvelle fois son formidable effet de loupe. En direct, le drame du stade
du Heysel — 38 morts — a été vécu à domicile par
des millions de personnes comme un cauchemar
[...]. En pénétrant dans les foyers à l'occasion d'une
manifestation qui aurait dû être vécue comme une
fête, la violence absurde des supporters de football
nous interpelle en nous mettant directement en
face du nouveau mal qui frappe la société dite développée [...]. Le paradoxe est que, par une sorte de
retournement pervers, l'enjeu financier des compétitions aidant, la pratique de certains sports a pris
des allures de combat sans merci et sans règles. La
violence a fait son apparition sur les stades, puis
dans les tribunes, où la radicalisation des spectateurs
a vite conduit à de sévères affrontements. [...]. Le ballon rond a créé une véritable génération de casseurs. Comme si la soupape à l'agressivité collective
que constitue le spectacle sportif avait sauté » (*Le
Monde*, 31 mai 1985). Et tandis que la télévision re-
passait en boucle ces « scènes de désolation » des
victimes écrasées, piétinées, écartelées et étouffées
sous la marée humaine, scènes rendues encore plus
indécentes par les gestes de victoire de Platini et
des autres joueurs de la Juve de Turin, *L'Équipe* du
30 mai 1985 titrait « Le football assassiné » en lan-
çant une vaste campagne, relayée par les habituels
idéologues du sport, pour tenter de disculper le
football assassin. Comme d'habitude, toutes les raisons étaient invoquées : la violence urbaine, le chômage, la « tragique fatalité », l'incompétence de la
police belge, la volonté de nuire de « quelques casseurs alcoolisés ». Jamais, cependant, l'affrontement physique bestial propre au football n'était mis

en question, avec sa rage de cogner qui transforme les footballeurs « dopés par l'enjeu » en machines à accrocher, bousculer ou faucher l'adversaire, en loubards des pelouses habitués à tirer les maillots et distribuer coups de pied, de coude et de tête, autrement dit en virtuoses de la « frappe », et pas seulement du ballon. Rarement aussi étaient incriminés les ingrédients de la « fête » : « l'ambiance électrique des matches à haut risque », la sonorisation vociférante des stades transformés en « volcans », « cratères » ou « chaudrons », l'excitation partisane de la foule par les slogans des haut-parleurs, la tension extrême de la « lutte pour la suprématie », pour parler comme les journalistes sportifs, mais aussi l'état d'esprit belliqueux de presque tous les acteurs du milieu : organisateurs, entraîneurs, journalistes. Comme le notait judicieusement Bernard Thomas : « C'est la guerre. Il faut "achever" l'ennemi, le "terrasser", l'"écraser". On parle de le "mettre à mort", de l'"humilier". Tout est fait pour chauffer des têtes parfois faibles, qui ne demandent qu'à être brûlées. Il n'y a pas que l'alcool, la bière, les cris. Les hymnes nationaux lancés à voix vibrantes y participent » (*Le Canard enchaîné*, 5 juin 1985).

« Non seulement la Coupe d'Europe, mais le football de compétition ne se remettraient pas d'un second Heysel », pouvait-on lire dans *L'Équipe* des 22 et 23 juin 1985. Grave erreur : le football digère les Heysel comme l'anaconda avale ses proies ! Le 15 avril 1989, au stade de Hillsborough à Sheffield en Angleterre, des spectateurs sans billet — sans doute excités par la passion du ballon — forçaient l'entrée du stade. Bilan : 95 morts et 200 blessés. Une fois encore, un match de football avait été un massacre de masse, avec des scènes d'horreur, mais, une fois encore, les idéologues du ballon rond trouvaient de bonnes raisons pour se remettre de ce second Heysel et justifier l'innocence du football. Déjà après le Heysel, la tribu hétéroclite des « touche pas à mon football » s'était mobilisée pour défendre le sport, ce « reflet pacifique de notre société civilisée » (*L'Équipe*, 30 mai 1985). Nelson Paillou, responsable à l'époque du Comité olympique français, y allait de son couplet : « Il est grave de condamner une idée au travers de sa perversion [...]. Ce n'est pas le sport qui contient en lui-même les germes de la violence. Cette dernière n'en est qu'une déviation blâmable[8]. » Par une extraordinaire dénégation, le football était ainsi exonéré de sa violence originaire et par un retournement tout aussi ahurissant n'était plus considéré comme le responsable de ces carnages successifs, mais au contraire comme la victime. Dès le lendemain du bain de sang, Freddy Rumo, vice-président de l'UEFA, redoutant un « amalgame terrible entre les morts et le football », affirmait que « le jeu n'avait rien à voir avec les incidents, à Sheffield comme au Heysel » (*Le Monde*, 18 avril 1989). Il paraît également que l'automobile n'a rien à voir avec les accidents de la route...

Les plus lucides, frappés par la répétition de ces drames qui n'étaient pas de simples accidents de parcours, se sentirent cependant obligés de réagir. Ainsi, Jacques Ferran, chroniqueur attitré de *L'Équipe*, commençait à se sentir mal à l'aise dans ses chaussures à crampons : « En attisant la violence, en transformant ses champions en demi-dieux, en se vendant au plus offrant, il [le sport] se prête aux coups qu'il reçoit, il pactise avec ses bourreaux et

ne se distingue plus tout à fait de ses assassins »
(*L'Équipe*, 13 juin 1985). Pas tout à fait responsable,
mais déjà complice ! Bruno Frappat était encore
plus direct dans sa critique de la frénésie partisane :
« Fatalité ? Non, logique poussée à l'absurde d'une
pression rhétorique entretenue par la complicité objective des grands médias, des dirigeants, des vedettes, des sponsors publicitaires, des élus : le foot fait
vivre, comme l'espoir. Alors, quand il tue, n'accusons
pas la fatalité, ne dédouanons pas le foot-business,
le foot-compensation, le foot-substitut guerrier, le
foot-défouloir. Ne transformons pas en catastrophe
naturelle ce qui s'apparente à une catastrophe sociologique. Sheffield ne fut pas un accident mais,
pour paraphraser Freud, un crime dans la civilisation » (*Le Monde supplément*, 23 et 24 avril 1989).
D'autres crimes, tout aussi peu civilisés, devaient
cependant alourdir le bilan funèbre du football.

« 82 morts et une comptabilité macabre qui pourrait s'alourdir tant il y a de cas critiques parmi les
150 blessés, tel est le bilan des scènes de panique
qui ont précédé le match Guatemala-Costa Rica,
mercredi soir à Ciudad de Guatemala, la capitale
du pays. La plupart des victimes sont mortes asphyxiées contre le grillage de protection ou ont
succombé, piétinées lorsque des milliers de personnes ont pénétré dans le stade Mateo Flores, déjà
comble. À quelques minutes du coup d'envoi, il y
avait 55 000 spectateurs dans l'enceinte de 45 000
places […]. 20 000 autres spectateurs à l'extérieur
luttaient pour y avoir accès et, sous leur poussée,
une des portes, placée au-dessus des gradins, a cédé.
Selon le vice-ministre de l'Intérieur des billets d'accès ont été falsifiés, ce qui expliquerait la surpopu-

lation du stade » (*Libération*, 18 octobre 1996). Là encore, la passion du football, encensée jusqu'à la nausée par les ethno-sociologues postmodernes, avait transformé un stade de football en un véritable piège à rats. Mais ce n'était qu'un début, car il faut bien continuer le combat des stades...

« Le bilan du massacre qui a eu lieu le 6 juillet, à Mogadiscio, lors d'un match de football auquel assistait le président Mohamad Siyad Barre continue de s'alourdir. 62 personnes ont été tuées et 200 autres grièvement blessées [...]. À la mi-temps, plusieurs centaines de spectateurs ont voulu — puisque c'était vendredi — faire la prière sur la pelouse, qu'ils ont commencé à occuper. L'armée est intervenue, tirant quelques salves en l'air pour les disperser. Les spectateurs ont reflué précipitamment vers les sorties, et certains sont morts asphyxiés après avoir été écrasés. Des projectiles divers, pierres et bouteilles, ont alors volé en direction de la tribune présidentielle. Les "bérets rouges" de la garde présidentielle, stationnés à l'extérieur du stade, entendant les coups de feu tirés à l'intérieur et, croyant à un attentat contre M. Barre, se sont rués dans l'enceinte pour le protéger et ont ouvert le feu sur la foule » (*Le Monde*, 11 juillet 1990). « Officiellement, environ 70 personnes, dont des enfants, ont été tuées samedi, et plus de 350 autres blessées lors d'une bousculade dans le stade de Katmandou, a-t-on appris ce week-end de source hospitalière. Mais officieusement il y en aurait beaucoup plus [...]. Quarante-huit heures plus tôt, au cours de la rencontre Libye-Malte, qui s'est déroulée jeudi à Tripoli, une tribune s'était effondrée [...]. La catastrophe se serait soldée par un bilan d'au moins 20 morts et une centaine de blessés » (*La Croix-l'Événement*, 15 mars 1998). « Alexandrie (Égypte), 8 morts (nuques et crânes brisés) et 15 blessés suite à une bouscu-lade avant le match Al-Ittihad contre Al-Koroum » (*L'Équipe*, 13 janvier 1999). « Les matches de quali-fication pour la Coupe du monde 2006 ont été en-deuillés par la mort de six personnes en Iran, vendredi 25 mars. À l'issue de la rencontre entre l'Iran et le Japon (2-1), cinq personnes sont décé-dées après avoir été piétinées lorsque les 100 000 spectateurs quittaient le stade Azadi de Téhéran. La sixième victime, surexcitée par la victoire de son équipe favorite, aurait succombé à une crise cardia-que. Une quarantaine de personnes ont également été blessées, dont certaines grièvement, lors de cette immense bousculade » (*Le Monde*, 29 mars 2005). « 81 personnes ont été arrêtées, dans la nuit du dimanche 27 au lundi 28 mars, après de violentes ma-nifestations au stade du 26-Mars, puis dans les rues de Bamako, à la suite de la défaite (1-2) du Mali face au Togo, dans le cadre des qualifications pour le Mondial 2006. "Il y a 81 casseurs arrêtés, plusieurs policiers et manifestants blessés, et les dégâts sont énormes", a déclaré à l'Agence France-Presse un res-ponsable de la direction de la police nationale » (*Le Monde*, 30 mars 2005).

LE LIVRE NOIR DES VIOLENCES

Les massacres des meutes sportives — entassées sur les gradins des stades-abattoirs, déchiquetées par les grillages des stades-entonnoirs, assommées par l'effondrement des tribunes, asphyxiées par des hordes de panique —, pour spectaculaires qu'ils soient, ne représentent cependant qu'un des aspects de la barbarie ordinaire du football. C'est en effet dans une interminable succession d'incidents plus ou moins sanglants — une véritable série noire — que s'inscrit l'histoire du football contemporain. Le hooliganisme, dans et hors les stades, est bien l'ombre portée du football, son inséparable compagnon de route, son âme damnée. Dans tous les pays gagnés par la peste noire du football prolifèrent des bandes de casseurs — gangs de skinheads, troupeaux enragés de supporters, groupes fascistes et néonazis, commandos de vandales alcoolisés — qui viennent « ternir la fête », provoquent échauffourées violentes avec les supporters adverses, attaquent les forces de l'ordre, défoncent les vitrines et incendient ce qui peut l'être. Ces troupes de choc de tueurs potentiels — dont les diverses dénominations locales (tifosi, fans, hools, hinchas, sides, ultras, fanatiki, brigadas, fanatics, etc.) rendent perplexes les ethnologues des tribus des tribunes — « gangrènent » le football, le « parasitent », le « défigurent », pour utiliser les expressions journalistiques consacrées. Ce ne sont pourtant pas de simples « brebis galeuses » ou « moutons noirs[9] » qui « dévoient » le football, mais bel et bien les excroissances naturelles d'un sport de foule qui oppose en permanence des blocs guerriers, des groupes combattants, des hordes belliqueuses. Dans toute guerre, en effet, il y a les troupes régulières et les supplétifs, les mercenaires, les commandos parallèles. Dans la guerre civile larvée qui oppose dorénavant équipes-villes ennemies (PSG-OM), meutes de haine, regroupe-

ments de bagarreurs, bataillons de brailleurs et
« camps » retranchés — nationaux, régionaux ou
locaux —, il n'est pas étonnant que la surenchère
dans la violence suive celle des enjeux financiers et
politiques. Le hooliganisme a bien compris en effet
la devise olympique : *citius, altius, fortius !* Mais
seuls apparemment les intellectuels fous de foot
considèrent encore que les déferlantes de violences
liées au football n'ont rien à voir avec le jeu. Pour
ne pas alourdir la fastidieuse énumération des violences, nous ne citerons ici que quelques exemples,
en incitant les lecteurs à suivre attentivement la rubrique des « incidents » qui surviennent lors de toutes les rencontres.

« À la suite de plusieurs incidents violents, matches interdits en Algérie pendant une semaine [...].
"Le seuil de l'intolérable a été franchi", estiment les
responsables de la fédération, qui incitent les jeunes Algériens à méditer "sur les conséquences désastreuses de la violence aveugle et bestiale" » (*Le
Monde*, 18 avril 1989).

« De violents incidents ont opposé supporters
néerlandais et allemands, mercredi 26 avril à Rotterdam, à l'occasion du match de football Pays-Bas-
RFA (1-1) comptant pour les éliminatoires de la
Coupe du monde 1990 [...]. On parlait de 45 arrestations et de "plusieurs dizaines de blessés" dont certains atteints par des coups de couteau étaient dans
un état jugé sérieux » (*Le Monde*, 28 avril 1989).

« De très violents affrontements ont éclaté dimanche 13 mai à Zagreb, capitale de la Croatie, entre
les supporters des clubs de football du Dynamo Zagreb et de l'Étoile rouge de Belgrade. Soixante et une
personnes, dont vingt-sept policiers, ont été blessées

lors des bagarres qui ont entraîné l'annulation du match. Les affrontements se sont poursuivis autour du stade et dans les rues de Zagreb jusqu'à une heure avancée de la nuit [...]. Les incidents entre supporters croates et serbes sont fréquents en Yougoslavie mais jamais ils n'avaient pris une telle ampleur » (*Le Monde*, 15 mai 1990).

« Des hordes de Britanniques frustrés par la défaite de leur équipe face à la RFA en demi-finale du Mondial se sont déchaînées dans trente villes anglaises, faisant deux morts, des dizaines de blessés et six cents interpellations, selon la police » (*Le Monde*, 7 juillet 1990).

« Aux Pays-Bas, des affrontements entre hooligans [le 23 mars 1997] font un mort. [...] Depuis une dizaine d'années, les affrontements Ajax-Feyenoord ont fait plusieurs centaines de blessés [...]. Les événements les plus graves datent du 22 octobre 1989. Ce jour-là, en plein match, deux bombes — des boîtes de la grosseur de balles de tennis, contenant de la poudre et de la limaille de fer — explosent dans une tribune de l'Ajax. Dix-neuf personnes sont blessées, dont neuf grièvement [...]. L'Ajax étant considérée comme l'équipe de la communauté juive d'Amsterdam, les supporteurs de Feyenoord les provoquent volontiers par des insultes antisémites. L'une de ces provocations consiste à siffler en imitant le bruit du gaz. » Le ministre de l'Intérieur affirmait aussitôt que ces événements « n'avaient rien à voir avec le football : il s'agit tout simplement de gangs criminels qui s'affrontent, comme on le voit aux États-Unis » (*Le Monde*, 25 mars 1997). Il resterait cependant à expliquer pourquoi le football

attire ces bandes criminelles comme la viande avariée attire les crabes...

« Deux morts, une vingtaine de blessés et plus
d'une centaine d'arrestations : c'est le triste bilan
des débordements qui ont suivi la victoire du Chili
(3-0) sur la Bolivie dimanche dernier [...]. Les incidents se sont notamment produits sur la Piazza Ita-
lia, où 8 000 personnes ont refusé de quitter les
lieux tard dans la nuit. Les policiers ont alors utilisé
des lances à incendie et des gaz lacrymogènes tandis que les supporters ripostaient avec des pierres »
(*France-Football*, 21 novembre 1997). Les « fêtes »
du football sont souvent saignantes...

En Argentine, devant la gravité des exactions et
débordements meurtriers des « barrabravas » (hooligans argentins), le président Carlos Menem approu-
vait le 13 mai 1998 la suspension des championnats
professionnels de football « jusqu'à ce que la sécurité
dans les stades soit assurée et les actes de violences
éradiqués. En Argentine, depuis 1976, les incidents
liés au football ont fait 53 morts » (*Le Monde*, 15 mai
1998). Bien évidemment, le football a vite repris ses
droits et la violence ses habitudes en Argentine.

En Italie, les *teppisti* (casseurs) sont devenus les
plus furieux d'Europe, à l'exemple des hooligans
anglais, hollandais et allemands : « Il ne se passe pas
un dimanche sans que des incidents n'éclatent.
Pendant que la police, les clubs, la justice se rejet-
tent mutuellement la responsabilité, des scènes
d'une brutalité inouïe ont lieu entre bandes rivales
armées et des forces de l'ordre souvent en nombre
trop limité [...]. Le football italien continue de déchaîner les passions de tout un peuple. Le moindre
incident concernant une phase de jeu provoque

des incidents incroyables » (*Le Monde*, 6 mai 1998). Est-ce cela que les sociologues et ethnologues des « passions sportives[10] » appellent dans leur jargon angélique une « passion égalitaire », une « passion partisane » ou une « culture de la virilité » ? Simples « massacres pour une bagatelle », en somme, pour paraphraser le chef de la meute des mordus du foot, Christian Bromberger[11], qui encense — de concert avec ses affidés Alain Ehrenberg, Patrick Mignon, Pascal Duret et consorts — la « rage de paraître », le « mode d'existence authentique », la « fierté de l'appartenance », la « lutte pour l'hégémonie », le « climat viril des stades », le « débridement des émotions » et autres formules de l'euphémisation-banalisation du supportérisme. Or l'exaltation supportériste, national-identitaire, ethnico-identitaire ou régionaliste, des bandes, meutes et hordes d'excités, cogneurs et abrutis — *white boys* fanatiques, petits-bourgeois enragés, zonards désœuvrés, extrémistes de droite, malades du football (*Fussball Kranken*), adeptes furieux du baston, crânes rasés néonazis — qui garnissent les gradins des stades comme les algues tueuses tapissent les fonds marins pollués, n'est jamais anodine et ne doit sûrement pas être considérée avec une « bienveillante neutralité ». Mais de cela nos ethnologues postmodernes n'ont cure[12], puisqu'il s'agit simplement pour eux de justifier leur propre engouement irrationnel pour le football, oubliant sans doute que la « fusion affective » avec l'objet de recherche entraîne toute une série de scotomisations, de censures, de refoulements et de déformations du réel. Bromberger et ses disciples font en effet de l'ethnologie comme un supporter moyen fait de la sociologie spontanée : avec ses émotions. À l'image de tous les multiculturalistes fascinés par les appartenances de groupe et les fusions collectives, Bromberger et ses émules sont donc tout naturellement victimes de l'effusion lyrique (gloire au football !) et de la confusion théorique entre l'essence et l'apparence des réalités sociales (l'opinion du supporter ordinaire est censée tenir lieu de vérité sur le foot). Ils confirment ainsi ce que Marx avait remarqué à propos de l'idéologie bourgeoise : « L'économie politique vulgaire se borne, en fait, à transposer sur le plan doctrinal, à systématiser les représentations des agents de la production, prisonniers des rapports de production bourgeois, et à faire l'apologie de ces idées. Il ne faut donc pas s'étonner qu'elle se sente tout à fait à l'aise précisément dans cette apparence aliénée de rapports économiques [...] ; il n'y a pas à s'étonner que l'économie politique vulgaire se sente ici parfaitement dans son élément et que ces rapports lui paraissent d'autant plus évidents que leurs liens internes restent plus dissimulés[13]. »

Comme le poussin se laisse voluptueusement engloutir par le serpent, nos ethnologues urbains se laissent phagocyter par tous les stéréotypes populistes des meutes sportives, ignorant sans doute que les anthropologues ne doivent jamais se laisser prendre corps et âme par leurs objets de recherche, ni surtout s'éprendre de leurs charmes, enchantements et ensorcellements mystificateurs[14]. La socio-anthropologie, tout étudiant de licence sait cela, n'a ni totem ni tabou, et surtout pas ceux des « tribus », groupes, clubs, associations ou collectivités qu'elle étudie. Or c'est par amour de leurs amours secrètes que Bromberger et les autres footballeurs de laboratoire idéalisent leur terrain en censurant soigneusement tout ce qui déconstruit leurs misérables illusions sur la misère du monde sportif. Derrière leur écran de rêve se dissimule pourtant la machinerie du football avec son impitoyable principe de réalité saturé de haines, de violences, de destructions et de morts. Il n'y a qu'à lire attentivement la presse, même sportive, pour constater les vandalismes meurtriers, les exactions sanglantes et les charges assassines — que certains osent encore appeler « fêtes » — qui sévissent sur tous les terrains du monde, à toutes les époques, tout au long de l'année et à tous les niveaux de la compétition. Il suffit, là aussi, d'ouvrir les yeux. Aux philosophes footballeurs et aux footballeurs qui se piquent d'être penseurs, il faut par conséquent sans cesse rappeler l'infamie des stades. Leur fascination pour les pelouses vertes, devenues véritables champs de bataille et prétextes à affrontements réguliers, n'est pas simplement une « passion ordinaire[15] » pour les dérisoires histoires de « hors-jeu imaginaires », « corners rentrants », « frappes puissantes », « murs mal placés » et autres « sauvetages in extremis », qui permettent l'interminable « bavardage sportif[16] », mais bel et bien une cécité volontaire devant les violences — dans et hors les stades — qui ponctuent dorénavant tous les matches à enjeux. *L'aveuglement sportif* dans lequel ils se complaisent au nom de leur « passion » dissimule ce qui saute pourtant aux yeux de tout observateur non prévenu, mais il les transforme également en militants hargneux. Question : la violence est-elle du côté de ceux qui la

dénoncent ou du côté de ceux qui la camouflent
honteusement ?

ÉTATS DE SIÈGE
ET FÊTES SANGLANTES

Après la victoire du Real Madrid en Coupe d'Europe des champions contre la Juventus de Turin (un
club qu'affectionnent particulièrement Bromberger et
ses amis...), toute l'Europe a pu assister en direct à
une démonstration édifiante de la « culture » du
football : « 170 personnes auraient été blessées,
dont deux policiers grièvement, à Madrid, dans la
nuit du mercredi 20 mai, à la suite d'incidents ayant
opposé les forces de l'ordre et des supporters du
Real. Dès 22 h 30, près de 500 000 personnes avaient
convergé vers la fontaine de la plazza de Las Cibe-
les, dans le centre de la capitale, afin de fêter le
septième titre de champion d'Europe du Real. Selon
les premiers témoignages, des groupes de jeunes
ont tenté, sous la pression de la foule, de forcer le
périmètre de sécurité des policiers entourant la fontaine où se baignent traditionnellement les supporters du club madrilène à chaque fois que leur équipe
remporte un titre ou gagne un match important. La
police nationale — quelques dizaines d'hommes
antiémeutes équipés de boucliers de plastique et
armés de matraques et de fusils lance-balles de
caoutchouc — a repoussé la foule, faisant plusieurs
blessés et soulevant la colère des supporters » (*Le
Monde*, 22 mai 1998). Scènes de chasse ordinaires
des fins de matches. C'est sans doute cela qui s'ap-

pelle la fête des matraqués et des détraqués : l'état de siège au nom du football, le quadrillage sécuritaire de l'espace public par des troupes de choc avec l'alibi des casseurs et des abonnés aux canettes de bière. Or ce genre de « soirées brûlantes », loin d'être une exception, est la règle depuis des années en Europe.

Le comble de l'abjection fut atteint lors de la Coupe du monde organisée en 1998 par la France. Les villes accueillant les équipes en lice avaient toutes été placées sous haute surveillance et les forces de l'ordre avaient été mobilisées pour contrôler les risques de « dérapages violents » des hooligans, en particulier allemands et anglais. Le pays avait été mis en état de siège pour une prétendue « fête » jalonnée d'innombrables affrontements à Marseille, Toulouse et Lens, agrémentée de parades néonazies des « hools » allemands et pour finir ensanglantée par l'agression criminelle préméditée sur un gendarme mobile, Daniel Nivet, par une bande de tueurs allemands. La presse et les amoureux de football étaient évidemment consternés par ce drame, mais peu s'étaient posé la seule question qu'il aurait fallu se poser en amont des événements : fallait-il, au nom de la « grande fête du football », quadriller l'espace public par des compagnies de CRS et de gendarmes mobiles, organiser toute une logistique antiémeute autour des stades, dilapider l'argent public — au niveau national comme au niveau municipal — pour finalement assister au spectacle de hordes d'assassins décidés à semer la terreur ? « Avec 20 000 policiers, gendarmes et militaires mobilisés chaque jour, du 10 juin au 12 juillet, la France se met quasiment en état de siège pour la Coupe du

monde [...]. Les dix villes qui accueillent des matches
— Lens, Marseille, Nantes, Toulouse, Lyon, Bordeaux, Paris, Saint-Denis, Saint-Étienne et Montpellier — vont donc être quadrillées par des uniformes
en tout genre » (*Libération*, 4 juin 1998). Le plan
Vigipirate renforcé, les 32 délégations protégées par
les unités d'élite du RAID et du GIGN, les 12 000
stadiers dits « auxiliaires de sécurité » pour « contrôler les mouvements de foule », l'important système de
vidéo-surveillance, les 3 000 pompiers, démineurs
ou personnels de la sécurité civile mis sur le pied de
guerre, avaient en effet transformé la fête du football
en une vraie démonstration sécuritaire. Là aussi, apparemment, le football n'y était pour rien ! D'ailleurs,
les concentrations policières autour des stades sont
purement fortuites et sont même la preuve que le
football est un « jeu pacifique », « populaire », voire
« familial », en somme une sorte de Journée mondiale
de la jeunesse !

Comme d'habitude lorsque le sang coule à l'occasion d'un match, la mauvaise conscience des pleu-
reuses professionnelles essaie de séparer le bon
grain du « football populaire » de l'ivraie des « fauteurs de troubles » (la mauvaise graine des voyous).
Dans sa chronique du Mondial, Pierre Georges écrivait à propos de l'agression sauvage sur le gendarme Nivet : « C'est effroyable. Les images venues
d'une rue de Lens, ce corps allongé sur un trottoir
dans une mare de sang, donnent la nausée [...]. La
fête est finie, avant même que commencée, ensanglantée, défigurée. Bien sûr le Mondial continuera
[le match avait bien continué au Heysel...]. Et déjà le
procès s'instruit. Il est vieux comme le sport-spectacle
et les procureurs seront légion à y voir confirmation

de leurs préventions : le responsable c'est le football, et son cortège de fléaux, abrutissement, chauvinisme, nationalisme, violences, opium du peuple, tout le catalogue ordinaire du mépris tenu pour un acte définitif d'analyse sociologique. Ces excès-là [*sic*] existent, qui les nierait ? Mais pas toujours et pas dans ce cas. Les informations le prouvent [*sic*]. La première est que ce drame se soit passé à Lens. Pour qui regarde sans prévention, Lens aurait dû être [*sic*] la dernière ville où cela pouvait se passer. Là-bas précisément le football est une fête, une vraie fête populaire, du moins si le mot "populaire" est encore audible à certains censeurs. Et Lens, ville chaleureuse et hospitalière, se faisait une fête de ce Mondial [...]. Seconde information, les témoignages concordent : ces fameux "hools" sont venus à plusieurs centaines. Ils sont arrivés, en commandos organisés, structurés, attaquant et se repliant au signal. Ils ne sont pas venus pour le match. Pas pour le football [...]. Anglais, Allemands ou autres, le football ne les suscite pas. Il les abrite parfois avec une complaisance coupable. Il leur sert de défouloir, de camouflage ou, dans le cas du Mondial, d'aubaine médiatique. Mais qu'on ne s'y trompe pas : s'ils nichent dans le football, ou dans son ombre portée, ils ne viennent pas des stades » (*Le Monde*, 23 juin 1998). Faut-il alors admettre que ces « visiteurs » sont venus de nulle part, un peu par hasard, comme les malfrats ont un tropisme spontané pour les banques ?

Ce discours idéologique était un chef-d'œuvre de fausses dissociations propres à la *fausse conscience*, le tout évidemment au nom de supposées « informations ». Première fausse dissociation : entre les vraies villes « populaires » et les autres. Or, aussi bien à Lens qu'ailleurs, le football opium du peuple est roi et donne l'occasion de déploiements policiers, de débordements supportéristes et, pour finir, de drames. S'il y a bien sûr des degrés dans la violence entre les différentes villes, le football, lui, la génère inévitablement. Deuxième fausse dissociation : entre la « fête populaire » du football et les affrontements. Si tous les matches de football ne se terminent pas en bagarre générale, il reste que c'est le spectacle du ballon rond, avec ses enjeux (relégation, montée en division supérieure, qualification pour une coupe), ses phases de jeu (penaltys, coups francs, cartons jaunes, expulsions), ses incidents (intrusions de supporters, pannes d'électricité, fumigènes et objets divers), qui est le déclencheur, l'occasion (fait le larron), le stimulant et l'excitant de la violence. Les journalistes sportifs prétendument « sans prévention » oublient avec une touchante unanimité que les violences qu'« abrite » le football ne tombent pas d'un ciel serein, mais sont bel et bien provoquées par des matches de football et non pas par des meetings politiques, des foires commerciales, des comices agricoles, des concerts technos ou des parades militaires, même si, de toute évidence, ces attroupements peuvent aussi susciter à l'occasion des violences. Il faut donc sérieusement se poser la question suivante : pourquoi le football attire-t-il à ce point la violence, comme la confiture attire les guêpes ? Pourquoi le football sert-il de défouloir, de camouflage et d'aubaine médiatique à des brutes microcéphales ? Sinon parce que le football est lui-même un jeu d'affrontements physiques, le spectacle d'une miniguerre où le but est de terrasser l'ad-

versaire, de l'« enculer » ou de le « tuer », comme
disent les supporters marseillais. On n'a encore jamais vu en effet des hordes de casseurs se sentir at-
tirées par une exposition florale ou un concert de
musique baroque ! C'est bien le football, *et lui seul*,
qui suscite, favorise et entretient le *tropisme* de la
violence comme l'humidité obscure attire les can-
crelats, punaises et scolopendres. Or c'est bien cette
thèse décisive de la Théorie critique du sport que
les amateurs de football s'acharnent à contredire
malgré l'écrasante et meurtrière réalité des faits. Il
arrive pourtant que certains observateurs soient
malgré tout obligés de reconnaître l'implication du
football. Ainsi Laurent Joffrin dans un éditorial paru
après le drame de Lens : « Le football est-il responsable ? Non, dira-t-il, avec des arguments. Le hooliganisme est un phénomène social qui provient moins
du jeu que de la dégradation urbaine [...]. La violence
autour des stades exprime, de l'aveu des spécialistes, les frustrations et les haines engendrées par la
crise sociale [...]. Sur ce désespoir se greffe souvent
l'idéologie nazie, ou simplement xénophobe. L'extrême droite trouve dans les virages des stades un
milieu propice à sa propagande, machiste, violent,
grégaire et chauvin. C'est là que le sport est en question. Il est une mise en scène du patriotisme, avec
drapeaux, hymnes, union sacrée et effusions de
masse. Il est aussi une libération de l'agressivité
physique : le jeu "viril" est admiré, on parle de "tirs
tendus", de "boulets de canon", de joueurs "descen-
dus", et il y a toujours des civières au bord des pelouses. Mais il est aussi fondé sur la maîtrise de la
violence : les règles sont strictes, l'arbitrage omniprésent, les gestes contrôlés et le fair-play valorisé.

Les antifoots ont tort d'y voir une simple métaphore de la guerre : par l'encadrement des passions, par la puissance des arbitres, il est tout autant une métaphore de l'État de droit [*sic*] » (*Libération*, 23 juin 1998). Là aussi, la pensée désirante de la cécité volontaire occulte le noyau dur de la réalité hebdomadaire du football : la monotone et répétitive cohorte des violences *du* football, *dans* le football, *par* le football, *à propos* du football. Et les adeptes du « football citoyen » refoulent du même coup le quadrillage sécuritaire de l'espace public lors des matches à « haut risque ». De plus en plus fréquemment, on peut lire dans la presse des titres sans ambiguïté : « La sécurité reste le premier enjeu de l'Euro 2000 [...]. En Belgique, 3 000 membres des forces de l'ordre seront mobilisés pour chacune des rencontres à haut risque, tandis qu'ils seront 2 000 aux Pays-Bas. Les 18 000 gendarmes nationaux belges mobilisés à l'occasion ont été dotés d'un nouvel équipement opérationnel digne de "Robocop" » (*Le Monde*, 8 juin 2000). « Des mesures de sécurité exceptionnelles ont été prises pour Turquie-Angleterre » (*Le Monde*, 11 octobre 2003).

LA GANGRÈNE DU HOOLIGANISME

« L'effervescence populaire » tant célébrée par certains sociologues postmodernes trouve à s'exprimer dans le football sous des formes délinquantes graves, en particulier lors des matches « électriques » — par exemple ceux opposant le Paris-Saint-Germain et l'Olympique de Marseille. « Les forces de l'ordre ont fait les frais de la soirée "sous haute tension" du Parc des Princes. S'ils ont su parfaitement encadrer les supporters marseillais, une dizaine de policiers et de CRS ont été blessés par des groupes de "crânes rasés" parisiens — qui lançaient des billes en acier — à la sortie du stade, vers la porte de Saint-Cloud. Une dizaine d'activistes du Kop de Boulogne ont été interpellés. Et un CRS a été blessé au visage en intervenant dans la tribune Boulogne que les supporters parisiens les plus virulents ne voulaient pas quitter. Au moins deux voitures ont été sérieusement endommagées » (*Le Parisien libéré*, 10 novembre 1997). Ces incidents qu'on observe régulièrement depuis des années ne sont pourtant que la partie la plus superficielle de la guerre sportive dans les stades. Aujourd'hui, l'escalade de la violence, encouragée par des enjeux financiers ou nationalistes exacerbés, débouche sur des scènes de quasi-guerre civile. « Deux supporters de l'équipe de Leeds sont morts à la suite d'échauffourées avec les partisans du Galatasaray » (*Libération*, 7 avril 2000). « Violents affrontements à Copenhague entre supporters anglais et turcs. Au moins sept personnes ont été blessées et un Anglais a été victime d'un coup de couteau » (*Le Monde*, 18 mai 2000). « Graves incidents au Parc des Princes. Au moins seize personnes ont été hospitalisées à la suite de bagarres survenues entre supporters en marge du match de Ligue des champions Paris-SG-Galatasaray » (*Le Monde*, 15 mars 2001). « Incidents entre tifosi, accrochages brutaux avec les forces de l'ordre, manifestations xénophobes : depuis plusieurs mois, l'Italie du football connaît de spectaculaires débordements. Un autre phénomène inquiète les autorités italiennes : la violence gangrène désormais les championnats de divisions 3 et 4 » (*Le Monde*, 27 mars 2001). « Vague de violences sur les stades russes » (*Libération*, 6 avril 2001).

Les violences ne concernent pas seulement les « grands » matches, mais aussi les petites rencontres provinciales ou de banlieue. Ainsi, en Languedoc-Roussillon, la « recrudescence des incidents dans le football amateur révèle une inquiétante tendance » : « Un revolver qu'on glisse dans le sac de sport, entre les crampons et le maillot, avant d'aller au match. Des bagarres collectives qui s'achèvent entre vestiaire et sortie de stade, où l'on sort des battes de base-ball, des pics à glace. Les incidents se multiplient le week-end sur nos terrains régionaux au point que l'on se demande si certaines rencontres de football amateur ont encore quelque chose à voir avec l'esprit sportif [...]. Il ne s'agit plus d'incidents isolés, mais d'une nouvelle tendance qui touche notre région, après avoir déjà pris une tournure inquiétante en Île-de-France [...]. "La société est violente, raciste et xénophobe, et le football s'en imprègne, constate, amer, l'adjoint aux sports montpelliérain Patrick Vignal [...]. Mais le problème est global : quand un Zidane s'essuie les crampons sur un adversaire, il y a des milliers de gamins qui se disent qu'ils peuvent faire pareil au stade" » (*Midi libre*, 7 décembre 2003). C'est ce que l'on appelle l'exemplarité des champions !

« Un rapport de la direction centrale des renseignements généraux, daté du 2 janvier 2003, stigmatise la montée en puissance du vandalisme lié aux rencontres de football. Sous le titre : "Hooliganisme : augmentation de la violence des supporters", il révèle que "le nombre d'incidents, en lente mais régulière progression depuis la saison 1999-2000, a notablement augmenté cette saison" avec 151 incidents recensés, contre 116 la saison passée. [...] Ces chiffres, depuis, ont encore été revus à la hausse, avec le match Nice-PSG, mercredi, qui a fait huit blessés, dont un supporteur parisien grièvement touché par un coup de couteau. » Le ministre de l'Intérieur, Nicolas Sarkozy, rappelant qu'il restait « un passionné de football », déclarait vouloir barrer la route des stades aux hooligans : « Qui peut se satisfaire que des racistes envahissent nos stades et profitent de matches de football pour procéder à de véritables ratonnades ? [...] Qui peut accepter que des matches amateurs deviennent de véritables bagarres de rue ? » (*Le Monde*, 25 janvier 2003). Un exemple parmi tant d'autres de cette « recrudescence » endémique : « Olivier Baraldini, 20 ans, un supporter du club de Saint-Étienne, luttait toujours hier contre la mort au CHU de Grenoble, victime d'une agression vendredi soir avant le match de Ligue 2 Grenoble-Saint-Étienne. Le jeune homme a reçu une balle en pleine tête tirée avec un fusil de chasse. » L'affrontement sanglant entre les caïds tueurs de la cité Mistral de Grenoble et les supporters des « Verts » stéphanois avait montré à quel point les matches à haut risque (250 policiers et CRS mobilisés) devenaient des incitations homicides. Et, selon un rituel bien rodé, le ministre des Sports, Jean-François Lamour, y allait de son sermon : « Il s'agit d'un drame inqualifiable. Je suis décidé à lutter avec la plus grande vigueur contre la violence dans et autour des stades afin que de tels drames qui ternissent l'image du sport ne se reproduisent plus » (*Le Figaro*, 5 avril 2004). Quelques mois plus tard, le naturel revenait au galop. « Le 7 novembre, à Paris, l'autocar transportant les joueurs marseillais avait été pris pour cible par des supporters du Paris-Saint-Germain, et le Marseillais Fabrice Fiorèse n'avait pu tirer les corners que sous la protection de boucliers. Samedi 13 novembre, à Bastia, deux joueurs noirs du SC Bastia ont été agressés et victimes d'injures racistes. "Cette violence doit être exclue des stades", a affirmé M. Lamour » (*Le Monde*, 18 novembre 2004). Christophe Bouchet, président de l'OM au moment des faits, déclarait quelques mois plus tard qu'il regrettait d'avoir laissé ses joueurs prendre part à la rencontre contre le PSG : « Je pense aujourd'hui qu'on aurait dû dire : "On ne joue pas ce match." Car, le jouer, c'est le signal clair qu'on accepte les dérives comme en Argentine, où il y a régulièrement des morts dans les affrontements entre supporters » (*Le Monde*, 3 et 4 avril 2005). En attendant, sur les terrains, les joueurs eux-mêmes commencent à déplorer la dégradation du climat. Éric Carrière, le capitaine de Lens, avouait : « J'ai un peu l'impression que c'est de pire en pire. Et à l'arrivée, cela met en cause la sécurité de beaucoup de gens. On a vu des joueurs, à Marseille comme à Bastia, se faire presque agresser. Il n'y a pas de résultat, donc le stade devient un défouloir. Les attaques sont de plus en plus virulentes et se produisent maintenant un peu partout [...]. Je suis réaliste, cela ne changera pas. Je ne vois pas comment modifier l'état d'esprit des gens. Ce n'est malheureusement pas un bon exemple pour notre société » (*L'Équipe*, 17 janvier 2005). Constat lucide confirmé par les dernières nouvelles du front footballistique.

« Les violences physiques et verbales dans les stades de football touchent même les petits clubs. Les voyous gagnent du terrain » (*Le Figaro*, 30 mai 2005). « Les clubs italiens sommés de faire face à la violence de leurs supporteurs [...]. Ce n'est pas la première fois que les Italiens sont confrontés à des actes de violence dans leurs stades. En septembre 2003, un tifoso d'Avellino avait trouvé la mort après être tombé d'une tribune lors d'une rixe avec des supporteurs de Naples [...]. Après chaque dimanche de championnat, ou presque, la presse italienne doit tenir la chronique des incidents entre supporteurs aux abords ou à l'intérieur des stades. Peu de clubs, depuis la série A jusqu'aux profondeurs des compétitions amateurs, échappent à la spirale de la violence. Cette dernière n'est pas seulement physique. Elle prend parfois les chemins détournés de l'idéologie, comme à Rome, dans l'environnement de la Lazio. Début avril, pour recevoir les supporteurs de Livourne, réputés de gauche extrême, le virage des ultras arborait d'insupportables drapeaux à croix gammées et celtiques, ainsi qu'une longue banderole : "Rome est fasciste !" » (*Le Monde*, 26 avril 2005).

On pourrait allonger indéfiniment la liste de ces violences[17]. Les clichés rassurants des admirateurs de la « culture foot » — qui passent leur temps à inventer des romans familiaux, des légendes dorées et des rêves bleus sur le football, oubliant au passage que tout rêve n'est qu'un travestissement du réel — ont à cet égard quelque chose d'indécent. Christian Bromberger, toujours à l'avant-centre, écrit par exemple : « Le grand match de football, épreuve aujourd'hui la plus populaire à travers le monde, s'offre ainsi comme un événement exemplaire qui condense et théâtralise, à la manière de la fiction ludique et dramatique, les valeurs fondamentales qui façonnent nos sociétés[18]. » Le « spectacle total » dont parle Bromberger n'est en fait que le spectacle totalitaire de la violence sociale, celle qui amène des centaines de milliers de déclassés sociaux, de microcéphales racistes et de supporters abrutis « par la pesante mise en scène de la pensée du divertissement[19] » à acclamer les gladiateurs des pelouses. Quant à la « fiction ludique » du football, elle a un goût de sang, de haine, de xénophobie et d'agressivité multiforme. C'est ce qu'illustre la banale réalité du football dont les « valeurs fondamentales » — fric, réussite à tout prix, chauvinisme, culte de la domination, machisme, sexisme, racisme — trouvent à s'épanouir dans les règlements de comptes « virils » entre les joueurs, les agressions contre les arbitres, les injures, les crachats au visage. Toute la panoplie en somme de « l'exemplarité » du football que l'on peut observer à longueur de saison sur tous les stades du monde. « Des supporters tunisiens et congolais ont envahi la pelouse du stade Charléty (Paris), vendredi 11 novembre, lors du match amical [*sic*] qui opposait la Tunisie à la République démocratique du Congo. L'égalisation du Tunisien Santos, alors que le Congo menait 2 à 1, est à l'origine des échauffourées entre supporteurs des deux équipes sur le terrain. La rencontre a été interrompue par l'arbitre, M. Garibian, à la 65e minute » (*Le Monde*, 13 et 14 novembre 2005). Comme à l'accoutumée en pareil cas, les officiels dédouanaient le sport pour s'en prendre à quelques fauteurs de troubles isolés : « "C'est l'image des supporters africains qui est ternie, pas celle des équipes", a assuré Souleymani Constant Omare, le président de la fédération congolaise. "Il ne faut stigmatiser que le 1 % d'abrutis qui ont gâché la fête", a ajouté Claude Le Roy, l'entraîneur français de l'équipe congolaise » (*Le Monde*, 13 et 14 novembre 2005). Il reste cependant à comprendre comment et pourquoi une minorité d'abrutis est capable de gâcher une telle « fête ».

Autre exemple de fiction ludique et passablement dramatique : « Incidents au stade d'Istanbul après la qualification de la Suisse. L'après-match a été tendu pour les joueurs suisses [...]. Pluie d'objets lancés par les supporteurs déçus, bousculades et coups dans les vestiaires : le défenseur helvétique d'Auxerre, Stéphane Grichting, a été conduit à l'hôpital, le canal urinaire perforé après avoir reçu un coup de pied » (*Le Monde*, 18 novembre 2005). « "C'est un véritable scandale. Les policiers turcs ont frappé leurs propres journalistes pour empêcher que la scène ne soit filmée", s'est indigné le sélectionneur suisse Köbi Kühn. "On a franchi les bornes de l'intimidation, a quant à lui souligné Johann Lonfat, le milieu de Sochaux [autre international suisse jouant en France...]. On s'attendait à une atmosphère surchauffée, mais pas à ça. Moi, on m'a dit : on va t'égorger" » (*20 minutes*, 18 novembre 2005). Comme d'habitude, le football était déclaré pur et innocent par le président de la FIFA, Joseph Blatter, par ailleurs citoyen suisse : « Je n'ai jamais rien vu de pareil. Cela n'a rien à voir avec le football » (*20 minutes*, 18 novembre 2005). De la même manière, sans doute, que le football n'a rien à voir avec l'attroupement de foules décérébrées et la constitution de gangs de supporters, tous plus excités et racistes les uns que les autres[20]...

LA BANALITÉ DE LA HAINE

« Le joueur italien Francesco Totti a été suspendu pour trois matches après examen d'images vidéo accablantes le montrant en train de souffler sa salive au visage du Danois Christian Poulsen [...]. L'attaquant suisse Alexander Frei a pour sa part été suspendu, lundi 21 juin, quinze jours à titre conservatoire. Des images de la télévision allemande le montrent en train de cracher sur la nuque du milieu anglais Steven Gerrard [...]. Le football n'a pas le monopole de la vulgarité. Mais, en l'occurrence, il s'offre une mauvaise publicité et manifeste un archaïsme qui laisse perplexe. Il exhibe au passage une agressivité primaire » (*Le Monde*, 25 juin 2004). Comme les footballeurs crachent à tout bout de champ, ils finissent par ne plus faire de différence entre la pelouse et les adversaires ! Autre publicité pour l'exemplarité, celle de Fabien Barthez, gardien de l'équipe de France, « jaillissant du banc de touche, repoussant violemment un dirigeant marseillais tentant de s'interposer, pour se précipiter vers l'arbitre [marocain], l'invectiver, et lui cracher dessus malgré la présence d'un autre responsable de l'OM. Lors d'un match amical, de surcroît. Lamentable et intolérable [...]. Comment peut-on se plaindre ensuite des débordements de supporters, de leurs insultes, des violences qui font, aujourd'hui, de certains stades des creusets de haine ? » (*Le Figaro*, 19 et 20 février 2005). Après que Barthez eut déclaré qu'il ne se « sentait pas coupable » et qu'il ne « regrettait pas » son geste, *Le Figaro* s'indignait : « Comment le gardien de l'OM peut-il négliger l'indispensable exemplarité dont il doit faire preuve, lui l'ex-icône du foot français ? Et comment peut-il oublier que le foot, qu'il juge "pourri", se meurt chaque jour de tous ces gestes ignobles qui pervertissent l'esprit et le jeu ? Fabien nous a fait rêver [*sic*]. Il a apporté à son pays une joie immense en 1998 et 2000. Cela ne lui donne pas le droit de faire et de dire n'importe quoi. Aujourd'hui, les footballeurs ont des devoirs envers cette société qui les nourrit (grassement) et les idolâtre (bêtement) » (*Le Figaro*, 25 mars 2005). Le ministre Jean-François Lamour était lui aussi choqué par les déclarations de Barthez : « Ce qui m'a gêné, c'est qu'il veuille quitter le monde du football qu'il estime être "pourri". C'est quand même ce milieu qui l'a fait exister, connaître, vivre [...]. C'est choquant qu'un sportif de ce niveau, qui a vécu tellement de moments forts, s'exprime avec autant de dépit et de nonchalance » (*Le Monde*, 30 mars 2005). Le ministre ne s'était toutefois pas posé la seule question pertinente : comment et pourquoi un joueur couvert de titres et grassement rétribué en vient-il à estimer que son milieu d'appartenance est « pourri » ? Il est probable en effet que Barthez sait de quoi il parle — de l'intérieur du système, en somme — et que son dépit est aussi un moment de lucidité : le football est non seulement pourri par la violence, le dopage et la course aux gains, mais il engendre surtout la pourriture du mépris, de la haine et de la vulgarité d'une génération de tricheurs-cogneurs-cracheurs.

Barthez était finalement sanctionné de trois mois de suspension ferme (alors que les textes prévoient six mois incompressibles !), ce qui ne faisait qu'amplifier le profond malaise des arbitres submergés par la violence croissante des terrains, les intimidations et agressions physiques, les insultes[21] et pour finir les menaces de mort — en juillet 2004 contre l'arbitre suisse Urs Meier et en mars 2005 contre l'arbitre suédois Anders Frisk qui avait déjà été gravement agressé en septembre 2004 lors du match entre l'AS Rome et le Dynamo Kiev. Et quand ce n'est pas l'arbitre qui fait les frais des « valeurs fondamentales » du football — que Bromberger, Mignon, Duret, Michéa et autres idéologues du « football citoyen », de la « culture football », de la « démocratie sportive », des « passions masculines » persistent à considérer comme un jeu exemplaire — ce sont les joueurs qui se comportent comme des simulateurs, des justiciers, des casseurs qui menacent, intimident et distribuent généreusement coups de pied et de poing, crachats et injures[22].

Et cette situation empire à tous les échelons de la compétition, particulièrement au niveau « amateur ». « Le football amateur est en émoi après l'agression dont a été victime Slim, un arbitre de 19 ans roué de coups par des joueurs et des supporteurs mardi dernier lors d'une rencontre à la Ricamarie, une banlieue "sensible" de Saint-Étienne (Loire). Hier, six joueurs locaux, dont cinq mineurs, ont été mis en examen pour "violences volontaires ayant entraîné une incapacité totale de travail (ITT) supérieure à huit jours, commises en réunion à l'occasion d'une manifestation sportive" [...]. L'entraîneur adjoint, ulcéré, aurait exhorté les supporteurs et des joueurs à "punir" l'homme en noir. Aux cris d'"à mort l'arbitre !" et "nique l'arbitre", une vingtaine de personnes ont jeté des projectiles sur Slim avant de le rouer de coups. Sans l'intervention de l'équipe visiteuse, puis de la police, il aurait été lynché » (*Le Figaro*, 24 et 25 décembre 2005).

Au bout du compte, même ceux qui persistent à croire en un sport « à dimension humaine » commencent à se poser de sérieuses questions : « Des stars payées comme des nababs qui abusent impunément de leur puissance et à qui personne n'ose plus tenir tête. Autour d'elles, un petit monde de profiteurs et d'aigrefins, voire d'escrocs patentés, qui brassent millions et contrats léonins, et vont jusqu'à truquer des matches. Dans certaines tribunes, des voyous manipulés qui braillent des injures racistes et lancent leurs canettes au front des joueurs. Dans les loges, des dirigeants qui ferment les yeux et encouragent à la désobéissance sportive[23]. » Des pouvoirs publics qui annoncent périodiquement vouloir prendre des mesures pour en finir avec la violence des stades et en bout de course des intellectuels, « grands amateurs de foot », qui baissent honteusement le nez en espérant que la situation s'améliorera...

CHAPITRE 4

LES TERRAINS DE L'OVERDOSE :
LES SHOOTÉS DES LIGNES

Avec l'avènement de l'empire football la question du dopage n'a cessé de hanter les bonnes consciences « distinguées » ou « populaires » qui ont toujours espéré que leur passion préférée fût à l'abri du chancre qui gangrène massivement le sport de compétition depuis plusieurs décennies. Les amateurs de « beau jeu », les « éducateurs », les entraîneurs et bien sûr les gestionnaires du football (présidents des fédérations, clubs et ligues ; sponsors, annonceurs et fournisseurs) ne pouvaient pas croire que le football était attaqué en profondeur par le dopage. Les plus lucides ou les plus réalistes voulaient bien admettre que le cyclisme, l'haltérophilie, l'aviron, le ski de fond, l'athlétisme ou la natation étaient « atteints par le fléau », mais tous refusaient l'idée même que les footballeurs puissent, eux aussi, rejoindre la cohorte des abonnés aux anabolisants, amphétamines, « compléments alimentaires » et autres « produits miracles ». Impossible, disaient les optimistes de commande, notre sport est « propre ». Pourtant, dès la fin des années 1970, les controverses commencèrent à agiter le milieu du football progressivement touché par les « cas ». L'entraîneur de l'équipe de France de l'époque, Michel Hidalgo, s'en

tirait par une pirouette indignée : « Le doping [on
dit maintenant dopage] existe-t-il dans le football ?
C'est une question qu'on m'a souvent posée. Je dois
dire qu'elle m'irrite, mieux même, me scandalise. Je
crois donc que le mieux serait d'épargner au sport
et au football ce genre de critique et d'attaque[1]. » Le
mieux serait en effet de supprimer la médecine
pour éradiquer les maladies ! Pourtant, Michel Hidalgo ne craignait pas de développer une fois encore le paralogisme classique des milieux sportifs :
le dopage n'existe pas, mais il faut le combattre[2] ! :
« Il faudrait aider les champions et les sportifs de
haute compétition en allégeant leur tâche, en rendant plus humains les calendriers et les compétitions. C'est par là que doit commencer la lutte contre
le dopage[3]. » Autre dénégation classique : le dopage
n'existerait pas dans le football parce qu'il ne servi-
rait à rien dans un jeu aussi complexe. M. Sastre,
président à l'époque de la Fédération française de
football (FFF), en était convaincu : « Je suis persuadé qu'il n'y a pas de dopage puisqu'il s'agit d'un
sport d'adresse » (*L'Équipe*, 24 août 1981).

LE SPECTRE DU DOPAGE :
AVEUX ET CONFESSIONS

Or, dès cette époque, les soupçons, les demi-aveux,
les confessions, les révélations avaient commencé à
ébranler les certitudes des gardiens de l'orthodoxie.
C'est ainsi que le psychologue sportif Michel Bouet
surfait sur l'ambiguïté des termes : « Il n'y a véritable perversion du sport que si sa destination est tra-
hie. Je ne crois pas que nous en soyons déjà là,

encore qu'avec une certaine préparation biologique
on frôle des frontières » (*France Foot 2*, 13 novembre 1981). Frontières sans passeports ? Jacques Thi-
bert reconnaissait pourtant « qu'il est difficile de
croire, comme le jurent la plupart des responsables
du football international, que le doping n'existe pas,
n'a jamais existé et n'existera jamais au royaume de
la balle ronde » (*France Football*, 17 novembre 1981).
Le premier véritable pavé dans la mare fut jeté par
le gardien de but de l'équipe d'Allemagne, Harald
Schumacher, celui-là même qui avait sauvagement
agressé le Français Patrick Battiston lors du match
France-RFA à Séville en 1982. Schumacher dévoilait
en effet le pot-aux-roses de la préparation médicale
de l'équipe allemande comprenant « eau minérale
enrichie d'éléments homéopathiques », « vitamines »
et « hormones » diverses. « "Outre les pilules, une
grêle de piqûres s'abattit sur nous, expliqua-t-il. Le
professeur Liesen en a administré 3 000 de sa propre main [...]. Dans le monde du football, le dopage
existe aussi. Naturellement on n'en parle pas, c'est
un secret, un tabou. Je l'avoue en toute franchise : à
l'entraînement, j'ai essayé un médicament à doping.
Ce truc s'appelle Captagon [...]. Mes amis de Colo-
gne et moi ne sommes pas les seuls qui n'aient pu
résister à la tentation du dopage. Dans la Bun-
desliga [championnat allemand], le dopage est
une longue tradition." Les "révélations" de Harald
Schumacher ont, on s'en doute, provoqué un vent
de panique en RFA. Paul Breitner, autre joueur international, a cependant confirmé ces propos lundi
dans l'hebdomadaire *Der Spiegel* : "L'existence du
dopage est indiscutable et tout le monde est au courant dans les clubs" » (*La Croix-l'Événement*, 5 mars

1987). Schumacher était évidemment aussitôt mis sur la touche et considéré comme un traître par sa tribu d'appartenance. Ainsi se cristallisait l'une des attitudes typiques du « milieu » sportif : l'hypocrisie généralisée, la mauvaise foi, l'omertà, la dissimulation, le mensonge caractérisé.

Devant l'irrésistible évidence du dopage, les mécanismes de défense de la « pureté » du football n'ont cessé de se sophistiquer. Après la dénégation pure et simple, on a eu droit en effet à l'euphémisation d'une grande virtuosité sémantique, avec fausse naïveté, contorsions et déplacements. Michel Platini, élu meilleur footballeur français du XXe siècle devant Zinedine Zidane et Raymond Kopa et recyclé dans la gestion du football professionnel, devait ainsi fournir le modèle alambiqué des réponses officielles. Question d'un journaliste : « Le dopage est un sujet tabou. Difficile, pourtant, de penser que le monde du ballon rond échappe à ce fléau. » Michel Platini : « Je suis d'accord avec vous. Comme ailleurs, le dopage doit exister dans le football, mais il n'y est pas organisé. Si un joueur a envie de se "charger", il pourra le faire dans son coin, à l'insu de son club. Mais si le dopage était structuré dans une équipe, croyez-moi, cela se saurait ! » Question : « Les footballeurs disent que le dopage ne leur serait pas profitable alors qu'ils enchaînent parfois trois matches par semaine. Pure hypocrisie ? » Réponse : « Non. Ils ont raison. Si l'on considère que le foot est un jeu qui privilégie la technique, je ne pense pas que le dopage soit essentiel pour réussir. En revanche, si le foot devient de plus en plus athlétique, les joueurs seront forcément plus vulnérables. » Question : « L'EPO [érythropoïétine] sévit dans le football professionnel ? » Réponse : « L'EPO ? Je ne sais pas ce que cela veut dire. C'est ce qu'utilisent les cyclistes, c'est ça ? » (*L'Express*, 29 mars 2001).

Ces déclarations dilatoires et passablement jésuitiques devaient être évidemment démenties par la triste réalité des terrains et surtout les réquisitoires accablants des acteurs eux-mêmes. C'est ainsi que Zdenek Zeman, alors qu'il était encore entraîneur de l'AS Rome, avait déclaré en 1998 que le football devait « sortir des pharmacies », provoquant un scandale dans le Calcio italien. Cinq ans plus tard, il persistait et signait dans un entretien au journal *Le Monde* : « Regrettez-vous vos déclarations de 1998 ? — Je n'ai rien à me reprocher. J'ai simplement dit ce que je pensais, et les faits m'ont progressivement donné raison. Mon attitude a peut-être dérangé certains, mais je crois que la majeure partie des gens pensait la même chose que moi — Il y a deux ans, une dizaine de cas de positivité à la nandrolone ont été détectés — deux joueurs de Pérouse avaient invoqué une contamination par la viande de sanglier —, puis le phénomène a disparu brusquement — Je ne peux pas commenter, je risquerais d'être condamné pour déclarations portant atteinte au système. Je me contenterai donc de dire que les sangliers ont disparu. — L'EPO peut-elle être avantageuse pour les footballeurs ? — L'EPO est utile à tous les sports, il est donc logique qu'elle existe aussi dans le football. — Vous aviez dénoncé en particulier la musculature imposante de certains joueurs de la Juventus de Turin. Et aujourd'hui ? — Ceux qui veulent voir voient. Autrefois, le football se pratiquait sur un terrain à l'air libre. Maintenant, les équipes sont plus souvent dans les salles de musculation que sur l'herbe. — La pratique du dopage dans le football est individuelle ou collective ? — Collective. Depuis les années 1990, un changement notoire est survenu. Avant, les clubs avaient un médecin qui était souvent le médecin de famille des joueurs. Il a progressivement été remplacé par des pharmacologues professionnels dont la fonction est souvent masquée par un titre du genre "nutritionniste". » Conclusion désabusée de Zeman : « La morale de mon histoire, c'est qu'il ne faut pas toucher au système. — Quel système ? — Le Calcio est une industrie, la quatrième ou la cinquième du pays. Il a une certaine force, il devient un lobby, un secteur qui a ses propres règles » (*Le Monde*, 19 février 2003).

Compte tenu des enjeux financiers gigantesques qui traversent le football professionnel, on peut bien imaginer pourquoi et comment le dopage est devenu une sorte d'industrie clandestine, une « économie souterraine » qui accompagne l'économie politique officielle du football comme le travail au noir parasite l'activité déclarée — ou comme la prolifération des rats se délecte des bas-fonds. Depuis plusieurs années, en effet, les « contrôlés positifs » se succèdent métronomiquement et les nouvelles méthodes ou molécules fleurissent comme champignons après la pluie, en passant d'ailleurs sans vergogne d'un sport à l'autre, le cyclisme et l'athlétisme étant à cet égard sur le podium. Le dopage dans le football ? Impossible, nous disait-on il y a peu. Or « certains entraîneurs n'hésitent pas à comparer les symptômes du dopage à ceux de la corruption.

Budzinski : "On a un temps de retard. Certains pensent encore qu'on ne se dope pas dans le foot, comme on pensait, dix ans plus tôt, que les matches truqués n'existaient pas" » (« Dopage : le foot français sort de sa torpeur », *Libération*, 20 octobre 1997). Il a bien fallu pourtant se rendre à l'évidence : la progression du dopage dans le football était au moins aussi rapide que l'escalade des affaires et des violences. On découvrait ainsi que « les affaires de dopage du football italien ont pris une nouvelle tournure après que des sources judiciaires ont affirmé que les analyses de sang de plusieurs joueurs de l'équipe de Parme AC (division 1) présentaient en juillet dernier des taux d'hématocrite (volume de globules rouges sur volume total de sang) supérieurs à la normale. Ces données laissent supposer qu'un dopage systématique à l'EPO aurait pu être organisé au sein du club » (*Le Monde*, 4 et 5 octobre 1998). Depuis, une véritable déferlante d'affaires de dopage est venue confirmer les craintes.

VESTIAIRES, PHARMACIES ET SERINGUES

« Le football italien face au spectre du dopage » (*Le Monde*, 14 août 1998). « Les enquêtes se multiplient dans le championnat d'Italie. Le Calcio débordé par le dopage. Après la Juventus, Parme est soupçonné de recourir à des produits interdits » (*Libération*, 5 octobre 1998). « Après le cyclisme, l'athlétisme et bien d'autres, c'est le football qui tombe à son tour sous les coups des enquêtes professionnelles et judiciaires. Pour l'instant, le cyclone frappe surtout l'Italie. Mais il s'agit de la première patrie du ballon rond. Les mêmes causes produisant les mêmes effets, on voit mal pourquoi les autres y échapperaient » (*Libération*, 5 octobre 1998). Le pronostic devait se réaliser puisque les cas de dopage, notamment à la nandrolone, allaient se succéder.

« Un nouveau cas de dopage à la nandrolone a été révélé mardi 8 mai : il concerne le capitaine de l'équipe des Pays-Bas, Franck De Boer, qui évolue au FC Barcelone » (*Le Monde*, 10 mai 2001).

« Edgar Davids contrôlé positif deux fois. Davids est le deuxième footballeur international du Calcio convaincu de dopage, après le Portugais de la Lazio de Rome, Fernando Couto » (*Libération*, 17 mai 2001).

À la suite des premières révélations de dopage dans le football, *Le Monde* concluait : « Il est encore trop tôt pour conclure à un dopage généralisé. Mais, indirectement, les belles images du Mondial en souffriront de toute façon » (« Briseurs de mythe », *Le Monde*, 4 et 5 octobre 1998). Seuls manifestement les dupés qui avaient adulé Zidane, Deschamps et quelques autres « exemples pour la jeunesse », comme disait alors Aimé Jacquet, avaient pu croire que les footballeurs professionnels marchent à l'eau claire, à l'image des cyclistes...

« En 1999, le Français Emmanuel Petit, alors à l'Arsenal, avait affirmé : "Les joueurs devront prendre des produits dopants pour survivre" aux cadences si rien n'est fait pour réduire le nombre de matches. "Des footballeurs le font déjà, je le sais", avait-il ajouté » (« Le spectre du dopage à l'érythropoïétine agite le football européen », *Le Monde*, 3

avril 2002). Ce diagnostic était évidemment partagé
par les observateurs les plus lucides sans que pour
autant le monde du football change quoi que ce soit
à ses vieilles pratiques. Et, comme d'habitude, le
monstre du Loch Ness devait réapparaître avant
chaque grande compétition : « À quatre mois de
l'ouverture (le 31 mai) de la Coupe du monde, de la
grande kermesse du ballon rond, une vilaine ombre
vient planer sur les terrains. Le dopage, mot tabou
il y a peu, revient s'installer en lettres majuscules.
D'abord avec l'ouverture, hier, du procès de trois dirigeants de la Juventus de Turin pour "fraude sportive
par voie de dopage". Ensuite avec la multiplication,
ces derniers mois, des cas de joueurs positifs à la
nandrolone » (*Le Figaro*, 1er février 2002). « Fernando
Couto et Jaap Stam (Lazio Rome), Edgar Davids
(Juventus Turin), Stefano Torrisi (Parme), Josep
Guardiola (Brescia) : cette liste, impressionnante mais
non exhaustive, de joueurs suspendus suite à un
contrôle positif à la nandrolone traduit l'étendue du
malaise qui a frappé le football italien de septembre
2000 à novembre 2001. En un an, onze cas de "positivité", touchant tant la série A que la série B (les divisions 1 et 2 italiennes), avaient été détectés, créant
une panique générale dans le microcosme » (*Le
Monde*, 17 octobre 2002).

Le système football, qui fonctionne effectivement
dans chaque pays comme un lobby opaque, a pourtant commencé à être pris en défaut lorsque la justice s'est mise de la partie. C'est surtout l'affaire de
la Juventus de Turin qui a mis le feu aux poudres et
délié les langues. Le 29 octobre 2003, Gianluca Vialli,
qui avait porté le maillot *bianconero* du club de 1992
à 1996, comparaissait en effet devant le tribunal de

Turin comme témoin dans le procès pour « fraude sportive » de Riccardo Agricola et Antonio Giraudo, respectivement médecin-chef et administrateur délégué du club turinois. Sa déposition était une sorte d'ordonnance médicale améliorée : « Des injections de Samyr (antidépresseur) en intramusculaire, des perfusions d'Esofosfina (reconstituant en phosphore utilisé pour traiter les problèmes d'éthylisme et d'insuffisance respiratoire), du Voltarène (anti-inflammatoire) avant les matches [...]. Un mois plus tard, 281 sortes de médicaments étaient retrouvées lors d'une perquisition dans les vestiaires du Stadio Communale de Turin. Depuis, de nombreux anciens joueurs du club ont été interrogés, parmi lesquels les Français Michel Platini, Didier Deschamps et Zinedine Zidane, qui a reconnu avoir utilisé de la créatine (*Le Monde* du 22 janvier 2002) avant de rejoindre le Real Madrid. Gianluca Vialli a lui aussi admis avoir consommé ce complément alimentaire destiné à renforcer la masse musculaire » (*Le Monde*, 31 octobre 2003). Parmi les médicaments, on devait découvrir des « préparations contenant des substances dopantes (stimulants, corticoïdes, anesthésiques locaux, hormones peptidiques) et une quinzaine, comme le Liposom Fort ou la Tricortin 1000, préconisées contre les dysfonctionnements du système nerveux. Raffaele Guariniello [procureur adjoint de Turin] reproche surtout au médecin et à l'administrateur délégué de la Juve d'avoir détourné l'usage légal de médicaments autorisés pour les administrer de façon régulière aux joueurs, en dehors de toute prescription thérapeutique et sans les avertir des risques pour leur santé » (*Le Monde*, 9 décembre 2003). Si le médecin apprenti sorcier concoctait ses potions magiques dans son coin, les joueurs, eux, ne se faisaient pas trop prier pour les avaler sans broncher. Même l'ex-« Français préféré des Français », Zinedine Zidane, confirmait « lundi 26 janvier, à la barre du tribunal de Turin, qu'il avait pris de la créatine lorsqu'il jouait à la Juventus [...]. Lundi, il a pu satisfaire la curiosité des juges, déclarant qu'il avait aussi pris, "comme le disait le docteur", des vitamines [*sic*] en perfusions. "C'était utile, j'en avais besoin pour disputer 70 matches par an", a expliqué l'ancien stratège de la Juve. La déposition du Français corrobore celles de ses ex-coéquipiers déjà entendus par le tribunal » (*Le Monde*, 28 janvier 2004). Manifestement, les footballeurs aiment croquer des fortifiants...

La sentence du tribunal, malgré les dénégations, les dissimulations et les manœuvres de certains « témoignages » amnésiques, mettait provisoirement les choses au point : le médecin-chef du club, Riccardo Agricola, était condamné à un an et dix mois de prison et d'interdiction d'exercer sa profession pour « fraude sportive ». « L'accusation a notamment mis en évidence l'administration régulière d'anxiolytiques, de stimulants cardiaques ou de préparations contre l'éthylisme ou la malnutrition dans le but d'améliorer les performances des joueurs. Surtout, l'expertise de l'hématologue Giuseppe D'Onofrio, directeur du service d'hémotransfusion de la polyclinique universitaire A. Gemelli de Rome, a conclu à l'utilisation "systématique et intensive" d'EPO. Le scientifique a étudié les variations des paramètres sanguins de 49 joueurs [...]. Concernant l'ancien capitaine de l'équipe de France Didier Deschamps — dont l'hématocrite culminait à 51,9 %, le 22 mars

1995 —, Giuseppe D'Onofrio relève d'importantes
variations de l'hémoglobine [...], ces variations peuvent être perçues comme des indices de stimulation
exogène. Par ailleurs, alors que les joueurs de la Juventus étaient normalement soumis à un bilan san-
guin tous les deux mois, certains examens sont
beaucoup plus rapprochés et coïncident à chaque
fois avec des valeurs élevées. L'expert, qui dresse le
même constat pour une dizaine de joueurs, émet
l'hypothèse d'un traitement à base d'EPO » (*Le
Monde*, 28 et 29 novembre 2004). Le procureur Raffaele Guariniello tirait ainsi la morale de l'affaire :
« Le jugement démontre que les produits dopants
ne se résument pas à la liste des substances interdites du Comité international olympique (CIO) ou
d'une autre organisation, telles que l'EPO ou l'hormone de croissance, mais qu'il existe également un
dopage dit "intelligent" ou "scientifique" qui utilise
des substances ou des médicaments qui ne figurent
pas dans cette liste. Des produits qui, utilisés en dehors de leur cadre thérapeutique, permettent d'in-
fluer sur le déroulement des compétitions sportives
en améliorant les performances [...]. Au début de
l'instruction, on me répétait que le football était un
sport où absolument personne n'utilisait de produits dopants. Or que reconnaît le jugement ? L'utilisation chronique et intensive de l'EPO sur plusieurs
joueurs. Ce qui apparaît évident aujourd'hui ne
l'était pas hier. Le mythe selon lequel on n'utilise
pas d'EPO dans le football est tombé » (*Le Monde*,
28 et 29 novembre 2004). Michel Platini et les autres
Bleus peuvent à présent savoir ce qu'est réellement
l'EPO, et il y a fort à parier que d'autres mythes an-
géliques risquent de tomber... La farce italienne

devait se conclure par un étonnant jugement. En effet, le médecin de la Juventus de Turin était finalement relaxé en appel. « "C'est une grande journée, une fête pour le sport et pour la démocratie", a affirmé Luigi Chiappero, l'un des avocats du club. "Une chose est sûre, c'est que le football est intouchable [*sic*]", a réagi Giuseppe D'Onofrio. "Désormais, plus personne n'enquêtera sur ce qui se passe dans la pharmacie des équipes de football" [*sic*] » (*Le Monde*, 16 décembre 2005).

La tragi-comédie à l'italienne n'était pas finie pour autant puisque le procureur avait dû constater, avant même le jugement, que le business du dopage n'était pas près de s'arrêter : « Lorsque j'ai commencé l'enquête sur le Calcio, on me disait que personne n'utilisait de produits dopants parce que le football était un sport collectif et que cela ne servait à rien. L'argumentation m'a laissé perplexe, mais les résultats étaient, eux, indiscutables. Notre enquête a notamment permis de détecter les dysfonctionnements du laboratoire antidopage romain : il ne recherchait pas les anabolisants ! Le Comité olympique italien l'a fermé suite à notre découverte. Depuis sa réouverture, plus de treize joueurs ont été contrôlés positifs à la nandrolone » (*Le Monde*, 9 décembre 2003). Comme n'ont cessé de le clamer les responsables, la main sur le cœur : si le dopage existait dans le football, cela se saurait !

La « morale » standard du milieu sportif est en effet simple : « pas vu, pas pris » ! Mieux même, quand les responsables sont jugés coupables, ils obtiennent le sursis ou sont même blanchis. Dans le cas de la Juve, l'affaire a d'ailleurs revêtu l'allure d'une farce napolitaine, puisque le Tribunal arbitral du sport (TAS) décidait « d'absoudre la Juventus de toute poursuite à la suite de la condamnation de son responsable médical par le tribunal de Turin. Le docteur Agricola avait été condamné à 22 mois de prison pour "fraude sportive et administration de médicaments dangereux pour la santé" par la justice pénale italienne, le 24 novembre 2005. À l'issue de ce jugement, la Fédération italienne et le Comité olympique italien avaient engagé une procédure auprès du TAS afin de savoir s'ils pouvaient sanctionner le club et éventuellement lui retirer ses trophées. "L'utilisation de substances pharmaceutiques qui ne sont pas expressément interdites par la loi sportive et qui ne peuvent pas être assimilées à des substances illégales ne peut pas être punie par une action disciplinaire", a répondu le tribunal qui siège à Lausanne (Suisse). La Juventus conservera donc tous les titres (dont une Ligue des champions gagnée en 1996) acquis entre 1994 et 1998, la période visée par le jugement du tribunal de Turin » (*L'Équipe*, 29 avril 2005). L'essentiel, n'est-ce pas, est de participer et de gagner par tous les moyens...

Peu de temps après, un autre scandale à l'italienne éclatait qui donnait la mesure des mœurs régnant dans le football de haut niveau. Une vidéo présentait en effet un joueur de Parme, Fabio Cannavaro, en train de se faire faire une injection de Néoton — un tonicardiaque non inscrit sur la liste des produits interdits et vendu en pharmacie sur prescription médicale — la veille de la finale de la Coupe de l'UEFA entre Parme et l'Olympique de Marseille (OM). Plusieurs pharmacologues avaient alors souligné que ce « reconstituant licite du muscle », cette version de créatine, « si elle n'est pas dopante en soi, peut le devenir "en cas d'usage impropre", c'est-à-dire sur des êtres sains et à des doses importantes. Pourquoi administrer un produit défatigant à des sportifs de haut niveau, moins de vingt-quatre heures avant une compétition importante ? Le soir de la finale, Parme n'avait fait qu'une bouchée de l'OM (3 à 0) [...]. Avant la rencontre, l'entraîneur marseillais, Rolland Courbis, avait plaisanté sur le "Tonimalt" qui pouvait transformer certains joueurs en "Goldorak". Il est vrai que le club de Parme, au début de la saison 1998-1999, avait éveillé des soupçons de dopage. Des documents saisis chez un médecin indiquaient, chez plusieurs joueurs, des hématocrites (taux de globules rouges dans le sang) supérieurs à la normale, laissant supposer une prise d'EPO » (*Le Monde*, 30 avril 2005). Réaction indignée classique du milieu : « "Personne n'a jamais rien pris d'illicite. Cannavaro a toujours été un modèle", a déclaré Lilian Thuram à la *Gazetta dello sport*. Pour l'ancien défenseur des Bleus, aujourd'hui à la Juventus de Turin, "désormais le doute est installé. C'est comme ça qu'on détruit le football" » (*Le Monde*, 30 avril 2005). C'est comme ça, surtout, que le football devient un sport d'abonnés aux seringues...

Cette histoire démontrait à l'envi qu'une des grandes nations du ballon rond était le théâtre de bien singulières pratiques. On apprenait en effet que les contrôles antidopages du championnat d'Italie étaient entachés d'erreurs de manipulation, de vices de procédure et de troublants oublis, puisque la plupart des substances dopantes mentionnées dans le protocole d'accord avec la Fédération de football italienne n'étaient, en réalité, pas recherchées dans les éprouvettes d'urine ! « Tous les clubs du Calcio sont concernés, à l'exception de l'Inter Milan. Le taux d'erreur des médecins en charge des prélèvements pour Côme (huit irrégularités), Citadella (sept), Pérouse (quatre) ou encore Cagliari et Modène est jugé "préoccupant" par les enquêteurs, qui prennent en considération l'hypothèse d'une fraude sportive à vaste échelle » (*Le Monde*, 17 octobre 2002). Mais qui songe donc à détruire le football ?

UNE COMPÉTITION
BIOCHIMIQUE INTENSIVE

Compte tenu de l'internationalisation rapide du football — avec l'accroissement de ses compétitions et ses incessants transferts de joueurs, entraîneurs et préparateurs —, il n'est pas anormal de penser que les méthodes de « soins », « rééquilibrage hormonal », « alimentation enrichie », « préparation », « récupération », « redynamisation » se sont aussi « démocratisées », si l'on peut s'exprimer ainsi, car le championnat d'Italie est comme celui d'Angleterre une terre d'élection pour l'exil doré des meilleurs joueurs du moment. Après l'Italie, on apprenait précisément que l'Angleterre était, elle aussi, touchée par les nouvelles « méthodes médicales » régnant dans le football professionnel. On découvrait ainsi que le club de football de Chelsea, tout nouveau champion d'Angleterre, utilisait une méthode pour le moins suspecte pour favoriser la guérison rapide de ses joueurs blessés — parce que, dans ce sport où les blessés sont nombreux, il importe de reconstituer rapidement la force de frappe de l'équipe.

« Les experts de l'Agence mondiale antidopage (AMA) viennent de mener une étude sur un procédé médical controversé utilisé par le médecin du club, Bryan English. L'AMA avait été alertée début février du fait que le docteur English utilisait une technique de manipulation sanguine (*blood spinning*). Selon la presse britannique, deux joueurs, le Néerlandais Arjen Robben et l'Allemand Robert Huth, avaient refusé de se faire traiter par ce procédé après une blessure. "Le principe de base du *blood spinning* consiste à prélever quelques millilitres de sang sur une personne blessée, à les centrifuger pour récupérer le sérum avant de réadministrer celui-ci", explique Olivier Rabin, le directeur scientifique de l'AMA [...]. "Si cette méthode implique la libération de facteurs de croissance, elle tombe *de facto* dans la liste des substances interdites", indique le directeur scientifique de l'AMA. Les facteurs de croissance sont en effet classés dans la section 2 ("Hormones et substances apparentées") de la liste 2005 des substances et méthodes interdites en et hors compétition. Le facteur de croissance le plus connu et le plus utilisé des sportifs est l'érythropoïétine (EPO), qui permet de stimuler la production de globules rouges et donc d'améliorer le transport de l'oxygène dans le sang. Cette catégorie comprend aussi les IGF 1 et 2 (*insulin growth factor*), analogues à l'insuline, l'interleukine 3 (Il-3), qui agit sur la moelle osseuse, ou encore les GHRF (*growth hormone releasing factor*), qui stimulent l'hormone de croissance naturelle. Comme leur nom l'indique, les facteurs de croissance régulent la croissance des cellules. Après une lésion, leur caractéristique est de permettre la reconstitution des tissus sanguins, glandulaires ou osseux. D'où l'intérêt de les administrer à un sportif blessé pour accélérer sa guérison [...]. Reste que la possibilité de les détecter à travers les contrôles antidopage est extrêmement limitée, car ils sont administrés à faible dose et souvent en intra-articulaire [...]. Selon le directeur scientifique de l'AMA, un autre club de football utiliserait également la technique controversée du *blood spinning* : le Bayern de Munich. Le médecin du club bavarois, le docteur Hans Muller-Wohlfahrt, qui est également intervenu auprès de l'équipe nationale d'Allemagne et que consultent de nombreux footballeurs internationaux, assure qu'il n'utilise pas ladite méthode pour administrer des facteurs de croissance » (*Le Monde*, 19 mai 2005). Les meilleurs clubs européens pratiquent ainsi des techniques « médicales » illicites ou « à la frontière » de la légalité. Ces techniques mises au point par divers « pharmacologues », « biologistes » ou « nutritionnistes » appointés par les clubs s'échangent d'un club à l'autre aussi facilement que les seringues chez les toxicomanes et ont toujours une bonne longueur d'avance sur les techniques de contrôle, obsolètes ou à côté de la plaque. On comprend dans ces conditions que la Fédération internationale de football (FIFA) traîne des pieds pour appliquer le code mondial antidopage de l'Agence mondiale antidopage (AMA) que sous l'égide de l'Unesco les États devaient adopter avant les Jeux olympiques d'hiver de Turin en février 2006. « Le code mondial antidopage ne satisfait pas la FIFA », titrait *Le Monde* du 19 mai 2005. « L'Agence mondiale antidopage (AMA) a mis en garde la Fédération internationale de football (FIFA), lundi 21 novembre, au sujet des réglementations en

vigueur sur le dopage, pourtant modifiées en septembre par l'instance internationale du football.
"Nous considérons encore que la FIFA n'est pas en
conformité avec le code mondial antidopage", a déclaré Dick Pound, président de l'AMA, lors de son
conseil de fondation, réuni à Montréal (Canada).
Les différences entre le code mondial antidopage et
les règlements de la FIFA seront étudiées par le Tribunal arbitral du sport de Lausanne (Suisse), à la demande de l'AMA » (*Le Monde*, 23 novembre 2005).

Il serait fastidieux de tenir à jour la liste des dopés
(à « l'insu de leur plein gré » ?) qui « ternit l'image
du football », pour reprendre la pitoyable expression
des journalistes sportifs. À ceux qui croient encore
que le dopage est impossible dans le football, il faut
pourtant rappeler quelques cas récents qui devraient
sans doute « rehausser » la glorieuse image du football...

« Vaclav Drobny a été déclaré positif à la morphine lors d'un contrôle antidopage effectué après
Rennes-Strasbourg le 10 mai (victoire du RCS 3-2
en Bretagne [...]. Le Tchèque du Racing [de Stras-
bourg] est convoqué le 15 octobre devant la commission dopage de la Fédération française de football
après un contrôle positif à la morphine » (*L'Alsace*,
30 septembre 2003).

« L'attaquant sierraléonais de l'Inter Milan Moham-
med Kallon a été contrôlé positif à la nandrolone le
27 septembre lors d'un match de la quatrième journée du championnat d'Italie, a annoncé, mercredi
22 octobre, le Comité olympique italien. Il risque
jusqu'à quatre ans de suspension. Ce contrôle positif
est le deuxième de la saison après celui du milieu

de Parme Manuele Blasi, positif à la norandrosté-
rone » (*Le Monde*, 24 octobre 2003).

« La Fédération mexicaine de football (FMF) a
confirmé, vendredi 24 juin, le contrôle antidopage
positif d'Aaron Galindo et Salvador Carmona. Deux
jours plus tôt, les deux joueurs avaient été exclus de
la Coupe des confédérations par la FMF pour "raisons disciplinaires". Originaires du même club de
Cruz Azul, les deux footballeurs auraient subi, avant
le début de la compétition, un contrôle effectué à
l'initiative de la FMF » (*Le Monde*, 26 et 27 juin 2005).

« Le défenseur de l'Angola Yamba Asha est suspendu un mois à titre provisoire après avoir été
contrôlé positif, le 8 octobre, à l'issue du match
Rwanda-Angola (0-1) comptant pour les qualifications pour la Coupe du monde 2006 » (*Le Monde*,
24 novembre 2005).

L'argument bien rodé des « footeux » est de dire
qu'il ne s'agit que de cas isolés, marginaux ou épi-
sodiques, et que le gros des effectifs n'y « touche
pas ». Ici aussi, la théorie défensive consiste à cliver
le troupeau : d'un côté, la grande masse des agneaux,
propres et purs, et, de l'autre, les quelques « brebis
égarées » ou « moutons noirs » qui « font tache ». Or
cette explication ne tient pas, pour au moins trois
bonnes raisons. La première est que dans le football professionnel, comme d'ailleurs dans les autres
sports de haut niveau[4], l'intensification des exigences de la compétition et des niveaux d'entraînement
entraîne une dépendance accrue aux compléments
nutritionnels, rééquilibrages hormonaux, adjuvants
pharmacologiques et traitements médicamenteux de
toutes sortes. Le sport de haut niveau est en effet
aujourd'hui impossible sans l'aide de la biochimie,

de l'hématologie, de l'endocrinologie et maintenant de la génétique. Tous les sportifs de compétition sont sous contrôle médical poussé, et la frontière est vraiment poreuse entre la « préparation biologique intensive » et l'usage illicite de produits, par exemple entre l'absorption à haute dose de créatine et l'usage d'anabolisants. Cette frontière est d'ailleurs régulièrement franchie à l'aide d'ordonnances médicales et de diverses dérogations « pour raisons de santé ». La deuxième raison est que dans le « milieu » du football, où les nouvelles vont vite, tout le monde est rapidement au courant de ce qui se fait et ne se fait pas, au même titre d'ailleurs que dans les pelotons du Tour de France ou du Tour d'Italie la pratique régulière du dopage est un secret de polichinelle. C'est la raison pour laquelle les « cas positifs » ne sont que la pointe visible de l'iceberg. L'omertà qui s'efforce de minimiser l'ampleur du dopage est à elle seule le signe évident que le football manque pour le moins de transparence. C'est d'ailleurs la justice qui a mis un premier coup de pied dans la fourmilière. La troisième raison est que les affrontements de plus en plus violents — et aux enjeux financiers de plus en plus conséquents — obligent toutes les équipes qui veulent rester au top niveau à une sorte d'équilibre ou de péréquation dans l'utilisation de l'« armement biochimique ». Les procédés efficaces, même s'il existe encore quelques secrets relativement bien protégés, finissent toujours par être imités et même perfectionnés. Cela a été illustré par les amphétamines, les anabolisants ou les corticoïdes, cela s'est encore vérifié avec l'EPO[5]. C'est cette *égalisation des taux de dopage* — au même titre qu'il existe une égalisation des taux de profit ou d'intérêt — qui caractérise aujourd'hui le sport de haut niveau, le football en particulier. Et la course aux performances et aux profits est telle qu'il est parfaitement illusoire de croire à un quelconque « désarmement » biologique. Au contraire, le dopage « scientifiquement assisté » a de très beaux jours devant lui.

Le dopage dans le football est devenu d'autant plus inquiétant que les nouvelles biotechnologies ont totalement déplacé le problème. En moins de trois décennies, le sport de compétition est en effet devenu une véritable industrie de la manipulation biologique, un procès de production en série d'infatigables machines à courir, pédaler, sauter, nager et taper dans un ballon. Cette production est allée de pair avec un *double processus d'innovations* : innovations sophistiquées dans la fabrication de nouvelles substances « stimulantes », la mise au point de nouveaux procédés dopants et l'expérimentation de protocoles secrets (dopage d'avant-garde) ; innovations, tout aussi sophistiquées, de techniques de dissimulation, de masquage et de brouillage du dopage (« dopage intelligent » ou dopage au second degré). Cette course aux armements biochimiques a toujours été menée en tête par les « médecins » et « préparateurs » qui ont toujours su contourner, détourner ou neutraliser les contrôles antidopage en retard de plusieurs guerres sportives. Quand la bureaucratie sportive se décide en effet à homologuer les contrôles de certaines substances, d'autres produits ou d'autres molécules, bien plus efficaces et bien plus difficiles à détecter, sont déjà en circulation. Éternelle course du gendarme et des voleurs !

Ainsi, en 2002, un nouvel épouvantail devait se-

couer les milieux sportifs. « L'objet de leur anxiété
tient en trois syllabes : Dynepo, un médicament anti-
anémique, utilisable en appoint des chimiothéra-
pies, qui présenterait des caractéristiques très pro-
ches de celles de l'érythropoïétine (EPO) produite
par le corps humain et serait difficilement détectable
lors des contrôles antidopage » (*Le Monde*, 8 juin
2002). En 2003 le scandale du stéroïde anabolisant
de synthèse (THG) ébranlait le monde de l'athlétisme international et donnait une bonne image, si
l'on peut dire, de la réalité de la pieuvre dopage qui
enserre dorénavant le sport de haut niveau. « Un
scandale comparable à celui du dopage organisé en
Allemagne de l'Est dans les années 1970 […]. Il en
dit long sur le séisme que pourrait causer dans le
monde du sport la découverte de la tétrahydrogestri-
trinone (THG), nouveau stéroïde anabolisant retrouvé dans les urines de plusieurs participants aux
championnats des États-Unis d'athlétisme, en juin »
(*Le Monde*, 24 octobre 2003). En remontant la filière,
les enquêteurs devaient constater que de nombreux
athlètes de premier plan, américains et étrangers,
étaient abonnés aux services du « nutritionniste »
Victor Conte, responsable du laboratoire califor-
nien Balco qui fournissait les substances interdites.
Des champions de renom étaient rapidement repérés comme clients de Balco. « La liste est impressionnante. Elle comprend Marion Jones, la reine des
pistes, Tim Montgomery, son nouveau compagnon,
détenteur du record du monde du 100 mètres (9 se-
condes 78) décroché en septembre 2002 à Paris,
l'Ukrainienne Zhanna Pintusevich-Block, championne
du monde du 100 mètres, le Britannique Dwain
Chambers, champion d'Europe du 100 mètres, les

Américaines Christie Gaines et Regina Jacobs, la
première femme à être descendue sous la barre des
4 minutes au 1500 mètres. » D'autres athlètes, tels
C. J. Hunter, champion du monde du lancer de
poids en 1999, ou Kelli White, double championne
du monde sur 100 mètres et 200 mètres, étaient mis
en cause. Le Comité olympique américain lui-même
était impliqué pour ses coupables négligences qui
lui auraient permis de « couvrir » plus d'une centaine de sportifs de haut niveau contrôlés positifs
entre 1988 et 2000, dont Carl Lewis. « C'est le début
d'une longue course aux scoops, aux révélations to-
nitruantes [...]. Pour la première fois le pays [les
États-Unis] découvre l'organisation d'un véritable
trafic de produits dopants à grande échelle. Il ne
s'agit plus seulement d'athlètes isolés et peu scrupuleux des règles de l'éthique sportive, mais d'un système organisé sur le territoire américain impliquant
des chimistes, des entraîneurs et des sportifs de
tous calibres. L'affaire prend une telle ampleur que
le président George W. Bush ira jusqu'à évoquer
dans son discours sur l'état de l'Union en janvier 2004
"la plaie" que constitue le dopage dans le sport[6]. »
L'athlétisme, « sport de base », donnait ainsi « l'exemple » d'une organisation structurée du dopage qui
allait de fait frapper de soupçons tous les records et
toutes les performances mondiales. La mondialisation du sport spectacle et la collaboration internationale des « chercheurs » en biochimie, « préparation
biologique intensive » et « physiologie de l'effort »
avaient évidemment fait école. Il fallait dès lors se
rendre à l'évidence : le dopage, devenu course transnationale au rendement, n'épargnait plus aucun
sport, du haut en bas de l'échelle des pratiquants, et

les champions et recordmen du monde devenaient
même des modèles intégrés de réussite dans et par
le dopage...

LA SPIRALE MORTIFÈRE
DU DOPAGE SCIENTIFIQUE

La spirale infernale du dopage, qui a atteint aujourd'hui les sports professionnels les uns après les
autres, est régulièrement pointée du doigt par les plus
hautes instances scientifiques, médicales ou même
sportives, sans que rien ni personne ne puisse arrêter l'engrenage fatal. Ainsi, dans son rapport « Dopage et pratiques sportives », le CNRS notait en
1998 « l'ampleur du dopage » que les seuls chiffres
des contrôlés positifs (autour de 1 %) sont incapables de cerner. « Qui pourrait croire, à l'heure des
produits indétectables, que le dopage en France se
limite à ce 1 % de cas positifs, à part certaines instances sportives ? Pas ce responsable du CNRS qui
confie redouter "un scandale de l'ampleur de celui
du sang contaminé" quand les dopés se retourneront
contre les dopeurs pour empoisonnement. "On voit
venir avec inquiétude la mort en bout de course. On
sait que leur durée de vie est raccourcie. La banali-
sation, voire la systématisation, d'un appoint médicamenteux lors de toute pratique est observée
maintenant parmi les sportifs de tous niveaux et de
plus en plus jeunes, poursuit-il. Il y a là potentiel-
lement un risque très grave, à la fois de perversion
du rôle du sport chez les jeunes et de dissémination
de pratiques dont les dérives addictives semblent

maintenant bien établies." » Ce même rapport proposait aussi un diagnostic lucide des causes du dopage : « Les raisons qui conduisent certains sportifs,
responsables fédéraux, médecins, arbitres au laxisme
et à la tricherie se trouvent dans les logiques de
fonctionnement du système des sports au sein duquel la course aux médailles et aux profits financiers s'est durcie et internationalisée » (*Libération*,
17 novembre 1998). En 2003 s'ouvrait pourtant à
Copenhague une conférence internationale rassem-
blant les États et le mouvement sportif. L'objectif
était d'harmoniser et de fiabiliser les procédures de
lutte contre le dopage et de doter l'Agence mondiale
antidopage (AMA) « d'un statut lui permettant
d'être le gendarme international de la lutte contre le
dopage », selon les termes mêmes du ministre français des Sports, Jean-François Lamour, qui constatait
l'insuffisance de la lutte contre le dopage organisé à
l'échelle mondiale et récitait, une fois de plus, les
articles de la religion athlétique chère à Pierre de
Coubertin : « Ainsi le dopage ne peut-il être admis
ni dans le sport de haut niveau sans porter atteinte
à l'essence même du sport de compétition, ni dans
la pratique courante de tous les sports. Tout sportif,
quel que soit son niveau, est porteur d'exemple, et
le dopage, parce qu'il repose sur la tricherie, détruit
la force éducatrice du sport. Le dopage, en outre,
compromet gravement la santé de ceux qui le pratiquent » (*Le Figaro*, 3 mars 2003). Le ministre, constatant l'ampleur des dégâts, ne faisait là qu'émettre
des vœux pieux constamment démentis par la logique
du sport de compétition qui oblige les pratiquants à
se doper pour rester au niveau. Gérard Saillant,
chargé par le ministère des Sports d'une réflexion

sur le suivi médical des athlètes de haut niveau, venait ainsi tempérer l'optimisme du ministre : « Le
dopage est inévitable dans les sports professionnels
[...]. Le sportif de haut niveau est un cobaye humain idéal pour l'expérimentation de nouvelles molécules » (*Libération*, 25 et 26 octobre 2003). On sait
en effet que la recherche se porte sur des molécules
« indétectables », mais surtout sur le dopage bio-
technologique. Après les rongeurs transgéniques,
on vise déjà à produire des athlètes génétiquement
modifiés. « Les manipulations génétiques permettent déjà d'obtenir des "supersouris" dotées d'une
musculature imposante. Et certains imaginent déjà
de transposer ces techniques pour produire des "su-
perathlètes". Autant dire que la relève du dopage
médicamenteux est déjà assurée. Jusqu'où ira-t-on
dans l'escalade imposée par le sport spectacle[7] ? »

Jusqu'où ? Jusqu'à l'autodestruction. Des « morts
subites inexpliquées » sur les terrains et des enquêtes épidémiologiques ont en effet montré que le dopage pouvait non seulement abréger sensiblement
la vie, mais aussi tuer des sportifs en pleine force de
l'âge. C'est peu dire, alors, que le dopage systématique
est une peste pour la santé des compétiteurs. C'est
ce qu'a révélé « une vaste enquête épidémiologique
[menée par le procureur Raffaele Guariniello] sur
les décès suspects parmi les footballeurs italiens.
Les premiers résultats de l'enquête — effectuée sur
24 000 footballeurs professionnels ayant évolué
dans le Calcio depuis les années 1960 jusqu'en 1996
— montrent un taux de mortalité supérieur à celui
de la population normale. Sur environ 400 décès répertoriés, le magistrat en estime 70 suspects. Raffaele
Guariniello, qui vient d'ordonner un supplément

d'enquête sur la période 1996-2000, assure que "de nombreuses veuves attendent la fin de ses recherches pour attaquer pénalement les éventuels responsables" et évoque l'hypothèse d'une cinquantaine d'"homicides involontaires". L'étude montre que le taux de leucémie et de tumeurs de l'appareil digestif (cancers du côlon, du foie ou du pancréas) chez les footballeurs est le double de celui observé dans l'ensemble de la population. Selon certains experts, la fréquence des leucémies ou des cancers du foie peut s'expliquer respectivement par l'abus d'hormones de croissance et d'anabolisants. L'enquête révèle également qu'un nombre anormalement élevé de footballeurs est frappé par une maladie dégénérative rare : la sclérose latérale amyotrophique (SLA). Sachant que cette maladie neurologique touche en moyenne 2 personnes sur 100 000, Raffaele Guariniello s'attendait à trouver un cas au maximum sur les 24 000 joueurs du Calcio : il en a identifié près de 50. Et, selon lui, "plus de 30" footballeurs en sont déjà morts [...]. Les chercheurs rappellent que, chez les malades de la SLA, les atteintes du système nerveux sont, notamment, le résultat de l'augmentation de la production de dérivés actifs de l'oxygène. Ils formulent l'hypothèse que, chez les footballeurs, cette augmentation pourrait être provoquée par une activité physique intensive combinée à l'usage de médicaments ou à l'absorption de compléments alimentaires. Le procès de la Juventus a révélé la prise abondante d'un des suppléments nutritionnels les plus appréciés des sportifs de haut niveau : la créatine » (*Le Monde*, 9 décembre 2003). Avec la multiplication des morts subites de nombreux sportifs de haut niveau (parmi les footballeurs : Miklos Fehler,

24 ans, attaquant hongrois du Benfica Lisbonne, Shalva Apkhazava, 23 ans, attaquant international géorgien du club ukrainien Arsenal Kiev, ou Marc-Vivien Foé, 28 ans, attaquant international camerounais), les interrogations sont devenues des réquisitoires. Jean-Paul Escande, ancien président de la Commission nationale de lutte contre le dopage, mettait ainsi les pieds dans le plat : « Je suis ulcéré par les explications données à la multiplication des morts subites, c'est insupportable de dire que c'est la fatalité, que ce sont des morts naturelles. Ces morts sont les conséquences médicales du dopage de l'entraînement qui transforme l'organisme de façon considérable. Pourquoi refuse-t-on, par exemple, les études sur les effets de l'hormone de croissance sur le cœur du sportif ? Parce qu'on ne veut pas savoir » (*Le Monde*, 2 mars 2004).

DE LA BANALISATION
À LA LÉGALISATION

Les mises en garde médicales et les victimes (« consentantes » ?) de la « footolâtrie » — cette manie, au sens psychiatrique du terme, qui consiste à se défoncer pour taper des années durant dans un ballon et tacler inlassablement les adversaires — n'ont manifestement rien changé à la propagation de la peste. Pire même, les autorités chargées de lutter contre le dopage ont fini par accepter l'inacceptable au nom de la médicalisation croissante du sport qui permet à présent aux joueurs de se doper sur ordonnance. Le bilan 2005 du Conseil de prévention et de lutte contre le dopage (CPLD) qui se veut en France la superagence antidopage constatait ainsi, avec une certaine résignation, la progression très nette de « l'assistance médicamenteuse » nécessaire pour supporter les charges de l'entraînement et le stress des calendriers des compétitions : en 2003, « presque 60 % des sportifs contrôlés positifs ont fourni des justificatifs thérapeutiques pour échapper à une sanction disciplinaire [...]. Les responsables du CPLD sont pessimistes. Car les nouvelles règles édictées par l'AMA (Agence mondiale antidopage) risquent d'autoriser de fait l'usage de corticoïdes en compétition. Il s'agit de substances très dangereuses à moyen terme, mais idéales pour qui doit subir un effort intense et long. Les corticoïdes qui permettent de mieux récupérer des efforts sont des antidouleurs efficaces et, surtout, donnent un sentiment d'euphorie et de puissance en faisant fi de la fatigue. Très utile quand on doit gagner une course. Un véritable poison, mais un dopant idéal et accessible, aux effets maximaux. Et en tête des substances détectées lors des contrôles en France. Les nouvelles règles de l'AMA reviennent en fait à promulguer une "quasi-autorisation" de ces produits. Désormais l'Agence demande aux laboratoires accrédités pour les contrôles de ne "plus considérer comme positifs des échantillons dans lesquels sont trouvés des corticoïdes à des concentrations inférieures à 30 nanogrammes par millilitre". Un seuil "artificiel, sans aucun sens biologique", selon le professeur Michel Rieu [...]. Autre règle de l'AMA qui "remet en cause la crédibilité de la lutte contre le dopage au niveau international" : l'existence d'une double liste de produits interdits. Cela revient à autoriser la consommation et l'usage hors compétition des stimulants comme les amphétamines, des narcotiques comme la morphine, ou bien encore des bêtabloquants. Une autorisation qualifiée de "mystérieuse" par le CPLD. Car ces substances continuent à agir sur la performance, même une fois qu'on ne peut plus les détecter. Elles permettent d'accepter des charges d'entraînement toujours plus lourdes, et ainsi de briller en compétition. Le CPLD s'interroge : "Dans ces conditions, quel est l'intérêt de continuer à faire des contrôles en dehors des compétitions ?" » (« Performance sur ordonnance », *Libération*, 8 avril 2005). Bonne question, en effet ! Et la réponse tient en quatre constats.

Le dopage dans le football, comme dans tous les autres sports, est aussi vieux que le haut niveau, et périodiquement les admirateurs de la « fête sportive » sont rappelés à l'ordre par le retour du refoulé. C'est ainsi que l'Allemagne — qui fait partie des meilleures nations footballistiques du monde — a, elle aussi, été rattrapée par son peu glorieux passé. « Les temps nouveaux sont sans pitié pour les légendes. Cinquante ans après la victoire de l'Allemagne sur la Hongrie en Coupe du monde de football [en 1954], des survivants de l'épopée viennent de l'avouer : les joueurs d'outre-Rhin auraient été dopés. Interrogé pour une émission de télévision, Walter Brönimann, à l'époque gardien du stade où s'était jouée la finale, s'est mis à table : "Après le match, a-t-il déclaré, lorsque j'ai nettoyé les vestiaires, j'ai retrouvé derrière les conduites d'eau des ampoules vides. Elles contenaient sûrement des trucs interdits." Alors médecin de la Fédération allemande de football, le docteur Franz Loogen s'est contenté de reconnaître que les joueurs avaient pris de la vitamine C. Et "rien d'autre" [...]. Trois ans après le match, Ferenc Puskas [le capitaine hongrois] avait déjà évoqué cette mystérieuse épidémie de jaunisse qui avait ravagé les rangs de l'équipe allemande, suggérant qu'elle était due à la seringue mal nettoyée. Jugé blasphématoire, le propos avait valu à l'ancien capitaine hongrois d'être interdit de jeu sur tous les stades allemands » (« Une victoire du football allemand ternie par le dopage », *Le Monde*, 9 avril 2004). Démocratie des stades...

« L'inflation des compétitions, la surmédicalisation des athlètes, la pression du sport spectacle *via* les télévisions, l'Audimat, les énormes sommes d'argent en jeu, le "toujours plus" poussent le champion vers le surmenage, le dopage, la dépression » (« Sport, spectacle, dopage, l'alchimie infernale », *Le Figaro*, 18 février 2004). Et cette course est irréversible dans le système capitaliste actuel.

Les contrôles antidopage ne sont plus désormais que des alibis pour la bonne conscience des « humanistes » du sport. Ils ne contrôlent plus rien de sérieux, en effet, car ils sont ou dépassés dans la course aux armements biochimiques (tant dans leur fréquence que dans leur fiabilité), ou habilement contournés, c'est-à-dire évités, ou, surtout, décrédibilisés par les « positifs » eux-mêmes qui inventent mille histoires grotesques pour justifier ou excuser leurs « taux » : « viande de sanglier » avariée, sécrétions endogènes « naturelles », produits alimentaires accidentellement « contaminés », dopage malveillant « à l'insu de leur plein gré », « ignorance » du caractère dopant du produit, traitement thérapeutique de l'asthme, etc. L'imagination sportive de la triche est là vraiment au pouvoir...

Ultime étape — avant la légalisation totale ou partielle du « traitement biologique intégral » ? —, l'Agence mondiale antidopage (AMA), organisation bureaucratique internationale qui tente de se faire entendre par les États, le CIO et les grandes fédérations sportives internationales, en particulier la FIFA, essaie à présent de concilier la lutte de principe pour préserver « l'éthique » élastique du sport et les nécessités impérieuses de la compétition de haut niveau. Après les diverses euphémisations et banalisations du dopage, on en vient maintenant à justifier l'utilisation « sous contrôle médical » des AUT, « autorisations d'usage à des fins thérapeutiques ». « Jusqu'ici, un sportif contrôlé positif devait démontrer que c'est son état de santé qui l'obligeait à recourir à des produits interdits. Mais demain, avec les AUT (qui concernent tous les sportifs, professionnels ou amateurs), ce sera aux contrôleurs de prouver que les substances détectées dans les prélèvements correspondent au détournement d'un traitement médical. Pour cela, il suffira que le sportif fasse une déclaration simplifiée d'AUT, qui liste les traitements qu'il doit prendre, signée par un médecin. Selon cette nouvelle procédure, dès lors qu'un sportif dispose d'une AUT, même avec une liste de médicaments longue comme le bras, il est présumé "non dopé". Les AUT pouvant être assimilées à des "autorisations à prendre des produits interdits", et justifiant l'assistance médicamenteuse » (« Performance sur ordonnance », *Libération*, 8 avril 2005). Et l'on sait que les sportifs sont de santé fragile...

Voilà donc l'univers de la *peste médicamenteuse* que les « intellectuels du football » — Galeano, Bromberger, Finkielkraut, Mignon, Michéa et consorts — encensent avec tant de passion. Cette caste de supporters dévoués à la « cause » a d'ailleurs préféré se taire ou minimiser la gravité de l'affaire lorsqu'on apprit que Maradona — l'un de ces prétendus exemples pour la jeunesse — était toujours au dope niveau : « Dimanche 24 août, au terme du match Boca Juniors — Argentinos Juniors, "El Pibe de Oro" a subi un nouveau contrôle antidopage positif à la cocaïne. C'est la troisième fois que le rideau s'abat sur un joueur d'exception. Idole dans son pays, à Naples, auquel il avait offert deux titres de champion d'Italie et une Coupe de l'UEFA, mais aussi pour toute la planète foot, qu'il subjuguait par ses coups de patte de génie » (*Libération*, 1er septembre 1997). Manifestement, cette idole, que tous les fanatiques des « dribbles fabuleux » tenaient pour un « artiste de génie », avait aussi un bon coup de patte pour se faire des lignes de coke, se doper, tricher (sa fameuse « main de Dieu ») et même tirer à la carabine : « Un juge argentin a autorisé Diego Maradona à quitter le pays pour assister à la Coupe du monde en France. L'ancien international fait actuellement l'objet d'une procédure judiciaire pour avoir tiré sur des journalistes qui l'attendaient à l'extérieur de sa maison, en février 1994 » (*Le Monde*, 6 juin 1998). Voilà le genre de stars[8] du ballon qu'idolâtrent nos mordus de foot. « Si Kopa, Pelé, Maradona, Ronaldo, Zidane nous fascinent, écrit par exemple Bromberger, complètement hypnotisé par les shootés du stade, c'est bien sûr en raison de la qualité de leurs exploits, mais aussi parce que nous

avons la certitude qu'ils ont atteint la gloire par
leurs propres forces[9]. » Mais aussi par le miracle des
« adjuvants » biochimiques, psychotoniques et psy-
chédéliques...

CHAPITRE 5

LA GRANDE OLA
DU PEUPLE FOOTBALL

L'unanimisme avec lequel les intellectuels s'interdisent aujourd'hui de critiquer le football en se plongeant dans les délices de la vibration passionnelle a quelque chose d'indécent parce que la fusion populiste avec l'ivresse populaire a souvent connu quelques destins tragiques, qu'il s'agisse de l'acclamation des tyrans et dictateurs, du réalisme socialiste, des tribunaux du peuple ou de la révolution culturelle chinoise. Or l'amour du ballon rond n'autorise sûrement pas l'absence de pensée ou, pire, la pensée unique des aficionados. À tous les shootés du foot, il serait peut-être bon par conséquent de rappeler les fortes paroles de Thomas Bernhard : « En tous temps la plus grande importance a été attribuée au sport à bon droit et avant tout par tous les gouvernements : il amuse les masses, leur brouille l'esprit et les abêtit. Les dictateurs avant tout savent bien pourquoi ils sont toujours et dans tous les cas en faveur du sport. Qui est pour le sport a les masses de son côté [...]. C'est pourquoi tous les gouvernements sont toujours pour le sport et contre la culture[1]. »

DU JOURNAL « LE MONDE »
AU « MONDIAL »

Assez tôt avant le début de la Coupe du monde de football de 1998, le journal *Le Monde* (11 juin 1998) avait voulu situer les enjeux d'une telle compétition. Dénonçant en parallèle les propos de M. Gaudin « comparant "la prise en otage de la Coupe du monde de football par des pilotes d'Air France" à "un acte de désertion en temps de guerre" », ainsi que le « foot marchand de Nike », l'éditorialiste avait adopté un autre parti pris : « Celui du jeu et du plaisir, de l'étonnement et du bonheur, de la fraternité des peuples et de l'aventure du qui-perd-gagne, où défaites et victoires sont éclipsées par la beauté de belles actions sans lendemain. » Puis cette pique, en forme de réflexe conditionné, contre la Théorie critique du sport : « Il y a aussi un élitisme antifootball qui, au-delà du légitime choix d'en être ou de se tenir à l'écart, regarde de haut un jeu populaire, le seul sport vraiment universel dont la vitalité première et spontanée ne se dément pas malgré les carcans que lui imposent les industriels du sport. » À l'occasion de la Coupe du monde, *Le Monde* faisait ainsi paraître tous les jours un supplément, « Le Mondial ». Croyant renouveler son pouvoir d'attraction sur une partie de la jeunesse tout en conservant ses anciens lecteurs, la direction de ce journal se fourvoyait allégrement dans l'apologie a-critique du foot. Non seulement ses espoirs ne se réalisèrent pas, mais *Le Monde* précipita sa chute sur le plan des ventes et surtout sur celui de la qualité d'analyse.

Érigeant la victoire des Bleus en un exceptionnel phénomène de société, mélangeant tout (« un dimanche où tout sera folie et football, messe et football, famille et football, drapeaux et football, femmes et football »), l'éditorialiste, atteint par la fièvre du 12 juillet, exultait : « La France se passionne pour la France. [...] Une grande fête, donc. Et ce n'est pas si mal, une fête populaire. C'est une autre grande découverte du moment : le peuple existe ! Et le peuple de tous ces jeunes, notamment, qui ont sauté sur ce Mondial comme sur une providence, une aubaine, une revanche contre le discours dominant de crise, de chômage, de défiance au voisin. » Le délire battait alors son plein dans les colonnes du *Monde*. Jean-Marie Colombani, maître d'œuvre (avec Edwy Plenel) de cette affaire, s'était enflammé plus vite qu'une allumette. Pour lui, quelque chose avait « changé, ou peut changer, dans la conscience collective, ayant trait à notre propre identité, telle qu'elle s'est affirmée à travers un grand spectacle planétaire : multiraciale, c'est-à-dire noir, blanc, beur » (*Le Monde*, 14 juillet 1998). Tout était dit, en effet : le football expression du peuple, le football intégration, le football bonheur ! *Le Monde* nous promettait donc tout et même le reste : aux années Tapie, liées à l'argent qui dégouline, allaient succéder les années Jacquet, celles du travail bien fait, de l'intégration par le football, voire d'une nouvelle république où se distingueraient plutôt des sportifs que des politiciens. Durant ces semaines de folie foot qui avaient constitué un véritable tremblement de terre, la plupart des journalistes du *Monde* avaient perdu la raison. Et le Mondial de 1998 avait ouvert une brèche inquiétante, entre autres dans le rapport des journalistes avec le monde réel. Le football avait contaminé tous les journaux sans exception, et *Le Monde* s'en était fait l'avant-garde éclairée, comme le propagandiste acharné de cette footballisation généralisée à laquelle il avait participé de son mieux. Toute la rédaction de cette vénérable institution avait distillé à haute dose le mythe du football consolateur des misères du monde, du football antiraciste, du football fondateur d'une nouvelle république, etc. De cela il ne devait rester que le souvenir de pitoyables illusions et la transformation du *Monde* en presse *people*, ramenant la réalité du monde à quelques anecdotes et la culture universelle à des facéties de banlieue.

Mais cela n'avait pas entamé la volonté de ce journal de s'entêter dans le pari d'une presse acquise aux mirages du football. « Que le foot recommence ! » C'est par ce slogan — presque une supplique — que Jean-Marie Colombani, le directeur de publication du *Monde*, titrait un article (1er décembre 2001) pour relancer la ferveur footballistique d'un lectorat avide de retrouver les fortes émotions des journées de juillet 1998, à quelques mois de la Coupe du monde de football de 2002 qui allait se tenir en Corée. La fièvre du football, qui avait emporté en 1998 la plupart des journalistes dans des délires « littéraires » et psychoaffectifs inédits, n'était visiblement pas retombée chez ce journaliste si inquiet du sort de la planète foot. Ce manager responsable d'une entreprise d'informations qui allait abandonner toute réflexion approfondie sur les événements majeurs du monde recourait en effet de plus en plus, sous la pression de la néo-modernité sportivisée, à l'argument d'évidence, aux truismes, à l'anecdotique, au travail de reproduction de la réalité sans concept, et livrait sans aucune retenue sa propre aliénation débordante. Ce faisant, il enterrait également toute possibilité de penser la nature réelle du football qui a bien une portée universelle, mais qui contredit l'Universalité humaniste que les Lumières avaient définie — avec la Raison pour symbole — dans sa dimension de projet d'émancipation. Fasciné par l'événement football, le directeur du *Monde* prétendait simplement « raconter ce que les télévisions ne peuvent [...] montrer. Si *Le Monde* a décidé, à nouveau, de consacrer, nous précisait-il, une large place à la Coupe du monde de football, c'est que cette manifestation en dit beaucoup sur nos sociétés, qu'elle en révèle les failles et les contradictions, mais qu'elle aide aussi à en lire les aspirations ». On n'apprenait pas grand-chose, pourtant, sur les failles et les contradictions de nos sociétés et on cherchait en vain les aspirations que le football aurait pu exprimer. Mystère de la communication...

La véritable mondialisation de la planète — dont *Le Monde* n'a pas compris la portée, le sens et la structure — s'effectue non seulement par la production et la circulation généralisées de marchandises de toutes sortes (fabrication d'unités-blocs automobiles identiques, consommation de nourriture artificielle ou frelatée, modes vestimentaires indistinctes...), mais aussi par la domination absolue de l'économie mondiale par la logique capitaliste. Or cette mondialisation marchande qui remonte au XVIIIe siècle, si visible quand il s'agit de l'accumulation de biens de consommation courante, a pris un nouvel essor, il y a quelques dizaines d'années déjà, par le truchement du système football qui est devenu — dans un contexte de sportivisation mondiale — l'un des principaux vecteurs de cette économie-monde. Durant les années 1990, le football a donc été consacré comme la nouvelle langue universelle des peuples avec l'appui indéfectible de nombreux intellectuels. Par son propos littéralement a-critique, Jean-Marie Colombani faisait ainsi la démonstration — avec tant d'autres, il est vrai — de son incapacité à comprendre que l'actuelle mondialisation, si décriée par certains de ses collègues (*Le Monde diplomatique*...), s'appuie essentiellement sur le sport et l'adhésion massive des peuples à son spectacle, ainsi que sur l'identification populiste d'un très grand nombre d'intellectuels à sa légende. Il est donc étonnant que les altermondialistes (ATTAC, entre autres) n'aient pas encore repéré le football comme le principal vecteur ou la pointe avancée de ce contre quoi ils croient lutter. Car c'est bien le football qui écrase tout espoir, toute lutte d'émancipation, en paralysant les revendications sociales. Sa force tient en effet à la grande faiblesse de ceux qui se laissent subjuguer par lui en croyant avec la ferveur que l'on sait à ses supposées vertus.

Face à cette nouvelle réalité de la mondialisation sportive, les journalistes ont montré leurs vraies limites parce qu'ils n'ont pas su analyser cette dimension d'abrutissement majeur que véhicule la passion football et la comprendre pour ce qu'elle anticipait : l'avènement d'une société dominée par la crétinisation des stades. Pire, ils n'ont su qu'absorber ce qu'on leur présentait sous les yeux. En tant qu'éponges idéologiques, ils ont alors restitué le spectacle en l'idéalisant massivement. Comme chez d'autres supposés experts de la vie sociale (sociologues, politologues, ethnologues, travailleurs sociaux) le football a exacerbé chez eux ce « "manque d'opinions" des journalistes, la prostitution de leurs expériences et de leurs idées [qui] ne peuvent être saisis qu'en tant qu'ils représentent le point culminant de la réification capitaliste[2] ». Le football a en effet formaté un journalisme contemplatif, purement aligné sur « l'être-là » du spectacle mondain, et a permis cette affligeante neutralisation des capacités critiques qui prétend se donner pour de l'objectivité professionnelle.

LORSQUE POLITICIENS, ROMANCIERS ET PHILOSOPHES CHAUSSENT LES CRAMPONS

La finale inédite entre les équipes de Calais et de Nantes lors de la Coupe de France de football en 2000 fut révélatrice du délire qui peut s'emparer de ceux qui pensent ballon. Elle fonctionna comme la suite logique du Mondial de 1998 et suscita des propos comparables à ceux émis deux ans auparavant. Cette finale entre David et Goliath, cette lutte entre deux équipes prit en effet des allures de lutte finale : d'un côté un club amateur (les pauvres), de l'autre un club professionnel (les riches). Classe contre classe... Et tout y passa : la ville fière de ses héros, des héros fiers d'être amateurs, des amateurs sans argent, etc. Une formidable propagande football, alimentée entre autres par certains intellectuels, tourna à plein régime pour redonner une nouvelle légitimité sociale à toute une population, à toute une région. Le football aurait ainsi relancé, selon les uns, l'activité sociale et, selon les autres, l'économie locale. Tous souhaitaient par conséquent la victoire de Calais au nom de l'idéal supérieur du football qui devait permettre de contredire la fatalité des rapports de force. Les politiques comme les intellectuels firent alors du football une politique : la politique du loto sportif. Autrement dit, on dépolitisa les enjeux du football pour mieux footballiser les enjeux de la politique. Daniel Cohn-Bendit[3], qui s'est toujours senti une âme de supporter, affirmait jeter un « regard froid sur un monde froid ». C'est pourquoi il regardait le foot parce qu'il « aime ces exploits en Coupes qui font la beauté du sport. Parfois, on le ressent comme une injustice. Mais pour Calais, c'est tellement beau ! » (*Le Journal du dimanche*, 7 mai 2000). La démission intellectuelle du leader autoproclamé de Mai 68 était même inscrite sur son maillot. « Moi, quand je joue, je porte le numéro 68 » (*France-Football*, n° 3000, supplément, 7 octobre 2003). Le redoutable révolutionnaire de la Sorbonne, l'agitateur de Nanterre, devenait à son tour un agité des stades en se transformant en footeux du samedi soir. Il découvrait même, comble de la sagacité, que « le football représente un mélange fascinant d'actes individuels et de pensée collective ». Sans doute aurait-il pu ajouter que le maintien de l'ordre par les CRS en 68 représentait également un mélange fascinant d'actes individuels et de pensée collective !

De son côté, Alain Finkielkraut, considéré comme un philosophe non dénué d'à-propos lorsqu'il s'agit de ferrailler contre l'école *light*, estimait que « cette finale, c'est l'histoire du Petit Poucet, le bonheur de la nostalgie. [...] Face à la folie des grandeurs du football, Calais rassure : c'est le témoignage d'un autre monde dans notre monde » (*ibid.*). De la pluralité des mondes habités[4] ? La créatrice de mode Sonia Rykiel se métamorphosait, elle, en speakerine et indiquait clairement les enjeux sociaux d'une telle rencontre. « Ce soir, ce sera comme lors de la finale de la Coupe du monde [1998] : personne dans les rues, tout le monde devant sa télévision ! » (*ibid.*). Didier Daeninckx enfin — romancier polar nostalgique du monde prolétaire et de la banlieue paupérisée — voulait voir dans la promotion d'un club ouvrier « la plus agréable des mises en échec du système dominant, […] la preuve qu'il est possible de troubler l'ordre établi des choses, […] le triomphe du monde du travail sur le monde du profit » (*Le Monde*, 7 et 8 mai 2000). Irrésistible populisme et grandiloquence de la pensée désirante…

Il est bon aussi de rappeler ici les positions prises par maints intellectuels pendant le Mondial 1998. La plupart d'entre eux s'alignèrent en effet en rangs serrés devant l'événement. On aurait pu penser à un engouement snobinard de bourgeois bohèmes qui osaient enfin se lâcher, ou à une façon de s'encanailler avec le « peuple », voire à une nouvelle trahison des clercs. Il n'en fut rien, cependant, car leur attitude fut conforme à l'état général de leur réflexion en ce trentième anniversaire des révoltes de Mai 68.

Dès leurs premières prises de position, il était évident que beaucoup avaient été aspirés par le cyclone du phénomène football, au point d'en devenir l'œil même. Leur rôle principal fut ainsi d'apporter toutes les justifications idéologiques à l'opium du peuple. Il n'était pas question en effet de critiquer le football et s'il y avait de l'opium à fumer, il fallait le fumer avec le peuple. Entre l'herbe magique et la pelouse, mêmes ébats, mêmes combats ! Alain Finkielkraut, par exemple (*Le Journal du dimanche*, 26 avril 1998), avouait son amour pour le football qu'il attribuait à une certaine fidélité à son père, souhaitant du même coup que l'héritage symbolique représenté précisément par le football soit transmis à son propre fils. Un idéal de famille, en somme ! Employant, aux arguments près, la même rhétorique que tous les défenseurs acharnés du football, soucieux d'être positif en commençant par critiquer ce qui peut l'être sans dommages réels, Alain Finkielkraut engageait ainsi la démonstration : « Je suis très inquiet des dérives du foot, de la radicalisation des supporters, de la folie financière. » Il en venait ensuite à réciter son credo : « Mais ma critique est constamment celle d'un amoureux. L'idée du sport comme aliénation m'a toujours été étrangère. Le sport me semble être au contraire l'une des seules échappatoires à la fatalité sociologique. J'ai du mal à aimer le sport en toute objectivité. Pendant un match où je ne me sens pas spécialement concerné, il faut que je me trouve un favori. » Autrement dit, Alain Finkielkraut nous expliquait qu'il était un « accro » du football. Il tenait ainsi à se démarquer des critiques dont il récusait les thèses. « Je n'ai jamais partagé la vision du sport comme opium du peuple [...]. Puisque j'ai tant aimé la Hollande de 74, alors que j'étais encore gauchiste, c'est bien que je résistais ! » Fasciné par le ballon, il l'était encore plus par son universalité vibrionnaire : « Il est énigmatique et émouvant de voir tous les hommes de toutes les cultures partager le même amour du ballon. » Propos qu'il confirmait un peu plus tard dans une interview en défense de l'arbitrage, considérant que « l'ambiance d'un stade qui vibre à l'unisson est irremplaçable » (*Sport*, n° 27, 1er octobre 2004). Le philo-foot avait donc bien du mal à échapper à l'universalité de l'envahissante bêtise footballistique. À rebours de tout ce qu'il avait pu écrire de sensé sur la défaite de la pensée repérée, entre autres, dans le désastre de l'école, Alain Finkielkraut idéalisait les vertus du sport et du football en particulier. Ainsi pouvait-il assener un propos énorme : « Auparavant, le sport était partie prenante d'un processus de civilisation. Aujourd'hui, un processus de "décivilisation" est à l'œuvre et le sport est entraîné dedans » (*ibid.*, p. 15). Même en cherchant bien, on a beaucoup de mal cependant à repérer ce procès de civilisation que le sport aurait accompagné. Où et quand la Fédération internationale de football (FIFA) ou le Comité international olympique (CIO) ont-ils participé à ce procès de civilisation ? Par quels moyens juridiques, financiers, culturels, techniques et autres ? Faut-il en effet ranger parmi le procès de civilisation l'accumulation capitaliste, la thésaurisation monétaire et l'expansion impérialiste du règne de la marchandise que le football en particulier et le sport spectacle en général ont dès l'origine servilement favorisées, encouragées, justifiées ? De même, supposer que le sport puisse être entraîné dans un procès de décivilisation n'est pas plus crédible. Le football n'a jamais été « dévoyé » par le capitalisme, parce que ses « excès », « déviations » et « dérives » ne sont pas de « regrettables dénaturations » d'un état originaire ou âge d'or qui aurait été « sain », « pur », « ludique » ou « honnête », mais tout simplement le développement de ses contradictions qui résultent de sa logique d'action : la compétition du profit alliée au profit de la compétition. Le football qui a toujours été du côté de l'ordre régnant n'a donc pas pu être entraîné à son corps défendant dans une direction indésirable, puisque c'est lui, et lui seul, qui a toujours été, dès le début, une décivilisation barbare. Le football n'a jamais été le football malgré lui ! Et, n'en déplaise à Alain Finkielkraut, il ne participe pas le moins du monde à l'émancipation des individus et encore moins aux Lumières.

Alain Lipietz, ancien intellectuel prolétaire aujourd'hui reconverti en écologiste, développait lui aussi un bien étrange argumentaire populiste. Il voyait en Aimé Jacquet, cet « ancien ouvrier professionnel » (*Libération*, 29 juillet 1998), l'« âme » d'une équipe. « Pas à pas, colmatant les points faibles, exaltant les points forts, il en fait une équipe invincible et sûre de sa victoire, s'enthousiasmait-il. En travaillant le muscle, et la technique, et le mental. Et même (il l'a assez dit) l'"âme". L'âme, ça se travaille, avec la même patience, la même sûreté que l'art de l'ouvrier fraiseur. Il suffit d'y croire, de le vouloir, de lutter, de travailler. » Autrement dit, l'entraînement assidu d'une équipe de football, ça ressemble à s'y méprendre au dur labeur d'un atelier de montage dans une usine automobile...

D'autres donnèrent le « la » d'une déferlante populiste, parfois même ouvertement « populacière ». Il fut ainsi de bon ton d'apprécier les exploits de « nos » joueurs en faisant mine de s'y connaître pour mieux s'y reconnaître. Beaucoup contribuèrent en effet aux débats par des appréciations extrêmement techniques sur un sport qui en est plutôt dépourvu et dont le grand « savoir-faire » se résume à frapper dans la balle pour la mettre au fond des filets, en évitant de prendre trop de coups. Beaucoup d'autres encore furent attendris, puis rapidement fascinés, chauds supporters quasi hystériques, par l'équipe nationale composée, nous a-t-on répété à l'envi, de toutes les couleurs (à l'instar de l'équipe plurielle au gouvernement). Tous sportifs ! Tous foot ! Tous blacks-blancs-beurs ! Tous ensemble ! Tous ensemble ! Tous sous le même maillot, jusqu'au président ! Un maillot pour tous et tous sous le même maillot... une camisole.

LA « MÉTHODE » D'EDGAR MORIN

Au cours du Mondial 98, la palme d'or du ravissement revint sans conteste à Edgar Morin, théoricien de la complexité qui abordait un problème pourtant très simple. Ses élucubrations publiées en pleine page dans *Libération* (20 juillet 1998) furent un grand moment comique qui tranchait réellement avec la subtilité antérieure de ses analyses socio-anthropologiques[5]. Il est vrai que, quelques mois auparavant, il nous avait déjà annoncé son futur emploi du temps tout entier polarisé par le football (*L'Événement du jeudi*, 5 mars 1998). « J'annule tous mes rendez-vous pour la Coupe du monde. L'instant où la balle entre dans les filets est un moment extatique, un coït psychique. » Dans *Libération*, donc, dénonçant tout de go les « élites intellectuelles », dans une tradition qui lui est pourtant étrangère, se gaussant des théoriciens « se-disant marxistes, [y voyant] un nouvel opium du peuple qui empêche le prolétariat d'accéder à la conscience révolutionnaire », Edgar Morin stigmatisait cette « vision réductrice », car « celle-ci oublie le vécu : l'art, le jeu, la poésie, l'amour ». Emporté par son enthousiasme romantique, Edgar Morin soulignait d'emblée le fait que « le football est un grand art dont les subtilités sont intelligibles à son public le plus populaire ». Sans doute comme l'art si subtil d'éviter les chocs dans les autos tamponneuses à la Foire du Trône ou bien encore l'art de manger des frites dans les McDo ! « Le beau foot comporte une technique raffinée, insistait Edgar Morin, un art de l'improvisation, une intuition et, aux moments inspirés, une quasi-télépathie entre coéquipiers qui se pressentent sans se voir. » Quant aux raffinements de la « technique », Edgar Morin aurait dû ne pas oublier qu'ils sont le produit d'une préparation quasi militaire et d'entraînements quotidiens démentiels. Pour parvenir au résultat qu'Edgar Morin croit « magique » ou revendique comme une création artistique, les footballeurs sont obligés de répéter des milliers de fois les mêmes gestes jusqu'à l'épuisement et ce dès le plus jeune âge (13-14 ans, parfois moins encore). Ce qui permet à quelques-uns l'accès à un club professionnel n'est en fait qu'une impitoyable sélection qui n'a rien de télépathique et encore moins de sympathique. Les prouesses « brésiliennes » de quelques stars du ballon, qui fascinent les intellectuels comme le serpent hypnotise le lapin, offrent sans doute de beaux mirages, mais comme toute poudre aux yeux elles dissimulent les sordides réalités du football professionnel qui n'a strictement rien à voir avec le jeu, la poésie, l'amour et encore moins avec l'art.

Contrairement à ce que prétend Edgar Morin, le football est en effet à l'opposé de l'art, son antithèse même, en ceci que « dans l'art il n'est pas nécessaire d'être fidèle à la réalité[6] », alors que le football, lui, ne propose qu'un bain de réalité, d'une extrême trivialité et d'une affligeante monotonie (utilité, efficacité, rendement, productivité...) qui, sous couvert de « beauté du geste » et d'« ambiance extraordinaire », réifie l'esthétique humaine en la ravalant à une pure mise en scène marchande, à un scénario invariablement *répétitif*. Le football participe ainsi pleinement de cette « culture affirmative » où le « bonheur » par le sport devient un moyen d'intégration, de frustration et d'agression. Autrement dit, le football ne s'oppose nullement à la réalité, il la confirme, la redouble, la restitue, et en fait une réalité à part entière, sa réalité — où les « beaux gestes » entre coéquipiers s'échangent contre des « tacles assassins » sur les adversaires et où les « improvisations » tactiques font gagner ou perdre des millions ! Mais Edgar Morin ne devait pas s'arrêter en cours de chemin. Atteint par la fièvre footballistique, il clamait son amour fou du foot : « Le fol orgasme de la victoire se transforme en onde gigantesque de bonheur, une véritable ola nationale qui gagne tout le pays. La tribalisation du stade, en s'étendant à toute la nation, se transforme en communion nationale et procure la jouissance patriotique où l'amour nombriliste de soi se fond dans l'amour communautaire, lequel accomplit le dépassement de soi dans un grand Nous. [...] Le football est une sorte de vase clos où se crée, de façon éphémère, un grand moment de joie identitaire, de poésie et d'amour. [...] Ce n'est pas un événement étatique, politique ou social, mais un événement périphérique, de caractère ludique, qui a pris une dimension historique. Cet événement, en brisant une croûte d'inertie, d'habitudes et de prosaïsme, a fait surgir ce qui était à la fois très profond et invisible : les fondements mystiques et mythiques de l'appartenance nationale. » Enfin, réveillé d'une nuit d'ivresse et de caresses, notre sociologue supporter avouait son mal des lendemains de fête : « Dès le mercredi, une mélancolie postcoïtale nous pénétrait [*sic*] insidieusement. On commençait à être saturé de revoir jusqu'à plus soif les goals glorieux de Thuram et Zidane. La prose de la vie revient, et les intellectuels abstraits vont, à nouveau, démystifier le football, le Mondial, le patriotisme vécu, le bonheur populaire. Comme toujours ils mépriseront plutôt que de comprendre. Évidemment, cela ne pouvait durer. Mais cela restera une extase de notre histoire. » Le pathos footballistique d'Edgar Morin témoignait ainsi d'une fascination pour la grégarisation de foules chavirées par le sentiment océanique d'un bonheur factice. Très exacte caractéristique de l'*opium du peuple* : l'illusion de bonheur qui mystifie le bonheur de l'illusion.

L'ÉQUIPE DES EX-MAOÏSTES ET SOFT-STALINIENS

Michel Le Bris, ancien maoïste reconverti en propagandiste des contes de fées d'une Bretagne mythique après avoir été longtemps le chantre des légendes de la « Grande Révolution culturelle prolétarienne », se faisait pour l'occasion pourfendeur de la critique du sport en répondant à une question d'un journaliste (*Le Monde*, 7 et 8 juin 1998) : « Un stade est un cratère, pérorait-il, où se joue ce qui se jouait déjà dans la tragédie antique. Chaque match est un brasier, où se consument, se défont et se re-créent les valeurs, le jeu de l'or et de la puissance : temps des légendes, temps du mythe, et c'est bien pour cela qu'il panique tant les idéologues qui n'y veulent voir qu'opium du peuple, fuite illusoire, manière habile de se détourner des "vrais problè-mes". » L'ex-nouveau philosophe Le Bris préférait manifestement l'archaïsme des belles sagas breton-nes et leurs ringardes histoires de druides à l'analyse matérialiste-critique d'un mythe contemporain : le mythe populiste du football « au service du peuple ».

Un autre ancien maoïste s'était, lui aussi, mis au diapason de la mystification ambiante (*Libération*, 10 juillet 1998). Roland Castro, ex-fidèle baroudeur de la mission Banlieue 89 à l'époque de Mitterrand, néo-compagnon de route des staliniens aux élections européennes de 1999, puis revenu dans l'ancien ber-cail pour faire du neuf, avait voulu communiquer la joie intense que lui avait procurée le ballon rond. S'exprimant en « poète » de la pelouse, il nous li-vrait alors une étonnante prose, pour vanter notam-ment la participation nouvelle des femmes au Mondial qui fut, il est vrai, un enjeu de l'intense ba-taille télévisuelle. « Il y a une telle émotion dans ce pays autour du Mondial. Il y a tellement de femmes qui s'y sont mises. [...] Les femmes en Iran se dévoi-lant à l'annonce du résultat Iran-États-Unis, le foot se développant en Algérie chez les filles, occasion, dit-on, de montrer leurs cuisses. Et encore toutes les filles qui nous disent la beauté des joueurs, leur intelligence, leur jeu d'acteurs. Tout le monde s'y est mis, et notamment les femmes, et les ricanements antifoot du politiquement correct ont cessé. » Roland Castro, en bon pépère des gradins, se mettait ainsi à tout confondre : foot, villes, femmes, architecture, banlieues. Mieux même, il confondait les femmes qu'il avait vues avec toutes les femmes ou encore avec celles que l'on nous avait présentées en gros plans pendant les retransmissions télévisuelles. Il est vrai que le matraquage médiatique avait tout fait — et très tôt dans la préparation des esprits — pour nous proposer des images de femmes peinturlurées, de préférence légèrement vêtues, ou des Brésiliennes aux poitrines avantageuses, ou encore, ce fut tout un art, les femmes de « nos » joueurs. Mais si l'exhibition de femmes converties aux « charmes » du foot avait été parfaitement orchestrée, la condition féminine, elle, n'avait rien eu à gagner dans cette mascarade publicitaire. Roland Castro, tout émoustillé par ce nouveau féminisme des stades, décochait pour finir une formule pour le moins curieuse : « Les Français [...] sont devenus physiquement mondiaux. » L'idéologue des banlieues, l'ancien admirateur de la pensée Mao et du « tout, tout de suite », reconverti en commentateur de foot, prenait ainsi un malin plaisir à se pâmer d'aise devant les Français qui s'ouvrent au monde — non pas à la misère du monde, mais au misérable monde du foot — et échangent des propos de bistrot. Point de politique. Non, beaucoup plus simplement, plus Jacquet en quelque sorte : des causeries enflammées sur le foot, de subtiles conversations sur les buts litigieux, les coups francs au premier poteau et les

« pénaltys indiscutables ». Vive la Révolution... du football !

Dans l'excitation grotesque de la victoire, Blandine Kriegel, elle aussi ex-admiratrice du Grand Timonier, se fourvoyait dans l'apologie du foot-animal (*Le Monde*, 17 juillet 1998). Tout d'abord en traçant un parallèle invraisemblable entre la philosophie et le ballon rond ; ensuite — plus fort encore, plus malsain surtout —, en faisant de l'homme un étrange animal. Vieille rengaine. « L'homme est un animal tactique. Images : Barthez bondissant d'un saut de géant pour dévier le cours du destin et la trajectoire dans l'air le déploie comme un ange... Et l'homme devient oiseau. Zidane, suant, écumant d'haleine et d'eau, frappant du sabot dans l'arène, noir et humilié de vapeurs... Et l'homme devient taureau. [...] L'homme n'est au-dessus de la nature qu'au moment où il accepte sa nature et le sport nous élève dans la vie. » Curieuse littérature ! Plus terribles encore, ces propos dignes d'un café des philosophes provincial : « Troisième leçon : la loi. Même bestial — choc plastique des épaules qui s'affrontent, corps qui se heurtent et s'envoient rouler à terre —, l'animal humain combat dans les règles, dans la loi qu'il s'est lui-même donnée [...]. La règle est toujours approximative et lorsqu'elle veut discipliner la bête en nous [*sic*], son premier effet est fatal, elle produit un destin tragique alors que nous attendions la justice. Mais le foot, mieux que la philosophie classique allemande [*sic*], nous enseigne que le destin et la tragédie n'ont qu'un temps et que c'est bientôt et de nos jours, non à la longue, que les joueurs qui ont souffert sous sa férule injuste vont se relever et continuer grâce à elle. [...] Les femmes aussi crient : Vive le foot ! » Un ballon à la place de la cervelle, la philosophie ravalée à la chaude bestialité des corps-animaux, et les femmes soumises à la contemplation des chocs plastiques entre mâles...

Du côté des ex-staliniens devenus en quelques années démocrates sincères, un numéro hors-série de *L'Humanité* — intitulé *L'Humanité du foot* [*sic*] (numéro hors série, avril 1998) — permettait de mieux apprécier le vide théorique abyssal de ce journal qui s'était toujours distingué en justifiant les infamies du socialisme réellement existant — de l'invasion de la Tchécoslovaquie par les troupes du pacte de Varsovie en 1968 aux Jeux olympiques du Goulag à Moscou en 1980 —, mais avait aussi avalé toutes les couleuvres de la gauche gouvernementale. Son directeur Pierre Zarka, maître d'œuvre de ce numéro, retrouvait les accents exaltés de naguère lorsque ses amis du « parti de la classe ouvrière » vantaient à longueur de colonnes les charmes de l'homme de fer. Zarka nous apprenait ainsi que le sport — sans doute celui qu'il avait connu dans les casernes de l'ex-RDA où l'on fabriquait à la chaîne des sportifs de haut niveau anabolisés jusqu'à la moelle — est « une activité humaine contribuant à la construction de l'individu, et constitutive de l'identité d'une nation. [...] Expression de la paix sur Terre [*sic*], le sport est un moment incomparable de la vie sociale des citoyens. [...] Le Mondial offre l'occasion d'une leçon *in vivo* de géopolitique, d'humanité. [...] Les folles chevauchées des artistes colombiens, yougoslaves, sud-africains, après tant de souffrances impressionneront la mémoire des hommes. [...] Issus de milieux modestes pour la plupart, les joueurs portant comme le héros médiéval les couleurs d'une belle — ici, la nation — cristallisent la fierté et l'affirmation de tout un peuple, toutes couches sociales confondues. En cela le Mondial est universel. [...] Théâtre de la vie, le football titille l'imagination, alimente les rêves, attise les passions. L'engouement qu'elle [la fête] suscite peut permettre, portée par les amateurs de sport désireux de ne pas être dessaisis de leur passion, d'endiguer la marée de l'argent. » Le Parti communiste, après avoir vainement tenté de contenir le « pouvoir du grand capital », se proposait à présent de restituer les vraies valeurs du football perverties par le professionnalisme. Autrement dit, la « fête » du Mondial — indécente vitrine du foot business — était censée endiguer la marée de l'argent sale (souvent blanchi...) et redonner au bon peuple une image de simplicité, de paix et de solidarité. Une « fête de l'Humanité », en somme, mais en plus grand...

Reprenant quelques colonnes plus loin, et de volée, les propos grandiloquents de Pierre Zarka, Eduardo Galeano, qui venait de publier un *Football, ombre et lumière*[7], osait, de son côté, comparer l'art du pied au langage. « L'art du pied capable de faire rire ou pleurer la balle parle un langage universel, commun aux pays les plus divers. » Se présentant comme le défenseur des pauvres et des opprimés, l'écrivain des stades constatait avec amertume que l'évolution du football « transforme les clubs en entreprises, soumises aux mêmes droits et obligations que les autres entreprises. [...] Paradoxe notoire, la beauté du football professionnel brésilien est malheureusement proportionnelle à l'habileté de ses dirigeants, passés maîtres dans l'art de corrompre les juges, de truquer les bilans, de vider les trésoreries, de se moquer des lois et de pressurer les joueurs ». Malgré sa fascination pour la « grande messe païenne », Eduardo Galeano découvrait que la réalité capitaliste est en fin de compte inscrite dans la réalité même du football. Le football n'est pas en effet une terre vierge sur laquelle le Capital aurait fondu comme le Grand Méchant Loup sur la petite chèvre. Il est le Capital sous la forme de la fête des sponsors, du bonheur des annonceurs, du divertissement planétaire orchestré à coups de millions de dollars par les médias. À l'inverse de ce qu'imagine Eduardo Galeano, les footballeurs ne sont pas prisonniers du mur de l'argent. C'est au contraire le football qui empêche toute possibilité de libération et qui anéantit dans l'œuf la moindre revendication sociale et politique. C'est pourquoi, lorsque Eduardo Galeano croit que la création de syndicats de footballeurs est une forme de lutte de classe, il se noie dans de pures illusions. Depuis quand des nantis millionnaires iraient-ils se regrouper avec des miséreux pour défendre des intérêts supposés communs ? Quel rapport, en effet, entre un Maradona, un Pelé, un Ronaldo ou un Zidane et un joueur professionnel de deuxième ou troisième division, *a fortiori* un amateur des favelas ? Pour rafraîchir la mémoire de tous les syndicalistes en herbe, on rappellera « qu'en 2003 à la Juventus de Turin Alexandre Del Piero gagnait 180 000 euros par semaine » (*Libération*, 10 et 11 décembre 2005)…

Dans la même veine populiste, il faut s'arrêter ici à la « chaleureuse méditation » de Jean-Claude Michéa sur « le défilé des dribbles, des parades et des buts » qu'il glorifie dans son opuscule *Les intellectuels,*

le peuple et le ballon rond[8]. Il est vrai qu'il avait fait
très fort au moment de la Coupe du monde de football de 1998[9] en reprenant à son compte la plupart
des thèses de Galeano. On pouvait donc à nouveau
« découvrir la beauté spécifique du football et
l'émouvante humanité de nombre de ses héros[10] ».
Beaucoup moins drôle, à l'inverse, était sa charge
contre les intellectuels dits « moyens » censés
« dans leur masse, haïr le football [...] parce que ce
dernier incarne le sport populaire par excellence »
(*ibid.*, p. 14). Michéa versait là dans l'anti-intellec-
tualisme ordinaire en dénonçant « l'incapacité vis-
cérale des intellectuels à comprendre de l'intérieur
une passion populaire (avec ce que celle-ci comporte, par nature, d'excès toujours possibles et de
théâtralité nécessaire) » et affirmait que c'est « précisément ce qui leur interdit de critiquer avec toute la
radicalité requise les monstrueuses dérives du football contemporain » (*ibid.*, p. 19). On en arrivait alors
à la pièce maîtresse de la démonstration, à savoir
que toute cette incompréhension des intellectuels
critiques tient au « manque de sensibilité, et, plus
encore, de bienveillance, [qui] s'apparente à une véritable erreur méthodologique » (*ibid.*, p. 19 et 20).
En fait, l'intellectuel qui ne voit dans le football
qu'aliénation et opium du peuple ne comprend pas
que « le Capital moderne dénature méthodiquement
les fondements non seulement populaires mais également humains du football » (*ibid.*, p. 22). Michéa,
aveuglé par sa naïve idéalisation — les yeux de Chi-
mène — du « joyeux public traditionnel des stades,
connaisseur et gouailleur » (*ibid.*, p. 25), n'hésitait
donc pas à affirmer que « jamais un footballeur n'a
été en mesure de duper le public averti sur ses qua-

lités supposées de libero ou d'ailier de débordement, ni même sur la réalité de son intuition tactique » (*ibid.*, p. 24). Un vrai contrat de confiance en somme entre public connaisseur et joueurs honnêtes donnant « accès aux codes subtils de cette culture populaire » (*ibid.*, p. 25). Or c'est précisément cette « culture » populaire que la Théorie critique du sport a remise en cause à la suite des analyses de l'école de Francfort. Non parce que cette « culture » serait populaire, mais parce qu'elle est la soumission à la trivialité du sens commun, à un horizon axiologique rabougri, à des habitus d'une grande pauvreté d'imagination. Dans le football, la « poésie » se résume à des mises en œuvre brutales du corps avec des entraînements démentiels, une répétition obsessionnelle des gestes et la quasi-militarisation des comportements. Le football est très exactement un instrument de domination et de régression. « La société avancée se nourrit, écrivent ainsi Max Horkheimer et Theodor W. Adorno, du retard de ceux qu'elle domine. Plus l'appareil social, économique et scientifique, auquel le système de production entraîne le corps depuis longtemps, est complexe et précis, plus les expériences que ce dernier est apte à faire sont restreintes[11]. » La promotion propagandiste du football — du football-expression-du-peuple, joie-du-peuple, culture-du-peuple et autres fadaises — n'est aujourd'hui qu'une de ces techniques d'asservissement idéologique qui permettent de « rapprocher les peuples de l'état des batraciens » (*ibid.*).

C'est pourquoi la « culture foot » n'est qu'une misérable métaphore de la *paupérisation culturelle* d'une grande partie de la population vouée à consommer à l'infini la monotone répétition des résultats, des transferts ou des changements d'entraîneurs. Il faut donc avoir une bien piètre idée de l'art comme transcendance de la réalité, dépassement de la médiocrité quotidienne, sublimation de la condition humaine, pour le comparer aux « dribbles enchantés et gratuits d'un Ronaldo ou [aux] contrôles extraterrestres d'un Zidane [qui seraient] comme un pied de nez aux maîtres du monde et à ceux des entraîneurs modernes » (*ibid.*, p. 28). Jean-Claude Michéa ne peut d'ailleurs appuyer sa démonstration que sur des souvenirs liés à un passé stalinien (le soi-disant inégalé *Miroir du football*). Mais il a sans doute oublié que la culture sportive était devenue une religion d'État dans les pays du glacis soviétique, avec leurs camps d'entraînement, leur endoctrinement politique, leurs compétitions à la gloire des régimes en place. Michéa a-t-il ces souvenirs en tête lorsqu'il glose dans un style littéraire ampoulé sur cette prétendue culture populaire ? Se rappelle-t-il que les spartakiades et autres défilés militaro-sportifs de masse étaient de parfaites manifestations totalitaires de l'homme sportif nouveau ?

Le véritable inspirateur de Jean-Claude Michéa est Christopher Lasch, la voix de son maître. Et, en matière de sport, c'est celle d'un ténor. Dans l'un de ses ouvrages les plus connus[12], Lasch nous précise que les critiques du sport « négligent la manière bien spécifique dont la société contemporaine dégrade le sport » (*ibid.*, p. 143). Un peu plus loin, il assure même que « la crise qu'il [le sport] traverse aujourd'hui ne provient ni de la persistance de l'"éthique martiale", ni du culte de la victoire, ni même de l'obsession de la performance ("credo dominant des sports", comme s'entêtent à dire certains critiques), mais de la désintégration des conventions qui, jadis, restreignaient les rivalités alors même qu'elles les glorifiaient » (*ibid.*, p. 157). La thèse est simple, en somme : le sport aurait une tradition, avec sa culture, sa loyauté, ses valeurs de socialisation, mais tout cela a été dégradé, perverti, par la société capitaliste. C'est ce qui explique le déclin irrésistible de l'esprit sportif alors que, selon l'auteur, « le sport, qui répond aussi au besoin si négligé de se donner à fond physiquement [*sic*] et de retrouver ainsi dans sa fraîcheur le fondement physique de la vie, enthousiasme non seulement les masses mais également ceux qui posent à l'élite culturelle » (*ibid.*, p. 142). On est ici à nouveau dans le registre déjà connu du sport pris en otage, du sport noyau pur dévié ou détourné de sa véritable essence. Autrement dit, selon Lasch, « ce qui corrompt le jeu et le sport, ce n'est pas le professionnalisme ou la compétition, mais la désintégration des conventions qui s'y rapportent » (*ibid.*, p. 148). On le voit, l'auteur, dépassé par la logique même du sport qui est essentiellement l'élimination symbolique de l'autre en vue de la victoire, ne comprend pas que la compétition sportive n'a précisément pas d'autres conventions que le résultat à tout prix, y compris au prix de la destruction de toute convention, et qu'il participe ainsi à l'évolution de la société capitaliste contemporaine vers l'agressivité, la violence, la pulsion mortifère.

Associant critique radicale de la société et adhésion a-critique au football, François Brune est représentatif de cette posture pseudo-critique qui s'est généralisée au sein de l'intelligentsia française. Dans son essai *De l'idéologie, aujourd'hui*[13] il aborde la question du football sous l'angle de la récupération, du travestissement, du détournement, qu'il appelle l'idéologisation du football. Sa thèse est simple : le football est fondamentalement bon dans son essence, il participe de ce monde platonicien des « idées » à travers les équipes, les joueurs, les supporters. Simplement, le football est tombé en de mauvaises mains. Et il s'est ensuivi la marchandisation que l'on sait. Le football a été populaire il y a quelques années, mais depuis que la bourgeoisie s'en est emparé, rien ne va plus.

Avec François Brune s'exprime la méconnaissance profonde de la réalité concrète du football *hic et nunc*, du football tel qu'il est aujourd'hui pratiqué dans les grandes compétitions (coupes, championnats). Dès son introduction à « Football et idéologie » (chapitre 7, p. 87), il nous assène : « Qui n'a jamais tapé dans un ballon (ni donc connu la joie de jouer ensemble, de perdre ou de gagner ensemble, d'être intelligents [*sic*] ou stupides ensemble [*sic*]) risque fort de laisser transparaître, à travers sa généreuse critique de l'aliénation footballistique [de qui parle François Brune ?], un viscéral mépris du populaire, du *vulgus pecum* et de ses émois. » Nous y voilà donc. Critiquer le football serait afficher un mépris de classe. Vieille mystification qui consiste à opposer cette soi-disant pureté du football des origines (on aimerait d'ailleurs savoir à quel moment la « perversion » s'est opérée) ou son authenticité « populaire » à sa « récupération » marchande. Quel rapport, pourtant, entre un gosse des bidonvilles tapant dans une boîte de conserve et un Ronaldo milliardaire ? Ne pas comprendre cette différence-là, c'est d'emblée refuser l'analyse. Loin d'être une « joie de jouer ensemble », le football est aujourd'hui une guerre impitoyable pour les « retours sur investissements » organisée par des structures politico-mafieuses soucieuses de conserver leur monopole sur le marché du mollet. Telle est la vraie « essence » du football. C'est pourquoi il est atterrant que Brune soit incapable de comprendre que les « émotions » provoquées par le football, loin d'être des manifestations d'un être-ensemble authentique, comme aurait pu dire Heidegger, sont au contraire de purs mimétismes identificatoires, l'adhésion à l'émotionnellement correct de la foule. D'où cette tirade de Brune qui laisse pantois : « Ce que le match donne "à vivre" c'est, par son mouvement même, la grande palpitation de l'existence humaine en proie aux élans de l'espoir et aux sentences du destin. L'émotion incessante entraîne l'identification immédiate » (*ibid.*, p. 89). Or, contrairement à ce que soutient François Brune, le football ne permet aucune « aliénation bien tempérée, souvent lucide d'elle-même, tant que les choses demeurent localement limitées » (*ibid.*, p. 92). C'est en effet l'inverse qui se produit : plus on descend dans les clubs de seconde zone (par exemple en Seine-Saint-Denis), pire est la vacuité culturelle, avec sa crétinisation et sa violence. Mais François Brune reconnaît en bon sportif qu'il s'est « trempé souvent » dans « la métaphysique du pauvre [qui s'est] mue en mystification des peuples » (*ibid.*). Là on ne peut être que d'accord avec lui.

LE POPULISME SPORTIF
DE LA LIGUE COMMUNISTE
RÉVOLUTIONNAIRE, OU L'AVANT-GARDE
OUVRIÈRE ULTRAFOOT

Le football endoctrine bien au-delà des quelques intellectuels de la gauche traditionnelle ou « critique ». Elle a fasciné — et fascine toujours — une grande partie de l'extrême gauche[14]. Nombre de ses militants ont d'ailleurs fait le chemin qui les a menés du journalisme « rouge » au journalisme « crampons ». À l'instar d'un Denis Chaumier (ex-Denis Caron à la LCR), rédacteur en chef de *France-Football*, ou de Jérôme Bureau (ancien de la LCR), ex-directeur de rédaction de *L'Équipe*, ils ont été très nombreux à profiter de cette école de journalisme, sans parler d'Edwy Plenel (ex-Krasny à la LCR, « *Rouge* » en russe), qui a fait la carrière que l'on sait au *Monde*. De ce point de vue, le cas de la Ligue communiste révolutionnaire est exemplaire de la lente dérive, aujourd'hui sans limites, de nombreux ex-militants passés d'une critique de la société capitaliste à la fétichisation du football. Le néopopulisme bon teint de la LCR, son électoralisme tous azimuts, son opportunisme congénital vis-à-vis de l'islam qui l'a amenée à « dialoguer » avec le « frère » Ramadan et d'autres défenseurs acharnés du voile islamique au nom de la « défense des libertés », son suivisme tiers-mondiste servile, l'ont tout naturellement entraînée à idéaliser le sport, le football en particulier, en avalant toutes les couleuvres du reniement théorique et de la capitulation politique.

De son premier manifeste de 1972[15], il ne reste

plus rien d'une critique du sport. Quelques pages dénonçaient à l'époque la répression de la jeunesse par le sport, l'embrigadement du « sport de compétition [qui] prépare le corps humain aux impératifs du travail industriel, aux normes et au rendement ». Aujourd'hui, la prose militante de la LCR est devenue une sorte de prêchi-prêcha confus imprégné d'ouvriérisme. Dans un article de *Rouge* (n° 1976, 27 juin 2002), le Mondial asiatique était l'occasion de dénoncer la marchandise-sport et d'affirmer que « le foot, aujourd'hui, c'est tout sauf du sport ». L'auteur de l'article — qui n'avait manifestement du matérialisme historique qu'une vague notion — supposait sans doute que le sport aurait été *contaminé* par le business, les médias, la mondialisation, et donc altéré dans sa substance originelle. On retrouvait ainsi tous les arguments fallacieux du sport confisqué par le capital ou la bourgeoisie. Selon cette légende pour demeurés, le sport était au départ beau et bon, pur et désintéressé. Aujourd'hui, plus rien de tout cela à cause du « contexte social, économique et historique qui donne une signification particulière à l'activité sportive. Et de ce point de vue-là, évidemment, le football n'échappe pas à la règle : culte de la performance, dépassement de soi, victoire sur l'autre, virilité, force physique ». Il y aurait donc eu un avant du sport, une sorte d'âge d'or précapitaliste qui n'existe malheureusement plus. Tout serait maintenant sous la domination de la marchandise dont le sport, précisément, subirait les désastreuses conséquences. La confusion commence avec cette idée — fausse — d'un sport originairement propre, authentique, qui pourrait être non manipulé et utilisé dans un sens progressiste.

On nous dit par ailleurs que le sport serait « hégé-
monique », ce qui s'expliquerait par « la simplicité
des règles, la possibilité de le pratiquer partout,
avec un nombre de joueurs variable, sans matériel,
entraînement ou caractéristique physique particu-
liers ». On nage ici en pleine mélasse théorique
puisque le football n'est pas caractérisé tel qu'il est
réellement pratiqué à l'échelle de la compétition
institutionnalisée — la seule qui intéresse vraiment
les supporters — avec ses équipes constituées, ses
règlements, ses stars, ses légendes. De quel football
nous parle-t-on en effet lorsqu'on prétend que l'on
peut le pratiquer « sans matériel » ? Le football qui
compte n'est pas celui de la rue, des *favelas* ou des
plages brésiliennes. C'est celui des stades, des rencontres retransmises par les télévisions à des centaines de millions de téléspectateurs scotchés devant
leurs écrans. Le vrai football est là. Et c'est celui-là
qui doit être *concrètement* analysé et politiquement
dénoncé. Et c'est ce que ne peut comprendre le folliculaire de *Rouge* dont le véritable souci est surtout
de dénoncer « la vision du foot comme "nouvel opium
du peuple" [qui] est sans doute dépassée, ou au moins
réductrice ». Sans doute dépassé par la difficulté à
analyser de manière marxiste le football contemporain, le vaillant libero de *Rouge* en vient à affirmer
dans la bonne tradition populiste que « les rassemblements dans les stades ont aussi été le lieu de so-
ciabilités ouvrières (notamment en Angleterre), et
de contestation de dictatures (lors du Mondial argentin en 1978) [*sic*] ou d'affirmation de nationalismes progressistes (sous le régime franquiste en
Espagne, le stade est un refuge où l'on peut sans
crainte parler basque ou catalan) ». On croit rêver

en lisant cette prose de patronage dans un journal censé être « révolutionnaire ». L'auteur de l'article — qui est sans doute plus un lecteur assidu de *L'Équipe* que de *Littérature et révolution* de Léon Trotski — a-t-il oublié que lors du Mundial de 1978, sous la dictature militaire de Videla et de ses gorilles, les « masses populaires », shootées à mort par l'opium football, avaient fait un triomphe à l'équipe nationale argentine victorieuse des Pays-Bas dans un stade hystérique ? Se souvient-il encore que les clameurs nationalistes — « Argentina campeon » — avaient été l'occasion pour la Junte au pouvoir de conforter l'union sacrée derrière l'équipe championne et de couvrir les cris des suppliciés à l'École mécanique de marine ? Loin de contester la dictature, le football fut à cette occasion, comme en bien d'autres, un pur moyen de propagande et de répression. En Angleterre, comme en Espagne, en France, en Italie ou en Allemagne, le football, loin de contribuer à renforcer la conscience de classe et la solidarité ouvrières, a toujours été au contraire un pur instrument de diversion politique, un dérivatif aux luttes sociales, un misérable sucre d'orge pour compenser la misère de la condition ouvrière. Et les stades, notre apprenti révolutionnaire a la mémoire bien courte, ont toujours servi à parquer et à exécuter les opposants, comme au Chili en 1973, après le coup d'État de Pinochet. La conclusion de notre reporter sportif viendra d'elle-même : « Il reste beaucoup à faire pour débarrasser le football de ses tares, de son sexisme et de son impérialisme sur les autres sports. » On pourrait donc suggérer à la LCR, qui n'en est pas à une galéjade près, d'intégrer dans son programme de transition la prolétarisation et la

féminisation du football ainsi que le contrôle ouvrier
sur la FIFA !

Cette thématique du football populaire, du foot
classe ouvrière, est représentative des analyses politiques actuelles de cette organisation en pleine liqué-
faction théorique. On connaissait déjà l'engouement
du cinéaste Ken Loach, autre trotskiste, pour le
football qui aurait sauvé la classe ouvrière anglaise
du désastre thatchérien. On est plus surpris cependant de retrouver ce genre de divagations chez l'un
des plus subtils théoriciens de la LCR, Daniel Bensaïd. Dans un ouvrage haut en couleur, l'auteur nous
livre une riche et passionnante histoire personnelle
qui laisse transparaître un drôle d'intérêt pour le
sport, le football en particulier. Ainsi peut-il avouer
que dans sa prime jeunesse, pendant les événements
de Hongrie en 1956, le soulèvement de Budapest
l'avait scotché au poste, « non, bien sûr, par fervente
sympathie envers les conseils ouvriers insurgés »
dont il n'avait « pas la moindre idée », mais « d'anxiété quant au sort de la glorieuse équipe magyare
(Puskas, Czibor, Kocsis "Tête d'or", Hidegkuti), dont
on était sans nouvelles[16] ». Admettons ce véniel
péché de jeunesse. Il reste que dans de nombreux
passages ce livre révèle une véritable passion pour
le football que notre philosophe militant a pratiqué
dans des tournois entre copains, au départ sans enjeux réels, puis avec de réels enjeux lors de matches
de plus en plus furieux. On apprend ainsi que le repos
bien mérité après les dures journées passées dans le
local du quotidien *Rouge* se transformait, au parc
de Sceaux le samedi matin, en compétitions sportives. « Au début, inhibés par la critique brohmienne
[*sic*] du sport de compétition, nous ne prétendions

qu'à un exercice ludique entre des équipes (presque mixtes !) : il n'était pas question de compter les buts. Quand il devint évident que chacun(e) en tenait fourbement dans sa tête une scrupuleuse comptabilité, l'esprit de compète, officiellement banni, reprit le dessus et les parties devinrent acharnées » (*ibid.*, p. 243). Ces propos *a priori* futiles pourraient prêter à sourire, mais ils confirment que la compétition sportive — compter les buts — impose sa logique despotique, y compris à des militants qui confondent la théorie trotskiste de la révolution permanente et *France-Football*. C'est pourquoi il est assez navrant de constater que l'un des plus brillants théoriciens de la LCR se laisse aller à des propos d'adolescent lorsqu'il est question de football. Incapable de comprendre les fonctions politiques réactionnaires du sport dans le capitalisme contemporain, Daniel Bensaïd — à l'image d'ailleurs de toute la direction de la LCR, de plus en plus ectoplasmique — oublie, de surcroît, ses classiques. Il oublie notamment ce que Trotski avait parfaitement pointé il y a plus de soixante-dix ans : « Sur le terrain de la philanthropie, du divertissement et du sport, la bourgeoisie et l'Église sont incomparablement plus fortes que nous. On ne peut leur arracher la jeunesse ouvrière que par le programme socialiste et l'action révolutionnaire[17]. » Manifestement, pour les trotskistes footballeurs, la fréquentation de l'« humaniste » Joey Starr, des groupes de rap, de l'islamiste distingué Ramadan et des footballeurs citoyens recyclés dans la lutte électorale semble devoir faire office de gesticulation « révolutionnaire ». Il n'est donc pas étonnant que Daniel Bensaïd confonde les batailles acharnées dans les surfaces de réparation

avec les luttes sociales. Il n'est pas étonnant non
plus qu'il se sente obligé — par culpabilité, mauvaise conscience ou reniement — de se démarquer
de la Théorie critique du sport qui était pourtant un
acquis de la Ligue communiste à ses débuts[18]. Mais
il faut bien que jeunesse se passe, n'est-ce pas ? La
passion de Daniel Bensaïd — par ailleurs lecteur assidu de *L'Équipe* — pour le football est telle, son engouement si puissant, qu'il avoue, sans la moindre
gêne, s'être comporté comme un aficionado ordinaire au début des années 1970. « Lorsque la télé
retransmettait un match de l'Atletico Bilbao, la révolution mondiale suspendait son pas de cigogne
[*sic*]. Les bières glacées sortaient du frigo. Nous for-
mions une joyeuse tribune, scandant "At-le-ti-co !
At-le-ti-co !" pour saluer les exploits d'une équipe
100 % basque, dont certains joueurs (comme le gardien Iribar) étaient réputés sympathisants d'ETA »
(*ibid.*, p. 148). Et puis cette notule en bas de page :
« Ces effusions antifranquistes à huis clos auraient
été de nature à déchaîner les foudres de Jean-Marie
Brohm, critique fondamentaliste [*sic*] du sport de
compétition. » Un mot de trop, un « tacle assassin »,
comme disent les journalistes sportifs, qui révèle,
bien mieux que de longs discours, ce qu'est devenue
la LCR : une organisation éponge pour laquelle la
critique du capital par Marx deviendra bientôt
« fondamentaliste », au même titre que la condamnation de la culture prolétarienne par Trotski ou la
dénonciation de la social-démocratie par Rosa
Luxemburg. Au demeurant, nous n'avons jamais
pactisé, même dans des « dialogues » altermondialistes, avec le fondamentalisme, le vrai, l'intégrisme
des frères musulmans, et par ailleurs les militants

de *Quel Corps* ? n'ont jamais pratiqué l'antifran-
quisme « à huis clos » et encore moins devant leurs
postes de télévision, mais dans la rue ou devant
l'ambassade d'Espagne. Daniel Bensaïd devrait sans
doute s'en souvenir...

Lors du décès du dirigeant trotskiste italien Livio
Maitan, on apprenait sous la plume d'Alain Krivine
que ce dirigeant historique de la Quatrième Internationale avait « entretenu trois passions : la Révolution, la vie et le football. Parfois même, la dernière
l'emporte sur des réunions pas toujours passion-
nantes. À 70 ans, il continue à pratiquer ce sport à
Paris avec une équipe amateur de militants de la
LCR ! » (*Rouge* n° 2081, 12 octobre 2004). Ce que
confirmait le journal *Le Monde*. « Ses amis rappellent que Livio Maitan avait deux passions [on passe
de trois à deux] dans la vie : la révolution et le football. Supporteur fervent de la Lazio, l'un des deux
clubs romains[19], il ne se contentait pas d'encourager
ses couleurs au stade olympique de Rome. Ancien
joueur de la Serenissima, l'équipe de Venise, dans
les années 1940, l'octogénaire continuait à chausser
chaque semaine les crampons » (*Le Monde*, 25 septembre 2004). Dans la revue *Inprecor*, la légende
d'une photo illustrait la place qu'occupait le football dans sa vie. « Le football était une passion de
Livio au point que, dans sa jeunesse, il a failli passer
professionnel. C'est donc tout naturellement qu'il a
rejoint l'équipe constituée par les employés du quotidien *Rouge* — et dont la longévité a dépassé celle
du quotidien ! » (*Inprecor*, n° 498-499, octobre-
novembre 2004). Le football comme chapitre inédit
du « programme de transition » et les rencontres

amicales comme manifestations de « l'internationa
lisme prolétarien »...

Assis à un bureau, lisant le sourire aux lèvres
France-Football avec en couverture une photo
d'Anelka et, derrière lui, accroché à un mur, l'appel
de la Commune de Paris, Olivier Besancenot, la
nouvelle coqueluche de la LCR, nous dit d'emblée
son amour fou pour l'équipe du Brésil et nous rappelle surtout qu'il fait partie de l'ASPTT. « Pour
moi, déclare le vaillant postier de Neuilly-sur-Seine,
le foot c'est un lieu de rassemblement, de solidarité.
Mais c'est difficile, parfois. Chez nous [*sic*], à l'AS-
PTT, on n'a pas de moyens[20]. » Si l'on comprend bien,
il y aurait encore une revendication syndicale à
ajouter au catalogue du « programme minimum » :
du fric pour le sport populaire ! Des maillots, des
ballons, des fanions, des citrons pour le foot
ouvrier ! Revenant une nouvelle fois sur l'équipe fétiche de la France black-blanc-beur, Besancenot re-
nouvelle la même erreur d'analyse que ses camarades
lorsqu'il y voit une « sacrée pichenette à Le Pen.
Une pichenette à toute la classe politique. Il n'y a
qu'à voir la différence, renchérit-il de manière populiste, entre une équipe de foot et l'Assemblée nationale. L'équipe de France est beaucoup plus
proche de la société que la Chambre des députés »
(*ibid.*, p. 43). Olivier Besancenot veut sans doute
évoquer la diversité « multiculturelle » des joueurs,
car du point de vue des salaires on ne voit vraiment
pas de quelle proximité il pourrait être question ! Il
est en effet difficile de parler de proximité quand
on compare le salaire moyen des Français avec
celui des nababs du crampon, mais de cela Besancenot n'a cure. Et pour un peu il nous explique-

rait que les Bleus participent à leur manière à la lutte des classes ! Très curieux... Plus curieuse encore et même franchement inquiétante pour ce révolutionnaire des stades — par ailleurs grand copain de Joey Starr, cet « artiste » nique-ta-mère qui s'est singularisé par ses violences — est l'admiration a-politique qu'il témoigne pour le PSG, ce club où se retrouve la grande amicale des supporters xénophobes, néonazis et racistes. Lui, cela ne le dérange pas plus que cela. « J'ai toujours supporté le PSG. Tout simplement parce que je suis de Levallois-Perret. Je n'ai jamais détesté les autres équipes pour autant. Pour moi, les mecs du PSG, c'étaient des dieux [*sic*]. Je me prenais pour eux quand je jouais au foot ! » (*ibid.*). Localisme, populisme, identification infantile et trotskisme réduit à une appartenance banlieusarde ! Il ne serait donc pas surprenant que la LCR appelle incessamment les jeunes des cités à former des équipes de foot pour combattre l'exclusion et que sur sa lancée Besancenot nous apprenne un jour, sous l'œil attendri de Krivine et de Bensaïd, que Trotski aurait dû constituer des équipes de foot dans chaque pays plutôt que d'essayer d'y construire ou reconstruire des sections de la Quatrième Internationale...

JEAN-LUC GODARD OU LE CINÉFOOT

Dans un très long entretien avec Jérôme Bureau et Benoît Heimermann (*L'Équipe*, 9 mai 2001), Jean-Luc Godard développe l'idée que le problème actuel du sport tient en une chose ou deux : la télévision, le cadrage. Il reconnaît aussi volontiers que « chez Riefenstahl [cinéaste officielle du régime nazi], il y avait malgré tout un grand respect de la chose filmée [surtout au moment des Jeux olympiques nazis de Berlin 1936 !]. Il y avait une science du cadrage [sur des corps nus et musculeux, illustrant cette "esthétique" fasciste du sport sauvage]. Aujourd'hui, on étouffe sous une avalanche d'images filmées. N'importe qui peut s'improviser cameraman et penser qu'il fait un plan ». Le vrai problème du sport, toujours pour le cinéaste, serait donc son rapport à la télévision qui ne peut rendre compte de la réalité du sport (« La télévision filme la vedette et sa gloire, pas l'homme et sa misère »). Godard est comme Pierrot le Fou un passionné. C'est donc ce qu'il nous démontre pour le football, non sans cet esprit de sérieux imperturbablement rasoir qui caractérise ses films. « On peut dire que si le communisme a jamais existé, c'est l'équipe du Honved de Budapest qui l'a le mieux incarné, affirme-t-il sans rire. [...] Je n'ai jamais revu une équipe qui savait à ce point jouer "en commun". » Pour l'ancien pro-Chinois, jouer au ballon ensemble équivaudrait ainsi au communisme. Que dire alors d'une grande fête techno : le communisme intégral ? Et d'ajouter une petite louche dans le ridicule : « J'ai vu un documentaire sur Puskas : il sortait faire ses courses en jonglant avec le ballon (il se lève et mime) ; il payait son journal, la balle collée au pied ; il passait chez le boucher, la balle était toujours là. » Godard, lui, achète son emmenthal en lisant *L'Équipe*...

L'EURO 2000 ET LES JOURNALISTES
FOUS DE FOOT

L'Euro 2000 devait confirmer la progression de la peste émotionnelle. Chaque match devenait une conquête épique dont la France ne pouvait que s'enorgueillir. Chaque match gagné était une fête. Toujours sur le devant de la scène sportive, les intellectuels avaient avec constance et délectation colonisé leur écran de télévision pour applaudir à une victoire qui était en fait leur propre défaite théorique. La victoire de « nos couleurs » avait en effet à ce point obnubilé les consciences devenues bleu horizon que pas une voix n'avait osé émettre la moindre note dissonante. Le pays, gagné par l'exaltation unanimiste, pouvait même célébrer sans la moindre retenue « la gagne à la française » (*Le Nouvel Observateur*, n° 1861, 6 juillet 2000). Ainsi, Laurent Joffrin n'hésitait pas à s'épancher sur la « transmutation morale » qui aurait saisi le pays : « Une équipe a changé une nation. Depuis deux ans, on sait qu'un lien indéfinissable [*sic*] s'est tissé entre les résultats de 22 hommes et l'esprit de 60 millions d'autres. Le pays des brillants seconds, des battus pleins de panache, est devenu celui des gagnants méthodiques, de la confiance conquérante. Dans la mondialisation comme dans le football, la France ne subit plus le match » (*ibid.*). Même la chance ou le hasard s'étaient rangés du bon côté — du « nôtre » — dans ce qu'il était convenu d'appeler un long purgatoire dont la France sortait enfin victorieuse. Un morceau d'anthologie journalistique nous fut alors servi par Jacques Julliard dans ce même numéro du *Nouvel Observateur*, l'hebdomadaire des causes gagnées d'avance : « La France n'est jamais si bonne que lorsqu'elle met les ressources de son génie individuel au service d'une cause collective. [...] Ce disant, on n'insulte pas à la souffrance des déshérités, des vaincus de la vie, des chômeurs, des sans-papiers. Au contraire. Seul un pays gai, conquérant est capable de surmonter ses petitesses et peut trouver en lui-même les ressources de la générosité. » Amen ! Un peu plus loin, Laurent Joffrin, lui aussi dopé à la victoire bleue, rajoutait une petite couche humanitaire : « Dans la mondialisation comme dans le football, la France ne subit plus le match [...]. Dominant la compétition planétaire, les Bleus vivent la mondialisation comme une seconde nature, dans leur vie, leur art et leurs amours. Mais ils ont aussi le patriotisme naturel, un patriotisme... cosmopolite. » Laurent Joffrin, à nouveau happé par la spirale du politiquement correct, arrivait difficilement à contenir son enthousiasme pour la mixité sociale au cœur de l'équipe de football, à la veille du Mondial de 2002 en Corée. « Moi, je souhaite que l'enthousiasme de 1998 et 2000 soit réédité, car cela donne un assortiment de communauté nationale joyeuse [*sic*]. De plus c'est quasiment la même équipe, avec la même mixité sociale [...]. Le football est une métaphore de l'État de droit, avec ses règles et sa violence. J'espère que la transparence de la télévision apportera un arbitrage strict. Ce serait une réussite, car le football est une vision de la civilisation [*sic*] » (http://www.nouvelobs.com, juin 2002). La mixité sociale évoquée par Joffrin a pourtant une drôle d'allure, celle des multimillionnaires du crampon qui consentent de temps à autre à aller signer quelques autographes dans les « quartiers difficiles » ou à jouer un match de gala au profit des victimes d'une catastrophe aérienne. Par ailleurs, le football est autant une vision de la civilisation que la culture physique est une vision de la culture, à moins de confondre culture et culturisme ! Quant à parler de football comme d'une métaphore de l'État de droit, on reste pantois devant tant de candeur ou de cynisme...

Nouveau moteur de l'histoire universelle, lieu d'un nouvel ordre magique, axe de légitimation et modèle de la société dans sa totalité, le football a donc fini par pulvériser tout esprit critique. Aujourd'hui, la planète foot tourne dans le sens du ballon et les intellectuels ont perdu la boule.

DES INTELLECTUELS IVRES DE FOOTBALL

Pascal Boniface

Subjugué par les victoires de l'équipe de France de football, Pascal Boniface, directeur de l'IRIS (Institut des relations internationales et stratégiques), ex-membre du Parti socialiste et ami de l'Irak, s'est présenté comme le porte-parole d'une nouvelle orientation politique. Analysant le football comme « le stade ultime de la mondialisation », notre stratège du ballon rond, qui se réjouit que le football soit « l'un des rares phénomènes de la mondialisa-

tion qui échappe à la domination américaine[21] »,
nous donne les raisons de son succès universel. Pour
cela, il recourt à une analyse bien simpliste, voire
simplette. Pascal Boniface considère ainsi avec son
compère Christian Bromberger que « la suprématie
du foot sur les autres sports [s'explique] tout
d'abord par sa simplicité. On peut le pratiquer partout, dans une rue, une cour, une place, un champ,
une plage... ou sur un vrai terrain gazonné ». La
première bourde est déjà là, dès le coup d'envoi, si
l'on peut dire. De quel football nous parle en effet
Pascal Boniface ? Celui que pratiquent des enfants
en haillons sur des terrains vagues avec des boîtes
de conserve ou celui que l'on joue sur gazon synthé-
tique dans ces immenses stades ultramodernes des
métropoles capitalistes et qui est retransmis par la
télévision à des centaines de millions d'individus ?
Poursuivant son apologue, l'auteur nous assène un
second lieu commun, d'une consternante bêtise.
« Le football, au-delà du sport [*sic*], est un jeu, et un
enjeu. On s'amuse et on peut gagner » (*ibid.*, p. 17).
On peut certes gagner, mais aussi perdre ! Par
ailleurs on ne gagne pas exactement la même chose
— sinon de mauvais coups — sur les terrains
boueux de La Courneuve et dans les grandes compétitions internationales. Les salaires des joueurs
professionnels n'ont en effet rien à voir avec les
miettes concédées aux amateurs. Peut-on d'autre
part parler de jeu, d'amusement, de plaisir, lorsque
les enjeux sportifs sont submergés par des flots
d'argent, l'hystérie collective et des bouffées de haine
xénophobe, raciste et antisémite ? Dans le football
réellement existant, les « explosions de bonheur »
qui font tant vibrer les vibrionneurs des stades sont

des décharges pulsionnelles primaires, similaires aux vociférations des meutes de lynchage qui n'ont rien à voir avec les ressorts intellectuels et affectifs des sentiments liés à une sociabilité pacifique — l'amitié, l'amour, la reconnaissance. Dans le football, c'est la gagne à tout prix qui fonde le prétendu « jeu ». Et celui-ci a toujours une connotation agressive, guerrière, sadique : battre, vaincre, dominer, terrasser l'adversaire, « percer » la défense, « fusiller » le goal à bout portant, décocher des « tirs meurtriers ». De quel jeu nous parle donc notre idéologue de la pensée foot ?

Max Gallo

Reprenant la phraséologie bonifacienne, Max Gallo a lui aussi découvert que la Terre et le ballon de football se ressemblent ! Les deux sont des sphères, n'est-ce pas ? « Regarder le foot, déclare-t-il gravement, c'est contempler notre monde. Lire notre civilisation [*sic*]. D'ailleurs, ce ballon est rond comme la Terre ! » Lui aussi voit donc dans une équipe de football le miroir de la civilisation moderne, le progrès incarné, la victoire sur la barbarie antique : « Regardons nos équipes de football, mesurons le progrès accompli en deux mille ans... sophistication du jeu, règles strictes, cartons jaunes ou rouges pour celui qui les viole. [...] Quand des dizaines de millions de téléspectateurs vibrent avec leur équipe, c'est l'image idéale, rêvée de la société qu'ils contemplent. Ils assistent à un combat, mais un combat civilisé. [...] En ce sens, ce jeu reflète la vie même. Tout l'effort de l'entraîneur et des joueurs consiste à réduire la part du hasard qui, pourtant, ne peut être abolie. Dure leçon philosophique [*sic*] » (*France-Soir*, 23 juin 2004). Pour Max Gallo, la philosophie consiste apparemment à enrichir le sottisier des vestiaires ! Le progrès de l'humanité attesté par la sophistication des règles du hors-jeu, la civilisation mesurée à l'aune des cartons jaunes et rouges, le football comme miroir de la vie, rien se semble pouvoir arrêter notre écrivain historien dans sa course, bride abattue, aux platitudes. Selon lui, en effet, le terrain de sport « paraît être, en dehors de l'art, le lieu où se résume le mieux notre société. Le football est typique d'un défi lancé par l'homme au corps et à la matière, puisque l'usage des mains est interdit » (*France-Football*, n° 3000, supplément, 7 octobre 2003). Manchots de tous les pays, unissez-vous !

Christian Bromberger

L'un des plus « accros » au football est assurément l'universitaire Christian Bromberger. En 1996, il publiait (en collaboration) un ouvrage d'ethnologie d'une « passion partisane », le football tel qu'il est vécu à Marseille, Naples et Turin. Ethnologue, sa méthode d'analyse prétendait relever de l'enquête de terrain : l'observation participante de très nombreux matches en tant que spectateur acteur d'une ethnosociologie des gradins. Christian Bromberger fixait ainsi l'objectif de son livre : « Montrer que ces passions collectives [football, jardinage, concert, etc.], loin d'écarter de l'essentiel, le révèlent brutalement et désignent, grossissent, voire anticipent des lignes de force qui traversent le champ social. [...]

N'assistait-on pas à une sorte de "footballisation" de la société[22] ? » Se réjouissant d'emblée de ce phénomène de masse, Bromberger construisait l'ensemble de son propos sur l'idée que l'enquête sans *a priori*, libre de toute référence, l'enquête sous la forme d'une approche ethnologique objective, à « échelles multiples » (entretiens prolongés, récits de vie...), permettait de rendre compte de sa puissance émotionnelle. La première erreur méthodologique se situait déjà dans cette approche pseudo-empirique. Le chercheur prétendument neutre, sans attache, lié par sa propre passion quasi fusionnelle avec le monde du football et des stades ne peut en effet se tenir en retrait et analyser de haut une réalité dans laquelle il est englué comme un moucheron sur un tue-mouches. Le chercheur, surtout celui qui prétend être « scientifique » ou « objectif », est lui aussi aveuglé par les présupposés idéologiques que produit la passion opaque qui le dévore tout autant qu'elle dévore les supporters qu'il tente de comprendre. Le mode même de l'enquête n'est donc pas une garantie suffisante de « scientificité » parce que dans ce type de démarche les réponses données aux questions sont déjà inscrites dans les fausses questions données comme des réponses.

Christian Bromberger, en abordant l'analyse du lieu par excellence de la passion football, le stade, prétend évidemment, comme tous les positivistes de l'enquête de terrain, décrire la réalité telle qu'elle est, sans préjugé, sans présupposition : « Les *stades*, nous précise-t-il, ont fait l'objet d'observations approfondies, tribune par tribune : une partie de l'enquête a consisté à identifier par leurs comportements, leurs relations, leurs affinités, les différents réseaux préconstitués dans l'espace urbain ou formés dans les gradins au fil des matches, réseaux qui s'agrègent pour façonner une foule *structurée*, et non une "meute" informe, comme le suggèrent les clichés et une observation superficielle » (*ibid.*, p. 14). Bromberger prétend développer son enquête dans deux directions : « Tout d'abord, l'analyse des mouvements de foule, la mise en scène de l'adhésion, des slogans que l'on entonne, des emblèmes que l'on exhibe pour soutenir les siens et discréditer les autres, bref ce qui fonde la spécificité du spectacle sportif, la participation *active* du public. [...] En second lieu, par l'étude, dans la ville, des liens de sociabilité qui crée ou noue cette passion commune, des discussions interminables qu'elle suscite dans les bars, où se forment les groupes de spectateurs, aux sièges des associations de supporters où se préparent les plans de campagne pour cette bataille ritualisée qu'est le match » (*ibid.*, p 14-15). Telle serait, selon Christian Bromberger, la manière de s'intéresser au football : s'intéresser à ceux qui s'y intéressent. Car il y aurait, selon l'auteur, deux logiques qui façonnent les foules sportives : l'une qui reproduit et accuse l'ordre social quotidien ; l'autre qui s'en départit. La foule sportive serait mixte, hybride, intervallaire. D'où l'erreur, selon lui, des tenants de la foule-masse, des théoriciens de l'école de Francfort qui donneraient une vision caricaturale des masses réduites à des agglomérats homogènes. Selon notre auteur, il faudrait partir des spectateurs eux-mêmes pour comprendre — c'est-à-dire finalement accepter — le public, les supporters. Au fil de son propos, on s'aperçoit plutôt que c'est la passion du football, irraisonnée, irrépressible, qui l'emporte sur l'analyse rigoureuse.

Visant directement les tenants de la Théorie critique du sport, sans jamais les nommer, ni surtout citer leurs textes, Bromberger abandonne la position de l'« observation » — faussement « objective » — pour celle du militantisme qui n'ose dire son nom au nom d'une supposée fidélité aux faits. Or, comme Max Weber, qui n'était pas spécialement un gauchiste, l'avait déjà souligné, il n'est pas conforme à l'éthique universitaire de dissimuler des positions politiques (axiologiques) sous couvert de constats scientifiques prétendument conformes aux faits. « Le véritable professeur se gardera bien, écrit-il, d'imposer à son auditoire, du haut de la chaire [ou des tribunes d'un stade], une quelconque prise de position, que ce soit ouvertement ou par suggestion — car la manière la plus déloyale est évidemment celle qui consiste à "laisser parler les faits"[23]. » Nous ajouterions volontiers que ce ne sont pas les positions politiques clairement explicitées qui sont à condamner — pour notre part, nous n'avons pas dissimulé nos choix —, mais les positions politiques qui prétendent n'en être pas et simplement respecter la « réalité des terrains ». Or Bromberger, qui croit s'en tenir aux simples faits que lui seul évidemment aurait enregistrés, s'oppose de fait aux interprétations de théoriciens comme Sigmund Freud, Wilhelm Reich, Erich Fromm, Theodor W. Adorno, Max Horkheimer, Elias Canetti, Serge Moscovici, c'est-à-dire à toute une orientation de la sociologie, de la psychologie sociale analytique et de l'anthropologie psychanalytique ou ethnopsychanalytique. Christian Bromberger refuse d'analyser la masse entassée dans un stade comme un ensemble de meutes. Celles-ci, contrairement à la lecture superficielle qu'il en fait, ne sont ni informes, ni « invertébrées », ni a-structurées, mais au contraire polarisées et unifiées par une finalité interne : la chasse, la guerre, le lynchage, la déploration funèbre, etc. L'interprétation de Canetti[24], d'une grande pertinence heuristique, vaut bien l'impressionnisme complaisant de Bromberger qui croit voir dans le comportement des supporters « l'expression de valeurs proscrites dans le quotidien, [qui] engendrent et exacerbent un sentiment de communauté, voire de communion, suscitent le débridement de paroles, d'actes sous l'influence de meneurs, de dirigeants, de médias, l'observation des tribunes comme les propos des supporters en convainquent » (*ibid.*, p. 208). Pour notre ethnologue des gradins, il est évident que « le stade s'offre comme un des rares espaces où, à l'échelle des temps modernes, une société se donne une image sensible certes de son unité mais aussi des contrastes qui la façonnent » (*ibid.*, p. 209). Bromberger troque là son habit d'ethnologue pour se faire le prophète des communions communautaires et des identités partisanes. Malgré la naïveté angélique de sa position, il reconnaît que « les slogans [sont] dictés par les forces obscures de l'inconscient [...]. Il est vrai que dans l'enceinte du stade se réveillent et s'affichent des schèmes symboliques (la guerre, le sexe, la mort) [bel euphémisme !], assoupis ou tus dans le quotidien. Mais les supporters ne sont pas dupes de l'outrance des paroles qu'ils hurlent : des clins d'œil facétieux [*sic*] ponctuent parfois les insultes les plus ordurières, et la surenchère dans l'invective ne témoigne pas tant d'un défoulement que du souci concerté de peser sur l'issue de la rencontre, en déstabilisant l'adversaire par tous les moyens rhétoriques disponibles » (*ibid.*, p. 209). Que voici un beau tour de passe-passe « rhétorique » ! Il suffirait ainsi d'un « clin d'œil facétieux » pour excuser des heures d'insultes racistes et de hurlements hystériques…

Christian Bromberger devait réitérer ses « observations » dans un livre de vulgarisation qui constitue une sorte de résumé du livre précédent. Comme d'habitude, s'avançant masqué, il affirme qu'il ne « délivre aucun message édifiant pour ou contre le football. Il vise à camper un cadre général d'interprétation à partir des émotions, des plaisirs, des souffrances qu'éprouvent les passionnés et des questions que se poserait un voyageur égaré découvrant avec étonnement l'effervescence d'un stade[25] ». Faussement candide, ému par l'« observation participante », Christian Bromberger déroge pourtant à la règle qu'il prétend respecter et délivre massivement un message édifiant à la gloire du football en polémiquant contre la Théorie critique qui lui pose manifestement problème. En titrant son premier chapitre : « Opium du peuple ou drame exemplaire ? », Bromberger répond d'avance à la question. Sans jamais prendre en considération les réalités empiriques indiscutables soulignées par la Théorie critique, ni surtout discuter son argumentation théorique solidement étayée, Bromberger se contente d'affirmer rapidement que l'analyse du football comme opium du peuple mésestimerait « les dimensions mouvantes et contradictoires que peut prendre ce type de manifestation collective ». Or nous n'avons jamais

nié que les rencontres de football pouvaient *à l'occasion* — dans des circonstances particulières — se
transformer en manifestations de protestation (contre la vie chère, le régime en place ou « l'impérialisme américain »), mais nous avons par contre
soutenu que la pratique à haute dose du football
(pour les pratiquants), le supportérisme comme style
de vie (pour les spectateurs), l'obnubilation mentale
par l'inlassable matraquage de la propagande footballistique (pour la masse des téléspectateurs) fonc-
tionnaient en effet comme opium du peuple, c'est-
à-dire *agglutination confusionniste* autour d'un paradis artificiel, avec ses dérisoires idoles, ses slogans débiles, son vacarme de foule et ses violences
mimétiques[26].

Quelles que soient les opinions politiques des uns
et des autres (Bromberger aurait même entr'aperçu
sur les gradins des anarchistes au grand cœur...),
lorsque seul compte le football, toute forme de politique réelle, les luttes, les revendications, la critique
en acte des systèmes d'exploitation et de domination,
tout cela est battu en brèche par la puissance irrésistible du spectacle sportif. Le stade dépolitise profondément parce qu'il transforme les rassemblements
populaires en adhésion aux « joies du stade » : beu-
glements, insultes, canettes de bière, papiers gras,
débordements, échauffourées qui n'ont rien de « fa-
cétieuses ». Certes, dans certains stades, sous le franquisme ou les dictatures sud-américaines, le peuple a
pu en appeler à leur chute par des chants vengeurs
et des slogans revendicatifs. Mais ce qui fit chuter
concrètement ces dictatures, ce ne furent certainement
pas les slogans ou les olas des supporters, parce que
ceux-ci, bien loin de mener une lutte politique effec-

tive, pensaient essentiellement à brailler leur soutien
aux équipes en présence. Il ne faut pas oublier que
la victoire de l'équipe argentine lors du Mundial de
1978 avait renforcé la dictature militaire de Videla
et que, lorsque le capitaine argentin avait brandi le
trophée de la victoire dans un stade chauffé à blanc,
c'est le régime tout entier qui bénéficia des applau-
dissements d'un peuple aux anges. Toutes les équipes avaient en effet accepté de participer à cette
opération de propagande, et l'organisation du mondial sous haute protection policière n'avait fait
qu'accentuer l'emprise de l'idéologie nationaliste.
Loin d'être un facteur de contestation, la victoire de
l'équipe argentine fut au contraire le triomphe de
l'union sacrée derrière les dirigeants fascistes qui
avaient su offrir une si belle « fête » à leur « peuple »
intoxiqué par l'opium football.

Alain Ehrenberg

Devenu sociologue, après quelques années passées sur des tapis de karaté, Alain Ehrenberg s'est
vite employé dans de nombreuses publications à
parfaire ses intuitions de départ sur les sports de
combat et les arts martiaux. Nous avions à l'époque
commis l'erreur de publier un article de son cru[27]. La
question du karaté se résumait alors selon l'auteur à
celle de la pédagogie, de la violence et enfin de l'homosexualité latente dans le rapport désirant au
maître. Le karaté permettait-il une libération du
corps ? Pouvait-on le détourner de son emprise sur
le corps ? Ces questions trouvaient leur conclusion
dans cet article — nous décidâmes de ne pas lui don-

ner de suite — par ces mots : « Le karaté est une pédagogie de la violence. Mais c'est aussi une certaine politique qui joue avec cette violence. Et dans ce jeu, elle éclatera peut-être "à la gueule" de ceux qui auront voulu l'utiliser. Reste à savoir comment construire le détonateur » (*ibid.*, p. 42).

Par la suite, notre ex-karatéka s'intéressa davantage au sport en général, à sa genèse, au spectacle sportif en manifestant déjà une vive passion pour le stade dans la veine du CERFI dont Félix Guattari assurait la ligne éditoriale. Comme l'indiquait le titre de l'ouvrage, *Aimez-vous les stades ?*, Alain Ehrenberg n'avait pas « pour objectif de dénoncer le sport ni de l'encenser, mais de le mettre à distance, de l'interroger dans ce qu'il fait, d'en dépeindre la complexité mouvante en même temps que l'unité[28] ». Dès l'avant-propos, il reconnaissait toutefois que le sport est une « politique [...] : celle de l'amélioration du genre humain par un travail s'exerçant sur l'individu et sur les foules » (*ibid.*, p. 9) et, à la page suivante, il rendait un hommage appuyé à Philippe Tissié et à Pierre de Coubertin, tous deux « visionnaires », ainsi qu'à Drieu la Rochelle qui voyait « juste » lorsqu'il écrivait que « l'Humanité menacée de périr, parce que le temps des luttes s'achève, renaît dans une figuration magnifique des combats... Chaque peuple sort de ses maisons, se rassemble, se retrouve dans la gloire[29] ». Les sages précautions initiales de mise à distance étaient vite réduites à néant après de tels « aveux ». Dans ce texte programmatique, Alain Ehrenberg commençait en effet à mettre en place son système d'interprétation des *fonctions* du stade et de la foule qui s'y rend : « Les foules qui se pressent dans les stades ne sont en

effet pas là pour regarder un spectacle, mais pour
être organisées en masses sportives. [...] Car, dans
ce lieu majeur du rassemblement qu'est le stade, le
spectacle n'a qu'un objet : la multitude elle-même »
(*ibid.*, p. 28-29). Tout, selon Alain Ehrenberg, est
donc d'abord affaire de « mobilisation », de « lutte »,
« car le thème de la lutte est ce qui organise le sport
tant au niveau de l'entraînement qu'à celui du spectacle de masse » (*ibid.*, p. 32). Tout est lutte, il n'y a
donc pas de sociabilité sans lutte, sans la compétition totale qui trouve dans le stade le lieu de sa
concrétisation. Or cette lutte de tous contre tous,
chère à Hobbes, est rendue visible grâce au stade
qui permet la « vision panoramique » : « Le stade
apparaît comme un "espace panoptique inversé".
Son aménagement ne vise donc pas à organiser un
lieu où tous peuvent être vus de quelques-uns, mais
où tous peuvent tout voir en même temps que tous
peuvent être vus. L'important c'est le regard sans
obstacle : il est la condition de l'édification des
masses en même temps que de leur surveillance »
(*ibid.*, p. 38).

Cette fascination première — faut-il dire primi-
tive ? — pour le stade, pour ses capacités d'intégration des masses et de leur mise en valeur comme
ornement, allait être une constante théorique chez
Alain Ehrenberg. Dans un ouvrage postérieur, qui
devait le placer au firmament des idéologues postmodernes du moment, Alain Ehrenberg prolongeait
ses réflexions en les appliquant au football décrit
comme quelque chose d'essentiel dans la sensibilité
collective. Il précisait d'emblée que c'est toujours
« du *point de vue des gradins* que j'ai choisi de décrire cette sensibilité, d'autant que si la pratique des

sports est restée démocratisée jusqu'à ces dernières années, particulièrement en France, en revanche le spectacle sportif est devenu l'un des grands divertissements de l'homme de la rue[30] ». Sa thèse était alors la suivante : la compétition ou la concurrence se généralisent dans tous les domaines de la vie sociale ; l'action individuelle devient la valeur de référence ; et ces deux phénomènes conjugués et nouveaux, accédant à une sorte de mythologie, poussent « chacun, quelle que soit sa position dans la hiérarchie sociale, à se construire par lui-même en jouant simultanément de son autonomie et de son apparence » (*ibid.*, p. 13). Grâce à ce fonds de commerce idéologique, ce livre connut un certain succès au sein de la petite bourgeoisie urbaine, ravie d'émanciper son corps dans les multiples « pratiques corporelles » et de se livrer aux « plaisirs du sport » en érigeant le culte de la performance en projet de promotion sociale « égalitaire », en consécration méritocratique.

Alain Ehrenberg parvint à traduire cette aspiration dans un jargon postmoderne grand public. Le sport, expliqua-t-il, « est la seule activité sociale à théâtraliser dans un spectacle de masse *le mariage heureux de la concurrence et de la justice*. Il met en scène l'image la plus populaire qui soit de l'égalité du mérite : ce que la vie devrait être pour chacun d'entre nous si elle était juste, voilà ce que formalise le sport ; c'est *la passion d'être égal* qui est le ressort simultané de sa modernité et de sa popularité » (*ibid.*, p. 28). En croyant percevoir dans le sport une passion de l'égalité, un « théâtre de l'égalité », Alain Ehrenberg se fit non seulement le chantre des classes moyennes, mais il unifia également toute la meute des passionnés du sport. Il fut ainsi l'inspirateur d'un courant qui se réclame régulièrement de lui (en particulier Patrick Mignon, Christian Bromberger, Pascal Duret, etc.). Pour ces derniers, la question ne serait plus dorénavant d'être pour ou contre le sport, pour ou contre le football, mais de comprendre ces phénomènes dans leur insondable « complexité mouvante ».

Le vrai objectif du *Culte de la performance* était en fait d'attaquer la Théorie critique du sport, en particulier ce qu'il considérait être l'un de ses « clichés » majeurs, l'analyse du sport comme *opium du peuple*. Ehrenberg — ignorant la tradition philosophique à laquelle se rattache le concept d'opium du peuple et peu curieux de s'instruire en lisant les textes de la Théorie critique — voulait « savoir comment opèrent concrètement cette dépolitisation ou ce détournement, car il ne suffit pas de répéter indéfiniment les mêmes formules ou de construire des analogies pour convaincre. [...] Alors qu'une compétition sportive, comme toute manifestation collective de la vie en société, est l'occasion d'exprimer des sentiments, de traduire des mécontentements, etc., occasion qui ne peut en soi être rattachée à aucune nature des choses — telle ou telle stratégie politique en l'occurrence » (*ibid.*, p. 31). Plus loin, se définissant avec justesse, Alain Ehrenberg déclarait péremptoirement qu'« au risque de passer pour un donneur de leçons, on affirmera que la thèse de l'opium du peuple est le sous-produit d'une rationalité politique pauvre, qui fait du prolétaire une marionnette prise à tous les pièges que lui tendent ses "ennemis" et réduit la politique à un ensemble de manipulations » (*ibid.*, p. 32). Triste caricature de la thèse de l'opium du peuple, en effet !

La thèse de Marx sur la religion[31] correspond pourtant à la situation réelle, aux comportements et aux intérêts réels d'une grande fraction de la population. Que dire en effet de ces masses envahissant les stades ou de ces familles entières scotchées à leurs postes de télévision pour admirer deux dizaines de joueurs qui courent après un ballon ? Ne s'agit-il pas justement d'un opium que le football distille à haute dose et que les masses, surtout celles qui sont déshéritées, s'empressent de consommer sans retenue ? Si les masses ne sont pas particulièrement abruties de naissance, le football, lui, les abrutit par contre à longueur d'année. L'opium sportif est bien là dans cette organisation d'une religion profane d'un type nouveau avec ses idoles, ses fétiches, ses « temples », ses « cathédrales », ses dieux du stade. L'opium sportif est bien dans cette *manipulation des émotions* au sein du grand tout océanique de la masse vibrante, exaltée, réactive, vindicative[32]. Il n'y a donc aucune distance critique possible lorsque l'on regarde un match de football parce qu'il capte intégralement l'attention, corps et âme, de manière quasi hypnotique. Le spectacle du football est à cet égard « fascinant » comme peut l'être n'importe quel autre spectacle d'affrontement violent : entre deux boxeurs saoulés de coups, entre un toréador et un taureau, entre un cobra et une mangouste, mais il n'a strictement aucun intérêt de connaissance, et encore moins une valeur culturelle ; il fixe en effet les consciences dans *l'interminable répétition du même ou la compulsion de répétition* : mêmes décors, mêmes scénarios, mêmes acteurs interchangeables, mêmes conclusions : victoire, défaite, match nul ! Aussi l'engouement pour le football n'est-il pas de l'ordre d'une « attention à éclipse » ou d'un « hédonisme de surface », comme l'auteur le reprend chez Richard Hoggart, mais bien de l'ordre de l'uniformisation des affects, de la massification des conduites et de la saturation idéologique. L'intégration physique et émotionnelle des masses au spectacle footballistique est si profonde qu'elles sont viscéralement attachées à telle ou telle équipe, qu'elles ont littéralement incorporée, prêtes à en découdre en cas de défaite. Mais, d'après Ehrenberg, ultime mystification, les masses ne seraient pas dupes de tout cela. Elles participeraient à cette organisation tout en étant capables de s'en dégager, sans même d'ailleurs que l'on s'en aperçoive. Évidemment, au nom de son populisme bon chic bon genre, Ehrenberg ne manque pas de stigmatiser « le discours politique de la critique du sport, formule réactualisée du vieux mépris bourgeois pour le peuple qui, oubliant de travailler, ne pense qu'à boire » (*ibid.*, p. 34). Or, s'il y a un mépris bourgeois du peuple, c'est bien celui de tous ces « amis du peuple » qui prétendent parler en son nom et l'idéalisent en niant la condition réelle du « peuple », son aliénation, sa paupérisation culturelle, sa détresse réelle, pour parler comme Marx. Le football n'est d'ailleurs pas une aliénation propre aux classes populaires. Toute la société est en effet construite sur cette aliénation qui la fait accepter telle qu'elle est, avec ses injustices, son oppression, son exploitation, ses guerres, ses crimes, sa barbarie permanente. Mais la puissance hypostasiée de la société, sa manière de rouleau compresseur sur les individus, trouve dans le football son meilleur vecteur. Et ce n'est pas un hasard si cette société contemporaine décomposée, sans projet politique, trouve dans le football son paradis perdu, son miroir aux alouettes, sa consécration. Parce qu'il semble au-dessus de tout soupçon, comme une entité que l'on ne peut critiquer (comme le fut la religion durant des siècles), le football participe ainsi massivement de cette fausse conscience généralisée qui caractérise le capitalisme du troisième âge.

Emporté par son élan mystificateur, Alain Ehrenberg ne s'arrête pas en si bon chemin et persiste dans le dérapage idéologique, avec de nouvelles thèses sur « les voisinages du dérisoire et de l'essentiel », sur « la compétition comme mise en forme de la contradiction économique », sur « la modernité et popularité du sport ou comment échapper à son destin », sur la « rage de paraître ». L'auteur nous présente notamment le sport comme « vecteur de modernisation idéologique. [...] Il est un moyen non politique de populariser les valeurs de l'égalité car il les fait agir en les enracinant dans la quotidienneté la plus banale, celle de la distraction. En sport, on fait l'expérience de l'égalité des individus sans que l'on s'en rende compte [*sic*], c'est-à-dire sans passer par la politique. D'où sa formidable plasticité politique » (*ibid.*, p. 39). Sur l'aspect « non politique » du sport, il y a déjà de quoi largement sourire. Quant à l'égalité des individus dans et par le sport, on est là devant une mystification pure et simple puisque la logique sportive est d'abord et avant tout une lutte pour la domination, la suprématie, l'établissement des « hiérarchies naturelles », comme disent les idéologues sportifs. Ehrenberg ne cesse de nous le dire : la vie est une lutte, la vie est un combat, tout est compétition et tous peuvent entrer en compétition avec tous, mais « le sport résout dans le spectacle, c'est-à-dire dans l'apparence, ce dilemme central et indéfini de l'égalité et de l'inégalité puisque tous peuvent entrer constamment avec tous en compétition » (*ibid.*, p. 40). Étrange conception de l'égalité, en vérité, sans doute la même que celle évoquée avec ironie par George Orwell qui constatait que « tous les animaux [sportifs] sont égaux, mais certains sont plus égaux que d'autres[33] ». Or, dans le football précisément, l'inégalité est partout présente : inégalité physique (être le plus fort), inégalité face à l'argent (pour les stars), inégalité aussi par rapport au « mérite », l'autre grande découverte de l'auteur. Selon Ehrenberg, en effet, « un homme pareil à tout autre, qui n'a aucun privilège de naissance, qui n'est rien a priori que notre semblable, devient quelqu'un par son seul mérite. C'est cet événement universel, cette épopée récurrente que les compétitions sportives mettent en scène » (*ibid.*, p. 42). Voici une bien curieuse façon d'envisager le mérite et de le défendre. On sait tout d'abord que les footballeurs sont issus dans leur grande majorité des classes sociales les plus pauvres. Très peu d'aristocrates, de fils de médecins ou d'avocats sont aujourd'hui en Ligue 1 de football ou membres des clubs européens les plus cotés. Par contre, on y retrouve de nombreux enfants d'ouvriers, de petits employés, de petits commerçants, sans même parler des immigrés qui constituent aujourd'hui de plus en plus le gros des effectifs. Venus en particulier des populations déshéritées d'Afrique, ces damnés de la terre galèrent pour réussir dans le football, car pour eux la sélection par les clubs est une épreuve terrible. S'ils sont très nombreux en effet sur la ligne de départ, ils ne sont qu'une poignée à l'arrivée. Le « mérite » qu'exalte Ehrenberg est en fait la *sélection impitoyable* de ceux qui résistent des années durant à des entraînements démentiels, à une surexploitation de leur force de travail (près de quatre-vingts matches par saison), avec les conséquences que l'on sait sur la santé (blessures permanentes) et sur le statut social (la précarité des intermittents du stade, la déqualification sociale assurée en cas de non-réussite...). Où est alors le principe d'un mérite égalitaire ? Faut-il vraiment s'extasier devant ce « contre-système méritocratique qui [donnerait à la jeunesse ouvrière] une chance d'être quelqu'un, [où elle serait] à égalité avec le reste de la société » ? (*ibid.*, p. 63). Si quelques individus parviennent à échapper à leur destin de classe lié à leur origine sociale, à l'instar d'un David Beckham, par exemple, presque tous les prétendants à la « passion égalitaire » restent sur la touche ou sombrent dans l'anonymat des « moins égaux que d'autres ». Loin d'être par conséquent l'expression d'un quelconque contre-système méritocratique, *le football exacerbe au contraire toutes les inégalités*. Il fait monter au firmament de la société quelques footballeurs issus des classes populaires en entretenant l'illusion du mérite et le fantasme de la réussite des *self-made-men*. Faut-il alors accepter le « mérite » de ces footballeurs millionnaires dans un monde (leur ancien monde) dévasté par le chômage et la misère ? Décidément, Alain Ehrenberg, sociologue postmoderne et néolibéral, adepte virtuose du ni ceci-ni cela, ni de gauche-ni de droite, ni pour-ni contre, a fini par succomber à la mystification de son objet d'amour. Ce que d'autres font comme supporters, journalistes, « accros », lui le déploie dans la langue de la compétition, « ce temps de l'exceptionnel, de la prouesse corporelle, de la performance » (*ibid.*, p. 94). Ehrenberg, qui voit dans « le sport [...] une des nuances de la sensibilité démocratique. Une nuance dérisoire, mais importante. Comme un mensonge qui dirait la vérité » (*ibid.*), finit ainsi par révéler la vérité de son mensonge : son aveuglement par le mythe méritocratique. L'idéologie égalitaire qu'il croit être au fondement du sport le conduit en fait à justifier les rapports de force, les hiérarchies, les classements inégalitaires que le sport produit et reproduit à l'infini — au nom d'une idée en effet dérisoire de la démocratie qui n'a strictement rien à voir avec ses fondements philosophiques authentiques, ceux élaborés notamment par les Lumières.

CHAPITRE 6

AMATEURS DE BABY-FOOT
ET INTELLECTUELS DU GAZON

Les victoires de l'équipe de France de football et sa composition « plurielle » ont fait croire à de nombreux commentateurs bien intentionnés que la France rebondissait dans la bonne direction — loin du racisme, du délitement national, du déclin et des menaces de la mondialisation. Les plus enthousiastes pensaient même que le football allait permettre de refonder une nouvelle identité nationale. Pascal Boniface, par exemple, allait jusqu'à voir dans le football un « moyen de l'indépendance nationale[1] ». « La définition de l'État, expliquait-il, ne se limite plus désormais aux trois éléments traditionnels : un territoire, une population, un gouvernement. Il apparaît qu'il faut en ajouter un quatrième : une équipe nationale de football. [Le football] demeure, lui, un facteur de résistance identitaire, résistance qui par ailleurs ne signifie en rien fermeture aux autres » (*ibid.*, p. 63-64). Il affirmait surtout, à la suite d'autres idéologues de l'Europe du foot, qu'il « n'est pas anodin que la France, qui a gagné la Coupe du monde en 1998, compte une majorité de joueurs évoluant dans des clubs européens » (*ibid.*, p. 68). Selon lui, il fallait donc comprendre l'équipe des Bleus comme le ferment exemplaire d'une nouvelle identité, lieu privilégié de l'intégration, une équipe accueillant les identités d'autres pays au cœur de l'identité nationale. C'était beaucoup pour une seule équipe de football ! S'appuyant sur différents exemples (l'Algérie du FNL, l'Espagne sous Franco, la Yougoslavie d'avant la guerre), Pascal Boniface tentait de prouver la possibilité d'émergence d'identités nationales souveraines. Des buts contre une équipe adverse permettraient ainsi à une nation de croire en son avenir, d'asseoir ou de restaurer son indépendance. De la Croatie à l'Ukraine, de l'Arménie à l'Albanie, les pays émergents ou en reconstruction pourraient profiter, chacun à leur manière, du football comme vecteur d'unité nationale.

Or, et Pascal Boniface devrait le savoir, l'identité nationale tire sa vraie légitimité d'une histoire commune à ceux qui ont fait le pays depuis de nombreuses décennies. Une équipe de football est, à l'inverse, une entité tout à fait passagère et artificielle. Et tandis que l'identité nationale dépend surtout d'une culture commune dont la langue est l'expression essentielle, dans le football, au contraire, il est à peine besoin de le préciser, la langue est tout à fait secondaire, ou alors il s'agit d'un sabir d'une extrême pauvreté. Lorsque l'on entend en effet parler les footballeurs ou les entraîneurs, on a du mal à distinguer ce qui est de l'ordre des propos stéréotypés, des banalités inarticulées ou de la confusion discursive.

Pascal Boniface confond par ailleurs identité et identification. Beaucoup de jeunes vouent une admiration sans bornes à Zidane qui passe pour le sauveur suprême de l'équipe de France de football, voire de la France elle-même. Zidane fait même partie, avec l'abbé Pierre et Yannick Noah, des personnalités préférées des Français. Nombre de jeunes s'identifient en effet à ce joueur — assez peu cependant à son origine kabyle que lui-même d'ailleurs ne cherche pas à mettre en avant, d'autant qu'il nous rappelle sans cesse qu'il n'a aucun message à faire passer. Cette identification des jeunes à une idole des stades fonde-t-elle une identité nationale ? Et sur quelles bases culturelles œuvrerait une telle identité ? Sur quelles valeurs essentielles de la vie quotidienne (solidarité, émancipation, ouverture au monde...) ? On voit mal en quoi l'identité nationale française (ou celle d'un autre pays) sortirait approfondie ou reconstruite par des matches de football. On peut même légitimement douter que le football puisse aider des pays enfoncés dans des guerres civiles ou des rivalités tribales. Fondamentalement, l'identité nationale est un processus historique complexe d'assimilation, d'intégration, de renouvellement, de luttes et de contradictions entre des populations ou des collectivités d'origines différentes. Or, précisément, une équipe de football n'est que l'organisation éphémère d'individualités « hors sol » réunies de manière aléatoire pour gagner des matches. À l'évidence, c'est bien insuffisant pour devenir un facteur de souveraineté nationale. Un ballon, des protège-tibias, des coups francs réussis, un gardien de but, une surface de réparation et autres « objets transitionnels » qui peuplent l'univers infantile du football ne peuvent fondamentalement participer à l'édification nationale qui suppose un autre sérieux et une autre patience du négatif, pour paraphraser Hegel. Hurler sa joie pour une victoire

sportive n'a encore jamais permis à une nation de
se construire.

À telle enseigne que Pascal Boniface commit une
grave erreur d'analyse au sujet du match France-Al-
gérie organisé le 5 octobre 2001. Ce match très sur-
veillé, préparé dans ses moindres détails avec une
couverture médiatique importante et la présence de
nombreuses personnalités politiques, fut, contrairement à ce que prétend Pascal Boniface, une magis-
trale gifle au « concept » d'intégration à la française.
Ce match, rappelons-le, fut présenté comme le match
de la grande réconciliation, le match amical du rapprochement franco-algérien, le football étant sup-
posé capable de colmater les nombreuses brèches
d'une histoire marquée par le passé colonial, la guerre
d'Algérie et les difficultés de l'immigration. Zidane
lui-même, très tendu au moment des hymnes nationaux, avait déclaré : « Pour la première fois de ma vie,
je ne serai pas déçu si l'équipe de France ne gagne
pas. Mon rêve serait un match nul » (*Le Monde*, 6 octobre 2001). Le député de Saint-Denis, le communiste
réformateur Patrick Braouzec, avait pronostiqué :
« Je trouve qu'on en fait beaucoup trop sur ce thème
[des risques]. On est un peu dans l'irrationnel. C'est
un match amical. Ça doit être la fête. Je ne com-
prends pas bien tout ce battage » (*ibid.*). Or, en matière de « fête », Braouzec devait être amplement
servi : à un quart d'heure de la fin du match, alors
que l'équipe de France menait 4 à 1, ce furent « un,
puis deux, puis trois, puis des dizaines de jeunes
Français d'origine algérienne [qui] ont envahi le terrain, interrompant le match » (*ibid.*, p. 75). Conster-
nation dans les rangs officiels et stupéfaction parmi
les idéologues de l'intégration par le football. Pascal

Boniface livrait ainsi son explication : « La plupart voulaient simplement connaître eux aussi leur quart d'heure de célébrité. Mais cela a surtout été ressenti comme un choix contre la France qui menait au score et comme une volonté d'arrêter le match pour éviter une plus grande défaite de l'équipe algérienne. Plus grave que l'invasion du terrain est la façon dont l'hymne français a été copieusement sifflé. À l'annonce de la composition des équipes, tous les noms des joueurs de l'équipe de France ont été sifflés, à l'exception de Zidane » (*ibid.*, p. 75). Boniface aurait pu approfondir la signification de cet « incident » qui ne fut pas un simple couac, mais bien l'impitoyable révélateur des illusions distillées depuis 1998 sur la France black-blanc-beur. Le public d'origine algérienne craignait en effet l'humiliation d'une défaite sévère, tant les forces en présence étaient déséquilibrées. Et la seule façon d'arrêter la vexation était d'envahir le terrain, non pour connaître un quart d'heure de gloire, pour parler comme Andy Warhol, mais pour éviter que l'équipe algérienne ne soit étrillée par l'équipe des Bleus célébrée comme le miroir de l'intégration réussie[2].

Ce « match de l'amitié », loin de permettre d'apaiser les rancœurs, devait au contraire les raviver. Le football contribuait ainsi à dégrader un climat déjà délétère. Le 21 avril 2002, la présence de Le Pen au second tour de l'élection présidentielle venait confirmer la fragilité du pacte républicain et il fallait bien constater que l'équipe de France black-blanc-beur était incapable d'endiguer la montée du racisme et de la xénophobie. Le « miracle » du football était totalement impuissant devant l'ascension de la bête immonde, car c'est plutôt du côté de l'extrême droite que devait se constituer une certaine idée de l'identité nationale. C'est ainsi que le numéro deux du Mouvement national républicain (MNR), Jean-Yves Le Gallou, fustigeait l'équipe de France de football à la suite de sa sortie « prématurée » lors du Mondial coréen en 2002 : « La contre-performance humiliante et ridicule de l'équipe de France de football sonne le glas de la propagande immigrationniste qui s'était déclarée lors du Mondial 1998. [...] La victoire du Danemark est particulièrement symbolique, puisque c'est une équipe européenne et enracinée, portant les couleurs d'un pays qui a retrouvé sa fierté nationale, qui élimine une France aussi grise que fictive » (*Libération*, 12 juin 2002).

CE QUI AURAIT DISPARU

Nombreux sont ceux qui ont pensé que l'extrême droite avait été écrasée en 1998 par la victoire des Bleus supposée mettre en valeur une France multiculturelle et multiraciale. Il faut, là aussi, se placer en faux contre de telles illusions. Le Pen devait en effet utiliser le Mondial pour distiller ses idées sur « la France aux Français » : « Je trouve artificiel de faire venir des joueurs de l'étranger et de les baptiser équipe de France. [...] La plupart des joueurs français ne savent pas ou ne veulent pas chanter "la Marseillaise" [...]. Je constate que la plupart d'entre eux restent bouche bée, quelquefois même, pour certains, le visage hostile » (Saint-Gilles dans le Gard, le 23 juin 1996). Outre l'insinuation malveillante que seuls des Blancs peuvent être français, Le Pen regrettait surtout le manque de ferveur nationaliste. Ainsi, lors de la fête du Front national des Bouches-du-Rhône, à la mi-juillet 1998, il déclarait que s'était développée, depuis sa réaction au fait que les joueurs ne connaissent pas l'hymne national, « une certaine lepénisation des esprits. [...]. Voir les spectateurs entonner l'hymne national, voir les jeunes gens et les jeunes filles maquillés aux couleurs nationales, défiler dans les rues avec les drapeaux, certes c'est la victoire du football et de l'équipe de France, mais c'est surtout la victoire du FN » (*Politis*, n° 505, 16 juillet 1998).

La victoire de l'équipe de France multicolore a-t-elle contribué à la « disparition » du Front national ? À l'évidence non. Et ce ne fut pas non plus une victoire de l'intégration républicaine, mais bien la victoire d'une certaine intégration, *une intégration au football* qui a de ce point de vue parfaitement rempli sa tâche, à savoir être l'*expression* des idéaux les plus rétrogrades. Plus le football est devenu en effet le sport des banlieues, plus celles-ci ont ressemblé à des stades avec pour limites les barres et les tours, et plus les idées réactionnaires, racistes, fascisantes se sont développées. C'est précisément en banlieue que la violence s'est sans cesse développée au cours des dernières années. Et c'est sur les terrains de football qu'elle s'est concentrée, en se métastasant de proche en proche sur d'autres lieux.

A contrario des grèves de décembre 1995 où les thèmes du Front national ont été battus en brèche par les luttes sociales, on a pu constater que, lors du Mondial français, le football avait joué — si l'on peut dire — un drôle de jeu politique. Il avait dit tout haut ce que Le Pen n'avait pas eu besoin de dire encore plus fort. Le football avait en effet parlé à sa place en exaltant le nationalisme, l'idéologie belliciste et le culte de la domination mâle, tout simplement parce que le football est l'apologie de la puissance bestiale, de la ruse et de la violence physique.

En novembre 2005, les révoltes des banlieues en flammes rejaillirent à nouveau sur le football et recontextualisèrent ses fonctions. Certains membres de l'équipe de France prirent en effet position pour les « insurgés » au prétexte qu'ils furent, eux aussi, originaires des banlieues. Ainsi Éric Abidal, Florent Malouda, William Gallas et surtout Lilian Thuram (membre du Haut-Commissariat à l'intégration) accusèrent directement la France et ses gouvernements successifs d'avoir laissé pourrir la situation devenue explosive. Lilian Thuram eut même presque comme un éclair de lucidité en affirmant, a contrario des idées reçues, que « souvent les jeunes ont comme idoles les joueurs de foot. C'est bien. Mais il leur faut d'autres idoles » (*Libération*, 9 novembre 2005). Reste à savoir lesquelles ?

L'ANTIRACISME FOOT

SOS-Racisme avait osé, en octobre 1998, placarder pendant quelques jours une affiche de grande dimension dans le métro parisien avec le dos d'un maillot d'un joueur de l'équipe de France sur lequel étaient inscrits ces mots : « Ce soir-là tous les Français ont été scandalisés par l'expulsion d'un black » (référence à l'expulsion de Marcel Desailly lors d'une rencontre de demi-finale du Mondial). En bas de l'affiche, on pouvait lire : « N'oublions jamais qu'on peut être heureux tous ensemble. » N'en déplaise à cette association confusionniste dont l'ancien président, Fodé Sylla, avait pris bonne place pour les Européennes de 1999 sur la liste du Parti communiste, la lutte contre le racisme ne passe pas par la défense d'un footballeur, fût-il de couleur noire, sanctionné pour un acte antisportif. C'est même une imposture politique que de situer sur le même plan l'expulsion d'un sans-papiers sans ressources et celle d'un joueur milliardaire qui vient de commettre une faute grave sur un autre joueur. Grande mystification, donc, de croire que le seul fait d'être de couleur et footballeur permettrait de lutter contre le racisme au cœur même du football qui est pourtant l'un des creusets du racisme !

Face à ce qui fut en 1998 une gigantesque lame de fond, la critique du football était d'autant plus difficile à accepter qu'elle était confrontée à la massivité écrasante de l'idéologie de l'intégration sociale par le football. Azouz Begag (devenu ministre délégué à la promotion de l'égalité des chances dans le gouvernement de Dominique de Villepin) put ainsi affirmer que les « deux coups de tête légendaires de Zinedine Zidane lors de la finale de football contre le Brésil ont déchiré les filets de protection identitaire du pays », et que les Français « peuvent compter sur les épaules d'Abdelatif Benazzi pour pousser la mêlée jusqu'à la victoire » (*Le Monde*, 12 octobre 1999). Ces propos politiquement corrects faisaient suite à de nombreux autres, tout aussi naïfs. Ainsi, Guillaume Bigot, alors secrétaire général de l'association civique Tricolore, écrivait dans *Libération* du 17 juillet 1998 : « Il est tout de même étonnant que, jour après jour, on déplore ce mal lancinant : le manque d'intégration des jeunes immigrés, et que l'on fasse la moue sur cet événement sidérant : ils ont chanté la *Marseillaise* à pleins poumons ! Si la nation, c'est la volonté de vivre ensemble (Ernest Renan), alors c'est toute une jeunesse qui est devenue française en une nuit [*sic*]. Ce que tant de réformes avaient tenté, ce qu'un code de la nationalité avait essayé de consacrer, les Bleus l'ont réussi : faire renaître et parfois naître la France au cœur de toute une jeunesse [*sic*]. Naissance dans la joie : sans armées, sans bataille, sans sang versé. Avec des larmes, mais de bonheur [...]. La France, cette matrice universelle et hautement chargée en énergie politique, est désormais en eux. Elle est en nous. » Le caractère sidérant de cette odelette de patronage était toutefois bien représentatif de l'incroyable mystification produite par la victoire des Bleus en 1998. À quelques années de distance et surtout après les émeutes « multiethniques » de novembre 2005, ces discours sonnent tous faux, et le mythe de l'intégration par le sport apparaît pour ce qu'il n'a jamais cessé d'être : un attrape-gogo.

Après la victoire des Bleus, Alain Finkielkraut, mieux inspiré cette fois-là, avait souligné que le « concept » d'intégration tant prisé était un leurre dangereux pour l'unité nationale et que l'idée « multicolore » dissimulait en fait la dissolution même de la citoyenneté républicaine. Il dénonçait donc les dérives de « l'ingérence sur l'origine, ce fouinage identitaire, cette hantise de l'ethnicité [qui] nous éloignent, qui plus est, de l'idéal républicain dont pourtant ils se réclament et nous rapprochent un peu plus de l'Amérique multiculturelle où le délabrement des ghettos noirs coexiste avec la fortune immense et la fabuleuse notoriété de Carl Lewis ou de Michael Jordan. On s'intégrait autrefois à un projet et à une culture. [...] Le message, désormais, c'est le métissage. En guise de projet, la France n'a rien d'autre à offrir que le spectacle de sa composition : la formule "black-blanc-beur" remplace l'ancien modèle d'intégration, la diversité tient lieu de culture » (*Le Monde*, 21 juillet 1998). L'idée implicite, reprise notamment par toutes les composantes décomposées de la « gauche », était en effet que l'équipe des Bleus pouvait être conçue comme une sorte de modèle réduit de la France et qu'à l'image des hommes politiques providentiels les « buteurs d'exception » pouvaient « sauver » le pays...

Le cas de Zidane était exemplaire de cette saumâtre supercherie. Lorsqu'en 2004 « Zizou » avait annoncé son intention de quitter l'équipe de France, la presse avait présenté ce départ comme une véritable catastrophe nationale. *Le Monde*, jamais en reste, publia un éditorial désopilant qui rajoutait une petite louche dans le mythe « black-blanc-beur ». Se faisant le porte-parole de toute la France, l'éditorialiste (Plenel ou Colombani ?) suppliait Zidane de « rester parce que les Français le lui demandent [*sic*]. [...] Qu'il le veuille ou non, Zinedine Zidane, fils d'immigrés algériens débarqués à Marseille, est resté le symbole, celui d'une nation "black-blanc-beur" certes un peu hâtivement célébrée au soir du 12 juillet 1998 [là on reculait par rapport aux propos délirants tenus à cette époque], mais à laquelle notre société aspire, en dépit de toutes les difficultés » (*Le Monde*, 6 août 2004). Reconnaissant tout de même que « le moteur de l'intégration est en panne » et que « le fameux creuset républicain français a des airs de légende d'un autre siècle », l'éditorialiste persistait néanmoins à recycler le couplet éculé de l'intégration : « Le monde du sport est le seul à continuer d'offrir aux jeunes d'origines les plus diverses, sociales, géographiques et ethniques, l'espoir d'atteindre les sommets [*sic*] et de contribuer à la réussite collective. Pour ces jeunes, Zidane est un modèle, la preuve que tout est possible : sa mission [*sic*] n'est pas terminée, il doit la poursuivre jusqu'à ce que le relais soit transmis. Formidable passeur sur le terrain de jeu, Zidane doit aussi l'être sur celui de l'intégration. » Belle confusion des genres ! Comment peut-on mettre en effet sur le même plan deux réalités sociales incommensurables : distributeur de ballons et agent de l'intégration, l'intégration dans une équipe et l'intégration dans la société civile ? Mais il est vrai que *Le Monde*, devenu entre-temps journal *people*, se faisait une gloire de n'être plus que le pâle duplicata de *L'Équipe*...

On retrouvait le même discours débilitant chez Malek Boutih — ancien président de SOS-Racisme et aujourd'hui secrétaire du Parti socialiste, chargé des questions de société. Lui aussi ébloui par Zidane, il croyait reconnaître en lui la cristallisation « d'un nouveau patriotisme » : « Répétons-le : le foot est un jeu, pas la guerre. Avec lui, nous sommes passés d'un patriotisme guerrier, qui reposait sur deux conflits mondiaux, plusieurs conflits coloniaux, à un patriotisme pacifique, où s'exprime la tradition d'un certain génie français. » Zidane était donc élevé au rang de héros de la nation (« Tout est perdu, on a les boyaux serrés, puis le héros arrive... ») et présenté comme le pilier de la famille (« on peut être né dans une cité et avoir reçu une éducation stricte. [...] Nous pouvons rater notre vie. Mais tant que nous restons droits, les nôtres nous soutiennent ») (*Le Journal du dimanche*, 20 juin 2004).

Jamel Debbouze, dont la célébrité surfaite égale la vibrionnante vulgarité, apportait de l'eau au moulin de cette farce. Dans une longue interview « Zidane for ever[3] », il suggérait que le célèbre 10 exilé au Real de Madrid tenait l'avenir des jeunes des cités dans ses pieds. En entonnant l'inusable antienne « des deux buts en finale de la Coupe du monde », il nous assurait que « c'est mieux que n'importe quel discours politique au monde. [...] Moi, je sais ce que me procure Zizou, ce n'est pas palpable. Et les gosses de mon quartier, quand ils font des roulettes, espèrent un jour devenir Zizou. C'est à ça qu'il sert ce mec, à les aider à donner le meilleur d'eux-mêmes, à se dire que c'est possible. C'est encore mieux que n'importe quel discours ». Au zénith du populisme boulevardier, le copain des pauvres, l'artiste beur des beurs, le porte-drapeau milliardaire de la France d'en bas, voyait en Zidane et Henry ceux qui « adoucissent, tempèrent, en attendant que les politiques fassent leur taf. Zizou et Henry, ce sont les meilleurs hommes politiques qu'on a pour l'instant ». Dans la foulée des vociférations « Zidane président ! », Jamel Debbouze, tout à fait représentatif de cette génération d'immigrés intégrés à la bonne société du showbiz, des médias et du sport, accentuait la dérive démagogique déjà très forte du « tous pourris sauf les footeux ». Or ce que Debbouze ne peut comprendre dans le confort de sa cage dorée, c'est que le football, loin de contribuer à l'intégration, achève au contraire de désintégrer les possibilités d'intégration des enfants et petits-enfants des immigrés, tout simplement parce que plusieurs millions de personnes ne peuvent être « Zizou », même si quelques idéologues le leur promettent. Pour quelques réussites montées en épingle par les médias, l'immense majorité des immigrés et des Français issus de l'immigration n'ont en effet d'autres perspectives que de zoner dans des équipes de quartier ou de s'abrutir devant la télé à ressasser les exploits de « Zizou ».

Le bourrage de crâne idéologique par le football de la presque totalité de la population, et surtout des jeunes des banlieues mis sous perfusion de cette drogue et persuadés que la victoire des Bleus était leur victoire, eut pour objectif d'imposer en douceur les idées reçues de la planète foot. Cette addiction les empêchant de s'attaquer aux causes réelles de leur situation et de penser par eux-mêmes. En les rendant surtout incapables de la moindre revendication sociale, de la moindre lutte politique. Bref, à travers le football ne penser qu'au football[4]. Le tour de force réussi par la classe dominante — relayée par ses alliés, toutes tendances politiques confondues, avec les intellectuels comme pointe avancée — a donc été d'intégrer la jeunesse dans le football ou plutôt d'intégrer le football dans la vie, de faire même du football la seule vie possible.

LE MYTHE DE L'ASCENSION SOCIALE
PAR LE FOOTBALL

La finale de la Coupe de France 2000 opposant l'équipe de Calais à celle de Nantes laissa un arrière-goût de Mondial 98 à nombre d'aficionados. Parvenant au bout de l'épreuve, l'équipe des « amateurs » de Calais avait en effet réussi à mobiliser toute une ville, toute une région, soudées par l'impact médiatique d'une série de succès et d'une possible victoire dans la plus prestigieuse des compétitions françaises. Là encore, comme lors du Mondial de 98, la montée en puissance de la ferveur populaire, dans une région dévastée par le chômage, fut massive et massivement encouragée par tout le gotha intellectuel et politique (de droite comme de gauche) qui s'était penché avec tendresse et compassion sur les « petits » de Calais. En voilà des fiers et des battants qui vont à l'assaut du ciel ! Eux les pauvres, les sans-grade, les smicards ! Voilà comment des sportifs sans argent, avec la seule volonté et un cœur gros comme ça, peuvent réussir ! Et quel exemple pour la jeunesse, un exemple venu du Nord ! Mais au bout des quatre-vingt-dix minutes du temps réglementaire, la victoire revint en toute logique (marchande) à l'équipe de Nantes. Le rêve du « Petit Poucet » était brisé net, le bonheur populaire ravalé, et la résignation poisseuse redevenue l'ordinaire quotidien. Lorsque fut donné le coup de sifflet final, on vit les visages des supporters de Calais se figer dans une expression d'insondable tristesse. Beaucoup pleuraient amèrement sur une victoire à portée de main, tant espérée. Mais l'idéologie sportive reprenait vite le dessus : l'important, n'est-ce pas, est de participer, qu'importe la défaite pourvu que l'on ait le football, le vrai football de ceux qui n'ont rien à perdre...

Dans une partie de l'extrême gauche, on vit également surgir à l'occasion du Mondial 1998 une prose populiste, d'une affligeante vacuité théorique. Dans *Rouge* (n° 1789 du 16 juillet 1998), Christian Piquet (membre de la Ligue communiste révolutionnaire) reconnaissait déjà « sans détour [que] nous ne l'avons pas vue venir [la déferlante football] ». Et pourtant, il ne fallait pas être d'une immense clairvoyance pour voir arriver ce tsunami qui allait tout emporter sur son passage — y compris le « trotskiste » Christian Piquet. Dans la position petite-bourgeoise typique des classes moyennes, Christian Piquet tenait à se tenir à l'écart des excès des uns et des autres : « Qu'on le déplore ou qu'on s'en félicite, cette exultation collective traduit avant tout l'affirmation d'un sentiment national. » À la manière proudhonienne dénoncée par Marx[5], Piquet concédait qu'il y avait des mauvais côtés dans le football : « Oui c'est vrai il y a des intérêts dissimulés dans le football, oui c'est vrai il y a de l'hystérie, oui c'est vrai le foot gomme les différences politiques. » Il n'en soulignait pas moins les bons côtés en prétendant « qu'il n'y avait dans ces manifestations aucune trace ou presque [*sic*] de nationalisme étriqué ou belliqueux ». Et, enivré par l'opium des pelouses, il admettait sans sourciller « qu'il y avait bel et bien comme un défi adressé aux élites, aux héritiers du nom et de la fortune, aux féodaux des temps contemporains ». Emporté par son élan lyrique, le représentant de la LCR allait même jusqu'à apercevoir une « prise de parole dans un espace qui apparaissait soudainement et offrait l'occasion, si rare, d'exprimer une aspiration massive à une autre société [*sic*], à un autre destin [*sic*], fraternel et commun. Une forme d'insurrection [*sic*] joyeuse et insouciante qui explosait à la manière d'un refus implicite de cette pensée unique qui cherche à disqualifier toute solution collective pour ne retenir que les performances de quelques gagneurs ». Et pour compléter cette grotesque contorsion qui consiste à faire du football une sorte de révolution prolétarienne sans prolétariat, Christian Piquet s'enfonçait allégrement dans le crétinisme politique : « Et si, ici, l'espace d'une semaine folle, c'est à travers le football que se manifesta une immense liesse populaire, c'est que l'histoire de ce sport en recoupe une autre : celle à travers laquelle le prolétariat s'affirma comme classe depuis la fin du siècle dernier. » Il ne serait donc pas étonnant que l'on apprenne un jour que Trotski songeait dans sa jeunesse à devenir footballeur...

Christian Piquet atteindra les sommets du délire lorsqu'il verra dans la victoire de l'équipe de France « un acte de résistance sourde à la mondialisation des marchés financiers [*sic*], réputée intangible et hors de portée des peuples. Ce sentiment national tendant d'emblée vers l'universel suggère, de ce point de vue, une réplique, confuse et incertaine, au modèle libre-échangiste mondial, à cette "globalisation" synonyme de surexploitation, de nivellement par le bas, de mise en concurrence forcenée des êtres humains ». Mais ce n'était qu'un début, puisque quelques colonnes plus loin un autre disciple du bonheur par le football continuait le combat avec des propos encore plus « beaufs » en guise d'analyse de classe :

« Les gens [*sic*] étaient contents, heureux même, le temps d'un match, et nous avec. À l'instar de cette équipe de France colorée, c'est le peuple black-blanc-beur qui s'est pleinement manifesté. » Mais le peuple, justement lui, ne fut-il pas le vrai dindon d'une sinistre farce ?

On ne manquera pas non plus de signaler l'article fielleux que Samuel Johsua commit en ces jours de transe footballistique (*Rouge*, n° 1786, 25 juin 1998). Tentant à grand-peine de « réfuter » nos analyses parues dans un numéro antérieur de *Rouge* (« Rage de football et intellectuels mordus », n° 1784, 11 juin 1998), le pédagogue de la classe ouvrière réussissait à se présenter comme l'un des plus incorrigibles défenseurs de la passion football, du sport peuple, de la beauté du stade en fusion, version Olympique de Marseille, là où il avait cru reconnaître, lui aussi, l'éveil de la conscience de classe. Nous accusant de proclamer un « mépris de classe » souverain « avec des accents céliniens [qui] ne trompent pas » [*sic*], Johsua se retrouvait de facto du côté des défenseurs inconditionnels de la machinerie capitaliste du Mondial. Se dépêtrant par ailleurs avec beaucoup de difficulté de son irrépressible amour foot, Samuel Johsua voulait à tout prix que l'on reconnaisse dans le football cette culture populaire par excellence sur laquelle il n'avait jamais cessé de fantasmer comme intellectuel engagé « dans les luttes sociales ». Il faut être foot avec le peuple puisque le peuple c'est le foot ! Les intellectuels doivent adhérer en bloc, sans se poser trop de questions, puisque le peuple ne s'en pose aucune. Ainsi, derrière le « non à l'élitisme » — refrain bien connu de ceux qui stigmatisent la pensée critique —, derrière le refus de contredire l'opinion du peuple se tiennent tous les Samuel Johsua qui se donnent la main, baissent la tête et entonnent le chant des prostrés, la mélopée du « nous sommes coupables d'être des intellectuels », « le peuple a toujours raison contre l'élite bourgeoise »...

Un peu plus tard, un autre folliculaire du même hebdomadaire, Michel Laszlo, sombrait lui aussi dans l'« intégrationnite » aiguë. Retrouvant les accents lyriques des années passées du Mondial 98, il restait ébahi devant « la houle black-blanc-beur [qui] a encore déroulé son bonheur dans les rues de nos cités... Deux ans après la Coupe du monde, dont les bénéfices commencent à peine à être redistribués vers les acteurs de terrain, les clubs de sport, les bénévoles et les structures de banlieue qui tissent du lien social au cœur de notre société [*sic*], la magie va encore opérer, avec son inévitable cortège d'illusions (la récupération politique, les sondages consensuels et les discours lénifiants sur le courage, le mérite et l'abnégation), mais aussi (surtout ?) sa dynamique de mixité sociale et raciale [*sic*], qui en fait l'un des plus forts vecteurs d'intégration [*sic*] ». Venait ensuite un malheureux pronostic : « À un an des élections municipales, où les enfants de Zizou, Lilian et Youri ne pourront peut-être pas tous voter, Le Pen vient de perdre un nouveau match » (*Rouge*, juillet 2000). La suite politique devait évidemment infirmer ces ridicules trémolos.

Après le succès de l'équipe de France dans l'Euro 2000, le Parti socialiste se fendait de son côté d'un petit couplet lyrique à l'unisson des banalités de base de l'idéologie sportive : « Deux ans après un 12 juillet mémorable, le "miracle bleu" s'est reproduit. Ce fut une soirée magique qui consacra, une fois encore, cette France aux mille et un visages, en lui conférant un statut qu'elle n'avait jamais atteint : celui de meilleure équipe de football de la planète. Black, blanc, beur... Trois fois légitimes, les Bleus sont devenus une référence internationale : celle d'une formation multiraciale qui puise ses forces dans nos banlieues et forge sa foi sportive dans la victoire. À cette France-là, rien ne semble impossible [*sic*]. Un signe supplémentaire que notre société est désormais portée vers la confiance et que les Bleus sont en passe de devenir le symbole de la France qui gagne » (« Le miracle bleu », *L'Hebdo des socialistes*, n° 154, 7 juillet 2000). Quand les éléphants joueront au foot, le miracle sera en effet réalisé...

LE FOOT CITOYEN

Le journal *Politis*, organe d'une gauche qui se veut critique, fut sans en avoir l'air l'un des plus chauds propagandistes de l'ivresse footballistique. Pour faire bonne figure anticapitaliste, il lui fallait cependant commencer par un semblant de critique en forme d'évidence : « Nous l'avons toujours dit, le football peut être dangereux ; nous l'avons toujours dit, le football draine des sommes d'argent immenses... » D'ailleurs, tout le monde peut le constater, les riches ont beaucoup d'argent ! Puis, rapidement, par la voix de Denis Sieffert, rédacteur en chef, cet hebdomadaire laissait vite éclater sa joie sans la moindre retenue. (*Politis*, n° 505, 16 juillet 1998.) « On a redécouvert que notre peuple, volontiers inhibé, au point d'en paraître parfois hautain, était encore capable de spontanéité. Voire de quelques instincts primitifs [*sic*] qu'on ne s'étonne jamais de trouver ailleurs, et qui peuvent être libératoires sans être pour autant barbares. Vive la fête, donc ! Vive Jacquet, Français moyen promu héros de la nation sportive ! Vive Zidane, Thuram, Petit, Barthez et les autres, solidaires et combatifs, sans être jamais hargneux ou tricheurs ! » Jamais blancs comme neige toutefois, puisque ces « héros » surent aussi à l'occasion s'essuyer les godasses, tirer les maillots ou distribuer tacles et coups vicieux.

Le directeur de *Politis*, Bernard Langlois, soulignait de manière très ambiguë « la place prise par le football dans l'espace public français [...]. Difficile d'y échapper. Et la Coupe du monde n'a pas encore commencé ! Dans le seul cadre hexagonal, voyez comme on célèbre la victoire de Lens dans le championnat. Emblématique. S'il est une région qui fut touchée de plein fouet par la "crise", c'est bien le Nord-Pas-de-Calais, jadis fleuron de l'industrie française. Grâce au foot, la ville de Lens délire de bonheur. Comme le dit son maire [...] : "Ce titre de champion est une revanche pour toute une région cruellement frappée par la crise économique, oubliée des médias et des pouvoirs public. En trente ans, 220 000 emplois ont disparu du bassin minier, où certaines zones atteignent des niveaux de chômage de 30 %. [...] Le football réconcilie chômeurs et patrons, élus communistes et RPR" (extrait d'une interview au journal *Le Monde*, 12 mai 1998). Allons, tant mieux donc ! Le ballon comme remède à la lutte des classes, la communion des supporters pour apaiser la souffrance sociale : ce pays est bien en

pleine tiers-mondialisation ! [...] Comme à Rio, à
Dakar ou à Manchester et dans tous les pays socia-
lement sinistrés. Supporters de tous les pays, unissez-
vous ! » (*Politis*, 14 mai 1998). Deux mois après ce
vibrant papier, il donnait encore dans la démagogie
franchouillarde (*Politis*, 23 juillet 1998) : « D'accord
la victoire avait de la gueule. Et la fête populaire et
spontanée qui a suivi était une manifestation sympathique de vitalité et de convivialité comme on
n'en voit pas tous les jours. [...] D'accord [...] il y a
aussi un symbole Jacquet, celui du travail bien fait,
de la constance dans l'effort, du primat du collectif,
du refus du clinquant — une sorte de "devoir de
grisaille" appliqué au football, qui en l'occurrence
fit merveille —, lui aussi aux antipodes des années
Tapie : là encore on prend ! » Tel est pris qui croyait
prendre...

   Les mêmes sentiments animaient le journal *Le
Monde* à l'égard de la « culture foot » lensoise. Dans
une enquête en terre nordiste, en mai 1998, quelques
jours avant la consécration de l'équipe en championnat de France, Henri Tincq nous faisait découvrir l'intégration ouvrière grâce à la passion collective
du football. À Lens, tout était organisé pour promouvoir le football, grâce au club, aux supporters,
au stade. Maurice Denis (l'historien du club) admettait que le succès du club tenait justement à un
cocktail particulier : « Ambition, rigueur et humi-
lité ». Mais surtout, « ça vient des entrailles. Il y a un
relief sonore à Bollaert qu'on ne trouve sur aucun
autre terrain » (*Le Monde*, 2 mai 1998). Capable de
souder toute une population, la ville de Lens est
ainsi devenue « la principale entreprise de spectacle
au nord de Paris : 500 000 spectateurs par an. Qui

dit mieux ? ». En effet, qui dit mieux dans cette entreprise commerciale d'abrutissement populaire ? Il
est vrai que « les entreprises ont compris l'intérêt
d'une telle locomotive régionale. Le club compte
330 partenaires économiques qui paient chacun de
15 000 francs à 2,5 millions de francs » (*ibid.*). Après
la victoire de Lens en championnat, *Le Monde* évo-
quait « la plus belle des revanches ». On pouvait
néanmoins s'interroger sur le sens de cette revanche. Revanche de qui, contre qui ?

DIVERS LIBEROS

Dans le climat de « footolâtrie » généralisée, un
agrégé de philosophie, Emmanuel Jaffelin, qui regrettait sans doute de n'avoir jamais été professionnel, osait une savante comparaison entre le lieu
commun chez Aristote et le football. La prose était
très savante et un rien amphigourique : « N'en déplaise aux tristes sires de l'intellect, aux libertaires
atrabilaires, aux ayatollahs de la sociologie enra-
gée ou aux conservateurs mal embouchés, le lieu
commun n'est pas celui qu'on croit : ni truisme ni
altruisme, le Mondial est devenu un espace public,
un "village planétaire" (MacLuhan) au sein duquel
les différences jubilent. La balle-au-foot (football)
nous monte à la tête : elle fait parler les hommes et
installe hors de la rhétorique ce lieu commun qui
reconstitue l'agora ou le forum, ce Paradis perdu
par le politique. C'est pourquoi il est plaisant d'imaginer — loin du discours critique qui voit ce Mondial
comme une aliénation des masses et qui interprète

tout éloge de cette fête comme la marque indénia-
ble du cynisme populiste des élites — qu'Aristote
n'aurait pas vu d'un mauvais œil ce ballon qui est à
la Terre ce que le microcosme est au macrocosme.
D'ailleurs, si, à l'inverse de certains esprits, le ballon
n'est pas carré, ce n'est pas pour qu'il roule mieux
mais pour qu'il reflète dans les yeux du spectateur la
sphère qui nous habite » (*Le Monde*, 9 juillet 1998).
Notre agrégé aurait également pu suggérer de transformer les schémas tactiques en nouvel *Organon*...

Dans cette lamentable débâcle intellectuelle, l'éco-
nomiste Alain Lipietz, gagné par l'emphase footballistique, se mettait, lui aussi, à enrichir le sottisier
de quelques perles hilarantes (*Libération*, 29 juillet
1998). À l'instar de ces idéologues qui réinventent
chaque jour la méthode Coué, il affirmait que la
France « a réappris la fête. "Il n'y a plus de barrière,
de classe, de race ou de sexe, s'extasient les supporters
de la victoire. On s'embrasse, on se parle. Il faudrait
refaire ça tous les ans !" ». Ne craignant pas le ridicule, l'ex-maoïste, reconverti en sémillant néo-Vert,
assurait alors d'un ton pontifiant que « la fête du
12 juillet est la rencontre magique de ce courant tellurique, reprenant en festif le *"Tous ensemble !"* de
1995, et d'un symbole adéquat : l'équipe d'Aimé Jacquet. » Footballeurs de tous les pays, unissez-vous !

UN ALLÈGRE PASSE...

À l'initiative du *Monde de l'éducation* (« Le cas
Allègre », n° 268, mars 1999), l'ancien ministre de
l'Éducation nationale, Claude Allègre, spécialiste en

dégraissage du mammouth, faisait connaître ses idées sur le football à un professeur venu le rencontrer. « Significativement, raconte Marion Ferry (professeur de lettres et de théâtre au lycée Victor-Hugo à Paris), l'expression qui lui fait perdre patience est "bâtir du sens". La réplique est péremptoire : "Le sens tue l'émotion. On en a marre du sens [*sic*]. C'est du rêve qu'il faut proposer aux élèves." Il appuya ensuite sa déclaration d'exemples : écouter le baryton allemand Dietrich Fischer-Dieskau ne lui procure aucune émotion, même si cet artiste sait aussi admirablement disserter sur son art. L'inviter dans une classe ne retiendrait donc pas une seconde l'attention des élèves. Alors qui inviter ? "Zinedine Zidane", conclut l'ex-ministre. » On ne peut plus foot ! On ne peut plus démagogique, surtout. Encore heureux qu'Allègre n'ait pas eu le temps — dans son entreprise de démolition du lycée — de remplacer l'étude des grands classiques de la littérature et l'écoute des chefs-d'œuvre de la musique par la lecture de *France-Football* ou la projection vidéo des matches de l'équipe de France.

« L'HUMANITÉ » STALINIENNE DU FOOTBALL

Parmi les adeptes de « l'humanité du foot », il faut bien sûr ne pas oublier les ex-staliniens, ex-admirateurs du « sport socialiste » de la RDA, de Cuba ou de l'URSS. Pierre Zarka, par exemple, qui sut avaler avec tant de facilité toutes les couleuvres staliniennes de *L'Humanité*, annonçait dans une prose de

bois populiste que « le sport est une activité humaine
contribuant à la construction de l'individu et constitutive de l'identité d'une nation. Cette confrontation pacifique [*sic*] implique le dépassement de soi,
le respect de l'autre et des lois qui, sur la pelouse, se
nomment règles. Expression de paix sur la Terre
[*sic*], le sport est un moment incomparable de la vie
sociale des citoyens » (« Un langage universel »,
L'Humanité hors-série — « L'humanité du foot. Un
autre regard sur le mondial », avril 1998, p. 6). Zarka
oubliait évidemment de préciser, comme toute la
gauche plurielle de l'époque, que la France, « terre
des droits de l'homme », allait accueillir pour le
Mondial 1998 des délégations de mercenaires venus
de pays où fleurissent dictatures, terrorismes islamiques, fanatismes religieux, misères, épurations
ethniques et répressions féroces : Nigeria, Iran, Ara-
bie Saoudite, Colombie, Croatie, Yougoslavie, Chili,
Corée du Sud, Paraguay, Argentine, Roumanie, Bul-
garie, Tunisie, Maroc, Cameroun, autant de pays où
règne « la paix sur terre », pour reprendre l'expression du plumitif, autant de pays où le football faci-
lite « la fraternité et l'amitié », autant de pays où les
opposants sont heureux de pouvoir jouer au football dans les bagnes, les camps ou les prisons !
« Théâtre de la vie, le football titille l'imagination,
alimente les rêves, attise les passions », écrivait
encore Zarka qui n'hésitait pas à glorifier le nationalisme sportif et l'union sacrée derrière « nos
joueurs » : « Les joueurs portant comme le héros
médiéval les couleurs d'une belle — ici, la nation —
cristallisent la fierté et l'affirmation de tout un peuple,
toutes couches sociales confondues » (*ibid.*, p. 6). Le
PCF, chantre de l'union sportive nationale et défen-

seur inconditionnel de la « grande fête populaire et planétaire », entamait ainsi parmi les premiers un *Te Deum* laïque en l'honneur du Dieu football. Mais on le savait déjà : le PCF tient toujours à rester à la pointe de l'arrière-garde.

CHAPITRE 7

CULTURE FOOT ET FOOT ART :
LA MYSTIFICATION POPULISTE

Pour nombre d'aficionados, mordus du crampon ou intellectuels de gradins, le football serait la nouvelle « culture populaire », voire une « culture prolétarienne » ; il engagerait également une « culture du supportérisme ». « Le football, écrit sans sourciller Patrick Mignon, passionné de l'ouvriérisme, au même titre que l'élevage des lévriers ou des pigeons voyageurs, est un symbole d'une culture ouvrière autonome, magnifiant les valeurs du travail et les vertus du travailleur[1]. » Grâce au football, le monde ouvrier retrouverait sa fierté, sa puissance, son hégémonie. Il y exprimerait également sa volonté de résistance et de lutte. À l'époque du thatchérisme triomphant, toujours selon le même auteur, le football constituait, dans une ville comme Liverpool, « avec les Beatles, le signe de succès, la vraie réponse à l'adversité. Cette réponse se fait à travers un style de jeu en rupture avec celui pratiqué généralement en Angleterre, un jeu plus "continental", c'est-à-dire inspiré de l'Europe : moins systématiquement axé sur la vitesse et la force, fait de petites passes et avec des joueurs dotés d'une bonne technique individuelle » (*ibid.*, p. 28). Ainsi, dans le football se cristalliserait le style même de la classe ouvrière, sa culture propre. À telle enseigne qu'« à une époque où se développe le mouvement ouvrier, [le déplacement de l'usine vers le stade serait] une conquête hebdomadaire du centre de la ville, une appropriation prolétarienne de la fierté civique. En cela, il est bien le symbole des conquêtes sociales de la classe ouvrière [*sic*] avant que d'autres formes de loisir ne viennent le concurrencer. C'est pourquoi, aujourd'hui encore dans le football, au plaisir du spectacle sportif se mêle le plaisir de voir mises en œuvre les valeurs de la communauté ouvrière, surtout si elle est menacée : la virilité et la loyauté, la fidélité, l'esprit de sacrifice, le sens du devoir et du travail dur, les "machines bien huilées", tout un style britannique d'amour du football symbolisé par la continuité du style de jeu des équipes anglaises depuis les années 1890 » (*ibid.*, p. 99-100).

L'inversion idéologique, la fausse conscience, sont ici à leur apogée parce que la camisole du football est présentée comme l'émancipation de la classe ouvrière ! Autrement dit, ce qui participe de l'aliénation de la classe ouvrière, précisément en tant que classe qui perd toute sa puissance revendicative, est mis en valeur comme sa libération. Le retournement idéologique est alors complet lorsque l'auteur ose dresser un parallèle entre la situation socioculturelle de la classe ouvrière et la stratégie footballistique des équipes par lesquelles elle serait représentée, notamment par celle de Liverpool. L'ami de la classe ouvrière nous assène ainsi ce propos édifiant : « Le jeu de l'équipe apparaît, aux yeux des spectateurs, ceux de Liverpool qui s'en réjouissent et les autres qui peuvent le décrire comme *non english*, comme le même jeu de filous que celui que joue quotidiennement le peuple de Liverpool » (*ibid.*, p. 28). Par exemple, les passes courtes dans le jeu de Liverpool seraient identiques au mode d'être des habitants de cette ville ! On ose à peine citer les phrases de l'auteur tellement le délire « spéculatif » est à son comble. Il y aurait donc, très sérieusement, analogie entre la technique footballistique pratiquée par les joueurs et le mode de vie de la classe ouvrière anglaise. L'ultime étape de la promotion de la culture footballistique serait son « intellectualisation » et son intégration dans le mode de vie des classes moyennes. Car certaines personnes — sans doute des supporters — portent des tee-shirts sur lesquels « on peut lire des citations de Wittgenstein, Oscar Wilde ou Éric Cantona [*sic*]. [...] Ces tee-shirts ont été créés par une association, Philosophy Football, organisatrice d'événements culturels autour de ce sport » (*ibid.*, p. 171). Désormais, il ne faut plus s'étonner d'une possible comparaison entre un philosophe et un joueur de football. Mais, à l'inverse de ce que croit l'auteur qui accepte l'idée d'une « littératurisation » du football, on assiste plutôt à un processus de « footballisation » de la culture. Derrière le vif désir de prouver que le football est une nouvelle culture se cache en fait le *refus* de la culture telle que l'histoire de la philosophie, de la littérature et de l'art l'a édifiée au cours des siècles. Le refus de la culture est donc le vrai processus d'idéologisation en œuvre dans l'idée d'une culture populaire du football. Autrement dit, l'idée d'une culture du pauvre (en référence à Richard Hoggart), qui n'est que le retournement idéologique de la pauvreté de la culture actuelle, constitue le caractère idéologique même de l'approche de l'auteur. L'auteur (et à sa suite une kyrielle d'intellectuels) est en effet incapable de voir au-delà des gradins du stade et de comprendre que l'engouement réel de la classe ouvrière pour le football, qu'il assimile à une culture nouvelle, n'est que la forme que revêt son *aliénation* qu'il redouble, lui-même, par son bavardage pseudo-spéculatif. Or cette aliénation de la classe ouvrière que l'auteur admire tant est principalement le fait de la forme-travail — le travail a une existence extérieure, étrangère à l'individu, il lui est souvent hostile[2] — qui trouve son expression inversée dans l'adoration illusoire, a-critique, d'une autre activité hypostasiée, celle-ci hors travail, le football. D'un point de vue social, le football tend en effet à reconstituer une collectivité imaginaire dans le stade, celle de la « foule solitaire », car il permet à chaque individu sur les gradins de se projeter dans des figures idéalisées d'identification. Le football semble ainsi associer, de façon illusoire, destin particulier et destin général. Il produit et reproduit l'aliénation majeure de notre époque vis-à-vis de laquelle l'idée même de culture ne peut être qu'étrangère[3].

DE QUELQUES REPÈRES À PROPOS DE « CULTURE »

À l'encontre de tous ceux qui confondent culture et shoot dans un ballon, culture et bavardages de vestiaires, culture et rhétorique de gazon, nous voudrions rappeler quelques notions essentielles d'une possible définition de la culture telle qu'elle a pu être proposée par quelques auteurs majeurs. Avec Léo Strauss, on peut d'abord distinguer la « culture de l'esprit humain » en tant que patrimoine universel des œuvres de la philosophie, de la littérature, de l'art, du droit, de la science, etc., et la culture au sens ethnologique du terme. « En anthropologie et dans certaines parties de la sociologie, écrit Léo Strauss, le mot "culture" est toujours, bien entendu, employé au pluriel, et de telle manière que vous avez une culture des bandes de jeunes, non délinquants et même délinquants. Et vous pouvez dire, selon cette notion récente de culture, qu'il n'y a pas un seul être humain qui ne soit cultivé puisque chacun appartient à une culture [...]. Et aux confins de la recherche, dont on nous parle tellement aujourd'hui, nous trouvons la question intéressante de savoir si les pensionnaires d'un asile de fous n'ont pas eux aussi une culture propre[4]. » Il n'est donc pas étonnant que les ethnosociologues des banlieues se soient précipités sur ces notions fourre-tout de culture populaire et de culture sportive.

Nietzsche a lui aussi affirmé l'opposition entre la culture supérieure, c'est-à-dire la culture de l'esprit, et la culture « appliquée », prétendument rattachée à la vie. Or la culture authentique ne peut avoir d'autre finalité qu'elle-même et son libre développement dans les sphères supérieures. La culture est donc une *intentionnalité transcendante*, ce à quoi s'opposent toutes les visées pragmatiques qui cherchent à l'enrégimenter dans diverses missions gestionnaires ou utilitaires, au nom des demandes et nécessités sociales du moment. « La vraie culture, écrit-il, dédaigne de se souiller au contact d'individus pleins de besoins et de désirs : elle sait échapper sagement à celui qui voudrait s'assurer d'elle comme d'un moyen pour accomplir des desseins égoïstes : et lorsque quelqu'un s'imagine la saisir, pour en tirer quelque profit et apaiser par son usage la misère de la vie, elle s'enfuit soudain à pas inaudibles avec une expression de raillerie. Donc, mes amis, ne confondez pas cette culture, cette déesse éthérée, aux pieds légers, délicate, avec cette utile servante qui s'appelle aussi parfois la "culture", mais qui n'est que la domestique et la conseillère intellectuelle de la misère de la vie, du gain, de la nécessité[5]. »

Par quoi le football pourrait-il se rattacher à la culture de l'esprit, sinon par une série de sophismes ? Si l'on considère en effet que la culture ouvre à des univers symboliques et des espaces de représentations collectives (œuvres, visions du monde, récits, mythes...), elle ne peut donc pas être l'accompagnement des pratiques sociales ordinaires ou la triviale réfraction du quotidien (à l'instar du football). La culture n'est pas une simple praxis qui se référerait à une fin particulière, elle est d'abord jeu[6], envol onirique, création, utopie telle que la définissait Ernst Bloch dans *Le principe espérance*[7]. Comment dès lors rattacher le football à une quelconque culture, même du pauvre ? À moins que l'on ne parle que d'une pauvre culture ?

La culture est, pour Herbert Marcuse, un « processus d'"humanisation" caractérisé par les efforts collectifs pour perpétuer la vie humaine, pour apaiser la lutte pour l'existence, ou au moins la confiner dans des limites contrôlables, pour consolider une organisation productive de la société, développer les facultés intellectuelles des hommes, diminuer et sublimer les agressions, la violence et la misère[8] ».

Le football pourrait à la rigueur constituer cette forme d'apaisement social. Ne dit-on pas en effet que le football évite la guerre et qu'il vaut mieux fabriquer des stades pour contenir l'agressivité des individus durement touchés par le chômage et le désespoir ?

Certains idéologues qui tiennent le football pour une « culture populaire », voire un « art populaire », lui assignent aussi un statut critique. Le football ne serait pas intégrable à la société bourgeoise ; il serait prolétarien dans son essence et le resterait tout au long de son développement historique. Or les tenants de cette position ne comprennent pas que c'est précisément le football qui a broyé ceux qui y adhèrent si puissamment ; c'est bien le football en tant que divertissement qui a en effet contribué à accélérer la réduction de la classe ouvrière à un agrégat d'individus dont le seul projet collectif est la constitution de meutes de braillards, de bandes d'abonnés aux canettes de bière et de tribus d'« ultras ».

Si l'on admet avec Jean-Paul Sartre que la culture est « la conscience en perpétuelle évolution que l'homme prend de lui-même et du monde dans lequel il vit, travaille et lutte[9] », on est en droit de se poser la question du *statut* que pourrait revendiquer le football. Si la culture et la conscience sont unies dans un même mouvement, l'une étant impossible sans l'autre, comment parler dès lors d'une forme de conscience *dans* le football ou *à propos* de football puisque le spectacle du football n'est qu'une vaste entreprise de *chloroformisation* des consciences, une immersion dans le « chaudron » émotionnel des foules en fusion ? On sait depuis Freud que la psychologie des foules ne favorise pas spécialement la conscience critique, ni même l'individualisation. La foule inhibe au contraire la pensée, favorise la suggestibilité, la grégarisation et le mimétisme, développe des tendances irrationnelles contagieuses, ainsi que des états crépusculaires ou altérés de la conscience. « La foule est extraordinairement suggestible et crédule, écrit Freud, elle est dépourvue d'esprit critique, l'invraisemblable n'existe pas pour elle [...]. La foule ne connaît donc ni doute ni incertitude [...]. Déjà portée à tous les extrêmes, la foule n'est également stimulée que par des excitations excessives. Qui veut agir sur elle n'a nul besoin de mesurer la logique de ses arguments, il lui faut brosser les tableaux les plus vigoureux, exagérer et toujours répéter la même chose[10]. » Or, précisément, le football répète inlassablement les mêmes situations. Toute tentative d'aller au-delà du football, de ses scénarios préfabriqués, de son formalisme réglementaire, est bloquée par la fascination hypnotique du spectacle et ramène à l'univers infantile du terrain. Le football maintient non seulement les masses populaires dans une forme de douce crétinisation, celle-là même qu'impose l'absence de « capital culturel », pour parler comme Bourdieu, mais il empêche surtout la réflexion sur ses structures, son fonctionnement, ses fonctions politiques. Le football est une véritable lobotomisation intellectuelle, surtout pour les intellectuels...

La pensée, selon Hannah Arendt, ou, plus exactement, « le premier élan de la pensée a dû coïncider avec l'envie d'échapper à un monde devenu insupportable[11] ». Dans ce régime de la pensée, on est très loin du football, car celui-ci ne propose rien d'autre que son propre horizon borné, revendiqué comme le lieu où l'on ne pense pas, ou plutôt où l'on ne pense qu'à cela : après le football, il y a encore le football, et rien que le football. Rien qui ne laisse surgir de la pensée. Le football participe de l'ordinaire, du commun, du banal, la culture ne peut donc s'en rapprocher. Car cette culture « se définit comme culture, dit Hubert Damisch, par la façon de décision qui la fait s'opposer à la nature, au "naturel" sous ses formes multiples, et s'attaquer sans relâche aux situations acquises, aux conditions établies, pour les transformer et les renouveler, par le mouvement nécessairement déçu et sans cesse recommencé qui la porte vers l'au-delà de toute culture, vers cette présence muette et souterraine, ce grand silence bruissant du tourment de l'esprit où l'art et la pensée, le travail poétique (sinon la "politique" elle-même) ont leur Orient, et où la culture s'alimente et se fortifie, mais qui toujours la conteste et la nie[12] »

Un rapport hautement problématique existe, selon Hannah Arendt, entre la société et la culture[13]. Le mouvement de l'art, par exemple, commence de façon véhémente par une rébellion contre les institutions (le Salon des refusés), et même contre la société en tant que telle. On peut dès lors se demander en quoi le football, assurément phénomène de société, serait l'expression d'une lutte ou d'un projet politique qui s'opposerait à la société qui le nourrit grassement ? En quoi serait-il le lieu d'un affrontement spécifique avec le réel ? Poser la question, c'est y répondre. Le sport en général et le football en particulier ne manifestent en effet aucun rapport conflictuel avec la société qui les produit et reproduit. Ils n'ont donc jamais été des lieux de critique de la société, car la critique suppose un minimum de distance, d'opposition, de refus.

Avec l'avènement du capitalisme du troisième âge, la transformation rapide de la culture en valeur marchande, c'est-à-dire en un stock de marchandises, devait également faire de la culture un produit de consommation de masse, en altérant profondément sa substance spirituelle. Comme l'avait souligné Hannah Arendt, « la société de masse ne veut pas la culture, mais les loisirs (*entertainment*) et les articles offerts par l'industrie des loisirs sont bel et bien consommés par la société comme tous les autres objets de consommation » (*ibid.*, p. 263). Ce passage à une « culture de masse » était donc surtout la massification de la consommation, des arts, des loisirs et pour finir du sport. Hannah Arendt avait parfaitement compris cette désintégration de la culture qui a pour « résultat non pas, bien sûr, une culture de masse qui, à proprement parler, n'existe pas, mais un loisir de masse, qui se nourrit des objets culturels du monde. Croire qu'une telle société deviendra plus "cultivée" avec le temps et le travail de l'éducation, est, je crois, une erreur fatale » (*ibid.*, p. 270).

Guy Debord radicalisera ce propos en précisant que « la culture est la sphère générale de la connaissance et des représentations du vécu, dans la société historique divisée en classes. [...] En gagnant son indépendance, la culture commence un mouvement impérialiste d'enrichissement, qui est en même temps le déclin de son indépendance ». De manière pessimiste ou plus réaliste, comme on voudra, Guy Debord conclut que « la culture est le lieu de la recherche de l'unité perdue. Dans cette recherche de l'unité, la culture comme sphère **séparée** est obligée de se nier elle-même[14] ». La culture dans la société du spectacle marchand généralisé est donc appelée à disparaître pour laisser place à l'inculture massive d'une société où l'industrie de l'amusement et les *circenses* — avec le loisir sportif et le football comme vecteurs dominants — tiennent lieu de programme politique consensuel, à gauche comme à droite. Pour illustrer ce nihilisme postmoderne, on choisira l'un des chantres de la culture foot, Bernard Pivot, toujours aussi prolixe quand il s'agit de parler de football. Au moment de la Coupe du monde de football 1998, il s'extasiait sur la culture du pied et des coups de pied (« Le pied », *Contact*, le magazine des adhérents de la FNAC, n° 343, mai-juin 1998) : le football « est pratiqué dans le monde entier. L'universalité de ce sport — je parle du football — n'est-elle pas la preuve qu'il obéit sur tous les continents, dans toutes les races [*sic*], à des besoins, des pulsions, des envies, qu'il est un heureux effet de la nature de l'homme ? ». La nature éternelle de l'homme ! Pivot n'hésitait pas non plus à comparer le football à la littérature et les footeux à des écrivains, « et comme les livres, les matches sont décevants ou superbes ». La première imposture se niche ici : elle consiste à postuler de manière totalement idéologique que le football fait partie de la culture au même titre que Shakespeare, Dante, Descartes, Goethe, Mozart, Beethoven ou Proust. Pour Pivot, il semble bien qu'une paire de chaussures à crampons ou une bouteille de beaujolais soient équivalentes à une œuvre d'art, la pelouse comparable à un musée ou à une bibliothèque et les gestes sportifs identifiables à des créations spirituelles. Ce type de pensée confusionniste — où tout est du pareil au même, où par inversion des valeurs la culture est ramenée au niveau d'une culture physique — est le signe le plus certain de la lobotomisation des « leaders d'opinion ». Prétendre aujourd'hui que le football participe de la culture, c'est en effet se moquer du monde, mais c'est aussi avoir une bien piètre image de la culture — celle du prêt-à-penser, du fast-thinking, du zapping et de l'histrionisme nique-ta-mère.

LE MYTHE DU FOOT ART

Dans une réflexion sur l'art contemporain, Philippe Dagen s'interroge longuement sur « un phénomène qui tient de la substitution[15] ». Il s'agit du remplacement de l'art par la pratique sportive. Les footballeurs (les sportifs) auraient désormais supplanté les artistes. Et « à pousser le raisonnement à l'extrême, on en viendrait à reconnaître dans un grand match la réalisation du rêve d'"œuvre d'art total" » (*ibid.*, p. 52). Car le spectacle sportif télévisé est, semble-t-il, total : l'architecture dessine des gradins et répartit les lumières, les joueurs-comédiens captent le regard de la foule, le spectacle est partout présent, sur les corps et sur les ornements (maillots, bannières). Cette analyse qui veut récuser l'aliénation par le spectacle souligne encore que « le football est le véritable art contemporain, le seul qui suscite l'adhésion universelle des foules et des manifestations dignes de la religion par leur ampleur et l'enthousiasme qui s'y exhibe. Du reste, les pays totalitaires raffolent des stades : d'ordinaire pour y organiser des parades "populaires" avec chorégra-

phies à la soviétique ou à la chinoise ; et quelquefois pour y incarcérer les opposants » (*ibid.*, p. 53).
Du reste, en effet...

Chez beaucoup d'intellectuels, d'artistes, d'écrivains, de politiciens ou encore de journalistes, les
exemples ne manquent pas de ces fausses comparaisons entre l'œuvre d'art et le football, l'écriture
poétique et « l'art de la passe », l'originalité artistique et le spectacle de masse, la créativité et la répétition. Dans un numéro spécial de *France-Football*[16],
ils furent ainsi nombreux à entretenir la confusion
et l'ambiguïté sur les rapports supposés de l'art et
du football. Les propos assez prudents de Bartabas,
écuyer et directeur de l'Académie du spectacle éques-
tre, suggéraient pourtant un rapprochement : « Les
footballeurs sont-ils des artistes ? Si ce ne sont pas
des génies pouvant exprimer des émotions qui touchent les humains, certains n'en sont pas moins de
véritables artisans, par le côté excellence dans leur
travail » (*ibid.*, p. 15). Plus directe, la journaliste Pas-
cale Clark avouait : « Même si je ne suis pas seule à
m'extasier devant lui, Zidane me captive. Ce n'est
pas un footballeur, mais un chorégraphe, un dan-
seur, un roi de l'espace. Personne n'a un tel rapport
avec le ballon. Zidane est aussi un magicien. [...]
En vacances dans une ville je regarde qui se produit
en concert et au stade. Cela fait partie des spécta-
cles » (*ibid.*, p. 23). L'écrivain Paulo Coelho ne taris-
sait pas, lui aussi, d'éloges pour le Roi du football :
« J'ai rencontré Pelé plusieurs fois et j'ai toujours
été heureux de serrer la main d'un mythe. » Plus
loin, il n'hésitait pas à « avouer » que « dans *L'alchi-
miste*, je parle du parcours d'un berger, dont le but
ultime, la quête initiatique est d'atteindre les Pyra-
mides. À la place du berger, j'aurais aussi bien pu

mettre un footballeur. [...] Je suis heureux que ce livre ait touché autant de sportifs, des êtres qui savent aller au-delà de leurs limites » (*ibid.*, p. 27). « J'aime la création, l'invention, les Zidane, Platini, Susic, Juninho, ces joueurs capables de surprendre, y compris leurs partenaires », lançait, ravi, le comédien André Dussolier (*ibid.*, p. 35). Le prodige Zidane était aussi apprécié par l'ex-porte-parole de l'Élysée au temps de François Mitterrand, Max Gallo : « Certains personnages sont romanesques. Zinedine Zidane, par exemple. [...] Au fond, oui, je suis persuadé qu'un Zola d'aujourd'hui ferait un roman sur le foot. Pourquoi pas moi ? » Oui. Pourquoi pas lui ? Dans le registre culinaire, Marc Veyrat, grand chef cuisinier, poursuivait dans la comparaison douteuse : « Dans le foot, comme en cuisine, deux milieux conservateurs, j'aime ceux qui innovent, les créateurs. Comme l'Ajax Amsterdam et son football total. Cette prise de risques était incroyable. [...] Dans mon équipe, je suis à la fois le président, le manager et le numéro 10 » (*ibid.*, p. 69). Enfin, le comédien Jacques Weber, plutôt réaliste en constatant que « le foot est malade, comme le monde est malade », n'en déclarait pas moins qu'il « aime le très beau jeu. Quand le Real ou Arsenal déroulent, cela est d'une telle beauté... » (*ibid.*, p. 71). Et l'on pourrait multiplier presque à l'infini ce genre de propos convenus...

FASCISANTE BEAUTÉ DU FOOTBALL

Herbert Marcuse — en contrepoint de son analyse d'une dimension esthétique universelle opposée à la trop orthodoxe esthétique marxiste — admettait parfaitement que la beauté puisse « être la propriété d'une totalité (sociale) régressive aussi bien que celle d'une totalité progressive. On peut parler de la beauté d'une fête fasciste (Leni Riefenstahl en a filmé une !)[17] ». Pourrait-on alors parler de la beauté d'un mort ? Car pour le philosophe la source du pouvoir radical de l'idée de Beauté « réside d'abord dans la qualité érotique du Beau qui demeure, malgré tous les changements du "jugement de goût" » (*ibid.*, p. 74). Avant même d'être circonscrite par des principes définis par les artistes, les philosophes, les théoriciens (Vitruve, Alberti, Kant, Hegel, Diderot, Wagner, etc.) — par exemple les catégories d'harmonie ou d'utilité —, la beauté se caractérise, selon Herbert Marcuse, par son *fluide érotique*, une source inépuisable qui colore son environnement. « En tant qu'il appartient au domaine d'Éros, le Beau représente le principe de plaisir. Il se dresse ainsi contre le principe de réalité dominant, qui est celui de la domination. L'œuvre d'art parle le langage libérateur, évoque les images libératrices de la subordination de la mort et de la destruction au désir de vivre. Tel est l'élément émancipateur de l'affirmation esthétique » (*ibid.*). L'œuvre d'art participe ainsi de cette libération à l'égard du quotidien, car elle ne peut s'en satisfaire. Elle ne duplique pas le réel, même si elle peut s'en revendiquer. Elle ne le reproduit pas non plus sous une forme plastique ou sous une autre. Autrement dit, pour Marcuse, « les qualités radicales de l'art, c'est-à-dire la mise en accusation de la réalité établie et l'évocation d'une image belle (*schöner Schein*) de la libération, se fondent précisément sur les dimensions par lesquelles l'art *transcende* sa détermination sociale et s'émancipe de l'univers du discours et du comportement reçus, tout en en préservant la présence écrasante » (*ibid.*, p. 20).

Le football participe évidemment d'une présence écrasante dans le monde. Il est donc impossible de le transformer en œuvre d'art parce que, loin de mettre en accusation sa propre réalité ou celle du monde, il les réfracte selon sa propre structure répétitive. Si le football modifie le monde, c'est toujours dans le sens de l'appauvrissement esthétique, du redoublement réaliste du monde. Alors que le football représenté par la photographie, le cinéma, la télévision ou tout autre mode de médiation ne donne de la réalité qu'une image superficielle et prosaïque (le visage défait du gardien de but, les bras levés des supporters, l'index vengeur de l'arbitre...), l'art au contraire *sublime* la réalité dont le contenu immédiat est stylisé, les « données » remodelées et réordonnées conformément aux exigences de la forme artistique. « Ainsi les princes de Shakespeare et de Racine transcendent-ils le monde bourgeois, et les pauvres de Brecht le monde du prolétariat, souligne Marcuse. Cette transcendance se produit dans une collision avec leur *Lebenswelt*, grâce à des événements qui se dessinent dans le contexte des conditions sociales déterminées, tout en révélant des forces non imputables à ces mêmes conditions » (*ibid.*, p. 36). L'art véritable par conséquent n'est pas celui qui prend appui sur l'existant brut pour le refléter. L'œuvre d'art est au contraire le processus d'une transformation du réel. À l'inverse, les représentations dites « artistiques » du sport ne font que redoubler son être-là et n'affirment rien d'autre que sa présence : le sport ne peut que rester indéfiniment sport. Son « contenu » même ne lui permet pas de devenir une *forme* à part entière de l'art[18]. Car, dans ce contenu d'une extrême trivialité, la misère du monde croise le monde de la misère : la corruption du milieu, le dépassement dans la souffrance, le dopage généralisé, la litanie des buts, etc. L'œuvre d'art, soutient enfin Marcuse, atteint au contraire sa véritable essence en tant que « beauté dans la mesure où elle oppose son ordre propre à celui de la réalité — son ordre non répressif dans lequel même la malédiction parle au nom d'Éros » (*ibid.*, p. 75). Or, si le football peut à la rigueur se rattacher au domaine de la *désublimation répressive* — puisque l'on y procède par caresses du ballon, touchers de balle, feintes de corps, pénétrations de la défense adverse, étreintes festives, embrassades générales, attouchements collectifs —, cette « érotisation » virile se réalise entre mâles assoiffés de victoires, prêts à en découdre sur le terrain ou dans les vestiaires ; autrement dit, une « érotique » de la performance, de la violence, du combat. Une érotique de soudards.

FÉTICHISME DU BALLON
ET SEXUALITÉ INFANTILISÉE

Dans une interview accordée à un numéro commun de *Marie-Claire* et *L'Équipe magazine* (juin 1998), David Ginola, le footballeur coqueluche de ces dames, tenait des propos tout à fait révélateurs : « Un match, c'est une tempête. Quatre-vingt-dix minutes de guerre. On reçoit des coups partout. [...] C'est un vrai sport de contact. On en sort en sang avec des griffures partout. [...] Il y a une sensualité des odeurs dans le foot. Ça sent bon, la transpiration. Sur le terrain, on sent aussi l'odeur de la terre, de l'herbe. [...] On est un peu des bêtes. C'est ça aussi qui devrait plaire aux femmes, les cheveux mouillés, les visages mal rasés, ce côté mâle qui transpire. » Bel aveu de sexualité polymorphe, avec son fétichisme du sang, de la sueur et des odeurs animales. Aux amateurs de transpiration, on peut malicieusement rappeler que le choix du fétiche est lié à l'intérêt refoulé porté à des odeurs particulière-ment prégnantes. « Les pieds et les cheveux déga-gent une forte odeur, écrit Freud. Ils seront élevés à la dignité de fétiches lorsque les sensations olfacti-ves devenues désagréables auront été abandonnées. Dans le fétichisme du pied, ce sont toujours les pieds sales et malodorants qui deviennent l'objet sexuel. La préférence fétichiste accordée au pied peut trouver aussi une explication dans les théories de la sexualité infantile. Le pied remplace le pénis, dont l'absence chez la femme est difficilement ac-ceptée par l'enfant[19]. » Or, comme son nom l'indi-que parfaitement, le football entretient le mythe du pied majeur ; il glorifie la fonction instrumentale et autoérotique du pied, toujours liée à des tendances infantiles régressives (les enfants aiment bien sucer leur pied...). Et si le footballeur qui adore jouer avec ses pieds — dans une sorte d'onanisme com-pulsionnel — est plutôt amateur de la violence des « coups de pied », il lui arrive aussi de « prendre son pied » en « perforant » le mur ou en marquant un but dans une « cage inviolée ». Le rapport dominant au pied est donc symptomatique d'un lien pour le moins *archaïque* avec le corps. Cet intérêt tenace pour le pied a même été considéré comme une manière de réhabiliter des « fonctions archaïques » très simples[20]. Dimitrijevic par exemple, dont la réflexion est parasitée par son envoûtement pour le « football roi », va jusqu'à faire cette hilarante découverte : « Le coup de patte du nourrisson possède en germe l'élégant toucher d'Eusebio[21]. »

Outre le fait patent que les footballeurs sont tous adeptes de ces « carrières professionnelles narcissiques[22] », l'économie sexuelle du football semble bien être structurée par la devise des nouveaux *baby*-mercenaires du crampon : « Sueur, sang et terre ». Si les footballeurs parlent librement de leur sexualité aujourd'hui (certains font l'amour le jour même du match et parfois même juste avant le match), c'est à coup sûr pour « s'épanouir », selon l'expression standard de l'idéologie sexuelle contemporaine[23], mais c'est surtout comme compensation libidinale à la violence du terrain, comme technique de mise en condition du corps en vue de la décharge musculaire pendant le match. La sexualité liée au football n'est ainsi que *la dégradation de la vie érotique* assimilée à un entraînement préalable à l'acte professionnel, à ce travail de type nouveau que constitue le match. Le courant pulsionnel inscrit au cœur du processus sportif est dès lors polarisé par la mise en œuvre d'actes compulsionnels d'une parfaite vulgarité (crachats, mots grossiers, gestes obscènes...) et le déchaînement de violences verbales et physiques qui appartiennent au régime ordinaire de l'archétype sadique (insultes, menaces, coups, agressions).

La désublimation répressive inhérente au football se prolonge ainsi dans le développement de comportements homosexuels latents entre les joueurs sur la base d'une complicité sadomasochiste ou d'un narcissisme de groupe. Cette *homosexualité latente* que Freud a mise en évidence dans les groupements sociaux[24] — notamment dans ce qu'il a appelé les « foules artificielles », en particulier l'Église et l'armée — est particulièrement forte lorsque ces groupements sociaux ne sont pas mixtes, ce qui fut le cas des bandes nazies en Allemagne[25] et ce qui est bien sûr le cas dans la quasi-totalité des équipes de sports collectifs, en particulier dans le football. Pour Adorno et Horkheimer, on assiste dans la société de masse actuelle à une « homosexualisation inconsciente[26] » dans la mesure où l'idéal érotique a régressé vers la perversité polymorphe infantile. Selon eux, la société a construit une façade génitale sans contradiction, la surface « homosexualisée » d'une structure infantile. L'idéal érotique est alors ramené au stade prégénital, à l'indistinction sexuée, à l'indifférenciation des sexes. Pour saisir la pertinence de cette analyse, il suffit d'observer le comportement « débridé » des joueurs après un but : ils s'embrassent chaleureusement[27], s'étreignent dans un amoncellement collectif, se congratulent en se tapant amicalement sur les fesses, se roulent les uns sur les autres, font des doigts et bras d'honneur, jubilent comme des gosses...

Le football en tant qu'exacerbation de la tension sexuelle masculine accomplit bien cette *régression collective* vers des stades infantiles, archaïques et narcissiques. Le groupe des footballeurs est en fait une armée en ordre de marche émotionnellement travaillée par le plaisir équivoque qui la conduit des lieux du regroupement intime (les vestiaires du stade, les lieux d'entraînement) jusqu'aux lieux publics des défilés de la victoire (les Champs-Élysées…). Élevé au firmament du succès médiatique, le groupe des footballeurs constitue ainsi une sorte de meute guerrière dont l'unité, parfois conflictuelle, est cimentée par « l'amour désexualisé pour l'autre homme, amour homosexuel sublimé, qui [est] lié au travail en commun[28] ». Cette situation peut être mise en parallèle avec celle d'une collectivité passée caractéristique : « Dans la collectivité fasciste, avec ses équipes et ses camps de travail, chacun dès sa plus tendre jeunesse est un prisonnier en détention cellulaire, cela favorise le développement de l'homosexualité[29]. » Le terrain de football — et l'espace clos des stades et des centres d'entraînement en assure le caractère cellulaire — permet lui aussi le renforcement d'une atmosphère collective à forte coloration homosexuelle refoulée et d'une sexualité endogame, « inversée », grégaire, où le même recherche le même dans l'ivresse narcissique et la jouissance mégalomaniaque de la « victoire ». L'équipe de football en tant que *structure collective militarisée* par une discipline de commando est la résurgence de l'esprit de horde ou de la meute de chasse dont l'objectif est la domination, la prédation, l'humiliation. À ce titre, en effet, le football — qui a toujours été prisé par tous les régimes fascistes — est une *structure mâle archaïque*[30] dont la bestialité et le culte de la violence physique font écho — pulsionnellement et idéologiquement — à d'autres hordes basées sur l'absence de scrupules, l'apologie de la force brutale et la destruction du concurrent, de l'adversaire ou de l'« ennemi ». « La horde qui réapparaît dans l'organisation des jeunesses hitlériennes, écrivent Adorno et Horkheimer, n'est pas un retour à l'antique barbarie, mais le triomphe de l'égalité répressive, l'égalité dans le droit à l'injustice découverte par l'entremise des pairs[31]. » Quand certains glosent à n'en plus finir sur la « passion égalitaire » et l'« idéal démocratique » du football, les remarques d'Adorno et Horkheimer aident au contraire à comprendre que le football — en tant que matrice d'une régression pulsionnelle — n'est ni plus ni moins qu'une structure de *fascisation des masses*.

LA « STADIFICATION » DU MONDE
ET LE MONDE DU SPECTACLE
« STADIFIÉ »

Avec la construction des stades et la généralisation des retransmissions télévisuelles des matches, le capitalisme du troisième âge a constitué une structure technologique phénoménale : un système médiatico-sportif de masse dont l'emprise idéologique n'est pas sans rappeler celle des cirques romains. L'exemple du Stade de France est assez édifiant à cet égard, et très rares furent les sociologues, politologues, journalistes, responsables politiques qui critiquèrent cette construction pharaonique. Au contraire, on assista lors de sa construction à une avalanche de louanges. Qu'importe l'ardoise, pourvu qu'on ait des jeux, des spectacles, des concerts (où Johnny met le feu...) !

L'Équipe s'était distinguée comme d'habitude dans

l'apologie grandiloquente. « Champagne ! » titrait ce journal à la veille de l'inauguration du Stade de France, en janvier 1998. Jérôme Bureau, en première page de *L'Équipe* du 27 janvier 1998, n'en finissait plus de savourer son bonheur, un bonheur simple, façon père de famille à l'arrivée de son petit, c'est-à-dire tendre et innocent. « Ça y est, nous l'avons et, malgré tous les soucis qui entourent sa naissance, osons dire que nous en sommes heureux. Car construire un stade, c'est tout aussi important, tout aussi stratégique, tout aussi culturel [*sic*], tout aussi crucial, tout aussi indispensable que de construire des cathédrales [*sic*], des opéras, des bibliothèques, des mosquées, des musées ou des aéroports. Alors bienvenue à ce lieu de fête. D'autant, et c'est un deuxième plaisir, qu'il est vraiment superbe, au moins pour ce que j'en connais, c'est-à-dire cette sublime impression qu'il offre aux passagers de l'autoroute. Ah ! oui, il est sacrément beau. » Pauvre Bureau ainsi transformé en commissionnaire d'un publireportage dégoulinant de bons sentiments, en missionnaire de l'évangile sportif : « Si le souffle du sport y passe comme on l'espère, rien, ni aucun préjugé ni aucune galère, ne m'empêchera d'aimer ce stade. Passionnément. » L'amour fou, on le sait, est aveugle, ou plutôt il aveugle, car il est impossible de comparer un stade — sauf à se ridiculiser — à une cathédrale. Un stade est en effet un lieu profane fonctionnel dont la finalité est commerciale, tandis qu'une cathédrale est un lieu sacré conçu, reçu et perçu comme *œuvre d'art*, dont la finalité est la célébration de la transcendance, à l'instar de celle de Saint-Denis si proche du Stade de France, édifiée à partir du xiie siècle à l'initiative de l'abbé Suger.

Le Monde de son côté donnait également dans les comparaisons douteuses, sacralisant indûment le surgissement d'« un anneau de béton voué à la lumière et à l'espace ». Frédéric Edelmann et Emmanuel de Roux qui avaient défendu bec et ongles le Grand Stade se faisaient ainsi les grands prêtres de l'esthétique « bétonique ». D'emblée, nos deux experts en cadre bâti précisaient qu'« il y a des monuments qui entrent dans l'histoire [...], ils ont la faveur du public. [...] Incontestablement, le Stade de France restera comme une œuvre majeure de la Vᵉ République [*sic*], avec ses 80 000 places laïquement auréolées [*sic*], et cette efficacité proprement hexagonale qui, de la tour Eiffel à Donzère-Mondragon, a permis tant de réussites du génie civil. À la tombée du jour, qui sera son heure favorite et bénie, il apparaît soudain brillant et solide. Tous, même ceux qui furent ses plus farouches détracteurs, en conviennent : sa présence ici, au jour dit, épate et rassure dans la nébuleuse complexe des autoroutes, des canaux, des chemins de fer et des couloirs de toutes sortes, qui, tout autour, tissent la toile mystérieuse du siècle [*sic*]. Bien sûr, comme pour la Madeleine, c'est la postérité — c'est-à-dire la ferveur du public — qui tranchera en dernier ressort » (*Le Monde*, 27 janvier 1998). Quelques jours plus tard, l'un des chroniqueurs du même journal développait des arguments tout aussi ahurissants. Dans un article intitulé « L'âme d'un stade », Pierre Georges relatait en effet sa participation à « la naissance d'un stade. [...] Un immense spectacle d'ailleurs. Une de ces superbes messes pour un temps présent. Avec tout ce qu'il faut de laser, de décibels, d'effets de son et de lumière, d'élastonautes accro-

chés aux lustres, de symboles jetés sur un grand lin-
ceul blanc et de grandioses constructions virtuelles
comme sorties d'un écran en trois dimensions.
Disons simplement que, dans le genre, ce fut très
beau. [...] Ce Stade de France semble tellement
bien né qu'il a trouvé tout de suite une âme. C'est
un peu compliqué à expliquer, l'âme d'un stade
[certes...]. Surtout à ceux qui trouvent ces émois
fort excessifs et très vulgaires. Faisons alors l'économie d'un prêche. Et gardons pour nous cette découverte heureuse : le Stade de France, aussitôt
peuplé, a vécu. Il a trouvé, dès le premier instant, son
ambiance et sa justification, son public et sa chaleur.
Et cela n'est pas un mince compliment » (*Le Monde*,
30 janvier 1998). Compliments ou boniments ?

LE FAUX PARALLÉLISME
ENTRE L'ART ET LE FOOTBALL

Cette volonté d'associer deux réalités, le football
et l'art, dont les valeurs sont pourtant tout à fait
différentes sinon diamétralement opposées, reste
aujourd'hui l'une des constantes de l'idéologie sportive. L'ouvrage de Jean-Marc Huitorel participe, en
l'amplifiant, de cette confusion sur le statut de l'œuvre d'art. Après avoir souligné « l'engagement courageux et fort ancien de Jean-Marie Brohm pour
une sociologie réellement critique du phénomène
sportif, celui de Perelman également, en particulier,
pour l'un comme pour l'autre, au sein de la revue
Quel Corps ? » et partagé notre « point de vue alar-
miste sur l'aliénation que constitue le devenir spor-

tif de nos sociétés », Jean-Marc Huitorel récusait pourtant assez vite le concept clé d'opium du peuple mis en avant par *Quel Corps ?*. Plus grave encore, il nous faisait dire ce que nous n'avons jamais dit, et surtout jamais pensé, à savoir que « le sport, et le football en particulier, est bien l'art d'aujourd'hui. Ce qui signifie que l'art est une "peste émotionnelle". CQFD[32] ». Cet ouvrage, qui était en fait une critique à peine dissimulée de nos thèses, ressassait les mêmes lieux communs que les nouveaux idéologues du sport (Ehrenberg, Quéval, Vigarello...), en ne reculant d'ailleurs pas devant la contradiction, puisque après s'être alarmé sur l'aliénation du devenir sportif il affirmait que « le sport n'est ni libérateur ni facteur d'aliénation » (*ibid.*, p. 71).

Malgré le côté un rien racoleur de la comparaison entre l'art et le football, il est impossible de les associer parce que l'activité artistique possède un *savoir*, une *histoire*, des *techniques* qui ne peuvent se confondre avec l'activité sportive, quand bien même beaucoup d'artistes s'intéressent souvent assez naïvement au sport, croyant y voir avant tout un jeu et une thématique pour un développement original de leur pratique (« Exposition : des artistes se jouant du football », in *Le Monde*, 22 décembre 2005). Une autre thèse n'est guère plus sérieuse, celle qui prétend que l'art se « sportiviserait ». Il faut tout d'abord constater à l'évidence que les thèmes développés par l'art, toutes époques confondues, n'ont guère à voir avec le sport. Il serait difficile en effet de citer un créateur un tant soit peu connu qui aurait produit une *œuvre de référence* dans ce domaine, même si un certain nombre d'artistes ont peint des toiles ayant pour thème le sport[33]. L'unique exception, toujours appelée en renfort, est la série des *Footballeurs* réalisée par Nicolas de Staël dans les années 1950. Pour cet artiste remarquable, le football représentait sans aucun doute un moment d'émerveillement, mais il faisait preuve d'une très grande naïveté en écrivant par exemple à son ami René Char : « Quand tu reviendras, on ira voir des matches ensemble. C'est absolument merveilleux. Personne là-bas ne joue pour gagner, si ce n'est à de rares moments de nerfs, où l'on se blesse[34]. » Alice au pays des merveilles...

L'œuvre d'art ouvre à un espace imaginaire qui est celui de l'*anticipation concrète* en sorte que « tout non-encore-conscient peut être rendu conscient[35] ». Le football, au contraire, n'ouvre à aucune complexité imaginaire, puisque tout y est donné dans la répétition d'un ordre garant de son immuabilité. Tout y est rationnel et rationalisé, formel et formalisé. Les phases de jeu se ressemblent de plus en plus, les courses au but aussi qui se terminent invariablement de la même manière : le gardien « battu » va chercher la balle au fond des filets ! Si bien que l'un des ressorts effectifs du spectacle sportif est bien cette *compulsion de répétition* qui n'a rien à voir avec la créativité artistique. Rien n'est plus cadré qu'un match de foot, rien n'est plus terre à terre, et s'il y a des « surprises », ce sont toujours des surprises prévisibles ou possibles. L'œuvre d'art, elle, instaure au contraire un horizon infini de perspectives (la *Joconde*...), d'interprétations (les symphonies de Mahler...), de donations de sens (les tragédies de Sophocle...). Les différentes versions de *La Montagne Sainte-Victoire* de Cézanne indiquent la recherche, l'approximation, un devenir fragile, l'unité sans cesse chancelante, le *work in progress* d'une œuvre originale en perpétuel renouvellement. Elles sont un aller et retour permanent dans le registre de la représentation : ce que peut être le réel transposé, figuré dans le tableau, métamorphosé. Il y a là, inscrite au cœur du projet artistique, ou de la création, l'aventure de ce qui n'était nulle part inscrit, prévu, mais plutôt l'anticipation utopique sans cesse renouvelée d'une chose qui se matérialise sous nos yeux en tant que réel. Désormais, nous ne voyons plus seulement la montagne Sainte-Victoire près d'Aix-en-Provence comme une belle barre rocheuse produite par l'évolution géologique, car nous l'apercevons à partir de l'œuvre de Cézanne, en tant que *phénomène pensé*, transfiguré par un peintre inspiré. La métamorphose de la montagne en œuvre est la question qui porte l'œuvre elle-même et dont l'artiste est le sujet. Le nouveau est donc là, surgissant certes *de* la réalité (la montagne Sainte-Victoire a une existence matérielle) mais surtout *comme* réalité nouvelle. Dans le football, il n'y a par contre que la monotone répétition de l'*ancien*, la répétition des mêmes gestes techniques (les reprises de volée...), la révision sans cesse reprise des schémas tactiques au cours des entraînements, la reproduction des mêmes consignes de jeu, en somme l'éternel recommencement du *Fort-da* (disparition-retour)[36] : donner et recevoir la balle, attaquer et défendre, avancer et reculer, balle en l'air et balle à terre !

En football, il n'y a aucun type de transgression — sauf la transgression des règles du jeu — et encore moins d'utopie. Et que représentent en fin de compte une « belle » passe, un « éclair de génie » ou une action « sublime », si ce n'est la stricte adaptation à l'espace dans ce qu'il a de plus normé (les lignes de la surface de réparation), un bouquet de gestes verrouillés par le sacro-saint principe de réalité du terrain ? Un dribble de débordement ou un coup de pied arrêté pour contourner le mur d'une défense, loin d'être des créations techniques originales, ne sont que le résultat de gestes cent fois, mille fois répétés au cours d'entraînements de plus en plus mécanisés. Aujourd'hui, tous les coups francs, directs ou indirects, et tous les corners sont ainsi décortiqués et expérimentés *ad nauseam*. L'objectif est d'appliquer sur le terrain ce qui a été longuement préparé à l'entraînement. Le football ne peut donc que lourdement coller au gazon parce que son projet ne renvoie en effet qu'à lui-même, sans autre visée, un projet sans projection. Penser au football, c'est ne penser qu'à cela, c'est-à-dire s'arrêter de penser. Les œuvres d'art donnent au contraire à penser, elles stimulent l'imagination et font accéder aux univers symboliques les plus élevés : la métaphysique, la poésie, la mythologie, la transcendance esthétique.

La *composante critique* est présente dans l'œuvre d'art alors que dans le football il est tout au plus possible de critiquer une décision d'arbitrage, une erreur de marquage ou un tir manqué. À l'art encore interrogateur et critique du monde, sans doute jusqu'au surréalisme, s'est substitué le monde sans critique proposé par le sport. Voilà, enfin, un spectacle facile à comprendre par le plus grand nombre ! Or la « chorégraphie sur la pelouse » célébrée par les idéologues postmodernes n'est en fait que le ballet de la violence, le choc de plus en plus brutal entre des adversaires décidés à en découdre. Est-il

possible alors de comparer à un art le fait de per-
forer l'adversaire, de saccager ses tibias, de le « tacler » de plus en plus sauvagement ? La tentative de
Nathalie Heinich de rapprocher l'art et le sport est
donc des plus curieuses. Se défendant d'une assimilation de l'un à l'autre, tout en souhaitant les « penser ensemble », Nathalie Heinich n'en conduit pas
moins son propos vers une « problématique de la
singularité [...] renvoyant à une sociologie des valeurs » qui la pousse à réfléchir « à la question de la
vocation sportive en la comparant avec la vocation
artistique ». En quoi cette comparaison entre l'art
et le sport serait-elle cependant « fructueuse » du
point de vue de l'épistémologie sociologique ? Si ce
n'est qu'elle permet à Nathalie Heinich de débiter
quelques banalités idéologiques bien dans l'air du
temps. Après avoir assuré que « la concurrence est
au cœur de toute activité en régime démocratique »
et que « le héros est grand par ses actes, et s'incarne
dans la figure du guerrier, traditionnellement, et du
sportif, à l'époque moderne », Nathalie Heinich en
vient à rappeler le dogme libéral de la compétition
généralisée : « Si l'excellence dans la singularité est
une caractéristique commune au sport de haut niveau et au grand art [*sic*], c'est qu'il y a bien [...]
une forme de compétition dans l'exploit sportif ou
dans la création : c'est le modèle de l'*agon*, où il s'agit
d'être le meilleur et de se distinguer des autres [...].
La différence entre sport et art est que, dans le
sport, la compétition se fait visiblement avec autrui,
dans un espace d'extériorité (même si le champion
peut aussi avoir comme visée de se dépasser lui-
même) ; tandis qu'en art, elle se fait prioritairement
avec soi-même [*sic*], dans un espace d'intériorité,

par la tentative pour aller toujours plus loin dans ce
dont on est seul capable (même s'il existe aussi,
mais de façon plus dissimulée, une compétition latente avec les autres artistes)[37]. » Beaucoup de bruit
pour pas grand-chose...

LE STADE DU SPECTACLE :
UNE ESTHÉTISATION GRÉGAIRE

Comme nous l'avons déjà souligné, le stade n'est
en rien comparable à une cathédrale parce qu'il est
un pur produit industriel, « la résultante, comme
l'explique Giulio Carlo Argan à propos d'autres ar-
chitectures, d'un nombre de données nivelées et
combinées de façon à résoudre leurs contradictions.
Plus qu'un projet, c'est un calcul préventif ; le résultat en est une déduction plus qu'une proposition.
Au cours du processus s'opèrent des confrontations,
des réductions, des choix définitifs, mais qui visent
toujours le succès du produit ou le progrès de sa
technique de production. Il n'y a pas là d'évaluation
proprement critique, car la critique évalue l'acte qui
s'est accompli, s'accomplit ou veut s'accomplir par
rapport aux raisons institutionnelles et aux finalités
d'une activité ou d'une discipline donnée dont on
reconnaît la nécessité et dont on veut assurer la
durée et le développement[38] ». Tout ce qui concerne
le stade et son spectacle (les joueurs, les supporters,
le cadre architectural...) n'est qu'un projet d'enfermement ou de concentration de masse (les commentateurs sportifs s'extasient toujours sur la
contenance des stades...) qui n'a strictement rien à

voir avec un projet culturel. Le but du stade est de faire le plein, d'être une vaste caisse de résonance des foules sportives, un « cratère en ébullition », pour parler comme les aficionados. C'est pourquoi, là où se déploie un stade, s'avance le désert.

Une œuvre d'art favorise par contre le libre jeu de l'imagination, la liberté individuelle et la créativité. C'est une source inépuisable d'où jaillit l'esprit dans ce qu'il a de plus élevé. Une pomme de Cézanne porte en soi, pour ainsi dire, tous les fruits réalisés qui l'ont précédée dans l'histoire de la peinture. La pomme de Cézanne a elle-même été « dépassée » par d'autres pommes (Picasso...) jusqu'à ne plus être « pomme ». Ce n'est précisément pas la substance de la pomme naturelle qui importe, mais la pomme *de* Cézanne ou *de* Picasso et auparavant celle *de* Chardin. C'est donc la capacité d'évocation, de représentation de ce qui est au-delà du fruit lui-même — un phénomène tourné vers l'avant — qui est décisive pour celui qui le perçoit. Grâce aux innombrables figurations picturales de la pomme, j'ai à la fois le souvenir des pommes de Cézanne et d'autres (les natures mortes, par exemple), et ce souvenir transcende le réel de la pomme, mais j'ai aussi la possibilité d'imaginer d'autres pommes futures dans un horizon d'anticipation du non-encore-advenu qui est précisément celui de la culture. Tout à l'inverse, une passe, un shoot, un dribble n'évoquent que ce qu'ils sont *hic et nunc*. Ils s'arrêtent là où finit l'action. Ensuite viendront s'ajouter d'autres passes, dribbles et shoots « merveilleux » qui balayeront tout ce qui précède. De Pelé, on peut sans doute se souvenir d'un shoot tenté de la moitié du terrain. Mais quel est le projet d'un tir au but si ce

n'est le but, la réussite de l'éphémère qui est l'éphémère de la réussite ? Un but de Maradona (même
truqué) réjouit le cœur de milliers de supporters. Il
ne leur offre cependant que cela, une exultation immédiate. Or, tandis que le football n'est que la répétition d'une réalité déjà organisée, l'œuvre d'art crée
une réalité qui n'existait nulle part ailleurs. Un penalty est le même à Rome, Moscou et Athènes, et
les dribbles se répètent des millions de fois sur tous
les stades de la planète sans qu'aucun d'entre eux —
pas un seul — ne fasse mémoire, ne fasse œuvre.

« L'alignement de la réalité sur les masses et des
masses sur la réalité est, comme le souligne Walter
Benjamin, un processus d'immense portée, tant
pour la pensée que pour l'intuition[39]. » Aujourd'hui,
le football est cet alignement des masses sur la réalité du capitalisme, en particulier par le truchement
de la télévision mondialisée, parce que le spectacle
du football est progressivement devenu cette esthétique marchande généralisée qui engendre la nouvelle *aura* propre à la mondialisation esthético-
visuelle. Depuis le milieu des années 1960, le football est en effet devenu — avec la sophistication des
techniques de prises de vues (gros plans, zooms, retours sur image, vues aériennes, caméras au ras du
gazon, etc.) — le spectacle du monde du ballon qui
se donne en spectacle. De plus, « c'est un fait lié à
la technique du cinéma comme à celle du sport que
tous les spectateurs assistent en demi-experts aux
performances exhibées par l'un comme par l'autre »
(*ibid.*, p. 295). Ainsi, dans les techniques de retransmission du football, les masses sont à la fois le décor
et l'enjeu, le spectacle et les spectateurs, l'œil de la
caméra et le terrain. « Dans les grands cortèges de

fête, dans les monstrueux meetings, dans les manifestations sportives qui rassemblent des masses entières, dans la guerre enfin, c'est-à-dire en toutes occasions où intervient aujourd'hui l'appareil de prise de vues, la masse peut se voir elle-même face à face » (*ibid.*, p. 313). Le football, loin d'être la propagande de l'art, est donc d'abord un *art de propagande*, la régie publicitaire de la grégarisation spectaculaire. Et comme dans toutes les manifestations de propagande, la mise en scène, le scénario et les acteurs/figurants ont l'air de sortir d'un péplum néomussolinien, d'une démonstration de sapeurs-pompiers, d'un jamboree de scouts d'Europe ou d'une opérette tyrolienne. « Le tendre vert de la pelouse d'où se détache le ballet coloré des joueurs, les arabesques des ailiers, le développement géométrique du jeu, les envolées des gardiens font du football un art visuel qui se prolonge dans les gradins, observe Christian Bromberger sous le charme de cette esthétique de patronage. Jeu des parures, des déguisements, des étendards, des banderoles, des chorégraphies, des mouvements ondulants des corps formant une ola, parades et roulements de tambours, sonneries de trompettes qui les accompagnent constituent un moment exceptionnel d'esthétisation festive [*sic*] de la vie collective » (Christian Bromberger, « Le football comme drame philosophique », in *Le Nouvel Observateur*, hors-série, octobre-novembre 2005, p. 22).

La possibilité de retransmettre les manifestations sportives à travers le monde a accéléré à la fois le processus de reproduction en masse et la reproduction des masses (Walter Benjamin, *ibid.*, p. 313). À l'esthétisation de la politique qu'ont pratiquée tous les totalitarismes du XXe siècle s'est aujourd'hui substituée la sportivisation de l'esthétique, dont le football est à présent la réification extrême. Contrairement aux œuvres d'art qui, à l'instar de la philosophie et de la culture, constituent historiquement la subjectivité humaine en une universalité concrète, celle précisément d'une humanité transcendantale[40], le football, lui, ne représente qu'un misérable universel abstrait : le ballon rond, les mercenaires en crampons, les intermédiaires, l'interminable et répétitive litanie des tacles, tirs au but, coups francs et « cartons » en tout genre. Le football est donc devenu aujourd'hui le type même de la *colonisation totalitaire du monde vécu*, le vecteur massif et massifiant d'un pseudo-réenchantement du monde, l'illusion collective du bonheur national, ou plus exactement la collectivisation de toutes les illusions individuelles, comme on a pu le constater lors du Mondial 1998. « Orgasme tricolore », titrait *France-Soir* le 13 juillet 1998. « La légende du siècle », s'extasiait *L'Humanité* du 13 juillet 1998. Dans cette indécente orgie populacière, toutes les forces politiques — de l'extrême gauche à l'extrême droite — et la quasi-totalité des intellectuels et des médias s'étaient rués sur le devant de la scène pour célébrer sans la moindre retenue l'ivresse, la transe, l'euphorie, la liesse, « la rencontre magique de ce courant tellurique, reprenant en festif le "tous ensemble" de 1995 » (Alain Lipietz, « Le carnaval social », *Libération*, 29 juillet 1998). Ce Vert qui voyait rose osait ainsi invoquer le mouvement social de 1995 pour justifier le déferlement des meutes sportives ! À l'infamie s'ajoutait la mystification. Quatre ans après, pour le Mondial 2002, *bis repetita* : « La machine à rêve sera lancée », écrivait Jean-Marie Colombani (*Le Monde*, 1er décembre 2001). Nul doute que pour le Mondial 2006 cette machine à rêver ne soit à nouveau actionnée à plein régime par les innombrables machinistes de l'opium sportif.

LE STADE ET SA SCÈNE : UNE VISIBILITÉ IMMÉDIATE ET PURE

La Coupe du monde de football de 2006 en Allemagne devrait mettre en lumière le développement de nouvelles technologies dans le domaine de la conception des stades et de la retransmission des matches. Le stade conçu par les architectes Herzog et de Meuron, au nord de la ville de Munich, et édifié à cette occasion grâce à la compagnie d'assurances Allianz, a pour objectif explicite d'introduire le sport dans la cité et d'innover du point de vue architectural. Ce que l'on considère déjà comme une prouesse architecturale prolonge les récentes avancées techniques qui ont permis à des stades de devenir de véritables vitrines et des terrains d'expérimentation de la technologie moderne. Les stades de football, nouveaux lieux des émotions fortes, ont intégré à cet égard les dimensions essentielles de la qualité visuelle et sonore ultrasensible. Pour le stade de Munich que les Allemands appellent déjà le « Schlauchboot » (le canot pneumatique), les concepteurs ont mis en œuvre une façon de « peau qui s'enroule autour de l'espace et le définit, entre surface dévolue au jeu et tribunes de spectateurs » (*Courrier international*, mai-juin-juillet 2002, hors-série n° 22). La recher-

che principale des architectes a d'emblée porté sur
la qualité de la lumière artificielle diffusée qui doit
créer une source majeure d'émotions chez les spectateurs. Le rouge (pour les matches locaux du FC
Bayern), le bleu (pour ceux de l'équipe de football
1860 München), le blanc (pour les autres rencontres)
seront tour à tour les couleurs dominantes selon que
telle ou telle équipe prendra l'avantage sur le plan du
résultat à un moment donné ou selon l'ardeur des
supporters. Grâce à une structure de trois mille
coussins gonflables sous pression derrière lesquels
sont logés des tubes fluorescents de couleurs rouge,
bleue ou blanche — une sorte de membrane très
fine et déformable —, tout le stade pourra s'embra-
ser à volonté (« Gonflé à bloc », in *Techniques & architecture*, n° 480, octobre-novembre 2005). La densité
des couleurs peut également s'intensifier à chaque
fois qu'un but est marqué. Les architectes considèrent leur stade comme le plus beau parce que « entièrement dédié au football[41] ». Le travail essentiel,
selon Herzog (l'un des deux architectes), « concerne
la densité du terrain, qui a été conçu comme une
scène. Ainsi toutes les places donnent directement
sur l'événement, chaque spectateur participe à l'action, comme dans une scène de théâtre [*sic*]. [...]
Notre deuxième concept a donc été de faire en sorte
que l'architecture de ce lieu porte l'énergie du centre vers l'extérieur » (*ibid.*). L'architecture avec ses
jeux de lumière veut pleinement assumer son rôle de
cadre théâtral. Au-delà des avantages acoustiques,
cette architecture isole totalement des courants d'air,
mais elle intervient surtout sur la dramaturgie du
jeu. Le sport est alors un spectacle avec le gazon
vert comme plateau. « Nous avons voulu construire

un centre de théâtre pour le football », comme le disent sobrement les architectes (*Courrier international, op. cit.*). Leur réponse en termes d'architecture a donc été la recherche d'une interaction la plus directe possible, c'est-à-dire une « visibilité optimale pour tous, des spectateurs concentrés comme dans un bocal autour de la pelouse et un stade qui mette en scène leurs mouvements intérieurs et souligne ceux du match » (*ibid.*). Bien entendu, peu regardant sur son rapport à l'histoire, Herzog veut rapprocher son stade de l'arène historique, l'associer au Colisée qui est la référence absolue en matière de comparaison forcée, ou encore le rattacher aux églises parce qu'elles seules possèdent « un tel potentiel historique et culturel » (*ibid.*). L'architecte ne s'arrête cependant pas dans son élan fantaisiste puisque dans son esprit le stade devient même « un lieu de démocratie » par le fait que la meilleure visibilité est le critère de la démocratie lorsque, précisément, « les spectateurs sont le plus près possible de la pelouse ». « La meilleure perspective possible » serait de ce point de vue rendue possible grâce à une inclinaison des gradins de trente-quatre degrés et soixante-six mille places réparties sur trois rangées dans un minimum d'espace. Cela laisse songeur sur la nature de la démocratie vue par un architecte... Parce que entièrement dédié au football, le stade de Munich favorise ainsi la visibilité totale, associant dans un même et grand ensemble (l'espace intérieur) la structure isolante et lumineuse et ceux qui la composent, ainsi que le regard venant de l'extérieur. Le stade serait en effet pareillement perçu de l'extérieur par le truchement de cette peau qui peut devenir écarlate au moment des grandes

tensions (une sorte de phare avertisseur de tempê-
tes), comme il délimiterait également la ville de la
campagne, parce que situé dans une vaste plaine,
reliant à sa façon, par sa présence même, l'aéroport et
le centre historique de Munich. Vaste programme...

Comment résister à de tels arguments, surtout à
ceux qui consacrent la lumière ? Car il est bien difficile de résister — souhaite-t-on même y résister ?
— à la puissance de la lumière qui devient une
sorte de *deus ex machina*. C'est même là le but de
toute l'architecture que d'enfermer l'espace et donc
aussi les spectateurs par la lumière. Celle-ci surgit
artificiellement et de tous les côtés à la fois. Dans ce
type de stade qui veut servir de modèle, la lumière
artificielle s'oppose à la lumière naturelle. Elle est
un élément qui n'est pas simplement décoratif
puisqu'elle participe de la structure même de l'édi-
fice. La lumière contribue également à la mise en
scène générale du lieu. En rapport avec le théâtre
total (à la façon d'Erwin Piscator) lorsque la scène
pouvait pénétrer jusqu'au cœur des gradins par un
mouvement de rotation de l'axe, les architectes tentent d'associer leur propre théâtre du ballon rond
— un nouvel axe — à la mobilité totale des joueurs.
Faut-il tout de même rappeler que la puissance du
théâtre (surtout de plein air) vient aussi du texte
qui est dit et de la qualité de sa réception dans un
environnement visuel où scène et salle sont bien dé-
limitées : la lumière joue pour l'essentiel sur les acteurs lorsque la salle est de son côté plongée dans
l'obscurité. Ce qui n'est plus le cas dans le stade
proposé. Stade *versus* théâtre : la lumière englobe
joueurs comme spectateurs. Elle est *la* lumière du
stade de football, une lumière intense et interne, et

non pas une lumière extérieure venue du ciel, changeante, mouvante, et acceptée comme telle. La volonté des architectes est bien de *visualiser* au mieux le spectacle non plus dans le stade mais *du* stade. Le spectacle n'est donc plus seulement dans le rapport linéaire, immédiat et direct, qu'auront les spectateurs avec les joueurs ; il est mieux que cela. Il se fonde sur la *spectacularisation* de la vision elle-même, celle qu'induit la lumière. Dans l'univers-cocon du stade, englobant, fermé sur son espace intérieur, le spectacle n'est pas seulement visuel avec ses couleurs variées et fortes, il est *la visualisation elle-même* en ce qu'elle plonge au cœur du processus de fabrication du spectacle. En regard de tout cet attirail d'artifices mis en œuvre dans le stade de Munich, le football est presque devenu un prétexte, englouti qu'il est par la violence d'une visibilité débordante. On ne saurait pourtant oublier ce football qui, dans une forme de *dématérialisation* opérée par une lumière portée à l'incandescence, rejaillit à l'extérieur lorsqu'il est diffusé par les canaux de la télévision. À l'embrasement lumineux de l'espace interne du stade, de ce stade-île dans lequel sont immergés joueurs et spectateurs, correspond l'autre monde, celui qui met aux prises les téléspectateurs avec leur petit écran. Car le spectacle du football via le stade se prolonge à l'extérieur dans chaque foyer...

LA TÉLÉVISION ET LE TÉLÉPHONE
PORTABLE : VERS LA VISION TOTALE

Le spécialiste reconnu des retransmissions télé-visuelles — est-ce de l'art ? —, Jean-Paul Jaud, réalisateur de la plupart des matches de football pour Canal+, a toujours affirmé qu'« on peut maîtriser le matériel, mais pas le jeu des acteurs sur le terrain. Malgré tout, je dois donner au téléspectateur toutes les visions d'un match. Cela implique un énorme travail : conception, préparation, tournage, découpage et montage. Filmer un match de foot avec son unité de temps, de lieu et d'action, c'est comme réaliser un western spaghetti. Sur le terrain, il y a les bons et les méchants, et celui qui tire le premier a gagné. À moi de capter les bonnes images en jouant avec les focales, les angles ou les ralentis. Une retransmission sportive doit être un spectacle total » (*Le Monde*, *Télévision*, *Radio*, *Multimédia*, 14 et 15 avril 1996). Ce à quoi Charles Biétry, à cette époque patron des sports à Canal+, pouvait ajouter avec un grain de réalisme : « Nous en sommes encore au Moyen Âge. Seulement 30 % des possibilités ont été explorées. Tant que l'on sera mieux dans un stade que chez soi pour voir un match, nous n'aurons pas gagné » (*ibid.*). Michel Platini abondait dans le même sens : l'objectif doit être la réalisation d'une vision complète du jeu pour les téléspectateurs, les premiers spectateurs à qui il faut donner du « plaisir ». Or le plaisir est de voir selon la *doxa* platinienne. « Dans un contexte international, précisait l'ex-patron des Bleus, l'idéal est de voir toujours le ballon, et que les plans soient plus élargis que d'habitude. Il doit y avoir une vision universelle du jeu dans le cadre de la Coupe du monde [celle de 1998]. Un match retransmis par une télévision doit être à chaque fois un événement » (*ibid.*). Selon Gérard Devèze, les télévisions proposent « des mises en forme (ralentis, répétitions, multiplications des points de captation et des angles de vue, statistiques, infographie, commentaires à plusieurs voix avec l'omniprésence des consultants et autres spécialistes techniques...) qui font du sport un véritable spectacle télévisuel avec ses règles propres de construction narrative et esthétique[42] ». Rien que cela ! Le but de toute cette débauche de technologie est bien sûr la *séduction permanente* des téléspectateurs par un processus d'« intimisation », laquelle est subrepticement mise en œuvre par les possibilités qu'offrent par exemple des caméras spécifiques dites « loupes » pourvues du ralenti LSM (*Live slow motion*) et du numérique : chaque téléspectateur s'intègre au match en devenant une sorte de réalisateur lorsqu'il modifie les images qu'il souhaite regarder.

Beaucoup de choses vont être dorénavant « explorées », pour reprendre les termes de Charles Biétry, à l'instar de cette nouvelle caméra appelée *cablecam* qui va progressivement — nous assure-t-on — transformer et améliorer la vision du terrain déjà engagée depuis de nombreuses années. La technique mise en œuvre pour cette *cablecam* est assez simple. Reliée à deux câbles flexibles ancrés aux quatre angles du stade, elle filme les recoins habituellement inaccessibles par des caméras classiques. Les mouvements de la *cablecam* sont programmés par un ordinateur et manœuvrés par deux techniciens. La caméra elle-même est pilotée par un technicien à l'aide de joysticks placés dans les tribunes. Utilisée aux États-Unis, notamment par les chaînes de télévision CBS et la Fox pour le football américain (Super Bowl), mais également pour le tournage de films, elle permet de tourner dans des lieux difficiles d'accès pour une caméra posée au sol. Sa vitesse de déplacement sur les câbles est d'environ 80 km/h[43]. Ce qui lui permet de suivre et même d'anticiper tous les mouvements internes au stade et de les retransmettre par un dispositif de fibres optiques très sophistiqué : les mouvements des joueurs sur le terrain en leur donnant un nouvel angle de vue ; les mouvements des tribunes, surtout au moment des olas. Cette caméra qui vient s'ajouter à un dispositif associant images réelles et images virtuelles de plus en plus impressionnant permet ainsi de renouveler les angles de vue et surtout de susciter une participation plus proche, presque intime, au spectacle. Le but recherché dans l'utilisation de cette nouvelle caméra est de balayer la plus grande surface possible du terrain de jeu tout en donnant l'impression de survoler un espace, d'être un œil à l'intérieur d'un volume[44]. L'extrême mobilité de la caméra placée à une hauteur d'environ 25 mètres ainsi que ses possibilités d'agrandissement ou de zoom sur les déplacements des joueurs renforcent l'impression de la puissance d'un espace tout en maintenant le regard du téléspectateur à l'intérieur d'un volume bien contrôlé. Tout semble grandiose dans un espace pourtant limité où cette caméra aérienne peut venir fouiller le moindre recoin, les déplacements de tout un chacun, joueurs bien sûr, mais également spectateurs...

La retransmission des matches de football est devenue en quelques années un élément dominant du paysage télévisuel, surtout depuis la Coupe du monde de football de 1998 où, en fréquence cumulée, 37 milliards de téléspectateurs se retrouvèrent devant leur petit écran et 1,7 milliard ensemble le jour de la finale. La multiplication des matches de football et leur mondialisation ont accru le nombre d'heures de retransmission jusqu'à la saturation selon certains, qui craignent que trop de football ne tue le football. Ce développement exponentiel du football télévisé a mis en place une *infrastructure visuelle et sonore* digne de Big Brother lorsque caméras et micros sont implantés dans les stades comme autant d'yeux et d'oreilles artificiels. Le stade a en effet des yeux partout et des oreilles qui traînent... Or, depuis les années 1950, où une ou deux caméras (sans ralentis) suffisaient pour retransmettre les matches, la couverture audiovisuelle du stade s'est considérablement sophistiquée : du haut en bas des gradins, sur la pelouse comme sur le toit et même plus haut. Ce sont maintenant entre 15 et 20 caméras numériques qui sont judicieusement disposées et pas moins de 80 personnes pour les actionner afin de permettre une diffusion « parfaite ». L'idéal étant que le téléspectateur soit *intégré* au match comme s'il était présent sur les gradins mais situé à des places chaque fois différentes. Dans le stade — on le sait —, l'émotion peut être grande. Or l'objectif est de reproduire cette émotion *via* les canaux de télévision à l'intérieur de chaque foyer. Car l'émotion que l'on veut permanente grâce à la retransmission de l'ambiance dans les tribunes doit être le complément indispensable et direct du spectacle. Capter et diffuser l'émotion ou l'ambiance d'un stade ne peut se faire que par un nombre important de caméras ; plus il y a de caméras, plus il y a de chances d'enregistrer un événement non filmé en direct et donc de le retransmettre : les gesticulations des entraîneurs sont ainsi suivies de très près. Mais filmer un stade, c'est d'abord filmer les joueurs. Et la technique emprunte pour cela directement au cinéma, par exemple dans les longs travellings qui permettent de suivre le déplacement des joueurs et rendre avec efficacité leur vitesse. C'est alors tout un dispositif de rails et de caméras mobiles (*steadycam*) qui est déployé pour enregistrer le plus d'actions ou d'événements possible. Les techniques les plus avancées du cinéma sont ainsi exploitées, comme les contre-plongées qui permettent d'amplifier les actions et les gestes des joueurs. Par ailleurs, on assiste à l'intégration d'images virtuelles ou d'images de synthèse au cours même de la retransmission télévisée : cercle délimitant les 9,15 m pour les tirs des coups francs, lignes fléchées pour indiquer les distances de tir, écran géant incrusté dans les tribunes, composition des équipes, banderoles publicitaires en bordure des terrains, logos des sponsors, blasons des équipes, vitesse de balle d'un joueur, etc. L'apparition récente des logos de grandes banques ou de marques d'aliments dessinés sur la pelouse dans une représentation en perspective corrobore cette nouvelle étape de la visualisation permanente du spectacle sportif[45]. Désormais, ce qui est visible doit surtout l'être pour le téléspectateur.

Sous nos yeux, la réalité se transforme ou est « améliorée », toujours avec l'objectif de mieux voir, de mieux apprécier, d'intégrer le téléspectateur au stade comme un spectateur — si l'on peut dire — à part entière. Le rêve selon certains adorateurs du football serait un stade fait pour la télévision. « Le stade deviendrait un théâtre, mais c'est évidemment difficile à imaginer car les stades sont déjà là[46]. »

L'autre « rêve » qui est en train de se réaliser concerne la possibilité de capter la télévision sur le mobile téléphonique avec le football comme événement porteur. La technologie est au point et le marché est plus que prometteur. Des opérateurs qui à l'instar d'Orange ont déjà investi 2 milliards d'euros dans ce secteur, ou SFR qui vient d'acquérir les droits de retransmission pour certains de ses abonnés aux soixante-quatre matches du Mondial en Allemagne, sont en passe de gagner le pari de coller les zombies du portable, de l'Ipod et du MP3 à leur mobile au moment des matches. Ce n'est certes pas encore l'intégralité de la compétition qui est proposée, mais seulement les buts en léger différé et les résumés des cinq dernières minutes. Ce sont donc bien tous les pores creux de la journée qui doivent être bouchés par une réception permanente. Et le football sera alors le vecteur d'une expérience grandiose : pouvoir relier tout un chacun au stade par le truchement de son mobile. Ce qui signifie qu'avec le « télémobilespectateur » les individus pourront suivre un match en tout point du territoire et en connaître son résultat. Il sera dès lors facile d'enregistrer le nombre de spectateurs quasi intégrés dans le stade, les yeux extasiés rivés sur l'écran du mobile. Tisser une véritable toile d'araignée télévisuelle faisant accéder tous les individus au stade de football semble ainsi devenir l'horizon indépassable de la vision, elle-même horizon indépassable du spectacle sportif.

CONCLUSION

« Il n'y a de dernier mot que de l'inachevé. »

Jude STÉFAN

Les dirigeants de l'Allemagne réunifiée se sont mobilisés pour accueillir le Mondial de football en 2006. L'enjeu économique et symbolique est en effet de taille pour ce pays qui cherche à effacer de bien mauvais souvenirs : l'organisation nazie des Jeux olympiques de 1936 qui furent la glorification des gladiateurs de Hitler ou l'attaque terroriste du groupe palestinien Septembre noir lors des Jeux olympiques de Munich en 1972. *The show must go on*, avait-on dit juste après ce drame qui avait endeuillé la délégation israélienne. Pour exorciser « la culpabilité allemande » (Jaspers), l'Allemagne l'a emporté sur les Pays-Bas à domicile au Mondial de 1974. Après la Coupe du monde asiatique de 2002, et la défaite en finale contre le Brésil, tout le pays s'est préparé pour accueillir les trente-deux équipes qualifiées. Des efforts gigantesques ont été accomplis pour que la compétition soit une réussite totale. 1,5 milliard d'euros ont été investis « par l'État fédéral, les col-

lectivités territoriales et le privé pour que l'Allemagne réunifiée dispose d'équipements sportifs dignes
de l'importance de l'événement » (*Le Monde*, 10 décembre 2005), pour que les douze stades retenus pour
le Mondial soient réhabilités ou construits (Munich, Leipzig, Hanovre). À cela s'est ajouté un effort
financier sans précédent pour la modernisation des
transports (2,7 milliards d'euros), l'aménagement
de la nouvelle gare de Berlin (10 milliards d'euros),
le budget d'organisation (430 millions d'euros) et la
prime au vainqueur (15,9 millions d'euros). Les
budgets initiaux — on le sait — étant toujours dépassés, on peut imaginer que des sommes colossales seront mises en jeu pour assurer pendant un
« mois de fête » le spectacle du ballon rond relayé
par des médias chauffés à blanc par la transe footballistique et entretenir la vacuité des conversations
quotidiennes au bureau et dans les transports. Dans
ce tableau idyllique présenté par les autorités politiques et footballistiques allemandes, quelques grosses taches assombrissent cependant la beauté de la
composition. La réunification de l'Allemagne a en
effet affaibli les capacités économiques de l'Ouest
en intégrant un pays peu industrialisé à l'Est, peu
développé dans les secteurs de pointe et s'appuyant
sur une masse de salariés peu qualifiés. Un chômage
de masse s'est ainsi rapidement développé avec 4,5
millions de personnes sans travail et une économie
plombée par les déficits publics (environ 4 % du
PIB). Or, comme toujours en pareil cas de figure, on
annonce à coups de trompettes triomphantes des lendemains qui chantent. Le Mondial, à lui seul, devrait permettre, nous dit-on, de relever l'économie
du pays. Les organisateurs comptent tout d'abord

sur un afflux important de touristes (3 millions) et un nombre plus important encore de nuitées (5,5 millions). Ils comptent surtout sur les exploits sportifs de l'« Ossi » Michael Ballack pour redonner confiance au pays et pourquoi pas, selon certains « utopistes », créer la surprise en finale en permettant « la diminution du niveau de chômage [qui] va peut-être se jouer sur la pelouse de certains stades, comme l'explique très sérieusement Holger Preuss, professeur à l'université Johannes-Gutenberg de Mayence » (*ibid.*). Là encore, là toujours, le football, quelques joueurs, *un* seul joueur même sont appelés à résoudre les problèmes considérables d'une économie chancelante. Sans oublier les milliers de bénévoles appelés en renfort pour contribuer — bien sûr gratuitement — à l'effort. Alors, on rêve, en effet...

La Coupe du monde de football devrait ainsi permettre la création de 60 000 emplois, selon une étude de la Chambre de commerce et d'industrie allemande (DIHK)[1]. Et l'on imagine même qu'un tiers de ces emplois pourraient être « durables » (restauration, tourisme et travail intérimaire). On demandera tout de même aux États régionaux de participer à l'effort en laissant aux magasins la liberté des horaires d'ouverture et de fermeture durant le Mondial. Voilà pour la réalité du rêve : le rêve d'une vaste campagne commerciale pour « l'Allemagne nouvelle » de la Grande coalition chrétienne-démocrate et sociale-démocrate. Tous unis derrière la *Mannschaft* : un peuple, une équipe, un drapeau, *Deutschland über alles* ! La nouvelle chancelière Angela Merkel rêve, elle aussi, de gloire allemande. Tout entière acquise au Mondial, elle milite évidemment en faveur de l'équipe nationale capable de redonner à l'Allemagne son rang de première puissance en Europe, chauvinisme germanique oblige : « Je me réjouis à la perspective de nombreux matches captivants et équitables au cours desquels de nombreux buts seront marqués. En tant qu'Allemands, nous tremblerons d'excitation avec notre sélection » (site officiel de l'Office de presse et d'information du gouvernement fédéral consulté le 17 janvier 2006, http://wm2006.deutschland.de/FR). Tremblons en effet...

Face à cette nouvelle déferlante de la Coupe du monde de football 2006 dont les protagonistes reprennent les mêmes arguments qu'en 1998 en France (coup de pouce décisif à l'économie, bonheur pour tous, unité nationale, etc.), quelques rares intellectuels ont su retrouver le chemin de la réflexion critique et tirer le signal d'alarme sur les dangers du football planétarisé. Ainsi, George Steiner souligne que « le sport est un substitut [...]. Nous avons une religion maintenant sur la terre, c'est le football bien sûr, c'est la seule religion planétaire. On peut dire que le Vandale (dans nos villes aujourd'hui le hooligan) serait un commando merveilleux s'il y avait une guerre demain. Avec exactement les mêmes qualités d'agression, de brutalité, de ruse et d'invention stratégique[2] ». De même, Vicente Verdu — dénonçant très concrètement la société postmoderne avec ses *reality shows*, sa vidéosurveillance généralisée, sa guerre sainte, son clonage — considère que l'« orgie du football » est l'une des pires manifestations de masse qui se soit installée dans une société gangrenée par la crétinisation culturelle et l'abrutissement idéologique. L'aliénation qui s'est emparée de nos jours d'une masse à la fois atomisée et grégarisée repose essentiellement sur l'infantilisme — des jeux, des amusements, des distractions, des divertissements — « qui sévit de nos jours pour le spectacle sportif, notamment le football[3] ».

Le football encensé *ad nauseam* par les idéologues postmodernes est aujourd'hui une véritable institution de la corruption, de la triche et de la combine. Avec une régularité métronomique, des affaires nauséabondes viennent rappeler aux abonnés de l'opium que le football est devenu au fil des ans un milieu mafieux, à l'image d'ailleurs de nombreux autres sports professionnels[4]. Le dernier scandale en date, qui devrait en annoncer bien d'autres, a éclaté lorsque Jean-Jacques Eydelie s'est mis à table en révélant les honorables pratiques marseillaises. L'ex-milieu de terrain marseillais condamné en 1995 à un an de prison avec sursis dans l'affaire de corruption OM-Valenciennes (match arrangé en 1993) a ainsi dévoilé les dessous de ce que certains osent encore appeler « l'esprit sportif » : « Pour les dirigeants de l'OM, tricher était devenu une seconde nature. Il fallait que les choses leur échappent le moins possible. Pendant des années, quasiment tous les joueurs qui venaient à l'OM avaient participé à des arrangements de match [...]. Tous les joueurs de l'OM savaient, certains ont même participé à des "arrangements". » Voilà pour l'équité et l'épreuve de justice dont on nous rebat les oreilles ! Mais Jean-Jacques Eydelie a également confirmé l'existence ancienne du dopage dans le football : « Je l'ai vu dans tous les clubs où je suis passé, sauf à Bastia. Dans les années 1980-1990, beaucoup de choses traînaient. On nous donnait des cachetons. C'était de la folie, en particulier autour du Captagon [un stimulant][5]. » Ces aveux, certes tardifs, étaient confirmés par d'autres ex-Marseillais : « Deux anciens Marseillais, Chris Waddle (1990-1992, dribbles chaloupés, coiffure nuque longue) et Tony Cascarino (1994-1996, surnommé "Tony Goal", 61 buts en deux saisons de D2), ont eux aussi évoqué, fin 2003, des piqûres bizarres. "J'ai reçu, de manière répétée, des injections à Marseille", écrivait Cascarino dans sa chronique du *Times*. "Je me raccroche à l'espoir que c'était légal. Mais je suis sûr à 99 % que ce n'était pas le cas" […]. Selon Waddle, "les joueurs recevaient sans arrêt des injections à Marseille" » (*Libération*, 23 janvier 2006). Comme dirait Mme Merkel, on tremble d'excitation à l'idée que les piqueurs et les piqués ne fassent bientôt plus qu'une grande confrérie qui lave son linge sale en famille…

APPENDICES

APPENDICES

BIBLIOGRAPHIE

ADORNO, Theodor W. et HORKHEIMER, Max, *La dialectique de la raison. Fragments philosophiques*, Paris, Gallimard, 1974.

ADORNO, Theodor W., *Prismes. Critique de la culture et société*, Paris, Payot, 1986.

ADORNO, Theodor W., *Minima moralia. Réflexions sur la vie mutilée*, Paris, Payot, 2001.

ADORNO, Theodor W., *Des étoiles à terre. La rubrique astrologique du « Los Angeles Times ». Étude sur une superstition secondaire*, Paris, Exils Éditeur, 2000.

ADORNO, Theodor W., *Studien zum autoritären Charakter*, Francfort, Suhrkamp, 1973.

ARENDT, Hannah, *La crise de la culture*, Paris, Gallimard, « Folio Essais », 1996.

ARENDT, Hannah, *La vie de l'esprit*. Tome 1, *La Pensée*, Paris, PUF, « Philosophie d'aujourd'hui », 2000.

ARGAN, Giulio Carlo, *Projet et destin*, Paris-Lagrasse, Les Éditions de la Passion/Verdier, 1993.

ARON, Raymond, *L'opium des intellectuels*, Paris, Gallimard, « Idées », 1968.

ASKOLOVITCH, Claude, *Le foot, sport ou argent ?*, Paris, Mango, 2002.

AUTHIER, Christian, *Foot business*, Paris, Hachette, 2001.

BATARD, Yannick, *Football club de Nantes, une équipe, une légende*, Nantes, Cheminements, 2005.

BEAULIEU, Michel, BROHM, Jean-Marie et CAILLAT, Michel, *L'empire-football*, Paris, Études et documentation internationales, 1982.

BENJAMIN, Walter, *Œuvres* III, Paris, Gallimard, « Folio Essais », 2000.

BENSAÏD, Daniel, *Une lente impatience*, Paris, Stock, « Un ordre d'idées », 2004.

BERNHARD, Thomas, *L'origine*, Paris, Gallimard, 1996.

BLOCH, Ernst, *L'esprit de l'utopie*, Paris, Gallimard, 1977.

BLOCH, Ernst, *Le principe espérance*. Tomes I à III, Paris, Gallimard, 1976, 1982, 1991.

BOLI, Claude, *Manchester, l'invention d'un club. Deux siècles de métamorphose*, Paris, Éditions de la Martinière, 2004.

BONIFACE, Pascal (sous la direction de), *Géopolitique du football*, Bruxelles, Complexe, 1998.

BONIFACE, Pascal, *La Terre est ronde comme un ballon*, Paris, Le Seuil, 2002.

BOURG, Jean-François, *Économie du sport*, Paris, La Découverte, 2005.

BOURG, Jean-François, *Football business*, Paris, Olivier Orban, 1986.

BOURG, Jean-François, *L'argent fou du sport*, Paris, La Table ronde, 1994.

BOURGEADE, Pierre, *Le football c'est la guerre poursuivie par d'autres moyens*, Paris, Gallimard, 1981.

BOUTHOUL, Gaston, *Traité de polémologie. Sociologie des guerres*, Paris, Payot, 1991.

BROHM, Jean-Marie, *Sociologie politique du sport*, Nancy, Presses universitaires de Nancy, 1992.

BROHM, Jean-Marie, *Les meutes sportives. Critique de la domination*, Paris, L'Harmattan, 1993.

BROHM, Jean-Marie, *Les shootés du stade*, Paris, Paris-Méditerranée, 1998.

BROHM, Jean-Marie, *La machinerie sportive. Essais d'analyse institutionnelle*, Paris, Anthropos/Economica, 2002.

BROHM, Jean-Marie, *La tyrannie sportive. Théorie critique d'un opium du peuple*, Paris, Beauchesne, 2006.

BROMBERGER, Christian (avec Alain HAYOT et Jean-Marie MARIOTTINI), *Le Match de football. Ethnologie d'une passion partisane à Marseille, Naples et Turin*, Paris, Éditions de la Maison des sciences de l'homme, 1996.

BROMBERGER, Christian (sous la direction de), *Passions ordinaires*, Paris, Hachette, 2002.

BROMBERGER, Christian, *Football, la bagatelle la plus sérieuse du monde*, Paris, Bayard Éditions, 1998.

BRUNE, François, *De l'idéologie, aujourd'hui*, Paris, Parangon, 2004.

BUYTENDIJK, F. J. J., *Le football*, Paris, Desclée de Brouwer, 1952.

Cahiers du Cinéma (Les), n° 526, juillet-août 1998.
CANETTI, Elias, *Masse et puissance*, Paris, Gallimard, 1966.
Ce que veut la Ligue communiste, Paris, François Maspero, « Poche *Rouge* », 1972.
CHAZAUD, Pierre, *Art et football, 1860-1960*, Toulaud, Mandala Éditions, 1998.
COLLIN, Christian et SUTTER, Michel, *Les meilleurs du football. De Pelé à Platini, 50 champions*, Paris, Olivier Orban, 1978.
CORNU, Jean, *Le football*, Paris, Larousse, 1978.

DAGEN, Philippe, *L'art impossible*, Paris, Grasset, 2002.
DAL Camille et DAVID Ronan (sous la direction de), *Football. Sociologie de la haine*, Paris, L'Harmattan, 2006.
DAMISCH, Hubert, *Ruptures/Cultures*, Paris, Les Éditions de Minuit, 1975.
DEBORD, Guy, *Commentaires sur la société du spectacle*, suivi de *Préface à la quatrième édition italienne de « La société du spectacle »*, Paris, Gallimard, 1992.
DEBORD, Guy, *La société du spectacle* [1967], Paris, Champ libre, 1977.
DELACAMPAGNE, Christian, *Une histoire du racisme. Des origines à nos jours*, Paris, Le Livre de Poche, 2000.
DESAILLY, Marcel (avec la collaboration de Philippe Broussard), *Capitaine*, Paris, Stock, 2002.
DEVEREUX, Georges, *De l'angoisse à la méthode dans les sciences du comportement*, Paris, Flammarion, 1980.
DIMITRIJEVIC, Vladimir, *La vie est un ballon rond*, Paris, De Fallois, 1998.
DRIEU LA ROCHELLE, Pierre, *État civil*, Paris, 1921.
DRUCKER, Michel et OLLIVIER, Jean-Paul, *La Coupe du monde de football*, Paris, Pygmalion, 1975.
DRUCKER, Michel et OLLIVIER, Jean-Paul, *Cinquante ans de Coupe du monde*, Paris, Les Cahiers de L'Équipe, 1978.
DURET, Pascal et BODIN, Dominique (sous la direction de), *Le sport en questions*, Paris, Chiron, 2004.
DUVAUCHELLE, Dominique, *Le football, le plaisir, la violence*, Paris, Le Solitaire, 1979.

ECO, Umberto, *La guerre du faux*, Paris, Le Livre de Poche, « Biblio Essais », 1987.

EHRENBERG, Alain (textes réunis par), *Recherches*, n° 43, *Aimez-vous les stades ?*, avril 1980.

EHRENBERG, Alain, *Le culte de la performance* [1991], Hachette, « Pluriel », 1996.

ESCRIVA, Jean-Pierre et VAUGRAND, Henri (textes présentés par), *L'opium sportif. La critique radicale du sport de l'extrême gauche à « Quel Corps ? »*, Paris, L'Harmattan, 1996.

EYDELIE, Jean-Jacques, *Je ne joue plus !*, Paris, L'Archipel, 2006.

FAURE, Jean-Michel et SUAUD, Charles, *Le football professionnel à la française*, Paris, PUF, 1999.

FOCILLON, Henri, *Vie des formes* [1943], Paris, PUF, 1981.

FREUD, Sigmund, *La vie sexuelle*, Paris, PUF, 1969.

FREUD, Sigmund, « Psychologie des foules et analyse du moi », in *Essais de psychanalyse*, Paris, Payot, 1981.

FREUD, Sigmund, *Trois essais sur la théorie de la sexualité*, Paris, Gallimard, 1962.

FREUD, Sigmund, « Actes obsédants et exercices religieux », in *L'avenir d'une illusion*, Paris, PUF, 1971.

FROMM, Erich, *La crise de la psychanalyse. Essais sur Freud, Marx et la psychologie sociale*, Paris, Denoël-Gonthier, « Médiations », 1973.

FROMM, Erich, *La passion de détruire. Anatomie de la destructivité humaine*, Paris, Robert Laffont, 1975.

FROMM, Erich, *La peur de la liberté*, Paris, Buchet-Chastel, 1963.

FROMM, Erich, *Le cœur de l'homme. Sa propension au bien et au mal*, Paris, Petite Bibliothèque Payot, 1998.

FROMM, Erich, *Société aliénée et société saine. Du capitalisme au socialisme humaniste. Psychanalyse de la société contemporaine*, Paris, Le Courrier du Livre, 1971.

GABEL, Joseph, *La fausse conscience. Essai sur la réification*, Paris, Les Éditions de Minuit, 1977.

GALEANO, Eduardo, *Le football, ombre et lumière*, Castelnau-le-Lez, Climats, 1998.

GIRARD, René, *La violence et le sacré*, Paris, Bernard Grasset, 1972.

GUILLAUMIN, Colette, *L'idéologie raciste. Genèse et langage actuel*, Paris, Gallimard, « Folio Essais », 2002.

GUTERMAN, Norbert et LEFEBVRE, Henri, *La conscience mystifiée* [1936], Paris, Le Sycomore, 1979.

HECHTER, Daniel, *Football business*, Paris, Ramsay, 1979.

HIDALGO, Michel, *Football en liberté*, Paris, Ramsay, 1978.

HORKHEIMER, Max, *Théorie traditionnelle et théorie critique*, Paris, Gallimard, « Tel », 1996.

HUBERT, Christian, *50 ans de Coupe du monde*, Bruxelles, Éditions arts et voyages, 1978.

HUITOREL, Jean-Marc, *La beauté du geste*, Paris, Éditions du Regard, 2005.

HUSSERL, Edmund, *La crise des sciences européennes et la phénoménologie transcendantale*, Paris, Gallimard, 1989.

ICHAH, Robert, *Les meilleurs attaquants. Les stars du football mondial*, Paris, Olivier Orban, 1979.

JAKUBOWSKY, Franz, *Les superstructures idéologiques dans la conception matérialiste de l'histoire*, Paris, Études et documentation internationales, 1972.

JAOUI, Laurent, et ROSSO, Lionel, *Politique football club. Ce qu'ils pensent vraiment du ballon rond*, Paris, Calmann-Lévy, 2004.

JAVEAU, Claude, *La bienpensance. Thème et variations. Critique de la raison cosmétique*, Bruxelles, Éditions Labord, 2005.

KRAUS, Karl, *Dits et contredits*, Paris, Éditions Champ libre, 1975.

LANFRANCHI, Pierre, WAHL, Alfred, *et alii*, *FIFA. 1904-2004. Le siècle du football*, Paris, Le Cherche Midi, 2004.

LASCH, Christopher, *La culture du narcissisme*, Castelnau-le-Lez, Éditions Climats, 2000.

LE BON, Gustave, *Psychologie des foules*, Paris, PUF, 1985.

LE GOULVEN, Francis et DELAMARRE, Gilles, *Les grandes heures de la Coupe du monde*, Paris, PAC, 1981.

Ligue communiste révolutionnaire, *Oui, le socialisme !*, Paris, Petite collection Maspero, 1978.

LUXEMBURG, Rosa, *L'accumulation du capital*. Tome II, Paris, François Maspero, 1969.

MANDEL, Ernest, *Le troisième âge du capitalisme*, Paris, Les Éditions de la Passion, 1997.

MARCUSE, Herbert, *Culture et société*, Paris, Les Éditions de Minuit, 1970.

MARCUSE, Herbert, *Éros et civilisation. Contribution à Freud*, Paris, Les Éditions de Minuit, 1963.

MARCUSE, Herbert, *La dimension esthétique. Pour une critique de l'esthétique marxiste*, Paris, Éditions du Seuil, 1979.

MARX, Karl et ENGELS, Friedrich, *Manifeste du parti communiste*, Paris, Éditions sociales, 1962.

MARX, Karl, *Critique du droit politique hégélien*, Paris, Éditions sociales, 1975.

MARX, Karl, *Manuscrits de 1844. Économie politique et philosophie*, Paris, Éditions sociales, 1962.

MARX, Karl, *Misère de la philosophie*, Paris, Éditions sociales, 1961.

MARX, Karl, *Le capital. Critique de l'économie politique. Livre premier : Le développement de la production capitaliste*, Paris, Éditions sociales, 1975.

MARX, Karl, *Le capital. Critique de l'économie politique. Livre troisième : Le procès d'ensemble de la production capitaliste*, Paris, Éditions sociales, 1974.

MARX, Karl, *Le capital. Livre premier : Développement de la production capitaliste*, in Karl Marx, *Œuvres. Économie*. Tome I, Paris, Gallimard, « Bibliothèque de la Pléiade », 1963.

MAUSS, Marcel, *Sociologie et anthropologie*, Paris, PUF, 1950.

MAUSS, Marcel, « Esquisse d'une théorie générale de la magie », in *Sociologie et anthropologie*, Paris, PUF, 1978.

MEMMI, Albert, *Le racisme. Description, définitions, traitement*, Paris, Gallimard, « Folio Actuel », 1994.

MEYNAUD, Jean, *Sport et politique*, Paris, Payot, 1966.

MICHÉA, Jean-Claude, *L'enseignement de l'ignorance*, Castelnau-le-Lez, Climats, 1999.

MICHÉA, Jean-Claude, *Les intellectuels, le peuple et le ballon rond*, Castelnau-le-Lez, Climats, 1998.

MIGNON, Patrick, *La passion du football*, Paris, Éditions Odile Jacob, 1998.

MILLION, Nathalie, *Piantoni. Roger-la-Classe*, Strasbourg, La Nuée bleue, Nancy, Éditions de l'Est, 2003.

MONDENARD, Jean-Pierre de et *Quel Corps ?*, *Drogues et dopages. Sport et santé*, Paris, Chiron, 1987.

MONDENARD, Jean-Pierre de, Dictionnaire du dopage. *Substances, procédés, conduites, dangers*, Paris, Masson, 2004.

MORIN, Edgar, *Sociologie*, Paris, Éditions du Seuil, « Points Essais », 1994.

MORIN, Edgar, *L'homme et la mort*, Paris, Éditions du Seuil, 1970.

MOSCOVICI, Serge, *L'âge des foules. Un traité historique de psychologie des masses*, Bruxelles, Complexe, 1985.

NATHAN, Tobie, *La folie des autres. Traité d'ethnopsychiatrie clinique*, Paris, Dunod, 1986.

NIETZSCHE, Friedrich, *Ainsi parlait Zarathoustra*, Paris, Gallimard, « Folio Essais », 1997.

NIETZSCHE, Friedrich, *La philosophie à l'époque tragique des Grecs*, Paris, Gallimard, « Folio Essais », 1990.

NIZAN, Paul, *Les chiens de garde*, Paris, François Maspero, 1976.

PARMENTIER, Frédéric, *ASSE. Histoire d'une légende*, Saint-Étienne, Éditions des Cahiers Intempestifs, 2004.

PERELMAN, Marc, *Le stade barbare. La fureur du spectacle sportif*, Paris, Éditions Mille et Une Nuits, 1998.

PETITJEAN, Maxence, *Le roi Henry. Biographie d'un joueur en or*, Paris, City Éditions, 2005.

PHILIPPE, Jean, *Zidane. Le roi modeste*, Paris, L'Archipel, 2002.

Prétentaine, n° 9/10 (« Étranger. Fascisme, antisémitisme, racisme »), Montpellier, avril 1998.

Quel Corps ?, n° 6 (« Corps et fascisme »), Paris, Solin, 1976.

Quel Corps ?, n° 8 (« Football et politique »), Paris, printemps 1978.

Quel Corps ?, n° 9 (« Boycott »), Paris, septembre 1978.

Quel Corps ?, n° 10/11 (« Argentine : football et terreur »), Paris, hiver 1978.

Quel Corps ?, n° 40 (« Football Connection »), Saint-Mandé, juillet 1990.

REICH, Wilhelm, *L'analyse caractérielle*, Paris, Petite Bibliothèque Payot, 1976.

REICH, Wilhelm, *La psychologie de masse du fascisme*, Paris, Payot, 1974.

REICHE, Reimut, *Sexualité et lutte de classes*, Paris, François Maspero, 1974.

REY, Pierre-Louis, *Le football, vérité et poésie*, Paris, Hachette, 1979.

RIMET, Jules, *L'histoire merveilleuse de la Coupe du monde*, Monaco, Union européenne d'éditions, Genève-Zurich, 1954.

ROCHETEAU, Dominique (avec la collaboration de Christophe Quillien), *On m'appelait l'Ange vert*, Paris, Le Cherche Midi, 2005.

ROLAND, Thierry, *La fabuleuse histoire des Coupes d'Europe de 1974 à nos jours*, Paris, Éditions ODIL, 1987.

ROLAND, Thierry, *La fabuleuse histoire de la Coupe du monde de 1930 à nos jours*, Paris, Éditions de la Martinière, 1998.

RYSWICK, Jacques de, *100 000 heures de football*, Paris, La Table ronde, 1962.

SACCOMANO, Eugène, *Je refais le match*, Paris, Plon, 2005.

SALLES, Jean-Paul, *La Ligue communiste révolutionnaire (1968-1981). Instrument du Grand Soir ou lieu d'apprentissage ?*, Rennes, Presses universitaires de Rennes, 2005.

SARTRE, Jean-Paul, *Critique de la raison dialectique*. Tome I : *Théorie des ensembles pratiques*, Paris, Gallimard, 1960.

SARTRE, Jean-Paul, *Situations*, VII, Paris, Gallimard, 1980.

SARTRE, Jean-Paul, *Situations philosophiques*, Paris, Gallimard, « Tel », 1990.

SCHMIDT, Véra et REICH, Annie, *Pulsions sexuelles et éducation du corps*, Paris, Union générale d'éditions « 10/18 », 1979.

SÉVILLA, Jean-Jacques, *Le phénomène Ronaldo*, Paris, Plon, 2002.

Sociétés et représentations, n° 7 (« Football et sociétés »), décembre 1998.

STEINER, George et SPIRE, Antoine, *Barbarie de l'ignorance*, La Tour d'Aigues, Éditions de l'Aube, 2000.

TAGUIEFF, Pierre-André, *La force du préjugé. Essai sur le racisme et ses doubles*, Paris, Gallimard, « Tel », 1990.

TARDE, Gabriel, *L'opinion et la foule*, Paris, PUF, 1989.

TARDE, Gabriel, *Les lois de l'imitation*, Paris, Éditions Kimé, 1993.

TCHAKHOTINE, Serge, *Le viol des foules par la propagande politique*, Paris, Gallimard, « Tel », 1998.

Techniques & architecture, n° 480, octobre-novembre 2005.

THÉBAUD, François, *Pelé, une vie, le football, le monde*, Paris, Hatier, 1975.

Tribunes de presse. Études sur la construction journalistique du sport, Louvain-La Neuve, Academia-Bruylant, 1996.

TROTSKI, Léon, *Littérature et révolution*, suivi de *Les questions du mode de vie*, Paris, Les Éditions de la Passion, 2000.

TROTSKI, Léon, *Où va la France ?*, Paris, *Quatrième Internationale*, numéro spécial, 1969.

UHL, Magali et BROHM, Jean-Marie, *Le sexe des sociologues. La perspective sexuelle en sciences humaines*, Bruxelles, La Lettre volée, 2003.

UMMINGER, Walter, *Des hommes et des records*, Paris, La Table ronde, 1964.

VASSORT, Patrick, *Football et politique. Sociologie historique d'une domination*, Paris, Les Éditions de la Passion, 1999 et 2002, réédition L'Harmattan, 2005.

VEBLEN, Thorstein, *Théorie de la classe de loisir*, Paris, Gallimard, 1970.

VERDU, Vicente, *Le style du monde*, Paris, Stock, « L'autre pensée », 2005.

VINNAI, Gerhard, *Fussballsport als Ideologie*, Francfort-sur-le-Main, Europaïsche Verlagsanstalt, 1970.

WAHL, Alfred, *Les archives du football : sport et société en France, 1880-1980*, Paris, Gallimard/Julliard, 1989.

WAHL, Alfred, *La balle au pied. Histoire du football*, Paris, Gallimard, « Découvertes », 1990.

WEBER, Max, *Le savant et le politique*, Paris, Christian Bourgois, « 10/18 », 1990.

Sites consultés :
http://fifaworldcup.yahoo.com
http://forums.futura-sciences.com
http://www.adpf.asso.fr/adpf-publi/folio/foot/foot20.html
http://www.cohn-bendit.com
www.esj-lille.fr/atelier/magan2/foot/
www.nouvelobs.com

NOTES

LA FOOTBALLISATION DU MONDE :
L'AVENIR D'UN CAUCHEMAR

1. Voir, par exemple, Jules Rimet, *L'histoire merveilleuse de la Coupe du monde*, Monaco, Union européenne d'éditions, Genève-Zurich, 1954 ; Jacques de Ryswick, *100 000 heures de football*, Paris, La Table ronde, 1962 ; Michel Drucker et Jean-Paul Ollivier, *La Coupe du monde de football*, Paris, Pygmalion, 1975 ; *Cinquante ans de Coupe du monde*, Paris, Les Cahiers de L'Équipe, 1978 ; Christian Hubert, *50 ans de Coupe du monde*, Bruxelles, éditions Arts et voyages, 1978 ; Jean Cornu, *Le football*, Paris, Larousse, 1978 ; Francis Le Goulven et Gilles Delamarre, *Les grandes heures de la Coupe du monde*, Paris, PAC, 1981 ; Thierry Roland, *La fabuleuse histoire des Coupes d'Europe de 1974 à nos jours*, Paris, Éditions ODIL, 1987 ; Thierry Roland, *La fabuleuse histoire de la Coupe du monde de 1930 à nos jours*, Paris, Éditions de la Martinière, 1998 ; Pierre Lanfranchi, Alfred Wahl *et alii*, *FIFA. 1904-2004. Le siècle du football*, Paris, Le Cherche Midi, 2004 ; Eugène Saccomano, *Je refais le match*, Paris, Plon, 2005. À chaque Coupe du monde, on a droit à une avalanche de livraisons.

2. Voir, par exemple, Frédéric Parmentier, *ASSE. Histoire d'une légende*, Saint-Étienne, Éditions des Cahiers intempestifs, 2004 ; Claude Boli, *Manchester, l'invention d'un club. Deux siècles de métamorphose*, Paris, Éditions de la

Martinière, 2004 ; Yannick Batard, *Football club de Nantes, une équipe, une légende*, Nantes, Cheminements, 2005.

3. Voir, par exemple, Alfred Wahl, *Les archives du football : sport et société en France. 1880-1980*, Paris, Gallimard/Julliard, 1989.

4. Voir, parmi des dizaines d'autres, Christian Collin et Michel Sutter, *Les meilleurs du football. De Pelé à Platini, 50 champions*, Paris, Olivier Orban, 1978 ; Robert Ichah, *Les meilleurs attaquants. Les stars du football mondial*, Paris, Olivier Orban, 1979 ; Marcel Desailly (avec la collaboration de Philippe Broussard), *Capitaine*, Paris, Stock, 2002 ; Jean Philippe, *Zidane. Le roi modeste*, Paris, L'Archipel, 2002 ; Jean-Jacques Sévilla, *Le phénomène Ronaldo*, Paris, Plon, 2002 ; Nathalie Million, *Piantoni. Roger-la-Classe*, Strasbourg, La Nuée bleue, Nancy, Éditions de l'Est, 2003 ; Maxence Petitjean, *Le roi Henry. Biographie d'un joueur en or*, Paris, City Éditions, 2005 ; Dominique Rocheteau (avec la collaboration de Christophe Quillien), *On m'appelait l'Ange vert*, Paris, Le Cherche Midi, 2005. Rocheteau ne croit pas « au dopage généralisé et organisé » (p. 281). Tout un programme…

5. Max Horkheimer, *Théorie traditionnelle et théorie critique*, Paris, Gallimard, « Tel », 1996, p. 50.

6. Karl Marx, *Critique de l'économie politique*, in *Contribution à la critique de l'économie politique*, Paris, Éditions sociales, 1957, p. 44.

7. Marc Perelman, *Le stade barbare. La fureur du spectacle sportif*, Paris, Éditions Mille et Une Nuits, 1998 ; Jean-Marie Brohm, *Les shootés du stade*, Paris, Paris-Méditerranée, 1998.

8. Erich Fromm, *La peur de la liberté*, Paris, Buchet/Chastel, 1963, p. 147-148.

9. Jean-Paul Sartre, « Matérialisme et révolution », in *Situations philosophiques*, Paris, Gallimard, « Tel », 1990, p. 88.

10. Ce concept est dû à Marcel Mauss, *Sociologie et anthropologie*, Paris, PUF, 1950.

11. Sur le concept de totalisation, voir Jean-Paul Sartre, *Critique de la raison dialectique*. Tome I : *Théorie des ensembles pratiques*, Paris, Gallimard, 1960.

12. Paul Nizan, *Les chiens de garde*, Paris, François Maspero, 1976.

13. Erich Fromm, *Société aliénée et société saine. Du capitalisme au socialisme humaniste. Psychanalyse de la société contemporaine*, Paris, Le Courrier du Livre, 1971, p. 153.

14. *Ibid.*, p. 152.

15. Voir *L'opium sportif. La critique radicale du sport de l'extrême gauche à « Quel corps ? »* (textes présentés par Jean-Pierre Escriva et Henri Vaugrand), Paris, L'Harmattan, 1996.

16. Umberto Eco, « Le bavardage sportif », in *La guerre du faux*, Paris, Le Livre de Poche, « Biblio Essais », 1987, p. 248-249.

17. Theodor W. Adorno, *Le caractère fétiche dans la musique et la régression de l'écoute*, Paris, Éditions Allia, 2001, p. 43.

18. *Idem*, « Il y a écoute régressive [spectacle régressif] dès que la publicité tourne à la terreur, dès qu'il ne reste plus à la conscience qu'à capituler devant la supériorité de ce qu'on lui vante et à acheter la paix de son âme en s'appropriant littéralement la marchandise qu'on lui offre » (*ibid.*, p. 53).

19. Raymond Aron, *L'opium des intellectuels*, Paris, Gallimard, « Idées », 1968.

20. Friedrich Nietzsche, *Ainsi parlait Zarathoustra*, Paris, Gallimard, « Folio Essais », 1997, p. 372 : « Le désert croît ; malheur à qui recèle des déserts. »

1. LA PASSION-FOOT :
UN OPIUM DU PEUPLE

1. Erich Fromm, *La passion de détruire. Anatomie de la destructivité humaine*, Paris, Robert Laffont, 1975, p. 50-51.

2. Voir Gaston Bouthoul, *Traité de polémologie. Sociologie des guerres*, Paris, Payot, 1991.

3. Erich Fromm, *Société aliénée et société saine*, op. cit., p. 124-127.

4. Tobie Nathan. *La folie des autres. Traité d'ethnopsychiatrie clinique*, Paris, Dunod, 1986, p. 145.

5. *Ibid.*, p. 145-146.

6. L'essai de Sigmund Freud, *Psychologie des foules et analyse du moi*, in *Essais de psychanalyse*, Paris, Payot,

1981, a été un texte fondateur pour toute la psychologie de masse. Sur la psychologie des foules et des masses, voir aussi Gustave Le Bon, *Psychologie des foules*, Paris, PUF, 1985, malgré ses positions réactionnaires ; Elias Canetti, *Masse et puissance*, Paris, Gallimard, 1966 ; Gabriel Tarde, *L'opinion et la foule*, Paris, PUF, 1989 ; pour une excellente synthèse, voir Serge Moscovici, *L'âge des foules. Un traité historique de psychologie des masses*, Bruxelles, Éditions Complexe, 1985.

7. Theodor W. Adorno, *Minima moralia. Réflexions sur la vie mutilée*, Paris, Payot, 2001, p. 150.

8. Gabriel Tarde, *L'opinion et la foule, op. cit.*, p. 58-59.

9. Elias Canetti, *Masse et puissance, op. cit.*, p. 34.

10. Wilhelm Reich, *L'analyse caractérielle*, Paris, Petite Bibliothèque Payot, 1976, p. 437.

11. Toute cette problématique que nous ne pouvons que mentionner ici est l'un des acquis les plus intéressants du freudo-marxisme et de l'école de Francfort. Voir par exemple Erich Fromm, *La crise de la psychanalyse. Essais sur Freud, Marx et la psychologie sociale*, Paris, Denoël-Gonthier, « Médiations », 1973 ; Max Horkheimer, *Théorie traditionnelle et théorie critique, op. cit.*, notamment le chapitre intitulé « Autorité et famille » ; Theodor W. Adorno, *Studien zum autoritären Charakter*, Francfort, Suhrkamp, 1973 ; Reimut Reiche, *Sexualité et lutte de classes*, Paris, François Maspero, 1974 ; Herbert Marcuse, *Éros et civilisation. Contribution à Freud*, Paris, Les Éditions de Minuit, 1963 ; Véra Schmidt et Annie Reich, *Pulsions sexuelles et éducation du corps*, Paris, Union générale d'éditions, « 10/18 », 1979. On trouve déjà chez Freud toute une série d'intuitions qui seront systématisées par ces divers théoriciens. Voir, par exemple, Sigmund Freud, *La vie sexuelle*, Paris, PUF, 1969, qui regroupe divers articles fondateurs, en particulier « Les explications sexuelles données aux enfants » et « La morale sexuelle civilisée et la maladie nerveuse des temps modernes ».

12. Marcel Mauss, « Esquisse d'une théorie générale de la magie », in *Sociologie et anthropologie*, Paris, PUF, 1978, p. 125.

13. On sait que le marché de l'astrologie (horoscopes, thèmes astraux), de la voyance et de la divination (cartomancie, chiromancie, etc.) représente dans les pays développés une véritable industrie de l'obscurantisme Adorno, en

étudiant « la régression vers la pensée magique à l'époque du capitalisme avancé », avait souligné que « l'occultisme est la métaphysique des imbéciles » (Theodor W. Adorno, *Minima moralia, op. cit.*, p. 256 et 259). Voir aussi Theodor W. Adorno, *Des étoiles à terre. La rubrique astrologique du « Los Angeles Times ». Étude sur une superstition secondaire*, Paris, Exils Éditeur, 2000.

14. Sigmund Freud, « Actes obsédants et exercices religieux », in *L'avenir d'une illusion*, Paris, PUF, 1971, p. 91.

15. Voir Jean-Marie Brohm, *Les meutes sportives. Critique de la domination*, Paris, L'Harmattan, 1993.

16. Wilhelm Reich, *La psychologie de masse du fascisme*, Paris, Payot, 1974, p. 81.

17. *Ibid.*, p. 12.

18. Sur l'importance de l'imitation dans l'évolution sociale, voir Gabriel Tarde, *Les lois de l'imitation*, Paris, Éditions Kimé, 1993.

19. Sigmund Freud, *Psychologie des foules et analyse du moi*, in *Essais de psychanalyse, op. cit.*, p. 142-143.

20. « PSG : voyage au cœur de la haine », *France-Soir*, 5 octobre 2005.

21. Erich Fromm, *Le cœur de l'homme. Sa propension au bien et au mal*, Paris, Petite Bibliothèque Payot, 1998, p. 36. « À cet égard, écrit-il, le Colisée de Rome, où des milliers d'individus frappés d'impuissance goûtaient la plus grande volupté à regarder des hommes s'entre-tuer ou se faire dévorer par des bêtes, nous offre le plus bel exemple de monument dédié au sadisme » (*ibid.*, p. 37).

22. Wilhelm Reich note que « la vie peut se passer du fascisme, mais le fascisme ne peut pas se passer de la vie ! Il est le vampire sur le corps vivant qui donne libre cours à ses impulsions meurtrières » (*La psychologie de masse du fascisme, op. cit.*, p. 14). Marx, de son côté, explique que « le capital est du travail mort, qui, semblable au vampire, ne s'anime qu'en suçant le travail vivant, et sa vie est d'autant plus allègre qu'il en pompe davantage » (*Le capital. Critique de l'économie politique. Livre premier : Le développement de la production capitaliste*, Paris, Éditions sociales, 1975, tome 1, p. 229).

23. Erich Fromm, *Le cœur de l'homme. Sa propension au bien et au mal, op. cit.*, p. 20.

24. *Ibid.*, p. 47-48.

25. Albert Memmi, *Le racisme. Description, définitions, traitement*, Paris, Gallimard, « Folio Actuel », 1994, p. 13.

26. Pour un approfondissement de cette thématique, d'une grande complexité, voir Colette Guillaumin, *L'idéologie raciste. Genèse et langage actuel*, Paris, Gallimard, « Folio Essais », 2002 ; Pierre-André Taguieff, *La force du préjugé. Essai sur le racisme et ses doubles*, Paris, Gallimard, « Tel », 1990 ; Christian Delacampagne, *Une histoire du racisme. Des origines à nos jours*, Paris, Le Livre de Poche, 2000 ; *Prétentaine*, n° 9/10 (« Étranger. Fascisme, antisémitisme, racisme »), avril 1998.

27. Sur l'extension du phénomène néonazi dans le football, voir « Nazi football club », *Newlook*, juillet 2005, qui fait un tour d'horizon sur la peste fasciste dans les stades – de la Lazio de Rome à l'Étoile rouge de Belgrade en passant par Chelsea, le Real Madrid, Feyenoord Rotterdam et le Paris-Saint-Germain.

28. Jean-Claude Michéa, *Les intellectuels, le peuple et le ballon rond*, Castelnau-le-Lez, Climats, 1998, p. 11.

29. Voir aussi *Licra sports*, « le racisme et l'antisémitisme au cœur du football européen », 3 juin 2005.

30. Les plus audacieux n'ont même pas hésité à parler de « culture ouvrière » en l'opposant à la culture dominante, « bourgeoise ». Il y a fort longtemps déjà, au début des années 1920, Léon Trotski avait déconstruit jusqu'à l'os les prétentions de la « culture prolétarienne ». Voir Léon Trotski, *Littérature et révolution*, suivi de *Les questions du mode de vie*, Paris, Les Éditions de la Passion, 2000.

2. L'EMPIRE FOOTBALL :
UNE MULTINATIONALE DU BALLON ROND

1. Pour une analyse approfondie du football comme « fait social total », voir Michel Beaulieu, Jean-Marie Brohm et Michel Caillat, *L'empire football*, Paris, Études et documentation internationales, 1982.

2. Voir par exemple le témoignage de Daniel Hechter, *Football business*, Paris, Ramsay, 1979, qui dévoile les coulisses d'un sport gangrené par des pratiques frauduleuses. Depuis, le football a fait d'énormes progrès ! Voir

par exemple, « La foot connection. La face cachée de la Coupe du monde », *Le Nouvel Observateur*, n° 1095, 16 janvier 1998 ; « Le complot des multinationales contre le foot », *Marianne*, n° 74, 21 septembre 1998 ; Christian Authier, *Foot business*, Paris, Hachette, 2001.

3. Par exemple Jean-François Bourg, *Football business*, Paris, Olivier Orban, 1986 ; Jean-François Bourg, *L'argent fou du sport*, Paris, La Table ronde, 1994 ; Jean-François Bourg, *Économie du sport*, Paris, La Découverte, 2005.

4. Après la pitoyable élimination des Bleus en quarts de finale de l'Euro 2004, *Le Monde* du 29 juin 2004 soulignait, non sans une pointe d'ironie, que « les Bleus n'ont, en tout cas, pas eu besoin d'idéaliser leur prime. Les joueurs, grâce à ce quart de finale, ont empoché chacun 69 000 euros. Jacques Santini [le sélectionneur], lui, en a touché le double, soit 138 000 euros »...

5. Pour un panorama de ces diverses « théories », voir par exemple F. J. J. Buytendijk, *Le football*, Paris, Desclée de Brouwer, 1952 ; Jean Cornu, *Le football*, Paris, Larousse, 1978 ; Pierre-Louis Rey, *Le football, vérité et poésie*, Paris, Hachette, 1979 ; Marc Augé, « Football. De l'histoire sociale à l'anthropologie religieuse » et Roberto Da Matta, « Notes sur le futebol brésilien », *Le Débat* n° 19, février 1982.

6. François Thébaud, *Pelé, une vie, le football, le monde*, Paris, Hatier, 1975, p. 154.

7. Walter Umminger, *Des hommes et des records*, Paris, La Table ronde, 1964, p. 88.

8. Jean-Marie Brohm, *Sociologie politique du sport*, Paris, Beauchesne, 2006.

9. Comme le remarque Rosa Luxemburg : « L'impérialisme est l'expression politique du processus de l'accumulation capitaliste se manifestant par la concurrence entre les capitalismes nationaux autour des derniers territoires non capitalistes encore libres du monde [...]. Le capitalisme est la première forme économique douée d'une force de propagande ; il tend à se répandre sur le globe et à détruire toutes les autres formes économiques, n'en supportant aucune autre à côté de lui. » *L'accumulation du capital*, Paris, François Maspero, 1969, tome II, p. 111, 129-130.

10. Voir Jean-Marie Brohm, *La machinerie sportive. Essais d'analyse institutionnelle*, Paris, Anthropos/Economica, 2002.

11. Ernest Mandel, *Le troisième âge du capitalisme*, Paris, Les Éditions de la Passion, 1997, p. 401.

12. Serge Tchakhotine, *Le viol des foules par la propagande politique*, Paris, Gallimard, « Tel », 1998.

13. Les supporters seniors français se souviennent toujours, avec une émotion teintée de légère sénilité, des premiers matches de la Coupe d'Europe qui opposaient le Real de Madrid des Di Stefano et Puskas et le Stade de Reims des Kopa, Fontaine, Piantoni, le « trio magique » qui formait l'ossature de l'équipe de France dans son « épopée suédoise » de la Coupe du monde en 1958 (battue par le Brésil en demi-finale et finalement classée troisième). C'est cette légende qui fut réactivée lorsque l'équipe de France gagna « sa » coupe à domicile au Stade de France en 1998.

14. Karl Marx et Friedrich Engels, *Manifeste du parti communiste*, Paris, Éditions sociales, 1962, p. 25.

15. Pour une photo d'équipe, voir *Le Nouvel Observateur*, hors-série n° 60 (« La ferveur sportive »), octobre/novembre 2005, où l'on apprend, grâce à Christian Bromberger, que le football est un « drame philosophique » ! Misère de la philosophie du football ou philosophie de la misère des intellectuels supporters ?

16. Bien que salarié de luxe, le joueur professionnel, au même titre que les autres détenteurs d'une force de travail, est dépendant du bon vouloir de son employeur. Il apparaît donc toujours « comme quelqu'un qui a porté sa peau au marché, et ne peut plus s'attendre qu'à une chose : être tanné » (Karl Marx, *Le capital. Livre premier : Développement de la production capitaliste*, in Karl Marx, *Œuvres. Économie*, tome I, Paris, Gallimard, « Bibliothèque de la Pléiade », 1963, p. 726).

17. Le « Ballon d'or » décerné par le magazine *France Football* vise — comme d'autres distinctions ou trophées attribués par les journalistes sportifs, les entraîneurs ou les instances officielles du football — à désigner le « meilleur footballeur de l'année ». En 2005, c'est le Brésilien Ronaldinho (FC Barcelone) qui l'a obtenu. D'autres concours, plus ou moins officiels, décernent les titres de « meilleur goal », « meilleur attaquant », « meilleur défenseur », tandis que la presse sportive ne manque pas de

comptabiliser le nombre de buts marqués ou encaissés par les équipes du championnat. Quand la quantophrénie rejoint la régression obsessionnelle...

18. Dans le football, comme dans les autres milieux du business, la dissimulation des gains, revenus, avantages et bénéfices réels est presque toujours la règle.

19. Voir, par exemple, « La traite des jeunes Africains du foot », *Le Monde*, 19 janvier 2006, où l'on apprend que, « recrutés par des "agents véreux", armés de fausses promesses, des milliers de jeunes Noirs débarquent chaque année en France pour rejoindre des clubs fantomatiques et restent sur le pavé ».

20. Voir aussi « L'enquête judiciaire sur les transferts suspects du PSG », *Le Monde*, 10 février 2005.

21. Voir « L'accablante enquête sur les transferts de l'OM est close », *Le Monde*, 24 novembre 2004.

22. Voir « Les liens des nationalistes avec le club de football de Bastia dévoilés », *Le Monde*, 1er avril 2004 : « Jean-Martin Verdi, le secrétaire général du club corse, a été mis en examen pour "extorsion de fonds en relation avec une entreprise terroriste" et "abus de biens sociaux". François Nicolaï et Jean Nicolaï, respectivement président et directeur général du SCB, avaient déjà été mis en examen pour "extorsion de fonds en relation avec une entreprise terroriste". Cette enquête aura permis au juge Courroye et à la brigade financière de révéler à quel point le club corse était tombé sous la coupe des nationalistes et livré aux turpitudes de certains. »

23. Christian Bromberger, *Football, la bagatelle la plus sérieuse du monde*, Paris, Bayard Éditions, 1998, p. 10.

3. MERCENAIRES EN CRAMPONS ET HORDES SAUVAGES

1. « Le sport est agressé [...]. Face à ces agressions qui menacent de le dénaturer, il est peut-être temps d'essayer de protéger le sport, de le défendre. Les plus sensibles disent : de le sauver » (*L'Équipe*, 18 octobre 1979).

2. Pour une documentation d'ensemble sur la violence du football, voir le numéro spécial de *Quel Corps ?*, n° 40 (« Football Connection »), juillet 1990. Voir aussi Patrick

Vassort, *Football et politique. Sociologie historique d'une domination*, Paris, L'Harmattan, 2005.

3. Jean-Marie Brohm, *Les meutes sportives. Critique de la domination*, Paris, L'Harmattan, 1993.

4. Ce type de reproche est d'autant plus cocasse que c'est la théorie critique du sport qui, la première, a révélé toutes les données empiriques sur la violence, le dopage, la corruption et les manipulations politiques, alors que les amis du sport ont longtemps refusé de tenir compte de ces réalités de terrain qui contredisent leurs illusions idéologiques...

5. Sylvie Caster, « La folie foot », *Le Canard enchaîné*, 19 avril 1989.

6. Voir Jean Meynaud, *Sport et politique*, Paris, Payot, 1966.

7. Voir Michel Beaulieu, Jean-Marie Brohm et Michel Caillat, *L'empire football, op. cit.* Voir aussi *Quel Corps ?*, n° 8 (« Football et politique »), printemps 1978, en particulier tout le dossier sur le Mundial en Argentine ; *Quel Corps ?*, n° 9 (« Boycott »), septembre 1978 ; *Quel Corps ?*, n° 10/11 (« Argentine : football et terreur »), hiver 1978.

8. Association française pour un sport sans violence et pour le fair-play, 1986.

9. Voir la décapante critique de Claude Javeau, *La bienpensance. Thème et variations. Critique de la raison cosmétique*, Bruxelles, Éditions Labord, 2005, en particulier le chapitre intitulé « Le sport compromis par quelques brebis galeuses ? ».

10. Patrick Mignon, *La passion du football*, Paris, Odile Jacob, 1998 ; Fabrice Coulomb, Pascal Duret et Pierre Therme, « L'intégration à la cité par le spectacle sportif : de Paris à Marseille », *Sociétés*, n° 55 (« Sociologie du sport »), 1997. Ces auteurs, affidés de Bromberger, vantent évidemment le football comme « formidable creuset d'identifications », sans préciser que lesdites identifications (« la fierté de l'appartenance ») idéalisent aussi des mercenaires dopés à la nandrolone ou à la créatine et des hordes d'ultras, cerveaux reptiliens fascistes fanatisés par la xénophobie et abrutis par la bière.

11. Christian Bromberger, *Football, la bagatelle la plus sérieuse du monde, op. cit.* Pour une présentation globale de l'équipe des amis du ballon rond, voir *Sociétés et Représentations*, n° 7 (« Football et sociétés»), décembre 1998.

Jean-Michel Faure et Charles Suaud — qui constituent la charnière de la défense centrale de cette équipe de vétérans (voir aussi leur ouvrage : *Le football professionnel à la française*, Paris, PUF, 1999) — ont même réussi dans ce gros volume apologétique à convaincre Pierre Bourdieu de proférer quelques banalités de base consternantes. Ainsi l'auteur de *La distinction* se distingue-t-il par sa proposition d'une « utopie scientifique et réaliste » : « Il faudrait développer un droit du sport spécifique, rédiger une charte du sport à laquelle seraient soumis non seulement les sportifs (comme avec le serment olympique), mais aussi les commentateurs, les directeurs de chaînes de télévision, etc. Tout cela afin de restaurer, dans le monde du sport, les valeurs que le monde du sport exalte verbalement et qui sont très semblables à celles de l'art et de la science [*sic*] (gratuité, finalité sans fin, désintéressement, valorisation du fair-play et de la "manière" par opposition à la course au résultat) » (p. 19). Demain les poules auront des dents, ou comment le football a décidément pour fonction de faire planer et planter les intellectuels, y compris les théoriciens de la « science sociale »...

12. Le modèle de la bienveillante sympathie vis-à-vis du football est l'apologie littéraire d'Eduardo Galeano, *Le football, ombre et lumière*, Castelnau-le-Lez, Climats, 1998. Cet ouvrage d'un lyrisme ruisselant de stéréotypes populistes qui mélange descriptions et émotions a souvent été pris pour modèle. Voir Jean-Claude Michéa, *Les intellectuels, le peuple et le ballon rond*, Castelnau-le-Lez, Climats, 1998 ; Marc Augé, « Un ethnologue au Mondial », *Le Monde diplomatique*, août 1998. Le livre de Claude Askolovitch, *Le foot, sport ou argent ?*, Paris, Mango, 2002, est lui aussi un tissu de bons sentiments qui cache la secrète illusion que le football pourrait être préservé des « influences néfastes de l'argent »...

13. Karl Marx, *Le capital. Critique de l'économie politique. Livre troisième : Le procès d'ensemble de la production capitaliste*, Paris, Éditions sociales, 1974, tome VIII, p. 196.

14. Voir Georges Devereux, *De l'angoisse à la méthode dans les sciences du comportement*, Paris, Flammarion, 1980.

15. Christian Bromberger (sous la direction de), *Passions ordinaires*, Paris, Hachette, 2002.

16. Umberto Eco, « Le bavardage sportif », in *La guerre du faux, op. cit.*

17. Voir, parmi une très abondante littérature, Philippe Broussard, « Les jeux de guerre des hooligans », *Le Monde*, 21 et 22 juin 1998 ; *Libération* (« Hooligans, les racines de la haine »), 23 juin 1998 ; *Courrier international*, n° 502 (« Hooligans, la maladie mondiale du football »), 15 juin 2000 ; *Paris-Match* (« Foot : la haine occupe le terrain »), 24 mars 2005 : « Une violence qui se répand sur les stades du monde entier. Des clubs amateurs aux arènes prestigieuses, le football se gangrène. » On lira aussi avec intérêt la réflexion de Pierre Bourgeade, *Le football c'est la guerre poursuivie par d'autres moyens*, Paris, Gallimard, 1981.

18. Christian Bromberger, *Football, la bagatelle la plus sérieuse du monde, op. cit.*, p. 10. Voir aussi Christian Bromberger, « Le football, phénomène de représentation collective », in *Géopolitique du football* (sous la direction de Pascal Boniface), Bruxelles, Éditions Complexe, 1998. Les idéologues du sport ont toujours exalté les supposées valeurs du sport...

19. Guy Debord, *Commentaires sur la société du spectacle*, suivi de *Préface à la quatrième édition italienne de « La société du spectacle »*, Paris, Gallimard, 1992, p. 59.

20. Voir, par exemple, le cas « exemplaire » du PSG : « Provocations, castagne, vandalisme. Autour du PSG s'affrontent les "petits Blancs" du Kop de Boulogne et les Tigris, supporters des cités [...]. Chez les Tigris, il y a des mecs extrêmement violents, aussi cons que ceux d'en face. À Boulogne, il y avait des "sales Noirs", des "sales Arabes". Maintenant, on entend aussi des "sales Français" » (« Boulogne Boys contre Tigris Mystics. Guerre en tribunes », *Libération*, 21 novembre 2005).

21. Le football amateur est lui aussi, bien évidemment, rongé par la gangstérisation. Voir *L'Équipe* du 2 juin 2005 : « Insultes, crachats, jets d'objets et, parfois, coups, tel est le menu hebdomadaire, malheureusement ordinaire, que doit digérer l'arbitre de football amateur. » Voir aussi *Libération* des 9 et 10 avril 2005 (« Les arbitres d'en bas à bout des coups ») : « Chronique d'une haine devenue ordinaire sur les terrains de foot le dimanche [...]. Des agressions qui sont aussi de plus en plus violentes [...]. Les

arbitres souffrent du modèle déplorable donné par les joueurs et dirigeants de l'élite. »

22. *Choc*, n° 10 (« Carton rouge sang »), 21 octobre 2004 : « Le football deviendrait-il un sport de combat ? Ses images montrent que les joueurs se livrent à de véritables batailles rangées sur le terrain. Bel exemple pour les jeunes ! »

23. Antoine de Gaudemar, « Le foot malade », *Libération*, 23 et 24 avril 2005.

4. LES TERRAINS DE L'OVERDOSE : LES SHOOTÉS DES LIGNES

1. Michel Hidalgo, *Football en liberté*, Paris, Ramsay, 1978, p. 99-100.

2. On connaît le raisonnement en « chaudron » (arguments qui s'annulent) : X a prêté un chaudron à Y et il lui demande de le lui restituer. Y : « Tu ne m'as jamais prêté de chaudron. D'ailleurs il était troué et de toute façon je te l'ai déjà rendu »...

3. Michel Hidalgo, *op. cit.*, p. 101.

4. Pour une analyse d'ensemble de la logique du dopage, voir Jean-Pierre de Mondenard et Quel Corps ?, *Drogues et dopages. Sport et santé*, Paris, Chiron, 1987.

5. Voir l'ouvrage de référence du docteur Jean-Pierre de Mondenard, *Dictionnaire du dopage. Substances, procédés, conduites, dangers*, Paris, Masson, 2004. Cette somme érudite est un bilan accablant qui ne laisse aucune illusion sur la prétendue « éthique » sportive.

6. « Affaire Balco. Sur la piste du dopage », *Le Monde 2*, n° 77, 6 août 2005, p. 13.

7. « Dopage, nouvelles techniques, nouveaux produits », *Courrier international*, n° 695, 26 février 2004, p. 36.

8. Maradona s'est entre-temps converti à l'histrionisme politique en devenant ami des dictateurs Castro et Chavez...

9. Christian Bromberger, *Football, la bagatelle la plus sérieuse du monde, op. cit.*, p. 40.

5. LA GRANDE OLA
DU PEUPLE FOOTBALL

1. Thomas Bernhard, *L'origine*, Paris, Gallimard, 1996, p. 49-50.

2. Theodor W. Adorno, *Minima moralia*, Paris, Payot, 1983, p. 214. Karl Kraus, dès 1909, stigmatisait de sa belle manière le journaliste comme « quelqu'un qui exprime ce que le lecteur s'est déjà dit de toute façon, sous une forme dont ne seraient quand même pas capables tous les commis » (*Dits et contredits*, Paris, Éditions Champ libre, 1975, p. 130). Plus loin, Kraus soutiendra que « le journalisme pense sans le plaisir de la pensée » (p. 139).

3. Un site web (www.cohn-bendit.com) avec biographie, discours, entretiens et de nombreuses photographies qui mettent en valeur le personnage est entièrement consacré à l'ex-leader de 1968, aujourd'hui député européen des Verts et chaud partisan de l'Europe libérale. Comme il le dit explicitement dans son *Curriculum vitae :* « Ma passion est le football. »

4. Bernard Le Bovier de Fontenelle, *Entretiens sur la pluralité des mondes*, Paris, Flammarion, 1998.

5. Voir par exemple Edgar Morin, *L'homme et la mort*, Paris, Éditions du Seuil, 1970 ; *Sociologie*, Paris, Éditions du Seuil, « Points Essais », 1994.

6. Herbert Marcuse, *Culture et société*, Paris, Les Éditions de Minuit, 1970, p. 136.

7. Eduardo Galeano, *Football, ombre et lumière*, Castelnau-le-Lez, Climats, 1998.

8. Castelnau-le-Lez, Climats, 1998.

9. Dans *L'enseignement de l'ignorance*, Castelnau-le-Lez, Climats, 1999, Michéa sombrait dans le mieux-disant culturel en consacrant le stade de football comme l'un des hauts lieux de la rencontre et de la communication entre jeunes et vieux (p. 133).

10. Jean-Claude Michéa, *Les intellectuels, le peuple et le ballon rond*, op. cit., p. 12.

11. Max Horkheimer et Theodor W. Adorno, *La dialectique de la raison. Fragments philosophiques*, Paris, Gallimard, 1974, p. 52.

12. Christopher Lasch, *La culture du narcissisme*, Castelnau-le-Lez, Éditions Climats, 2000.

13. François Brune, *De l'idéologie, aujourd'hui*, Paris, Parangon, 2004.

14. Voir *Quel Corps ?*, n° 6, automne 1976, à l'article « Sport et extrême gauche ».

15. *Ce que veut la Ligue communiste*, Paris, François Maspero, 1972, p. 129. Dans le second manifeste, un court chapitre maintient la thématique de « l'activité corporelle [...] étouffée entre d'une part la promotion du sport de compétition régi par le profit, et d'autre part l'impossibilité pour des millions de jeunes et d'adultes de développer comme ils l'entendent les activités physiques et ludiques, dégagées de tout principe de rendement. [...] *Contre le sport de compétition et le culte du champion, nous réclamons l'abrogation du professionnalisme sportif, le retrait unilatéral des grandes compétitions internationales* (Jeux olympiques, Coupes du monde...) ». Ligue communiste révolutionnaire, *Oui, le socialisme !*, Paris, Petite collection Maspero, 1978, p. 205-206.

16. Daniel Bensaïd, *Une lente impatience*, Paris, Stock, « Un ordre d'idées », 2004, p. 41.

17. Léon Trotski, *Où va la France ?*, Paris, *Quatrième Internationale*, numéro spécial, 1969, p. 67.

18. Sur l'importance de la critique radicale du sport au sein de la Ligue communiste révolutionnaire à ses débuts, voir Jean-Paul Salles, *La Ligue communiste révolutionnaire (1968-1981). Instrument du Grand Soir ou lieu d'apprentissage ?*, Rennes, Presses universitaires de Rennes, 2005, p. 284-289.

19. La Lazio de Rome est depuis plusieurs années déjà devenue le club phare des supporters d'extrême droite qui n'hésitent jamais à faire le salut fasciste. Paolo Di Canio, l'un des joueurs vedettes de l'équipe, a lui aussi l'habitude de tendre le bras à la manière mussolinienne devant son public ! On peut supposer que les trotskistes italiens, si cette espèce existe encore, condamnent, eux, cette sinistre collusion...

20. « Olivier Besancenot. Rouge Brésil », *in* Laurent Jaoui et Lionel Rosso, *Politique football club. Ce qu'ils pensent vraiment du ballon rond*, Paris, Calmann-Lévy, 2004, p. 40. Dans ce livre, trente-deux personnalités politiques — de Martine Aubry à Émile Zuccarelli — expri-

ment leur passion pour le football, le cou entortillé dans une écharpe aux couleurs de leur club préféré ou assis sur les gradins d'un stade. Elles nous égrènent aussi leurs souvenirs de jeunesse, leurs folles journées dans les stades. À retenir parmi les propos les plus calamiteux ceux de Jean-Luc Bennahmias : « Nous sommes en pleine période d'apartheid, c'est une honte que la France affronte les Sud-Africains. Je manifeste jusqu'au Parc des Princes, mais, une fois la manif terminée, j'achète un billet et je vais voir le match. Je suis bourré de contradictions, que je gère après » (*ibid.*, p. 37). Chez les Verts, cela s'appelle une contradiction, nous, nous appelons cela de la lâcheté politique.

21. Pascal Boniface, *La Terre est ronde comme un ballon*, Paris, Éditions du Seuil, 2002, p. 15.

22. Christian Bromberger (avec Alain Hayot et Jean-Marie Mariottini), *Le match de football. Ethnologie d'une passion partisane à Marseille, Naples et Turin*, Paris, Éditions de la Maison des sciences de l'homme, 1996, p. 5.

23. Max Weber, *Le savant et le politique*, Paris, Christian Bourgois, « 10/18 », 1990, p. 80.

24. Elias Canetti, *Masse et puissance*, Paris, Gallimard, 1966.

25. Christian Bromberger, *Football, la bagatelle la plus sérieuse du monde*, *op. cit.*, p. 12.

26. Sur la violence mimétique, voir René Girard, *La violence et le sacré*, Paris, Bernard Grasset, 1972.

27. Alain Ehrenberg, « La pédagogie du karaté et le "corps du maître" », *Quel Corps ?*, n° 6 (« Corps et fascisme »), Paris, Solin, automne 1976, p. 39-42.

28. *Recherches*, n° 43 (« Aimez-vous les stades ? »), textes réunis par Alain Ehrenberg, avril 1980, p. 9.

29. Pierre Drieu la Rochelle, *État civil*, Paris, 1921, p. 153.

30. Alain Ehrenberg, *Le culte de la performance* [1991], Paris, Hachette, « Pluriel », 1996, p. 26.

31. Nous ne méconnaissons pas l'analyse dialectique de Marx lorsqu'il met en balance que « la détresse *religieuse* est, pour une part, l'*expression* de la détresse réelle et, pour une autre part, la *protestation* contre la détresse réelle. La religion est le soupir de la créature opprimée, la chaleur d'un monde sans cœur, comme elle est l'esprit de conditions sociales d'où l'esprit est exclu. Elle est l'*opium* du peuple. Abolir la religion en tant que bonheur *illusoire*

du peuple, c'est exiger son bonheur *réel*. Exiger qu'il renonce aux illusions sur sa situation c'est *exiger qu'il renonce à une situation qui a besoin d'illusions*. La critique de la religion est donc *en germe* la *critique de cette vallée de larmes* dont la religion est l'*auréole*. » (« Contribution à la critique de la philosophie du droit de Hegel », in *Critique du droit politique hégélien*, Paris, Éditions sociales, 1975, p. 198).

32. Voir Jean-Marie Brohm, *Les meutes sportives. Critique de la domination*, Paris, L'Harmattan, 1993, Chapitre IX ; Jean-Marie Brohm, *La tyrannie sportive. Théorie critique d'un opium du peuple*, Paris, Beauchesne, 2006.

33. George Orwell, *La ferme des animaux*, Paris, Gallimard, « Folio », 1984, p. 144.

6. AMATEURS DE BABY-FOOT ET INTELLECTUELS DU GAZON

1. Pascal Boniface, *La Terre est ronde comme un ballon*, *op. cit.*, p. 63.

2. Les élucubrations de Jean Griffet et Maxime Travert (*Libération*, 11 juin 2002) sur « Zidane "modèle" d'intégration » sont parfaitement confusionnistes. La façon de présenter ce footballeur comme un inventeur, non pas d'un « footballeur qu'il faut imiter, mais plutôt [...] d'un itinéraire qu'il s'agit de méditer », laisse pantois. Prétendre comme le font nos deux compères que « Zidane restera toujours un "beur des cités" » est une pure affabulation. Il est maintenant multimilliardaire tandis que ses anciens copains de cité sont bien restés dans la galère ..

3. *Les Inrocks-So foot*, Euro 2004, p. 16-21.

4. Le reportage du journal *Le Monde 2*, mars 2005, dans la cité de Montfermeil auprès de jeunes filles pratiquant le football est de ce point de vue accablant. Il revêt une dimension dérisoire après les événements de novembre 2005. En endossant un maillot de football, ces jeunes filles en difficulté ont-elles fait avancer leur désir d'émancipation ? Ou n'ont-elles pas plutôt renforcé leur aliénation comme néo-footballeuses ? Présentées comme une « carotte », les quatre heures de football casées dans l'emploi du temps sont conçues comme un échange dans le

suivi des élèves par un enseignant tuteur. Si la présence des filles sur le terrain de foot bouscule les habitudes sexistes et remet en cause les représentations collectives des garçons (l'espace du stade est strictement masculin), n'est-on pas cependant dans la complaisance la plus cynique lorsque l'on affiche son intérêt pour la « promotion » par le football ou pour la « "baston" pendant les matches, parce que "ça pimente le foot" », pour reprendre l'expression de l'une de ces jeunes filles ?

5. Karl Marx, *Misère de la philosophie*, Paris, Éditions sociales, 1961.

7. CULTURE FOOT ET FOOT ART : LA MYSTIFICATION POPULISTE

1. Patrick Mignon, *La passion du football, op. cit.*, p. 97.

2. Karl Marx, *Manuscrits de 1844. Économie politique et philosophie*, Paris, Éditions sociales, 1962.

3. Sur les concepts d'« aliénation », de « réification » et de « fausse conscience », outre les ouvrages classiques de Karl Marx et Friedrich Engels, on se reportera à l'essai fondamental de Franz Jakubowsky, *Les superstructures idéologiques dans la conception matérialiste de l'histoire*, Paris, Études et documentation internationales, 1972, ainsi qu'à celui de Joseph Gabel, *La fausse conscience. Essai sur la réification*, Paris, Les Éditions de Minuit, 1977. Lire également, de Norbert Guterman et Henri Lefebvre, *la conscience mystifiée*, Paris, Le Sycomore, 1979. Pour une déconstruction de la notion populiste de « culture prolétarienne », on se reportera à l'ouvrage décisif de Léon Trotski, *Littérature et révolution*, suivi de *Les questions du mode de vie, op. cit.* L'auteur précise que « les propos confus sur la culture prolétarienne, par analogie et antithèse avec la culture bourgeoise, se nourrissent d'une assimilation extrêmement peu critique entre les destinées historiques du prolétariat et celles de la bourgeoisie » (p. 112). Sans aucun doute Trotski avait-il su anticiper le développement de certaines âneries postmodernes.

4. Léo Strauss, *Nihilisme et politique*, Paris, Éditions Payot et Rivages, 2004, p. 100-101.

5. Friedrich Nietzsche, « Sur l'Avenir de nos établissements d'enseignement », in *La philosophie à l'époque tragique des Grecs*, Paris, Gallimard, « Folio Essais », 1990, p. 136. Dans une anticipation stupéfiante, Nietzsche soutient que « la culture la plus universelle, c'est justement la barbarie » (p. 99).

6. Eugen Fink, *Le jeu comme symbole du monde*, Paris, Les Éditions de Minuit, 1966.

7. Ernst Bloch, *Le principe espérance*, 3 tomes, Paris, Gallimard, 1976, 1982, 1991.

8. Herbert Marcuse, « Remarques à propos d'une redéfinition de la culture », in *Culture et société*, Paris, Les Éditions de Minuit, 1980, p. 312.

9. Jean-Paul Sartre, *Situations*, VII, Paris, Gallimard, 1980, p. 323.

10. Sigmund Freud, « Psychologie des foules et analyse du moi », in *Essais de psychanalyse*, Paris, Payot, 1981, p. 133-134.

11. Hannah Arendt, *La vie de l'Esprit*, tome 1, « La Pensée », Paris PUF, « Philosophie d'aujourd'hui », 2000, p. 176.

12. Hubert Damisch, *Ruptures/Cultures*, Paris, Les Éditions de Minuit, 1975, p. 65. À tel point que « la culture, toujours selon Hubert Damisch, [n'est] pas autre chose, en son fond, que ce travail d'appropriation sans cesse recommencé, cet effort toujours déçu pour surmonter une distance, une aliénation » (*ibid.*, p. 66).

13. Hannah Arendt, *La crise de la culture*, Paris, Gallimard, « Folio Essais », 1996, p. 253 *sq*.

14. Guy Debord, *La société du spectacle*, Paris, Champ libre, 1977, p. 121.

15. Philippe Dagen, *L'art impossible*, Paris, Grasset, 2002, p. 50.

16. *France-Football*, n° 3000, supplément, 7 octobre 2003.

17. Herbert Marcuse, *La dimension esthétique. Pour une critique de l'esthétique marxiste*, Paris, Éditions du Seuil, 1979, p. 74.

18. Henri Focillon a insisté sur ce statut de la « forme » dans l'art : « L'œuvre n'est pas la trace ou la courbe de l'art en tant qu'activité, elle est l'art même ; elle ne le désigne pas, elle l'engendre. L'intention de l'œuvre d'art n'est pas l'œuvre d'art. [...] Pour exister, il faut qu'elle se sépare, qu'elle renonce à la pensée, qu'elle entre dans

l'étendue, il faut que la forme mesure et qualifie l'espace. C'est dans cette expérience même que réside son principe interne. » Henri Focillon, *Vie des formes*, Paris, PUF, 1981, p. 3.

19. Sigmund Freud, *Trois essais sur la théorie de la sexualité*, Paris, Gallimard, 1962, p. 172.

20. Vladimir Dimitrijevic, *La vie est un ballon rond*, Paris, De Fallois, 1998.

21. *Ibid.*, p. 23.

22. Reimut Reiche, *Sexualité et lutte de classes*, Paris, François Maspero, 1971, p. 63.

23. Voir Magali Uhl et Jean-Marie Brohm, *Le sexe des sociologues. La perspective sexuelle en sciences humaines*, Bruxelles, La Lettre volée, 2003.

24. Sigmund Freud, « Psychologie des foules et analyse du moi », *op. cit.*, p. 156 : « L'essence d'une foule réside dans les liens libidinaux présents en elle. »

25. Wilhelm Reich, *La psychologie de masse du fascisme*, Paris, Payot, 1972.

26. Theodor W. Adorno et Max Horkheimer, *La dialectique de la raison. Fragments philosophiques*, *op. cit.*, p. 200.

27. On a même vu un joueur de l'équipe de France, Laurent Blanc, embrasser longuement le haut du crâne chauve du gardien de but Fabien Barthez, comme s'il suçait la tétine d'un biberon…

28. Sigmund Freud, « Psychologie des foules et analyse du moi », *op. cit.*, p. 165.

29. Theodor W. Adorno et Max Horkheimer, *La dialectique de la raison. Fragments philosophiques*, *op. cit.*, p. 275.

30. Voir Thorstein Veblen, *Théorie de la classe de loisir*, Paris, Gallimard, 1970 ; Theodor W. Adorno, *Prismes. Critique de la culture et société*, Paris, Payot, 1986.

31. Theodor W. Adorno et Max Horkheimer, *La dialectique de la raison. Fragments philosophiques*, *op. cit.*, p. 30.

32. Jean-Marc Huitorel, *La beauté du geste*, Paris, Éditions du Regard, 2005, p. 25-26.

33. Voir l'ouvrage assez bien documenté de Pierre Chazaud, *Art et football*, *1860-1960*, Toulaud, Mandala Éditions, 1998.

34. Lettre à René Char du 10 avril 1955, reproduite sur le site adpf du ministère des Affaires étrangères : http://www.adpf.asso.fr/adpf-publi/folio/foot/foot20.html (dernière modification le 15 mai 2002).

35. Ernst Bloch, *Le principe espérance*, tome I, *op. cit.*, p. 157.

36. Allusion au jeu d'un enfant qu'analyse Freud dans « Au-delà du principe de plaisir », in *Essais de psychanalyse*, *op. cit.*, p. 52-53.

37. Nathalie Heinich, « Art et sport au regard d'une sociologie de la singularité », in *Le sport en questions* (sous la direction de Pascal Duret et Dominique Bodin), Paris, Chiron, 2004, p. 125-133.

38. Giulio Carlo Argan, *Projet et destin*, Paris-Lagrasse, Les Éditions de la Passion/Verdier, 1993, p. 53.

39. Walter Benjamin, « L'œuvre d'art à l'époque de sa reproductibilité technique », in *Œuvres III*, Paris, Gallimard, « Folio Essais », 2000, p. 279.

40. Edmund Husserl, *La crise des sciences européennes et la phénoménologie transcendantale*, Paris, Gallimard, 1989.

41. Cf. le site http://fifaworldcup.yahoo.com (consulté le 16 novembre 2005).

42. Gérard Devèze, « Sports et médias : la double attirance », in *Tribunes de presse. Études sur la construction journalistique du sport*, Louvain-La Neuve, Academia-Bruylant, 1996, p. 13.

43. Cf. le site http://forums.futura-sciences.com (consulté le 16 novembre 2005).

44. Ce que Walter Benjamin comprendra parfaitement lorsqu'il analysera la prolétarisation croissante de l'homme d'aujourd'hui et le développement croissant des masses comme les deux aspects d'un même processus historique. « Ce processus, dont il est inutile de souligner la portée, est étroitement lié au développement des techniques de reproduction et d'enregistrement. En règle générale, l'appareil saisit mieux les mouvements de masses que ne peut le faire l'œil humain. Des centaines de milliers d'hommes ne sont jamais aussi bien saisies qu'à vol d'oiseau. Et si le regard humain peut les atteindre aussi bien que l'appareil, il ne peut agrandir, comme le fait l'appareil, l'image qui s'offre à lui. En d'autres termes, les mouvements de masse, y compris la guerre, représentent une forme de comportement humain qui correspond tout particulièrement à la technique des appareils. » Walter Benjamin, « L'œuvre d'art à l'époque de sa reproductibi

lité technique » [dernière version de 1939], *Œuvres III*, *op. cit.*, p. 313-314.

45. Ces logos ne sont pas dessinés à même la pelouse. De simples tapis de moquette servent de support pour les traiter à la peinture. La société qui les fabrique a utilisé un logiciel de 3D classique pour optimiser le rendu à partir du point de vue de la seule télévision. Ce qui permet à une caméra placée centralement sur des gradins – la seule à pouvoir le faire – de retransmettre une image perspective comme si le logo se soulevait de son support. Ce que les spectateurs du stade, eux, ne peuvent percevoir.

46. François-Charles Bideaux, « La révolution impossible », in *Les Cahiers du cinéma*, n° 526, juillet-août 1998 p. 71.

CONCLUSION

1. Lors de la campagne pour la candidature de Paris aux Jeux olympiques de 2012, la mairie de Paris, le Comité national olympique et sportif français, le Comité Paris 2012, les partis politiques unanimes et le Club des entreprises Paris 2012 avaient également procédé à une débauche de promesses en matière d'emplois durables, de respect de l'environnement et d'équipements de proximité. Voir Jean-Marie Brohm, Marc Perelman et Patrick Vassort, « Non à l'imposture olympique ! », *Le Monde diplomatique*, juillet 2005.

2. George Steiner et Antoine Spire, *Barbarie de l'ignorance*, La Tour d'Aigues, Éditions de l'Aube, 2000, p. 38.

3. Vicente Verdu, *Le style du monde*, Paris, Stock, « L'autre pensée », 2005, p. 14 et 61.

4. « Le crime organisé s'intéresse de plus en plus au marché noir des produits dopants. À trois semaines des Jeux olympiques de Turin, ce commerce florissant inquiète les autorités [...]. Ceux qui contrôlent le trafic des produits dopants sont les mêmes que ceux qui organisent le trafic des stupéfiants [...]. Le marché noir des produits dopants est estimé à plusieurs milliards d'euros en Europe. Selon une étude soutenue par l'Union européenne en 2002, il représentait "au moins 100 millions d'euros par an" pour la seule Allemagne. Un chiffre identique est

avancé pour l'Italie » (« Les mafias s'emparent du dopage »,
Le Monde, 17 janvier 2006).

5. « Un ancien joueur marseillais révèle la corruption,
la triche et le dopage au temps de l'affaire OM-VA », *Le
Monde*, 21 janvier 2006. À signaler également le témoignage courageux de Jean-Jacques Eydelie, *Je ne joue
plus !*, Paris, L'Archipel, 2006, qui est un réquisitoire accablant contre les méthodes de Bernard Tapie à l'OM.

INDEX

INDEX DES NOMS[*]

[*] Établi par Marc Perelman.

INDEX DES NOTIONS*

* Établi par Marc Perelman.

Table 389

Conclusion   329

Appendices   335

DES MÊMES AUTEURS

JEAN-MARIE BROHM ET MARC PERELMAN

LE FOOTBALL, UNE PESTE ÉMOTIONNELLE, Les Éditions de la Passion/Verdier, 1998, 2ᵉ édition, 2002, trad. grecque.

JEAN-MARIE BROHM

LE MYTHE OLYMPIQUE, Christian Bourgois, 1981.

JEUX OLYMPIQUES À BERLIN, 1936, Éditions Complexe, 1983.

SOCIOLOGIE POLITIQUE DU SPORT, Presses Universitaires de Nancy, 1992.

LES MEUTES SPORTIVES. CRITIQUE DE LA DOMINATION, L'Harmattan, 1993.

LES SHOOTÉS DU STADE, Paris-Méditerranée, 1998.

LE CORPS ANALYSEUR. ESSAIS DE SOCIOLOGIE CRITIQUE, Anthropos, 2001.

LA MACHINERIE SPORTIVE. ESSAIS D'ANALYSE INSTITUTIONNELLE, Anthropos, 2002.

LES PRINCIPES DE LA DIALECTIQUE, Les Éditions de la Passion/Verdier, 2003.

LE SEXE DES SOCIOLOGUES. LA PERSPECTIVE SEXUELLE EN SCIENCES HUMAINES (avec Magali Uhl), La Lettre volée, 2003.

LA TYRANNIE SPORTIVE. THÉORIE CRITIQUE D'UN OPIUM DU PEUPLE, Beauchesne, 2006.

MARC PERELMAN

URBS EX MACHINA, LE CORBUSIER (LE COURANT FROID DE L'ARCHITECTURE), Les Éditions de la Passion/Verdier, 1986.

CONSTRUCTION DU CORPS/FABRIQUE DE L'ARCHITECTURE. FIGURES, HISTOIRE, SPECTACLE, Les Éditions de la Passion/Verdier, 1994.

JEAN-MARC BUSTAMANTE (avec Christine Macel et Jacinto Lageira), Éditions Dis Voir, trad. amér., 1995.

DAN GRAHAM (avec Alain Charre et Marie-Paule MacDonald), Éditions Dis Voir, trad. amér., 1995.

LE STADE BARBARE. LA FUREUR DU SPECTACLE SPORTIF, Mille et Une Nuits, 1998.

GIULIO CARLO ARGAN (1909-1992), HISTORIEN DE L'ART ET MAIRE DE ROME (avec Irene Buonazia), Les Éditions de la Passion/Verdier, 1999.

LES INTELLECTUELS ET LE FOOTBALL, Les Éditions de la Passion/Verdier, 2000, 3e édition 2002.

LE STADE DU SPECTACLE, Gollion, Infolio Éditions, 2007.

DANS LA COLLECTION FOLIO / ESSAIS

Impression Bussière
à Saint-Amand (Cher),
le 20 juin 2006.
Dépôt légal : juin 2006.
1ᵉʳ dépôt légal dans la collection : avril 2006.
Numéro d'imprimeur : 062354/1.
ISBN 2-07-031951-2./Imprimé en France.

138929